나혜석 문학 연구

나혜석 문학 연구

초판 인쇄 · 2016년 5월 4일
초판 발행 · 2016년 5월 13일

지은이 · 서정자
펴낸이 · 한봉숙
펴낸곳 · 푸른사상사

편집 · 지순이, 김선도 | 교정 · 김수란
등록 · 1999년 7월 8일 제2-2876호
주소 · 경기도 파주시 회동길 337-16 푸른사상사
서울시 중구 을지로 148 중앙데코플라자 803호
대표전화 · 031) 955-9111~2 | 팩시밀리 · 031) 955-9114
이메일 · prun21c@hanmail.net
홈페이지 · http://www.prun21c.com

ISBN 979-11-308-0651-8 93810
값 29,000원

푸른사상 학술총서 36

한국 최초의 페미니스트 작가

나혜석 문학 연구

서정자

Researches on Rha Hye-Suk's Literary Works

서정자 徐正子

숙명여자대학교 국어국문학과 및 같은 대학원에서 박사 학위를 받았다. 『현대문학』을 통해 문학 평론 활동을 시작했다. 저서로 『한국 근대 여성소설 연구』 『한국 여성소설과 비평』 『우리 문학 속 타자의 복원과 젠더』 『박화성 한국 문학사를 관통하다』(공저) 『디아스포라와 한국문학』(공저) 등, 수필집으로 『여성을 중심에 놓고 보다』, 편저로 『한국여성소설선 1』 『원본 나혜석 전집』 『박화성 문학전집』 『지하련 전집』 『강경애 선집－인간문제』 『김명순 문학전집』(공편) 등이 있다. 나혜석학술상, 숙명문학상, 한국여성문학상을 수상했다. 초당대학교 교수, 초당대학교 부총장, 나혜석학회 초대 회장을 역임했다. 현재 초당대학교 명예교수, 학교법인 초당학원 이사, 박화성연구회장, 한국여성문학학회 고문이다.

이 도서의 국립중앙도서관 출판예정도서목록(CIP)은 서지정보유통지원시스템 홈페이지(http://seoji.nl.go.kr)와 국가자료공동목록시스템(http://www.nl.go.kr/kolisnet)에서 이용하실 수 있습니다.(CIP제어번호: CIP2016009751)

나혜석은 힘이 있다

1987년부터 햇수로 30년, 그동안 쓴 나혜석 문학 연구의 글을 모아 탄생 120년을 기념하여 묶어본다. 30년이면 긴 세월 같지만 70년간 스캔들의 주인공으로만 회자되었던 나혜석에게는 작가로, 그 문학세계를 따로 논할 수 있게 복권이 되기까지 그야말로 숨 가쁘게 바빴던 시간이었다. 단편 「경희」와 「회생한 손녀에게」가 발굴되고 나혜석 문학을 이해하고 깊이 해석하게 되면서 나혜석은 한국 여성주의 문학의 보물 1호이자 100년을 앞서간 진정한 의미의 선구자로 이 시대에 우뚝 섰다. 나혜석 연구는 문학만을 대상으로 이루어졌던 것은 아니다. 화가, 독립운동가, 작가, 여성해방사상가 등 인간 나혜석을 연구한 저서는 평전이 주를 이루었다.

한국 최초의 본격 페미니스트 작가가 나혜석이다. 여성작가가 쓰는 소설은 필연적으로 페미니즘 문학을 낳게 되어 있는 것이 근대 여성문학의 특징인데 나혜석의 경우, 페미니즘 소설을 쓴 데에 그친 것이 아니라 평생 동안 페미니즘 이론을 공부하고 스스로 검증하며 자기의 삶을 그에 따라 산 작가는 나혜석이 유일하다. 페미니스트로 산다는 것은 오늘날에도 너무나 어려운 일이다. 자본주의 사회를 이루어온 부르주아지가 발명해

낸 모럴 감각 중의 하나가 스캔들이다. 이 계급은 스캔들을 통해 그들 계층의 마음에 들지 않는 것을 징계했다. 나혜석은 징계되었고 매장되었다. 그런 그가 호명되었고 살아났다. 나의 나혜석 연구는 일제 식민지기 여성소설 연구로 학위논문을 쓰면서 제외했던 나혜석과 나머지 두 1910년대 여성문인들의 작품을 찾으면서 시작됐다. 나 역시 스캔들에다 작품도 없다는 그들을 제외하는 데 별 이의 없이 동의했었던 것이나 출신(토대)이 다른데도 같은 방식으로 파멸해가는 운명이었다면 반드시 이유가 있으리라, 학위논문을 끝내자 곧 그들을 찾아 나섰다. 찾아보니 그것은 페미니즘이 원인이지 않았는가. 페미니즘은 그들 세 작가의 운명을 한 가지로 이끌었다. 스캔들…….

나의 나혜석 연구 30년은 다음 세 단계를 거쳤다. 첫째 문학작품 찾기다. 그리고 작품 이해하기, 다음 해석하기이다. 1988년 단편소설「경희」와「회생한 손녀에게」를 발굴하고 쓴 글이「나혜석 연구」이다. 작품 발굴이 무엇보다 중요했기에 최남선이 언급한 나혜석의 처녀작을 찾아야겠다는 생각이 절실해졌는데 국내 여기저기를 거쳐 미국과 일본에서도 시도했으나 결과적으로 1910년대『여자계』창간호 찾기는 성과 없이 물러났다. 콜럼비아대학 도서관에서 만난 최 선생(성함을 잊었다)과 이혜경 선생의 도움이 있었다. 일본에서는 국회도서관을 비롯하여 손닿는 대학 도서관을 뒤졌지만 나혜석의 처녀작「부부」가 실린『여자계』창간호는 일본 내무성 경찰국 소속 납본 부서에 반드시 소장되어 있으리라는 믿음만 남겼다.

박화성의 수필에서 나혜석에 대한 중요한 증언을 찾아 논문「나혜석의 처녀작「부부」에 대하여」를 썼다. 처녀작「부부」가 실재한다는 것을 논증하는 데 박화성의 증언이 절대적으로 도움이 되었다. 이광수의 단편「무정」과 비교하여 여성 중심 비평에서 제시한 여성 체험이 남녀 작가에서 어떻게 다르게 나타날 수 있는지도 살폈다. 십수 년 사이에 신문과 잡지 영인본과 마이크로필름 등이 재출간되고 정비되어서 일제 식민지 시기 신문과 잡지에서 자료 찾기가 한결 수월해져 나혜석의 단편과 산문, 여행기 등 발굴이 이어졌으며 내가 『원본 정월 라혜석 전집』을 간행할 수 있었던 것도 이런 영인본이 나와 있었기에 가능했다.

페미니즘 문학 비평의 초기 단계인 이미지비평 이론을 적용한 논문이 「가사노동 담론을 통해서 본 여성 이미지」다. 당시 가사노동의 가치평가에 대한 논란이 크게 일었기에 나혜석의 「경희」와 여성소설의 경우에 살펴본 것이다. 가사노동과 페미니즘 의식은 밀접한 관련이 있다. 나혜석의 단편 「경희」의 주인공이 미술학교 학생이라는 것을 처음으로 논증해낸 「나혜석의 문학과 미술 이어 읽기」는 나혜석 그림들에 위작 논란이 있는 데다 남아 있는 그림의 숫자가 적어서 글 속에서 나혜석의 그림과 색채를 찾아본 것이다. 제목으로나마 찾은 그림이 11개나 되고 작품 구도를 잡아본 것이 11개였다. 선전 도록에 흑백으로 남은 그림에 나혜석의 글에 나온 색채를 올려본 것도 흥미 있었다. 나혜석의 문장은 이 색채를 차용하여 묘사가 생동감이 있고 감동적이다.

나혜석의 자료 찾기는 밖에서 찾기에서 글 속에서 찾기로 바뀐 셈인데 그러고 보니 나혜석의 여성비평이 정리가 되어 있지 않았다. 나혜석의 여성비평은 인문정신에 의하여 확립된 것이다. 인문정신의 핵심은 '솔직함과 정직함'이며 이는 곧 나혜석의 덕목이었음에 여성비평이 성립되기까지 나혜석의 도전과 응전을 살펴 나혜석 고유의 인문정신을 추출해보았다. 논문 「선각자 나혜석의 도전과 인문정신」이 그것이다. 방법론인 인문정신의 정의를 내가 읽은 철학서들을 인용할 수 없는 것은 아니지만 그보다 광범위한 동서양의 철학서를 섭렵해 저서를 출판한 우리 철학 전공자의 것을 참고하는 것이 위험이 적다고 보아 강신주를 비롯하여 여러 학자의 책을 참고했다. 이 과정에서 나혜석의 여성비평의 특징이 "여자 되기와 차이의 발견"으로 축약됐고 나혜석의 여성비평적 관심이 생애 동안 일관하였음을 보았으며 나혜석의 "나는 여자가 되었다"의 의미가 새로 분명해졌다. 그는 애욕에 대해 말한 것이 아니었다. 나혜석은 서구의 여성을 보고서야 여성의 가치를 인식하게 된다. 동서양의 여성을 살피고 나서 말하기를 최후의 승리는 여자에게 있는 것이 아닌가! 했다. 자기의 사상에 정직했던 나혜석이야말로 진정한 인문정신의 소유자였다.

「정월 나혜석의 문학세계와 그 위상」은 지금까지 나혜석의 문학세계에 대한 본격적 정리나 평가가 이루어진 바 없음에 우선 빛과 대중과 소통하기, 세계를 꿈꾼 그의 세 가지 키워드로 그의 문학세계를 개관하고, 세 시기별로 나누어 문학적 위상을 점검해본 글이다. 섬세하고 예리한 화가의 관찰력과 만만치 않은 독서를 바탕으로 한 해박한 지식, 그 위에 날카로운 비평안을 갖춘 그의 문학세계는 시, 소설, 여성비평, 페미니스트 산문 등 다양한 분야에서 독특한 성과를 이룩했다.

「편지를 계기로 다시 본다 — 나혜석의 암흑기 분노의 수사학」은 나혜석의 편지에 나타난 나혜석의 분노를 분석해본 글이다. 나혜석의 장남 김진 교수의 호의로 따님 나열의 편지를 받아 가능했던 글이다. 편지에 나타난 분노의 상황을 재구성해보고 나혜석의 암흑기 심경을 살피면서 마지막 쓰인 「해인사의 풍광」에서 나혜석의 내면을 추적해보았다. 나혜석이 마지막까지 지닌 신념을 확인할 수 있었던 박화성의 귀한 증언이 들어 있다.

2012년 나혜석학회를 창립하면서 처음 시도한 해외 학술답사는 2013

년 야나기하라 기치베 서한과 사진이 소장되어 있는 오사카 모모야마학원 사료실을 거쳐 교토와 도쿄행으로 이어졌다. 사료실에는 나혜석의 서한 3통과 영국 런던에서 보낸 그림엽서와 연하장 2통 및 나혜석의 〈천후궁〉 그림 소장 기념 엽서, 그리고 세계일주 떠나기 직전 동래에서 나혜석과 야나기하라 내외가 찍은 사진 등이 소장되어 있다. 나혜석의 붓글씨와 펜글씨는 힘이 있고도 유려하여 크게 감동을 주었고, 사진의 나혜석은 그가 남긴 사진 중 가장 아름다운 것이었다(『나혜석 연구』 창간호 참조). 특히 기억나는 것은 히라츠카 라이초와 많은 세이토 동인을 배출해 낸 일본여대의 도서관에서 일본여대에서 실시하는 제9회 히라츠카 라이테우 상(2013) 시상 전단을 본 것이다. 일본여대가 세이토와 히라츠카 라이테우를 얼마나 자랑스럽게 여기는지를 보여주는 증거였다. 히라츠카 라이초 연구회에서 저널도 발간하고 있었다. 2012년 창립 학술대회는 이 새 자료 공개로 단연 활기를 띠었었다. 학술답사는 다음 해 중국으로 이어졌다. 수원시의 지원이 있기에 가능했던 일이다. 단둥의 낭랑묘 탐색, 봉황시의 봉황산 등정, 선양에서 천후궁 찾기, 하얼빈 조린공원에서 나혜석의 발자취 따라 걷기…… 나혜석의 그림과 그 관련 지역 답사가 주제였다. 이때 선양의 성(省)박물관에서 중국 초기 여성화가 판위량의 전시회를 만나 판위량과 나혜석의 삶을 비교하는 글을 썼다. 「뿌리 뽑힌 여성과 관대한 사회—『수잔 브링크의 아리랑』, 『화혼 판위량』 그리고 나혜석」이 그것이다.

나혜석과 그 주변인물들을 살펴보는 특집에서 김일엽을 발표하면서 쓴 글이 「나혜석과 일엽 김원주—나혜석과의 관련을 따라 살펴본 김일엽의 생애와 사상」으로 김일엽의 전기적 사실을 수정하면서 일본 유학 시기를 명확히 했고, 『신여자』 발간을 둘러싼 인물과 그 중심 사상을 살폈다. 나혜석이 기고한 만화가 한 호 뒤로 밀린 것, 목차와 만평에 기명이 없이 실린 사실을 발견했으며 4호에 실린 만평 역시 목차에 나오지 않은 것 등을 미루어 당시의 『신여자』가 여성해방 사상 천명에 소극적이었던 것이 편집에 김일엽의 남편 이노익의 입김이 작용한 때문이 아닌가 추정해본 글이다. 이 4호 발간 후 김일엽은 일본으로 갔고 이혼을 했으며 『신여자』는 예고 없이 폐간이 되었다.

「나혜석의 일본 체험」에는 하타노 세츠코 교수가 주관한 식민지기 조선 문학자의 일본 체험 연구에 참여하여 남긴 글이 담겨 있다. 「최승구의 학적부와 나혜석의 졸업앨범」은 2013년 일본 학술답사의 결과물 중 몇 가지를 소개한 글로서 청탁에 응해 쓴 것인데 보다 자세한 자료는 『나혜석 연구』 창간호를 참고하면 한다.

나혜석 연구는 지난 30년 동안에 크게 신장됐다. 페미니즘 문학의 열기도 한몫했을 것이다. 페미니즘 시대는 젠더 시각으로 시야를 넓히는 새로운 시대로 급격히 이행해갔다. 지난 30년 나혜석 문학 연구는 실로 페미니즘 이론의 눈부신 변화를 좇아가기에만도 겨를이 없었다고 말할 수 있을 것이다. 나혜석은 국내도 중국도 세계도 많이 돌아다닌 데 못지않게 책을 많이 읽은 것으로 보인다. 솔직하고 정직한 그의 영혼은 자기가 체험한 것을 정시했으며 고정관념을 뛰어넘어 남다른 결론에 이르고 실행에 나아갔다. 나는 나혜석의 솔직성과 정직함을 존경한다. 나혜석을 선입견 없이 그 자체로 보려고 노력했다. 나영균 교수의 "나혜석은 끝까지 잘못했다고 말하지 않았다. 후회하지도 않았다."는 증언을 듣고 그러한 생각이 더욱 확고해졌다. 그럼에도 나혜석의 작품을 발굴하고 관심을 가진 다음 30년이나 지났는데 겨우 논문 십수 편이라니 부끄럽지만(일부는 수록 제외) 그만큼 페미니스트 나혜석의 복권이 이루어진 것이니 보람 있게 생각한다.

나혜석에게는 힘이 있다. 나혜석의 단편 「경희」와 「회생한 손녀에게」를 발굴하여 학계에 보고할 때의 일이다. 부산, 대전, 서울의 교수들이 한국여성문학연구회를 창립하여 학술대회를 갖게 되었는데 내게 홍보를 맡으라고 강권하여 창립 학술대회 발표 자료를 전달했는데 하나같이 나혜석 논문에만 초점을 맞추어 보도가 됐다. 오해를 받아 심포지엄 장에서 발표자들의 따가운 눈총을 받던 기억이 새롭다. 나 역시 당황하였으므로 유구무언이었는데 지나고 보니 나혜석은 실로 보도가치로서 일등급, 특종이었던 것이다. 나혜석은 힘이 있다, 오랜 시간이 지나고야 깨달은 진실이다. 나혜석이 가진 힘이 무엇인가. 그것을 구명하는 것이 우리 연구자에게 주어진 사명인지도 모른다. 나혜석을 위한 변명이 필요한 것이 아니다. 톨스토이가 말한 바 "한 걸음의 전진을 이루려면 한 세기 전체가 지나가야 한다."

나는 지금도 도서관에 가서 직접 자료를 찾고 복사를 한다. 마이크로필름을 주시하며 종일 앉아 있거나 직접 복사도 하는 노동자인데 컴퓨터로 신문 자료를 찾아 필요한 부분을 트리밍하거나 사진이나 자료를 스캔하여 출판사에 보내기도 하는 등 생각하면 노동의 질이 장족의 발전을 했다. 여성문학을 연구하는 방식은 바뀌지 않았으나 환경은 그동안 많이 변했다. 건강이 허락하는 한 노동을 계속할 생각이다. 여성작가를 위해 관심을 갖고 연구 발표의 기회를 만들어준 분들에게 나는 최상의 감사를 품고 있다. 연구의 기회를 주고 격려를 아끼지 않은, 나혜석 연구를 하는 동안 만난 여러분들에게 한 분 한 분 머리 숙여 인사를 한다.

미력이지만 나혜석 연구에 그동안 함께해온 결과를 모으면서 학문이란 혼자 하는 일이면서 동시에 여러 분의 도움이 없이는 또 이루기 어렵다는 생각을 다시 한 번 하지 않을 수 없었다. 이구열(『에미는 선각자였느니라』 저자), 김종욱(『날아간 청조』 편자), 이상경(『인간으로 살고 싶다』 저자, 『나혜석전집』 편집 교열자), 최혜실(『신여성은 무엇을 꿈꾸었는가』 저자), 윤범모(『화가 나혜석』 저자), 한동민(「나혜석의 가계 연구」, 나혜석 전시 기획자) 선생 등 나혜석 연구에 선행 업적을 남긴 훌륭한 연구자들과, 증언과 자료를 제공해준 김진, 나영균 교수 등 유가족 여러분, 그리고 정월나혜석기념사업회 유동준 회장은 특히 기억하고 싶은 분들이다. 출판계의 저조한 경기 속에서 이 책을 출간해준 푸른사상사의 한봉숙 사장에게 거듭 감사의 인사를 드린다.

2016. 4. 28, 나혜석의 120주년 생일에

서정자

— 책머리에 나혜석은 힘이 있다 5

제1부 나혜석 단편의 문학사적 가치

나혜석의 처녀작 「부부」에 대하여 최초의 여성작가론

1. 들어가며 19
2. 『여자계』 창간호 23
3. 나혜석의 소설 「부부」 31
4. 1910년대 소설과 부부 문제 39

나혜석 연구 단편 「경희」, 「회생한 손녀에게」 발굴 보고

1. 들어가며 45
2. 나혜석의 1910년대 단편소설 50
3. 나혜석 단편의 문학사적 가치 59

제2부 나혜석의 문학세계

나혜석의 문학세계와 그 위상

1. 그림과 글쓰기, 나혜석의 두 날개 65
2. 나혜석의 문학세계와 그 위상 69
3. 마무리하며 96

제3부 이미지비평과 여성소설

가사노동 담론을 통해서 본 여성 이미지
1910~1970년대 여성소설을 중심으로

1. 여성의식과 '문화적 틈새' 101
2. 감추어진 여자, 시월이 106
3. 서사의 중심으로 온 어멈 113
4. 부엌이 없는 여자들 124
5. 마무리하며—어멈이 사라진 소설의 의미 132

제4부 문학에 나타난 나혜석의 그림

나혜석의 문학과 미술 이어 읽기

1. 들어가며 139
2. 나혜석의 글에서 찾아본 나혜석의 예술 144
3. 빛의 화가 나혜석 169

제5부 나혜석의 여성비평과 인문정신

선각자 나혜석의 도전과 인문정신 여성비평의 형성과 전개를 중심으로

1. 나혜석의 인문정신, 그 고유명사를 위하여 175
2. 선각자 나혜석의 도전과 인문정신 181
3. 선각자 나혜석의 인문정신—결론을 대신하여 207

제6부 나혜석과 주변인물

나혜석과 일엽 김원주 나혜석과의 관련을 따라 살펴본 김일엽의 생애와 사상

1. 김일엽 ·『신여자』· 그의 사상 다시 읽기 217

2. 김일엽의 생애와 사상 223

3. 마무리하며—남은 문제들 253

뿌리 뽑힌 여성과 관대한 사회

『수잔 브링크의 아리랑』,『화혼 판위량』 그리고 나혜석

1. 디아스포라를 선택한 여성들 255

2. 판위량의 극적인 생애 259

3. 수잔 브링크와 그 어머니 263

4. 나혜석의 마지막 카드 267

5. 뿌리 뽑힌 여성과 관대한 사회 271

제7부 나혜석이 남긴 마지막 말

편지를 계기로 다시 본다 나혜석의 암흑기, 그 분노의 수사학

1. 들어가며 277

2. 나혜석의 편지와 분노의 수사학 280

3.「해인사의 풍광」 다시 보기 287

4. 나혜석의 암흑기와 박화성의 증언 293

5. 마무리하며 297

第8部 나혜석과 일본 체험

도쿄 심포지엄 참가기 「식민지기 조선 문학자의 일본 체험에 관한 총합적 연구」

1. 나혜석을 주제로 대화하다 301
2. 나혜석의 동경 유학과 근대 304
3. 정월(晶月)의 사상과 예술 308
4. 나혜석 연구의 새 방향 311

에구사 미츠코(江種滿子) 교수와의 대담 313

최승구의 학적부와 나혜석의 졸업앨범

1. 나혜석 연구와 자료 발굴 332
2. 모모야마학원 사료실 334
3. 최승구의 학적부 337
4. 나혜석의 졸업앨범 341

— 발표지 목록 343
— 참고문헌 344
— 나혜석의 작품 목록 351
— 찾아보기 355

제1부

나혜석 단편의 문학사적 가치

나혜석의 처녀작 「부부」에 대하여

최초의 여성작가론

1. 들어가며

1926년 1월 『조선문단』이 기획한 여자문단 부록호는 나혜석, 김명순, 김원주, 전유덕, 이 네 사람의 소설을 싣고 여자부록이라고 하였다. 이 네 사람의 이름이 실린 순서에 주목할 필요가 있다. 우리가 최초의 여성작가라고 알고 있는 김명순보다 나혜석의 이름이 먼저 실리고 있지 않은가? 이것은 나혜석이 당시의 여자문단에서 차지하고 있는 위상을 나타내주는 것인지 모른다. 1926년이면 김명순의 창작집 『생명의 과실』(1925)이 출간된 뒤이니 김명순의 여성작가적 위치가 최소한 여성문학 범위 내에서만큼은 확고하였을 텐데 나혜석의 이름이 앞으로 나와 있는 것은 나혜석의 소설 솜씨와 그 위상이 그만큼 인정받고 있었기 때문이 아닐까?

주지하다시피 우리 문학에서 최초의 여성작가와 소설은 1917년 11월에 발표된 김명순의 「의심의 소녀」로 알려져 왔다. 그러나 이 「의심의 소녀」는 이 소설을 심사한 춘원에 의해서 표절이라는 발언이 나온 후 계속 표절의 '의혹'을 씻지 못하고 있고,[1] 김명순의 후속 소설들이 등단작에 미치지 못한다는 이유로 표절설은 계속 「의심의 소녀」를 따라다니고 있다. 이에 대한 연구는 비교문학 차원에서 이루어져야 할 것으로 문학 연구자의 숙제다.[2] 반드시 표절의 의혹 때문이 아니라 최초의 여성소설은 '실질적' '본격적'이라는 관형어를 붙여 나혜석의 작품 또는 박화성의 작품에게도 붙이고 있다. 나혜석의 경우, 그 길이나 주제, 기법 등에서 현대소설적 면모를 갖추었고, 1910년대에 이미 페미니즘 소설을 쓰고 있었다는 점 등에서 실질적인 최초의 여성소설이라 보아야 한다는 것이고, 박화성의 경우, 처녀작 「추석 전야」에서부터 리얼리즘을 창작 방법으로 택하고

---

1 하동호, 「처녀작 주변」, 『한국문학산고』, 백록출판사, 1976, 18쪽. 하동호는 이 글에서 "1942년 2월 춘원은 『신시대』의 요한과 교담록에서 '2등의 김명순씨… 나중에 창작이 아닌 것이 드러났지만…'이라고 했고, 임종국의 『흘러간 성좌』에서도 '현대문학사상 최초의 당선 작가인 동시에 최초의 표절 작가'란 언급이 있다."고 쓰고 있다.

김윤식, 「여성과 문학」, 『한국문학사론고』, 법문사, 1973, 233쪽. 김윤식 교수는 다음과 같이 김명순의 문체에 의문을 표시하고 표절의 가능성이 있다고 보았다. "김명순의 이 작품의 문체는 퍽 세련되어 있음을 느낄 수 있다. 문장이 묘사적이 아니며, 줄거리를 간결하게 요약하는 문체이며, 놀라울 정도로 침착하고 정리되어 있다. 그렇다면 이 작품은 일본 소설의 어떤 것을 모방한 것은 아닐까 하는 의문을 가질 수도 있다. 특히 문장과 구성의 미끈함에서 그러한 의심을 품을 만 하다."고 하고 김명순이 여학교를 다니면서 큰오빠가 읽던 일문 소설책만 읽었다는 전영택의 글을 인용하였다. 그는 특히 그 후의 「칠면조」나 「꿈 묻는 날 밤」 같은 작품은 문장이 가끔 단절되고, 심리적 추구에서 오는 거북한 묘사와 졸렬한 어법이 눈에 띄는 것은 첫 작품과 지나친 차이가 아닐 수 없다고 하였다.

2 필자는 「근대 여성의 문학활동」에서 김명순의 「의심의 소녀」가 1차 일본 유학 체험 후에 씌어진 것임을 밝혀보았다. 전기적 사실을 확인하여 「의심의 소녀」가 일본 작품의 표절일 수 있음을 우선 짚어본 것이다. 서정자 · 박영혜, 「근대 여성의 문학활동」, 『한국근대여성연구』, 숙명여자대학교 아세아여성문제연구소, 1987, 204쪽.

있으므로 최초의 본격적 여성소설이라 볼 수 있다는 것이다.[3] 최초의 여성소설이 무엇이냐를 따지는 것은 실상 그리 중요한 것이 아닐 수 있다. 그러나 1910년대 우리 문학에서 나혜석의 소설이 차지하는 비중이 적지 않다고 평가되고 있는 오늘날, 나혜석의 처녀작이 발굴된다면 나혜석의 소설세계는 물론이요, 1910년대 우리 문학은 한결 풍요로워질 것이고 우리 여성문학도 표절의 꼬리를 뗌으로써 그 출발이 한결 당당해지는 성과가 있을 것이다.

1988년 필자는 한국여성문학연구회 창립 세미나에서 『여자계』 2호에 실린 나혜석의 소설 「경희」와 「회생한 손녀에게」를 발굴, 학계에 처음 소개하는 논문을 발표하고, 1991년 나혜석의 두 번째 소설인 이 「경희」를 『여성소설선 I』에 수록 발표하였다. 나혜석의 소설 「경희」는 여성문학계뿐만 아니라 여성학 분야에서도 '경이'적인 소설로 대단한 반향을 불러일으켰다. 이후 소설 「경희」는 많은 연구자들에 의하여 1910년대 우리 문학에서 남성문인의 작품을 앞지르는 탁월한 단편소설로 평가되었다.[4] 이는 「회생한 손녀에게」에게도 적용될 수 있는 평가이다. 여성문학에 대한 관심이 높아진 데도 원인이 있지만 나혜석에 대한 관심과 평가는 날이 갈수록 더욱 무게가 실리고 있다. 이제 발표 시기가 김명순보다 수개월 뒤졌다뿐이지 나혜석의 소설 「경희」는 실질적인 최초의 여성소설이라고 생

---

3 강경애를 집중 연구한 이상경 교수는 강경애야말로 본격적 여성작가라고 말한다.

4 서정자, 「나혜석연구」, 『문학과 의식』 제2호, 1988 ; 정순진, 「정월 나혜석의 초기 단편소설고」, 『한국문학과 여성주의 비평』, 1993, 국학자료원 ; 송명희, 「이광수의 「개척자」와 나혜석의 「경희」에 대한 비교연구」, 『비교문학』 제20집, 1995 ; 김재용 · 이상경 외, 『한국근대민족문학사』, 한길사, 1993 ; 이호숙, 「위악적 방어기제로서의 에로티즘」, 『페미니즘과 소설비평』, 한길사, 1995 ; 노영희, 「나혜석 그 이상적 부인의 꿈」, 『한림일본학연구』, 1997. 11.

각하는 것이 학계의 분위기이다. 그러나 '최초의'라는 에피세트는 시기적으로 가장 먼저 발표되었다는 것을 조건으로 하므로 '실질적'이라는 관형어가 붙는다는 것은 최초의 여성소설이 아니라는 뜻을 나타내는 것이기도 하다.

필자는 1987년 한 글에서 『여자계』의 공적을 언급하면서 창간호에 실린 여성소설이 최초의 여성소설일 것이라는 자료를 찾아 제시한 바 있다.[5] 이어 나혜석의 「경희」와 「회생한 손녀에게」를 발굴 소개하면서도 『여자계』 창간호에 실린 소설이 나혜석의 처녀작일 것이라는 언급을 한 바 있었다. 나혜석의 처녀작이 따로 없다면 모르거니와 밝혀진다면 최초의 여성소설이라는 칭호는 나혜석의 작품에게로 돌아가야 할 것이다. 이 글은 오랫동안 나혜석에 대하여 필자가 가져온 작은 관심을 정리한 것이다. 필자는 그동안 『여자계』 창간호를 찾아 국내외 여러 도서관 등지를 뒤져 보았으나 아직까지 『여자계』 창간호를 발견할 수는 없었다. 그러나 다행히 『여자계』 창간호에 실렸다고 본 나혜석의 작품 제목과 줄거리를 발견하여 이를 나혜석의 처녀작으로 논증해볼 수 있게 되었다. 비록 작품을 입수하지는 못하였으나, 필자는 제목과 줄거리만이라도 학계에 보고해서 나혜석 소설의 문학사적 위치를 재고해야 한다고 보았다. 거기에는 나혜석이 장편소설을 쓴 바 있다는 기록을 보탤 수 있다는 점도 크게 작용을 하였다.[6] 처녀작의 확인과 장편소설의 존재는 나혜석 문학에서 소설

---

5 서정자 · 박영혜, 「근대여성의 문학활동」, 『한국근대여성연구』, 숙명여자대학교 아세아여성문제연구소, 1987.

6 지금까지 나온 나혜석 연구에 나혜석이 장편소설을 썼다는 자료를 제시한 논문이 없었다는 점은 이상한 일이다. 이구열 편저, 『에미는 선각자였느니라』 동화출판공사, 1972, 25쪽 참조. (이 글의 교정 중 만난 안숙원 교수로부터 지난 4월 27일, 경기도 문화예술회관에서 열린 나혜석 바로알기 제1회 국제학술심포지엄에서 『김명애』에 대한 중요한 언급이 있었음을 전해들었다. 이

이 차지하는 비중을 더하게 함과 동시에 우리 여성문학사에서 또는 우리 신문학사에서 여성소설의 출발 시기를 앞당기게 하고 표절 등의 시비도 끝나게 할 것이다. 나혜석의 소설이 김명순의 소설보다 앞서 발표된 것이 확실하다면 최초의 여성소설과 작가의 영예를 나혜석에게 돌려 이를 분명히 해두는 것도 의의 있는 일이라고 생각한다.

2. 『여자계』 창간호

필자가 찾은 것은 『여자계』에 나혜석의 소설 「부부」가 실려 있었다는 기록이다. 필자는 이 「부부」를 나혜석의 처녀작으로 보고자 한다. 박화성이 1968년에 쓴 「한국 여성작가의 사회적 지위」[7]에는 다음과 같은 글이 씌어 있다.

> 참으로 한국의 신문학 초창기(1910~1920년대)에 등단한 김명순(1917)의 단편소설 「의문의 소녀」, 나혜석(1918)의 단편소설 「부부」, 김일엽(1920)의 수필이나, 박화성(1925)의 단편소설 「추석전야」, 백신애(1928)의 단편소설 「나의 어머니」 등은 당시 봉건적인 남존여비의

날 주제 발표에서 안숙원 교수가 장편 『김명애』의 존재에 대해 언급하자 나혜석의 질녀 나영균 교수가 집안에 있는 이 『김명애』 원고를 보았으며 이 원고는 6·25전쟁 중 일실되었다고 증언을 한 것이다. 나혜석의 장편 『김명애』가 완결된 작품이었으나 춘원 이광수가 자신과 관련한 부분이 있어 출간을 말렸던 것 같으며, 나혜석의 오빠 나경석 씨도 이 소설 출판이 가져올 파장을 염려, 출간을 적극 반대하였다는 것이다. 이 원고는 수전증의 나혜석 씨가 불안정한 글씨로 원고 한 칸 한 칸을 메워간 것으로 이혼 전후의 상황 및 심경이 담긴 내용이었을 것으로 추측하였다.)

7 박화성, 「한국 여성작가의 사회적 지위」, 『순간과 영원 사이』, 1977, 273쪽.

암흑 사회를 헤치고 과감히 한국여성의 권익을 보호하기 위하여 선구자적인 희생을 각오하고 나섰던 것이다.

남기고 싶은 이야기들

〈第58話〉

文學誌를 통해본 文壇秘史

20代「朝鮮文壇」前後

朴花城

(2103)

羅蕙錫의 短篇

『女子界』에 『夫婦』라는 小品을 발표

早婚이 빚는 비참한 女性生活 그려

〈화가 羅蕙錫씨〉

나혜석의 처녀작 「부부」의 존재를 증언한 「남기고 싶은 이야기들」. 수필집 『순간과 영원 사이』에는 1969년에 쓴 글로 같은 증언이 담겨 있다.

박화성은 나혜석의 단편소설 「부부」가 있다는 정도의 기록을 하고 있는 것이 아니라 다른 여성작가의 등단작을 쓰는 자리에 나혜석의 「부부」를 적어 넣고 있다. 그는 나혜석의 작품 중에 이 작품이 가장 먼저라는 것을 기억하고 있는 것이다. 박화성은 다시 1969년, 「문단교유기」에서 또 나혜석의 소설을 언급한다.

> 여기서 한 가지 빼 놓을 수 없는 사실이 있다. 1923년경이 아닐까 기억하는데, 그 당시 동경에 유학하던 여학생들이 만들어 내던 『여자계』라는 얄팍한 잡지가 있었다. 거기에 춘원의 부인 허정숙 씨와 지금은 여승이 된 김원주 씨의 단상과 수필 등 그리고 화가 정월 나혜석 씨의 단편이 실려 있었다. 나혜석 씨는 화가로만 유명한 줄 알았는데 「부부」라는 짤막한 소설에서 억울하게 학대받는 한 여성이 봉건적 유습에 비참하게 희생이 된 생활상이 재치 있게 잘 그려져 있는 것을 보고 그때 18세이던 나는 감탄하고 있었다.[8]

---

8 박화성, 「문단교유기」, 『순간과 영원 사이』, 앞의 책, 253쪽. 박화성, 남기고 싶은 이야기들 제58화 「나혜석의 단편」, 『중앙일보』, 1977. 12. 10에도 실렸다.

위 두 인용은 문학 연구자가 아닌 작가의 기억에 의존한 기록이다. 백신애의 작품 발표 시기(1929)가 1928년으로 나와 있는 점이라든가, 허영숙을 허정숙이라고 하고 있는 점 등 몇 개의 오류가 있기는 하나 박화성은 매우 주목할 만한 증언을 하고 있다. 즉 나혜석의 작품 「부부」의 존재에 대한 중요한 증언이요, 그 줄거리까지 소개하고 있는 매우 귀중한 증언을 남기고 있는 것이다. 나혜석이 남긴 소설은 불과 4편, 여기저기 작품 연표에 나온 것을 통틀어보면 6편이지만, 지금까지 확인되지 않은 것으로 보아서 「규한」[9]이나 「정순」이라는 작품명은 와전인 것 같고, 「경희」, 「회생한 손녀에게」, 「원한」, 「현숙」 이 4편이 나혜석 소설의 전부로 확인되고 있다. 그러나 박화성의 증언이 사실이라면 나혜석의 소설 연보에 작품 1편을 추가할 수 있게 될 뿐 아니라 그 소설은 최초의 여성소설이 된다. 여기에 나혜석이 장편소설 1편을 썼다는 기록도 덧붙여야 하리라. 이 구열은 『에미는 선각자였느니라』의 한 각주에서 나혜석이 장편소설을 썼다는 기록을 전재하고 있다.

> 동경 유학생 시대에 『여자계』란 잡지를 창간하여 晶月이란 호로써 단편소설을 많이 썼던 화가 나혜석 여사는 최근에 화필을 드는 여가에 솟아오르는 창작욕을 참을 길 없어 『金明愛』란 장편소설을 집필하여 벌써 거지반 탈고하여 春園에게 보내었다 하는데, 이것은 여사의 자서전에 해당한 것으로 예를 찾자면 「三宅こす子」의 「僞はれろ未亡人」의 일편(一篇)에 쌍벽이 되지 않을까. 이 소설이 발표된다면 재화(才華)의 이 여류화가를 싸고도는 제 남성의 애욕사도 은현할 것이어

9 「규한」은 이 논문이 씌어진 후 이상경교수가 「규한」을 발굴함으로써 실재가 확인된 셈이다. 이상경교수는 이어 「어머니와 딸」도 발굴하였다. 이상경 편집 교열, 「나혜석 전집」, 태학사, 2000. 1.

서 흥미진진할 것이라 할진저.[10]

1933년『삼천리』12월호「동정단신」에 실린 나혜석의 근황이다. 최린과의 스캔들로 이혼한 후 그 여진이 아직 남아 있는 상황에서 나온 소설 탈고 소식이니 만큼 소개 문투가 가십 투로 되어 있어 안타깝지만 이 인용대로라면 나혜석은 장편소설을 한 편 쓴 것이다. 발표가 되지 않았으나 탈고까지 되었다니 불확실한 작품 연보보다 믿을 만하다고 생각된다. 그렇다면 나혜석의 작품 연보는 다시 쓰여야 하지 않을까? 1910년대, 소설 작품이 영성하기 그지없는 신문학 초기, 우리 소설사에서 나혜석의 존재는 이제 그 중요성이 공인되고 있는 만큼, 그의 처녀작「부부」, 그리고 장편소설『김명애』의 존재 확인은 나혜석 연구자뿐만 아니라 여성소설을 아끼는 모든 이에게 매우 고무적인 사실일 것이다. 이제 문제는 "「부부」가 나혜석의 소설"이라는 박화성의 증언이 과연 사실인가를 밝히는 일이다. 필자는 이를 고증함으로써 나혜석의 소설「부부」의 실존 여부를 증명하고 그 내용을 유추해봄으로써 나혜석 소설세계를 밝히는 데 일조해볼까 한다.

먼저 우리가 해야 할 작업은『여자계』창간호에 대한 확증이다.『여자계』는 창간호가 언제 발간되었는지가 확실하지 않았다. 그것은『여자계』의 창간호가 두 가지로 찾아지기 때문이다. 하나는『청춘』에 쓴 육당의 글대로 1917년 9월 이전 판이요, 또 하나는『학지광』의 소식란에 쓰인 글대로 1917년 봄에 나온 등사판이 그것이다.

『여자계』제1호를 기래(寄來)하니 이는 동경에 유학하는 우리 여학

10 나혜석 여사의 장편,『삼천리』, 1933. 12, 67쪽.

○「女子界」

「女子界」第一號를 寄來하니 이는 東京에 留學하는 우리 女學生들이 새 消息을 故鄕姉妹에게 傳하기 爲하야 合力刊行하는것이라 대개 우리의 안악네가 입잇는표를 膽大하게 드러낸 嚆矢라할것이러라

二

육당 최남선이 1917년 10월호에 『여자계』 창간호를 받고 쓴 글. 여기 실린 소설에 극찬을 하고 있다. 『청춘』, 1917. 9.

> 생들이 새 소식을 고향 자매에게 전하기 위하여 합력 간행하는 것이라. 대개 우리 아낙네가 입 있는 표를 담대하게 드러낸 효시라 할 것이러라.[11]

육당은 이 『여자계』가 제1호이며 "우리 아낙네가 입 있는 표를 담대하게 드러낸 효시"라 하여 창간호임을 분명히 하였다. 따라서 『여자계』 창간호는 1917년 9월 이전에 발행된 것이다. 이 창간호에 여성이 쓴 소설이 실렸다고 육당이 증언하고 있어 필자는 이 소설을 찾아보려는 노력을 하게 되었던 것이다. 그러나 1917년 7월 발행한 『학지광』 13호의 소식란

11 육당, 「여자계」, 『청춘』, 1917. 9, 11쪽.

을 보면 제1호『여자계』는 1917년 봄에 등사판으로 발간하였고, 6월 말에 제2호를 발행하였다고 되어 있다.

> 지난 춘기에 등사판으로 제1호를 발간하였던 잡지『여자계』는 대발전의 준비를 가지고 지난 6월 말일에 활판으로 50여 항의 제2호를 발행하였는데 여자 제씨의 심각한 사상과 미묘한 문장은 남자로 하여금 앙면(仰面)의 여지가 없으리만큼 그 내용이 풍부하고 그 보무가 당당하더라. (정가 15전, 발행소 東京府下 下澁谷 343 常盤屋 여자계사)

여기에서 등사판『여자계』가 창간호인가, 활판『여자계』 제2호가 창간호인가의 문제가 발생한다. 이에 대해 명확한 답을 줄 자료는 없다. 그러나『여자계』 제2호 소식란에는『여자계』 발간 경위를 알려주는 간단한 글이 실려 있다.

> 우리『여자계』의 어머니 되시는 평양 숭의여중학교 동창회 잡지 부에서는 이 통기(通寄)에 의하여(잡지 발간이 늦어진 사유－인용자) 각 회원에게 그 이유를 인쇄하여 돌렸다 하며 그중에는 여하한 말이 써 있더라. "인가는 우리가 득하였는데 명예는 동경 거 여자유학생친목회에게 讓하고 우리는 지금『여자계』에 대하여 논문을 부하고 책자 賣與에 열심하기로 작정이오며 만일 동경에 거류 제씨가 主宅하고 발행하는 시에는 본회에서는 적립금 50원을 기부하고…… 云"하였더라.

이 인용을 보면『여자계』 발간의 발의는 평양 숭의여중 동창회에서 했으며 인가까지 냈으나 동경 여자유학생친목회가 그 명예를 가져간 것으로 되어 있다. 발행을 위해 사무실을 정한다면 기부금 50원을 보내겠다는 내용으로 보아 숭의여중 동창회와 동경 여자유학생친목회와는 꽤 우호적인 관계인 것을 알겠다. 숭의여중 동창회와 동경 여자유학생친목회가 어떤 연유로 연계가 되었는지는 알 수 없으나 숭의여중 동창회가 『여자계』 발간과 관련이 있다는 흥미 있는 자료이다. 『여자계』는 동경 여자유학생 친목회에서 처음부터 낸 것이 아니라 숭의여중 동창회에서 먼저 냈는지도 모른다. 그러나 활판으로 출간하면서 제1호라고 명기한 것은 틀림없어 보인다.

위에 인용한 소식란에는 다른 기사도 실려 있다. 전년(1917) 10월 17일에 여자 친목회 임시 총회를 열었는데, 회장에 김마리아, 총무에 나혜석이 새로 뽑혔고, 『여자계』 편집부장에 김덕성, 편집부원에 허영숙 · 황애시덕 · 나혜석, 그리고 편집찬조에 전영택 · 이광수를 선(選)하였음을 알리고 있다. 그러나 『여자계』 제2호에 추호 전영택이 쓴 글을 참조하면 『여자계』 제1호 편집에 이미 전영택이 참여하고 있음을 알 수 있으며, 문맥으로 미루어 전영택이 기자로서 『여자계』 제1호 편집을 거의 전담하고 있었음을 알 수 있다. 전영택의 「동경에서 부산까지 – 휴학 환국기」[12]를 보면 전영택은 "잡지 일로 내무성에 출두하였다가 12시에야 돌아와서 여태껏 애쓰던 잡지 일은 시름을 놓고" 귀국을 서둘러 동경역에 나간다.

> 먼저 사생상(寫生箱)을 들으신 나정월씨를 보고 인사하고 잠깐 회화를 하였다. (중략) 나정월 씨는 그네들(2호부터 『여자계』 편집부장을 맡은 김덕성 외(인용자 주))을 전송차로 나오셨다. 겸하여 기자를 전송하려는 뜻도 있어 나오신 줄 안다.[13]

나혜석은 이곳 동경역에서 『여자계』를 받아 요코하마, ㅇㅇ학교 갈 것 등으로 나누었으며, 전영택은 기차에서 김덕성에게 『여자계』 1호에 「여자

12 추호, 「동경에서 부산까지」, 『여자계』 제2호, 1918. 3, 57쪽.

13 위의 책, 같은 쪽.

의 본무」란 글을 기고해준 데 대한 감사의 인사를 한다. 김덕성은 "저희는 아무것도 하지 못하는데, 도리어 남자 되신 이가 여자계를 위하여 그렇게 힘써 일해주시니 어찌 부끄러운지요."라고 대답하고 있음에서 전영택이 『여자계』 1호를 거의 전담하다시피 하여 제작했음을 알 수 있고, 이때 전영택이 만난 여성들이 1917년 10월 임시총회에서 제2호를 위한 편집 스태프로 뽑히고 있음은 주목되는 사항이다.

그 임시총회의 기사를 계속 참조하면 "이날에는 처음으로 회원 출석이 만원이 되어 이제껏 미뤄 내려오던 제반 사무를 가뜬하게 다 처리하고 겸하여 『여자계』 편집 사무를 본회에서 주간(主幹)하기로 만장일치되었다"는 기록이 있다. 이날 처음으로 회원 출석이 만원이 되었다는 것은 『여자계』 1호 발간의 영향을 말하는 것이며, 이때에야 『여자계』 편집 사무를 동경 여자유학생친목회에서 주간하기로 한 것을 보면 창간호를 주간한 다른 단체나 모임이 있었음을 알 수 있다. 이때 그 단체가 평양 숭의여중 동창회였을 것은 앞의 인용을 보아 짐작하기 어렵지 않다. 창간호의 주간은 숭의여중 동창회가 하고 이때 전영택이 제작 실무를 맡고 김덕성, 나혜석과 허영숙 등 나중에 편집부원으로 뽑힌 멤버들이 『여자계』 발간에 집필자로 참여한 것이다. 전영택이 쓴 글 속에 『여자계』 1호 운운이 나오고 일기체인 이 글이 7월 11일인 것을 보면 활판 『여자계』 창간호 발간 날짜와도 잘 맞아떨어진다.

우리는 여기에서 박화성이 숭의여중 졸업생인 언니 박경애를 통해 『여자계』를 접하고 읽어보았을 가능성에 대하여 생각해볼 필요가 있다. 박화성은 이 사실에 대해 이야기하고 있지 않으나 숭의여중 동창회가 『여자계』 판매에 '열심하기로' 작정했다는 대목에서 이 『여자계』가 목포에까지 보급되었을 가능성을 읽게 된다. 박화성의 언니 박경애는 박화성이 숙명여학교에 유학하고 있을 때 배를 타고 평양 숭의여학교로 유학을 갔고,

후일 전주 기전여학교 교원으로 근무했다.[14] 『여자계』가 나올 무렵은 언니 박경애가 숭의여중을 졸업하고 있을 무렵이다. 그러니 숭의여학교 동문에게 보급되었을 『여자계』가 박경애를 거쳐 문학소녀 박화성에게 건너갔을 가능성은 충분하다. 감수성이 예민한 문학소녀에게 이 책은 대단한 감격과 도전의식을 심어주었으리라 본다.

이제 박화성이 증언한 『여자계』 창간호의 내용과, 현재 확인이 가능한 『여자계』 2, 3, 4, 5호의 목차를 대조해볼 차례다. 나혜석의 「부부」와 함께 실렸다는 춘원의 부인 허영숙 씨의 글과 일엽 김원주 씨의 글이 『여자계』 2호부터 5호까지의 목차에 나오지 않는데, 이는 박화성의 증언에 신빙성을 실어주는 것이다. 『여자계』 편집부원에 허영숙의 이름이 들어 있는데, 2호 및 그 이후의 목차에 이름이 보이지 않는 것은 1호에 허영숙의 글이 실렸을 가능성을 더욱 높여준다 하겠다. 이는 동시에 나혜석의 소설 「부부」가 『여자계』 창간호에 실렸을 가능성 역시 높여주는 것이다.

3. 나혜석의 소설 「부부」

다음 우리가 해야 할 일은 박화성이 읽었다는 나혜석의 소설 「부부」가 나혜석의 다른 소설을 말하고 있지 않은지 살펴보는 일이다. 나혜석의 소설을 다시 정리해보면 다음과 같다.[15]

단편 「부부」	『여자계』	1917. 6. 30

---

14 박화성, 『눈보라의 운하』, 여원사, 1960, 61, 77쪽 참조.

15 앞에서도 밝혔지만 이 논문이 발표된 후 이상경 교수가 발굴한 「규원」과 「어머니와 딸」을 소설 목록에 삽입해 넣는다.

단편「경희」	『여자계』	1918. 3
단편「회생한 손녀에게」	『여자계』	1918. 9
단편「규원」, 미완	『신가정』	1921. 7
단편「원한」	『조선문단』	1926. 4
장편『김명애』	미간행(원고 일실)	1933. 12
단편「현숙」	『삼천리』	1936. 12
단편「어머니와 딸」	『삼천리』	1937. 10

단편 7편 중 부부의 문제가 소재로 등장하는 소설은「경희」,「원한」이다. 이들 작품에 박화성이 말하는 "억울하게 학대받는 한 여성이 봉건적 유습에 비참하게 희생이 된 생활상이 재치 있게 그려져" 나오는지 살펴보자. 박화성이 제공하는 정보는 매우 제한되어 있지만 이 짧은 줄거리에는 그러나 인물, 사건, 그리고 디테일, 세 가지가 나와 있다. ① 소설의 주인공은 '억울하게 학대받는 여성'이고, ② 사건은 이 여성이 '봉건적 유습에 희생이 되는 이야기'이며, ③ 디테일은 '생활상을 재치 있게 그리고 있다'고 되어 있다. 이 세 가지 정보에 부합하는 소설을 찾아본다.

우선「경희」를 보면, 억울하게 학대받는 여성이 나오기는 하나 주인공이 아니며, 봉건적 유습에 희생되는 여성의 이야기가 나오기는 하나 주된 스토리가 아니다. 그에 비하여「원한」은 부부의 이야기가 적지 않은 비중을 차지하고 있는 작품이다. ①항과 ②항, 그리고 ③항까지도 대략 맞아든다. 그러나 우리가 유념해야 할 것은「원한」이 발표된 시기이다. 1926년은 박화성이 이미 작가로 등단(1925. 1)한 후이므로 이「원한」을 읽고 그 작품을「부부」라고 기억했을 리가 없다는 점이다. 더구나 이「원한」이 실린 잡지는 바로 박화성의 등단작「추석 전야」가 실렸던『조선문단』인 것이다. 박화성은 분명히『여자계』라고 밝히고 있으며 그 시기를 1918년, 1923년 두 가지로 썼고, 자신의 나이가 18세 무렵이라고도 썼다. 그러니까 박화성은 다만 그 시기를 정확하게 기재하지 못하고 있을 뿐, 자신이 문단에 등단하기 전에 나혜석의 소설을 읽었다고 말하고 있는 것이다. 이렇듯 시기나 발표 지면 두 가지만 보아도 「원한」은 박화성이 말하는 「부부」가 아니라는 심증이 가지만 무엇보다도 「원한」에 그려진 내용이 봉건적 유습에 희생이 되는 여성의 '생활상'이 아니라는 데서 「부부」와 같은 소설이 아니라고 말할 수 있다. 「원한」은 주인공 이씨의 '여자의 일생'형 스토리이다. 엄밀히 말하자면 주인공 이씨는 봉건적 유습을 잠시 '벗어나서' 자유를 누리다가 봉변을 당한 것이지 희생이 된 것은 아니다. 따라서 이 「원한」도 박화성이 말하는 「부부」가 아니다.

또한 이 두 작품 모두 박화성이 말하는 '짤막한' 소설이 아니다. 「경희」는 2백 자 원고지 120장이 넘고 「원한」도 2백 자 원고지 60장이 넘는다. 짤막한 소설이라면 김명순의 「의심의 소녀」나 나혜석의 짧은 소설 「회생한 손녀에게」 정도 되는 2백 자 원고지 20~30장 정도의 길이여야 한다. 우리는 이제 「경희」나 「원한」, 두 작품이 모두 박화성이 보았다는 「부부」가 아니라고 결론을 내려도 좋을 것이다.

그렇다면 나혜석의 「부부」는 구체적으로 어떤 내용이었을까? 앞서 살핀 두 작품에 나오는 부부 소재의 인물 사건 디테일 등과 나혜석이 남긴 글들에서 부부에 대하여 보여준 견해 또는 시각을 모아봄으로써 나혜석의 처녀작 「부부」의 내용을 짐작해보기로 한다. 나혜석의 소설 말고 남긴 글 중에서 부부에 대하여 쓴 글도 살펴보아야 해서 「부처간의 문답」(1923), 「젊은 부부」(1930)도 참조해보았다.

지금까지 1910년대 나혜석의 연구자들이 나혜석의 소설을 해석하면서 모두가 수긍하고 있는 점은 그의 소설이 당시에 씌어진 평론 「이상적 부인」, 「잡감」의 소설화라는 점이다. 이를 참조하면 나혜석의 처녀작 「부부」도 이 평론의 논조에서 벗어나지 않았을 것은 재언의 여지가 없다. 1914

년 12월의 「이상적 부인」, 1917년 3월의 「잡감」, 1917년 7월의 「잡감—K 언니에게 여(與)함」, 이 세 편의 논지는 교육을 통한 실력 쌓기와 그 실력을 바탕으로 여자도 사람이 되어야 하겠다는 여성해방의식이라 하겠는데, 이 글에 나타난 봉건여성들에 대한 나혜석의 견해를 찾아보면 다음과 같다.

> 습관에 의하여 도덕상 부인, 즉 자기의 세속적 본분만 완수함을 이상이라 말할 수 없도다. 일보를 경진(更進)하여 차 이상의 준비가 없으면 아니 될 바요, 단히 현모양처라 하여 이상을 정함도 필취(必取)할 바이 아닌가 하노라. 다만 차를 주장하는 자는 현재 교육가의 상매적 일호책이 아닌가 하노라. 남자는 부(夫)요, 부(父)라, 양부 현부(良夫賢父)의 교육법은 아직 듣지 못하였으니, 다만 여자에 한하여 부속물 된 교육주의라. 정신수양 상으로 언 하더라도 실로 재미없는 말이라. 또 부인의 온양유순으로 만 이상이라 함도 필취 할 바가 아닌가 하노니, 운(云) 하면 여자를 노예 만들기 위하여 차(此) 주의로 부덕의 장려가 필요 하였도다. 연(然)한중 금일의 부인은 장장 시간에 남자를 위하여만 진무케 하는 주의로 양성한 결과 온양유순에 과도하여 그 이상은 태(殆)히 이비(理非)의 식별까지 부지하는 경우에 지(至)함이라.[16]

1914년에 이미 나혜석은 현모양처 교육의 문제점을 간파하고 있다. 현모양처 교육은 여자에 한한 부속물 된 교육주의요, 교육가의 상매적(商賣的) 일호책(一好策)이라는 것이다. 또한 여성의 이상적 성품이라고 가르치고 있는 온양유순(溫羊柔順)도 여자를 노예로 만들기 위해 장려된 것이라 하였다. 오늘날 여성은 오랜 시간을 남성을 위해서만 진무케 하는 주의로 양성된 결과, 온양유순에 과도하여 옳고 그름의 식별까지 알지 못하

16 나혜석, 「이상적 부인」, 『학지광』, 1914. 12.

는 경지에 이르렀다고 보았다.

1917년 3월에 쓴 「잡감」에서 나혜석은 여성이 가는 길을 눈 내린 산길을 걸어 오르는 데 비유하고 있는데 앞서 간 발자국 중 헛디딘 발자국을 보매 동정이 간다고 쓰고 있다.

> 그 사람도 몇 군데 헛디딘 자국이 있는 것을 보니 이 두터운 눈을 한 번 밟기도 발이 시리거든 그 사람은 길을 찾노라고 방황하기에 얼음도 밟게 되고 구렁이에도 빠지게 되었으니 아마도 그 사람의 발은 꽁꽁 얼었을 것 같소. 동동 구르며 울지나 아니하였는지 몹시 동정이 납데다. 그러나 발자국을 따라 반쯤 올라가니 그 사람의 간 길과 나 가고 싶은 길이 다르오 그래. 나도 그 사람과 같이 두텁게 깔린 눈을 푹푹 딛어야만 하게 되었소. ……[17]

이 글에서 나혜석은 앞서간 사람이 눈 구덩이에 푹푹 빠져 고생하였을 것을 동정하고, 그러나 앞서간 그 사람과 자신이 가는 길이 다르다고 분명히 쓰고 있어서 앞서간 사람이 전통적 삶을 살아간 여성임을 암시하고 있다. 그는 이 여성들을 동정하는 마음이 몹시 '났다'고 쓰고 있는 것이다. 나혜석은 또한 바로 「부부」를 쓴 시기와 맞물리는 때에 발표한 「잡감-K언니에게 여함」에서는 "우리는 남자를 구수(仇讎)같이 알고 남녀 양성은 육으로만 결합되는 줄 아는데 남들은 남자를 이해하여 남성의 특징을 내가 취하기도 하고 여성의 장처를 그에게 자랑도 하여 남녀 양성간에 육 외에 영의 결합까지 있는 줄을 압니다."[18]라고 해서 전통적인 남녀의 인식이 육적 결합만의 것이었다고 보고 있다.

---

17 나혜석, 「잡감」, 『학지광』, 1917. 3.

18 나혜석, 「잡감-K언니에게 여함」, 『학지광』, 1917. 7.

다음, 「부처간의 문답」과 「젊은 부부」를 보자. 1923년에 쓴 「부처간의 문답」은 서양 가정의 풍습을 이상적인 가정생활로 보면서 부부가 새로운 가정을 만들어가기 위해 대화하는 내용이다. 조선 가정에 대하여는 "우리들과 같이 죽지 못하여 살아가는 것과는 천지 상반이겠지요."라는 한마디가 나오는 정도이다. 봉건적 유습에 희생을 당하는 이야기는 전혀 나오고 있지 않다.

「젊은 부부」는 나혜석이 이혼하기 직전 1930년에 쓴 글로서, 서울역 대합실에서 만난 지극히 평범한, 그러나 '사이 좋은' 부부의 모습에서 삶의 아름다움을 새삼스럽게 발견하는 이야기이다. 봉건적 유습에 희생당하는 여성의 이야기가 아니라 부부로 살아가는 '살이' 그 자체의 아름다움을 쓰고 있어 이 글의 내용도 나혜석의 처녀작에 나온 부부의 이야기와는 상반되고 있다. 나혜석의 처녀작에 씌어진 구체적인 부부 이야기를 유추하기 위해서는 아무래도 처녀작과 가장 가까운 시기에 쓰인 「경희」와 9년 뒤에 씌어진 「원한」을 참고할 수밖에 없다.

「경희」(1918)는 일본 여자 유학생이 주인공으로 나오는데, 전통적인 결혼과 평범한 여성의 삶을 거부하면서 한편으로 조선 가정의 개혁을, 또 한편으로는 '여자도 사람이어야 하겠다'며 잔다르크, 횟드, 스라루 같은 나라를 구할 만한 사람이 되기 위한 여성개혁을 주장한다. 주인공이 개혁해야 한다고 생각하는 조선 가정의 문제는 크게 두 가지다. 하나는 배우지 못하고 깨치지 못한 여성으로 인한 가정불화의 씨앗을 없애는 것이고, 또 하나는 축첩의 비극을 없애야 한다는 것이다.

나혜석이 「경희」에서 보여주는 배우지 못한 여성으로 인하여 야기되는 조선 가정의 문제는 바로 수남 어머니가 며느리로 인하여 근심하는 것들이다. 배우지 못한 수남 어머니의 며느리는 시집온 지 8년이 되도록 시어머니 저고리 하나도 꿰매어 정다이 드려보지 못했다. 바늘을 쥐어주면 곧 졸고 앉았고, 밥을 하라면 죽을 쑤어놓고, 나이가 먹어갈수록 마음만 엉뚱해가는 것이 사람을 기막히게 한다. 배우지 못한 여성은 창조적으로 하기는커녕 남들이 하는 만큼의 흉내도 내지 못한다. 경희는 한숨짓는 수남어머니를 보며 "자극을 받는 동시에 이와 같이 조선 안에 여러 불행한 가정의 형편이 방금 제 눈앞에 보이는 것 같았다." 경희는 굳게 맹세한다. "내가 가질 가정은 결코 그런 가정이 아니다. 나뿐 아니라 내 자손, 내 친구, 내 문인들이 만들 가정도 결코 이렇게 불행하게 하지 않는다. 오냐, 내가 꼭 한다." 「경희」가 보여주는 조선 가정의 문제는 '학대받는 여성'의 문제가 아니라, 배우지 못하고 배우려는 마음이 없는 한심한 신세대 여성들의 행태다. 「경희」의 주인공 경희는 풍문으로 떠도는 여학생들의 온갖 부정적 이미지와 달리 바느질을 잘한다. 부엌일도 잘한다. 그리고 집안일을 해도 고답적으로 하는 것이 아니라 창조적으로 한다. 학교에서 배운 음악의 운율을 적용해보기도 하고, 미술시간에 배운 색채의 조화도 적용해본다. 그리고 고된 일을 하는 아랫사람에게는 자애롭고, 험담하기 좋아하는 떡장사에게는 냉정하다. 이런 경희의 행동들은 당시 여학생들의 잘못된 의식에 대한 비판을 담고 있는 것이다. 따라서 이 소설에 나오는 여성들은 '억울하게' 학대받는 세대나 상황이 아니다.

그러면 또 한 가지 조선 가정의 문제로 보고 있는 축첩의 문제는 어떻게 인식하고 있는가 보자. 「경희」에 나오는 사돈마님, 할머니, 어머니 모두는 다 축첩으로 인하여 고통을 당한 경력을 지니고 있다. 경희의 할머니는 "사내가 첩 하나도 둘 줄 모르면 그것이 사내냐?"[19]라고 이야기한다. 경희의 할머니가 이로 인해 속을 썩는다는 말은 없지만 첩 두는 것을 사내들의 일반화된 속성으로 치부함으로써 고통을 호도하는 문법이다. 그

---

19 나혜석, 「경희」, 『여자계』 2호, 1918. 3, 61쪽.

러나 경희가 하는 다음과 같은 속말은 사돈마님의 진심을 꿰뚫고 있다.

> ……당신 댁처럼 영감 아들간에 첩이 넷씩이나 있는 것도 배우지 못한 까닭이고 그것으로 속을 썩이는 당신도 알지 못한 죄이에요. 그러니까 여편네가 시집가서 시앗을 보지 않도록 하는 것도 가르쳐야 하고 여편네 두고 첩을 얻지 못하게 하는 것도 가르쳐야 합니다.[20]

경희의 어머니 김부인도 경희가 부잣집에 시집가기 싫다고 하면서 '비단치마 속에 근심과 설움이 있다'고 하는 말에 공감한다.

> 김부인은 자기도 남부럽지 않게 이제껏 부귀하게 살아 왔으나 자기 남편이 젊었을 때 방탕하여서 속이 상하던 일과 철원 군수로 갔을 때에도 첩이 두 셋씩 되어 남 몰래 속이 썩던 생각을 하고 경희가 이런 말을 할 때마다 말은 아니하나 속으로 따는 네 말이 옳다 하는 적이 많았다.[21]

이렇게 소설 속에 잠깐 비치는 정도이지만 할머니, 사돈마님, 어머니 등 구여성의 거의 모두가 절실히 겪고 있는 문제가 축첩이다. 「경희」의 주인공이 신여성이기에 구여성의 이러한 문제는 대화 중 잠깐 얼굴만 내미는 정도이지만, 이를 다음과 같이 해석하면 안 될까? 조선 가정에서 가장 시정해야 할 사안이지만 지난번 소설에서 정면으로 다루었으니 이 소설에서는 주제에 기여하는 정도로만 언급을 한 것이라고.

나혜석의 네 번째 소설 「원한」은 구여성의 전락의 기록인 셈인데 주인공 이씨가 남편과 부부로 산 기간은 바로 남편의 난봉으로 고통을 받은

---

20 위의 책, 같은 쪽.

21 나혜석, 「경희」, 『여자계』 2호, 1918. 3, 68쪽.

기간이었다. 11세에 장가를 간 남편이라는 작자는 4, 5년이 지나자 주색 방탕, 난봉이 나기 시작하여 19세에는 술 중독으로 죽고 말았다. 15세에 시집 와서 23세에 과부가 된 이씨는 앞집 호색한 박 참판에게 겁탈을 당하여 그의 첩이 되고 얼마 아니하여 눈 밖에 나 거리의 행상이 되고 만 것이다. 「원한」은 남성들의 주색 방탕이 한 여성의 일생에 드리운 비극을 그린 것이라 하겠다. 말하자면 가정의 문제라는 측면에서 볼 때, 남성의 주색 방탕이 가장 문제라고 보고 있는 셈이다. 이렇게 살펴 나올 때 나혜석의 「부부」가 다룬 봉건적 유습에 희생이 되는 이야기는 현모양처로 양육된 여성이 전통적인 여성의 삶의 길을 가다가 '눈과 얼음에 발이 빠져서 허우적대는' 이야기로서 남성의 축첩으로 빚어지는 비극을 그린 것이 아닐까 짐작된다.

4. 1910년대 소설과 부부 문제

나혜석의 처녀작이 부부 문제를 주제로 택하고 있는 것과 관련하여 우리는 몇 가지 사항을 떠올릴 수 있다. 첫째는 우리 신문학사 초기 1920년대 작가들이 여성문제 소설을 써서 등단하면서 한결같이 남녀간의 사랑에 초점을 맞추고 있는 데 반해서 나혜석은 왜 부부 문제, 또는 전통적인 결혼에 대한 재고를 주제로 하여 소설을 쓰고 있을까 하는 점이다. 둘째 이와 관련하여 생각해보는 것은 이광수가 1916년부터 1917년 사이에 조선 가정의 개혁 및 혼인에 관하여 쓴 글들이요, 셋째는 나혜석과 이광수의 가까운 관계이다. 그리고 넷째는 이광수의 1910년대 단편 중에서 봉건적 유습으로 인한 부부 문제를 다룬 단편 「무정」과 나혜석의 「부부」의 비교가 가능하겠다는 것이다.

우리는 나혜석의 첫사랑이 비극으로 끝난 이야기나 김우영과의 결혼의 전말, 최린과의 스캔들 등을 미루어서 나혜석이 자유연애에 매우 적극적인 성품이었던 것으로 이해하고 있지만, 나혜석의 소설 속에서는 자유연애를 예찬하는 문맥을 찾기 어렵다. 이러한 주제의식은 그에 대한 선입견을 재고하게 하는 것이다. 실상, 그의 첫사랑도 "약혼이 먼저였고 사랑은 그다음이었다"[22]는 증언이 있고 보면 '인형 의식의 파멸'이나 '불꽃의 여자' 등의 주인공으로서만 보기에는 어울리지 않는 점이 있다. 자유분방한 그의 면모는 후일 자전적 단편「현숙」에 일부 드러난다고 보고 있기도 하나, 최소한 그의 소설에서 낭만적 사랑의 동경 따위는 포착되지 않는다. 그의 초기 논설에서 누차 강조하고 있는 "공부해서 사업합시다"는 그의 계몽주의적 의식을 나타내는 말이기도 하면서 그의 문학관을 대변하는 말이라고도 하겠다. 이에 우리는 나혜석과 계몽주의자 이광수의 가까운 관계에 관심을 가지게 된다.[23]

이광수가 일본 후쿠자와 유키치(福澤諭吉)의 사상에 영향을 받아 쓴 것으로 믿어지는 신(新)결혼관, 부부관은 전통적인 결혼제도에 대한 신랄한 비판이거니와 개화사상 내지 자유연애사상(신도덕)의 수입은 그 어느 것보다 전통적 결혼으로 인한 비극에 소설적 관심을 머물게 하였을

---

22 염상섭,「추도」,『신천지』제9권 1호, 1953. 12, 106쪽. "연애에서 약혼이 성립된 것이 아니라 약혼에서부터 출발하여 열렬하고도 화려한 사랑의 꽃이 만개 되었던 것이었었다."

23 이구열,『에미는 선각자였느니라』, 동화출판공사, 1976, 24~25쪽. 이구열은 춘원이 나혜석의 오빠 나경석의 소개로 나혜석을 알게 되었으며, 둘이 한 때 연애 관계에 있었던 것이 사실이었다고 보고 있다. 또 그는 나혜석의 글들이 춘원의 지도 아래 씌어졌다고도 보았다. 이는『김명애』의 원고를 춘원에게 보낸 것으로도 입증이 된다 하겠다. 또 같은 책 다른 곳에서 이구열은 춘원의 부인 허영숙이 춘원 전집을 발간하면서 나혜석의 편지들을 아직 공개할 때가 되지 않았다면서 가져갔다고 쓰고 있다.

것이다. 실제로 이광수의 일기를 보면 이광수는 처녀작을 쓸 무렵 입센을 읽고 있으며[24] 1910년 단편 「무정」에서 봉건적 결혼 제도에 희생되는 '부인'의 비극을 그리고 있다.[25] 이 단편의 주제는 지금 우리가 찾고 있는 나혜석의 처녀작과 그 주제에서 상당히 유사함을 본다. 나혜석과 이광수가 동경 시절 가까운 관계였다는 '설'은 여러 군데서 찾아지는데 나혜석이 소설을 쓰는데 이광수의 지도가 없었더라도 최소한 이광수의 논설[26]과 소설을 읽었으리라는 추단은 무리가 아닐 것이다. 나혜석이 쓴 소설 「원한」은 이광수의 단편 「무정」과 그 모티브에서 상당히 유사점이 있다는 것도 놓쳐서는 안 되겠다. 나혜석의 처녀작 「부부」가 쓰이는 데는 이광수의 영향이 적지 않았으리라는 전제 아래 이광수의 단편 「무정」과 나혜석의 단편 「부부」를

無情

李光洙

六月中旬, 찌는 듯하는 太陽이 넘어가고 안개 같은 水蒸氣가 萬物을 잠가, 山이며, 川이며, 家屋이며, 모든 물건이 모두 半이나 녹는 듯 어두운 帳幕이 次次 次次 내림에 끓는 듯하던 空氣도 얼마큼 식어가고, 서늘하고 부드러운 바람이 빽빽한 밤나무 잎을 가만가만히 흔들어서, 靜寂한 밤에 바삭바삭하는 소리가 난다.

處所는 博川松林. 朦朧한 月色이 꿈같이 이 村落에 비치었는데, 기와집에 舍廊門 열어놓은 生員任들은 [illegible]한 쑥내로 蚊群을 防備하며, 어두운 마루에서 긴 대 털며 쓸데 없는 酬酢으로 時間을 보내나, 피땀을 죽죽 흘리면서 田畓에 김매던 가난한 農夫와 행랑 사람이며, 풀 뜯기와 잠자리 사냥에 疲困한 兒童輩는 벌써 世上을 모르고 作眠하는데, 이 村中 中央에 있는 四, 五채 瓦屋 뒷문이 방싯하고 열리더니, 그리로 한 二十歲나 되었을 만한

이광수 단편 「무정」(1910년 3, 4월 『대한흥학보』)

---

24 이광수, 「일기」, 전집 19권, 19쪽.

25 서정자, 「이광수 초기소설과 결혼모티브」, 『어문론집』 제3집, 숙명여자대학교 한국어문학연구소, 1993.

26 이 시기 이광수의 논설은 ① 조혼의 악습, ② 조선 가정의 개혁, ③ 혼인에 대한 관견, ④ 야소교의 조선에 준 은혜, ⑤ 혼인론, ⑥ 자녀중심론, ⑦ 신생활론 등으로서 그 논지는 첫째, 부모의 의사에 따라 결혼하는 결혼은 변혁되어야 한다는 것, 둘째, 결혼은 적령기에 달한 남녀가 서로 애경의 감정이 있을 때 이루어져야 한다는 것, 셋째, 이를 위하여 여자도 교육을 시켜 우선 사람을 만들어야 한다는 것, 이 세 가지로 요약된다. 서정자, 위의 논문 참조.

비교해본다.

이광수의 단편 「무정」은 봉건적 유습에 희생이 된 억울한 여성의 이야기를 담고 있다. 이광수의 처녀작 「어린 희생」과 거의 같은 시기에 씌어진 단편 「무정」은 1910년 3월~4월 『대한흥학보』 11호와 12호에 실린 작품이다. 나혜석의 「부부」와 7년 정도의 상거가 있다. 단편 「무정」의 주인공 '부인'은 16세에 12세의 한명준과 결혼을 하나 명준은 부인에게 애정을 느끼지 못한다. 조혼의 신랑은 17세가 되었을 때 외박이 빈번하여 오입쟁이 칭호를 얻고 19세에 이르러 급기야 첩을 얻게 된다. 첩 두는 것을 허락 받기 위해 7년 만에 동침한 후 부인은 잉태하였으나 생부 제일에 본가에 갔다 돌아와보니 자기 방에 다른 여자가 들어앉아 있다. 무녀에게 점을 친즉 잉태한 아이가 딸이라 하여 낙심한 '부인'은 자결을 하고 만다는 줄거리이다. 남편의 축첩으로 인해 빚어진 비극이다. 물론 이 소설의 비극은 축첩에서 비롯된 것만은 아니다. 조혼, 게다가 당자의 의사와 상관없이 부모가 정해준 혼인이며, 또 혼인의 조건에서 문벌과 재산 가족을 우선 조건으로 본 전통적 결혼제도의 모순이 비극의 씨앗이다.

우리는 이 소설의 줄거리가 나혜석의 「부부」와 같이 봉건적 유습으로 억울하게 학대받다 죽어가는 여성의 이야기임을 보았다. 그러나 이 소설에서 우리는 '부인'의 억울하게 학대받는 '생활상'을 만날 수가 없다. 이야기는 글자 그대로 이야기일 뿐 '부인'이 억울하게 학대받는 모습이 구체적으로 그려져 있지 않은 것이다. 이광수의 습작에 가까운 초기 작품임을 감안하더라도 남성작가가 여성을 그릴 때 흔히 범하는 피상적 묘사를 이광수는 이 소설에서 그대로 보여주고 있다. '부인'이 소설 속에 등장할 때부터 주인공은 아예 여성의 공간을 떠나 남성의 공간으로 나아온다. 독약이 든 사기 병을 들고 '부인'이 뒷문을 방싯 열고 나오는 것이다. 그리고 '부인'의 생활 공간으로 장면이 이동하는 법이 없이 줄곧 남성 중심의 공간에서 이야기는 진행되고 끝난다. '생활상'이 그려질 여지가 없다.

나혜석의 소설 「경희」의 경우, "그것이 일상생활 속에서 다른 사람들과의 관계 속에서 구체적으로 묘사되고 있기에 그 절실함은 더욱 실감 있게"[27] 전달된다. 김재용, 이상경들은 이광수의 소설과 비교해서 나혜석의 이런 점을 높이 평가하고 있다.[28] 이러한 나혜석의 소설 기법을 감안할 때 나혜석의 「부부」에는 축첩의 비극을 줄거리로 해서 억울하게 학대받는 전통적 여성의 생활상이 실감 있게 그려져 있을 것이라고 믿어진다. 나혜석은 신문학 초기 남녀 작가를 불문하고 남녀의 사랑을 문제 삼은 것과 달리 결혼 문제(「부부」), 여성의 자각(「경희」), 애국정신(「회생한 손녀에게」) 등을 소설화한 보기 드문 지사형 작가이다. 나혜석의 소설 「부부」를 읽고 경탄을 아끼지 않은 육당의 글을 다시 한 번 읽어본다.

> ……소설 같은 것은 그 묘사가 극히 주도(周到)하고 극히 섬실(纖悉)하야 미상불 유염인(有髥人)의 필치에 견주어 특색이 저절로 나타낫다 할러라.[29]

이상 나혜석의 처녀작 「부부」에 대하여 소략하게 살펴보았다. 작품을 찾지 못한 상황임에도 옹색하게나마 글을 꾸려본 것은 나혜석에 그만

---

27 김재용 · 이상경 외, 『한국근대민족문학사』, 220쪽.

28 김재용과 이상경 등은 나혜석의 「경희」와 이광수의 소설을 비교하여 다음과 같이 평가하였다. "이광수의 소설에서 주장되는 반봉건의식의 추상성과 비교하면, 모호한 연애감정 문제가 아니라 신여성의 일상생활의 한 단면을 포착하여 봉건주의가 신여성에게 가하는 다양한 편견과 압력, 그리고 거기에 맞서는 여성의 자의식의 추이를 섬세하게 그려내었다는 점에서 훨씬 더 진지하고 현실적인 근대소설의 면모를 갖추고 있다고 평가할 수 있다." 『한국근대민족문학사』, 220쪽.

29 육당, 「여자계」, 『청춘』 제10호, 1917. 9, 12쪽.

큼 애정이 있어서였을 것이다. 박화성의 증언 한 줄이 나혜석 소설의 존재를 우리에게 알려준 귀한 계기가 되었음을 생각할 때 기록의 고마움과 자세히 읽기의 중요성을 다시 한 번 실감한다. 발표가 되지 못한 채 사장된 장편『김명애』와 함께 처녀작「부부」의 존재는 나혜석이 최초의 여성 소설을 쓴 작가라는 칭호를 받기에 부족함이 없다고 생각된다. 박화성은 그가 생존했더라면 "우리를 압도하는 큰 소설가가 되었을"[30)]것이라고 극찬을 하였는데 박화성 역시 나혜석에게서 범연하지 않은 작가적 역량을 보았던 것이다.

---

30 박화성, 앞의 책, 273쪽.

나혜석 연구

단편 「경희」, 「회생한 손녀에게」 발굴 보고

1. 들어가며

나혜석의 단편 「경희」와 「회생한 손녀에게」를 발굴하여 1988년 학계에 보고한 이 논문은 나혜석 문학 연구를 선도한 역사적 의미가 있다. 그러므로 이 책의 첫머리에 들어가야 마땅한데 직전, 「근대여성의 문학 활동」에서 『여자계』의 공적과 나혜석의 처녀작에 대하여 언급한 때(1987)로부터 정확히 햇수로 30년인 오늘의 눈으로 볼 때 이 조심스런 문장은 낯설다. '운좋게도' 원하던 자료를 찾지 않았는가. 더구나 그 내용은 예상을 뛰어넘는 것이 아니었는가. 내 글이 이렇게 힘없이 쓰였으리라고는 믿기 어려웠다.

당시는 바야흐로 제2페미니즘 문학의 물결이 도도하게 한국문학의 학계와 문단을 노크할 때였다. 나의 학위논문은 제1페미니즘 물결로 여성문학뿐만 아니라 춘원 이광수부터 김동인 등 신문학에 크게 영향을 미친 엘렌 케이 사상과 콜론타이 등 페미니즘 사상을 처음으로 소개하면서 전혀 알려진 바 없었던 한국 근대 페미니즘 문학, 1920, 30년대 한국 여성문학의 진면목을 처음 알렸던 때이기도 했다. 바로 그 즈음『또 하나의 문화』제3호는 서구 페미니즘 문학이론의 소개와 특집을 실었던 것이다. 페미니즘 문학이 여성학과 문학의 이슈로 전면에 부각됐을 때 "이미 한국에 페미니즘 문학이 있었다"는 주장은 학계에 상당히 충격이었던 것으로 보인다.[1] 필자가 편해 낸『한국여성소설선 I』[2]에 실은 나혜석의 소설「경희」가 일으킨 돌풍이 그것을 증명한다. 이 소설선이 나오기 3년 전에 나혜석의 소설을 처음 발굴하여 보고하는, 획기적이어야 할 이 논문이 페미니즘에도, 나혜석에도 매우 조심스런 자세로 글을 쓰고 있는 것이다. 1910년대 나혜석의 페미니즘 소설 발굴이란 대단한 이슈였을 텐데 나의 논조는 왜 그렇게 자신감이 없었던가? 이 논문은 이 두 단편소설이 신소설과 달리 한국 현대소설로서 얼마나 합당한 구성과 문장, 그리고 주제를 갖추었는지, 한국 현대소설사에 이 두 작품이 평가되어야 할 여건을 얼마나 갖추었는지 증명하기에 급급한 인상이다. 그렇다, 이 획기적인 나혜석의 페미니즘 소설이 우리 학계나 문단에서 인정을 받기 어려울 것을 걱정했던 것이다.

나는 종종 여성문학 연구자로서 여성작가와 작품에 진정성으로 대하기 시작한 때가 언제였는지 생각해볼 때가 있다. 나의 무의식에는 여성작가에 대한 폄하 의식이 있었던 것이 사실이다. 이 폄하 의식은 우리 여성작가와 작품을 자세히 읽는 데 장애가 되었다. 나는 여성작가에 대한 폄

---

1 이동하,「여성소설 연구의 전개과정과 서정자」,『한국문학과 인간해방의 정신』, 푸른사상사, 2003, 16~21쪽. 이동하 교수는 이 책에 나의 업적을 평가하여 과분한 글을 써 주었고,『국어국문학연구 50년』(이화여자대학교 한국문화연구소 편, 혜안, 2003)에서 해방이후 국어국문학연구 현대소설 분야를 논한 글에서 나의 학위 논문『한국근대여성소설연구』(국학자료원, 1999)를 20세기 한국소설의 대표적인 업적 16 저서 중 하나로 기록해주었다.

2 서정자 편,『한국여성소설선 Ⅰ』, 갑인출판사, 1991.

여성畵家 제1호 羅蕙錫

단편소설도 썼다

1918년 발표 「경희」 첫 공개

言文일치등 근대소설要件 완벽히 갖춰

女性的자아의 발견 主題 유학생 친목誌에 실어

근대여성문학 기점 재검토 주장 대두

近代 첫 女流作家 화가 羅蕙錫

국문학자 徐正子씨, 「羅蕙錫文學」 재조명

1918年 발표된 「경희」등 2편 公開

"金明淳·金一葉보다 수준 越等" 주장

신문에 소개된 나혜석의 「경희」 발굴 관련 기사.
『서울신문』, 1988. 7. 7, 『세계일보』, 1991. 4. 10

하 의식을 심어준 두 가지 원인이 있다고 생각했다. 하나는 물론 가부장주의 이데올로기이다. 가부장주의 사회에서 태어나 성장하면서 사회화되어오는 동안 보이지 않게 입력된 가부장주의 이데올로기가 자신도 모르게 여성작가나 작품을 가벼이 여기는 의식으로 내면화되었다. 또 하나는, 여성작가에 대하여 쓰인 악의적인 글들이 무의식중에 여성작가를 폄하하는 의식을 심화시키는 것이다. 이를 섬세하게 포착해내고 깨닫기까지는 상당한 시간이 필요했다. 1988년, 이 논문 「나혜석 연구」를 쓰는 나의 내면은 비록 여성문학연구에 남은 생애를 바치기로 마음먹었을지라도 여성을 위해 전혀 도움이 안 되는 이러한 생각들이 미처 청소가 덜 된 상황이었다.

나는 이 자리에서 두 번째 원인인 여성작가에 대해 쓰인 악의적인 글의 필자를 생각한다. 김기진의 글, 김동인의 『김연실전』, 이명온의 『흘러간 여인상』 등과 여러 가십난은 앞으로도 오래오래 다음 세대들에게 나혜석과 김명순 김일엽을 오해하도록 영향을 미칠 것을 염려한다.

부족한 대로 1988년 7월 7일 창립총회와 더불어 부산에서 열린 한국여성문학연구회 제1회 심포지엄에서 발표한 논문을 수록한다(불가피한 곳 몇 군데는 수정).

1910년대 여성문인과 그 문인 세계에 대해서는 적지 않은 고구가 이루어져왔으나 나혜석의 경우, 1910년대에 이룩한 단편소설의 업적이 빠진 채 논의되어옴에 따라 그의 문학에 대한 평가는 아직 논의의 여지가 남아 있다고 보인다. 나혜석의 문학은 1920년대에 쓰인 시 4편과 소설 2편 그리고 산문을 중심으로 이루어져왔다. 그러나 현전하는 여러 소설 연보를 참조해보면 나혜석은 모두 6편의 소설을 쓴 것으로 나타난다.

1.「정순」	「여자계(女子界)」	(?)
2.「경희」	「여자계」	1918. 3.
3.「회생한 손녀에게」	「여자계」	1918. 9.
4.「규원」	「여자계」(신여자)	1921. 7.
5.「원한」	「조선문단」	1926. 4.
6.「현숙」	「삼천리」	1936. 12.

이 작품 연보[3]는 다음 몇 가지의 중요한 문제점을 시사해준다. 첫째, 나혜석의 문학에서 소설이 차지하는 비중이 적지 않을 가능성이 있다는 사실이다. 6편의 소설은 4편의 시에 비해 우선 편수가 많을 뿐 아니라 훨씬 긴 기간, 그리고 역점을 두어 소설 창작에 몰두하였음을 말해주고 있다. 말하자면 나혜석의 문학에서 중심을 이루는 부분은 시가 아니라 소설

---

3 서정자편, 『한국여성소설선 Ⅰ』, 갑인출판사, 1991.

이라는 중요한 명제가 제시될 수 있다.[4] 둘째, 나혜석이 우리 근대 단편소설의 형성기라 할 1910년대에 소설을 써서 발표하고 있다는 점이다. 현상윤의 소설과 이광수의 초기 단편들로 대표되는 이 시기의 우리 문학에서 나혜석이 남긴 1910년대 소설들은 문학사적으로 의의를 밝혀야 할 충분한 이유가 있다 할 것이다. 셋째, 지금까지 나혜석의 소설에 대해 논의한 「원한」, 「현숙」 두 작품은 권영민 교수가 말한 바 나혜석이 동인으로 참여한 『폐허』가 종간된 1921년에 나혜석이 문단 관계를 청산한 이후의 작품들이라는 점이다.[5] 이 문단 관계 청산 이후의 작품이라고 해서 그 의의가 없다고 볼 수는 없으나 어쨌든 이 두 작품만으로 나혜석의 작품세계 내지 작가의식을 올바로 파악했다고 볼 수 없을 것이라는 점이다. 주지하다시피 최초의 근대 여성작가로 지목되는 김명순의 경우, 1910년대 단편이 「의심의 소녀」 1편이고 1917년의 이 단편에서 그의 문필 활동이 시작되고 있으나 나혜석은 이미 1914년부터 『학지광』을 통해 주목받는 글들을 발표해온 것이다. 이

1910、90년대 「韓國여성小說選」 출간

女性문학의 「어제와 오늘」 집대성

첫作家 金明淳등 19명의 단편 收錄

직업·愛情·이념 다룬 문제작품 담아

퇴보 정체된 흐름에 새로운 方向 제시

70년 만에 발굴되어 「경희」가 처음 실린 『한국여성소설선 I』 출간 관련 기사. 여성학, 여성문학 부교재로 많이 쓰였다.

---

4 나혜석의 전집이 출간되기 전임을 감안하기 바람.

5 권영민 교수는 김종욱 편 『날아간 청조』에서. 나혜석의 소설, 시, 수필, 논설, 기행문 등은 1914년에서 1938년까지 26년에 걸쳐 쓰였지만 그의 문단관계는 대체로 「폐허」가 둘째 권으로 종간되는 1921년에 청산되었다고 보았다.

점을 감안한다면 여성문인으로서 나혜석은 10년대 그의 단편소설들과 함께 재평가하지 않으면 안 될 작가이다. 요컨대 문학보다도 인간상에 문학사적인 의의를 부여하는 데서 그친 신문학 초기 여성문학의 세계가 나혜석의 경우 1910년대 단편소설이 발굴되고 검토되는 과정에서 그 의의가 새롭게 부각될 수 있다고 본다. 이에 이 글은 새로 언급되는 「경희」, 「회생(回生)한 손녀(孫女)에게」 두 단편이 나혜석의 문학에서 어떤 의미와 비중을 차지하는지 밝히면서 나혜석 문학의 새로운 의의 곧 페미니즘 문학적 가치 규명에 나아가고자 한다. 이 작품이 근대 단편소설의 형성기에 쓰였었던 만큼 우선 현대 단편소설적 성격을 밝히는 과정에서 그 문학사적 위상이 드러날 것이고, 현실 인식을 살피는 과정에서[6] 나혜석의 페미니즘, 즉 당대의 지식인 주인공이 가졌던 여성해방 의식과 주인공이 추구하고자 한 궁극적 이슈가 드러날 것이다. 나혜석의 두 소설을 중심으로 고찰하되 기타 논설과 시, 그리고 산문 등도 당연히 참고할 것이다.

2. 나혜석의 1910년대 단편소설

1) 「경희」의 서술구조와 현실인식

여성 지식인을 주인공으로 한 작품 「경희」는 200자 원고지 125장 길이의 역작 단편이다. 비록 김명순의 「의심의 소녀」보다 시기적으로 한발 늦는다고 하지만 「의심의 소녀」가 20장 길이의 소설임을 상기한다면 「경희」의 이 부피는 압도적이라 할 만하다. 더구나 남녀 작가를 통틀어 최초의

6 80년대의 문학연구에서는 '현실인식'을 살피는 것이 하나의 유행이었다.

여성 지식인 주인공의 소설이라는 점과 근대 단편소설의 형식적 요건을 구비하고 있다는 점에서도 작품「경희」는 충분히 문제적이다.「경희」는 4장으로 나뉘어 있는데 이는 단편소설의 구성을 유념한 분장인 듯이 보인다. 각 장별로 살펴본다.

(1) 발단(작품에는 一로 표시)

작품의 시작이 공시적 시점에서 출발하고 있다. 근대소설의 표현적 특질의 하나인 공시적 시점에서 사건 경과가 제시되어 있다.

> "아이구 무슨 장마가 그렇게 심해요"
> 하며 담배를 붙이는 뚱뚱한 마님은 오래간만에 오신 사돈마님이다.
> "그리게 말이지요. 심한 장마에 아이들이 병이나 아니 났습니까? 그 동안 하인도 한번 못 보냈어요."
>
> —「경희」[7)]

대화와 지문이 분리되어 있고 신소설과 달리 화자 표시도 없는 세련된 기술이다. 또한 공시적 시점에서 발단한 사건은 도중에 빈번히 시간적 역전이 이루어진다. 즉 과거가 요약적으로 중도에서 유입해 들어오는 근대적 구성법을 작가는 구사하고 있는 것이다. 일본 유학에서 방학을 맞아 돌아온 경희를 볼 겸 마을 온 사돈마님은 경희를 염려하는 체 다른 처녀의 일본 유학을 은근히 비난한다. 경희 어머니 김부인도 아들의 강권으로 할 수 없이 딸을 유학까지 보내긴 하였으나 주위의 이런 비난에 할 말이 없었다. 이때 작가는 김부인이 작년 여름 경희가 재봉틀 강습소에 다닌

---

7 서정자 편,『원본 정월라혜석전집』, 국학자료원, 2001. 이하 나혜석 글 인용은 '전집'으로 표기, 필요에 따라 현대문으로 바꾸어 적음.

나혜석 단편 「경희」가 실린 『여자계』 2호
(1918년 3월, 아단문고 소장)

후 조카의 양복, 오라비의 여름양복 등을 만들어 입히고 강습용 교재를 번역까지 함으로써 '그 점잖은 일본 사람들'에게 존대를 받을 뿐 아니라 많은 월급까지 약속받으면서 취직을 권해와 교육의 효용가치를 재인식하게 되던 것을 서술적 역전을 통해 보여준다. 김부인은 그리하여 사돈마님에게 배움의 중요성을 역설하게 되고 여학생 흉보는 데는 수단이 용하던 사돈마님은 적잖이 감동을 하고 돌아간다. 그러나 사돈마님이 어제 오셨던 이모님과, 경희를 볼 때마다 걱정하시는 큰어머니와 똑같이 "어서 시집을 가거라. 공부는 해서 무얼 하니?" 해서 경희의 기분이 상해 있다.

이 발단 부분에서 알 수 있는 것은 여학생에 대한 부정적 사회 인식이다. 여자가 공부는 해서 무얼 하느냐는 의식이 지배적임을 보여준다. 그에 비례해서 소설에서는 배움의 중요성이 강조되었다. 흥미 있는 것은 배움의 중요성을 인지시키는 데 돈을 벌 수 있는 능력이 설득을 좌우한다는 사실이다. 김부인이나 사돈마님이 여자도 가르쳐야겠다고 생각을 바꾸게 된 계기는 "여간한 군 주사쯤은 바랄 수도 없는 월급을 이천 냥까지 주겠다더란 말을" 들었을 때였다. 여학생에 대한 부정적 담론, 결혼에 대한 압박, 교육을 받은 신여성 경희의 사회적 대우 등을 제시하면서 사돈마님의 여학생에 대한 부정적 인식에 정면으로 대응하는 어머니 등을 그림으로써 일본 유학생인 주인공 경희가 처한 불안한 위치가 이야기의 발단으로 제시된다.

⑵ 전개(작품에서는 二로 표시)

전개 부분에서는 일본 유학생 경희의 적극적 사고 및 행동을 보여준다. 재봉틀로 바느질하던 경희는 김치를 담그고, 풀을 쑤는 시월이를 도와 불도 때준다. 이렇게 부지런하고 겸손한 경희를 보는 시각이 두 개가 준비된다. 하나는 떡장수다. 떡장수의 입을 통해 여학생에 대한 부정적 세평이 함축적으로 제시되고, 반면에 경희의 근면한 모습이 부각된다. 그러나 작가의 냉철한 의식은 결코 경희를 영웅화시키거나 비사실적 인물로 만드는 실수를 범하지 않는다. 떡장수는 경희를 추켜올리고 경희는 이를 묵살하게 한다. 경희를 보는 또 하나의 시선은 수남이 어머니의 시선이다. 홀시어머니인 수남이 어머니는 게으르고 분별이 없는 며느리에 속이 썩어나는 구여성이다. 경희는 이 아주머니를 통해서 더욱 여성이 배워야 할 것, 가정이 개혁되어야 할 것을 생각하게 된다. 나혜석은 1914년에 첫 여성비평 「이상적 부인」을 쓴 바 있다. 이 글에서 나혜석은 여성들 일반을 운명에 지배되어 충실히 자신을 발전시키기를 두려워하며 고정적 안일에 빠진 채 이상을 가지지 못한 약자라고 하였다. 또한 양처현모는 이상으로 취할 바 못될 뿐 아니라 교육자의 장삿속(商賣的 一好策)일 따름이라고 하였다. 일찍이 이와 같은 현실의식을 가졌던 나혜석은 소설에서 이러한 약자인 여성이 아니라 노력하고 발전을 도모하는 여성의 모습을 보여주는 주인공을 그린다. 적극적으로 행동하는 주인공은 사돈마님들이나 수남 어머니들이 비난하고 조롱하는 여학생이 아니다.

⑶ 위기(작품에서는 三으로 표시)

경희의 결혼 문제가 거론되면서 경희의 불안한 위치는 위기에 접어든다. 경희의 아버지 이철원(철원에서 군수를 했다)은 부유한 김판사의 장자와 경희의 결혼을 매우 이상적인 결합이라고 생각한다. 인품이 그만하겠다, 추수를 수천 석 하겠다, 경희의 나이는 적지 않은 열아홉이겠다(동생이 먼저 시집을 갔다), 이번 기회를 놓치면 안 된다고 생각한다. 일본까지 공부를 갔다고 난체를 하지도 않고 공부한 위세로 사내같이 앉아서 먹겠다고 하지도 않고 경희가 오는 날로 온 집이 깨끗해지는 것을 보면서 기뻐했던 이철원이다. 그러나 이철원은 이번에는 반드시 결혼을 시켜야 한다고 생각한다. 김부인은 경희가 하던 공부를 마치기 전에는 시집가지 않겠노라고 하던 것, 더구나 그런 부잣집에 가서 치맛자락 늘이고 싶은 생각이 없다고 제 동생 시집갈 때 제 몫으로 해놓은 고운 옷을 모두 주어버린 것을 생각하며 걱정한다. 이장이나 삼장에서 눈여겨 보이는 것은 역점을 두고 묘사한 경희의 노동하는 모습이다. 작가는 일하는 경희의 근면한 자세와 더불어 그러한 경희를 통해 성장하는 모습, 자아 각성의 단계를 보여준다.

> 전에는 컴컴한 다락 속에서 먼지 냄새에 눈살을 찌푸렸을 뿐 아니라 종일 땀을 흘리고 소제하는 것은 가족에게 들을 칭찬의 보수를 받으려 함이었다. 그러나 이번에는 이것도 다르다. ……다만 제가 저 할 일을 하는 것밖에 아무것도 없다. 이렇게 경희의 일동일정의 내막에는 자각이 생기고 의식적으로 되는 동시에 외형으로 활동할 일은 때로 많아진다. ……종일 일을 하고 나면 경희는 반드시 조금씩 자라난다. (밑줄 인용자)
>
> —「경희」

나혜석은「이상적 부인」에서 "현재의 우리는 점차로 지능을 확충하며, 자기의 노력으로 책임을 진하야 본분을 완수하며, 경히 차에 당하야 물에 촉하야 연구하고 수양하며, 양심의 발전으로 이상에 근접케 하면, 그날 그날은 결코 공연히 소과함이 아니요, 연후에는 명일에 종신을 한다하여도, 금일 현시까지는 이상의 일생이 될까 하노라"라고 하였다. 자기 성장을 위한 노력에 가치를 부여하고 있다. 여성의 자각을 촉구하되 그것이 여성으로서라기보다도 하나의 인간으로서의 완성으로 향한 노력을 희구하고 있다. 『여자계』 창간호와 제2호에는 「헬렌 켈러전」이 실려 있는데 여성해방운동가 헬렌 켈러를 소개한 것이 아니라 초인적인 의지와 노력으로 인간의 위대함을 보여준 헬렌 켈러에 관심을 보였다는 점은 나혜석의 이러한 의식과 관련하여 주목하게 된다. 그러나 「경희」에서 나혜석의 현실인식은 일차적으로 여성의 시각에서 본 여성적 현실의 인식이라는 특색이 있다. 여성작가의 글이 항용 보여주듯이 필연적으로 페미니즘 의식을 보인 것이다.

⑷ 절정(대단원)(작품에서 四로 표시)

경희의 고뇌로서 절정과 대단원을 이룬 장이다. 경희가 고뇌하는 것은 아버지의 결혼에 대한 강권 때문만은 아니라는 데 이 작품의 묘미가 있다. 더욱 경희가 결혼을 거부하는 것이 사랑 운운의 애인 때문이 아니라는 점은 주목할 만하다.

경희는 아버지가 권하는 길이 평탄하고 쉬운 길임을 안다. 그러나 자신이 걷고자 하는 길은 이르는 곳마다 천대뿐이고 사랑의 맛은 꿈에도 맛보지 못한 돌길이다. 경희는 두 길 앞에서 갈등하는 현실적 인물로 그려진다. 편하고 순조로운 길에 대한 유혹을 느끼는 것이다. 아버지에게 공연히 안 된다고 한 것이 아닐까, 아버지 말씀대로 나중에 후회하게 되는 것이 아닐까, 계집애라는 것은 시집가서 아들딸 낳고 시부모 섬기고 남편을 공경하면 그만이니라 할 때에 그것은 옛날 말이며 계집애도 사람이며 사람인 이상에는 벼슬도, 돈 버는 것도 못할 것이 없다고 공연한 말을 했는가. 주인공은 이런 계산을 할 만큼 타산적이기도 하다. 작가는 주인공의 내적 독백을 통해 진지한 모색의 내면 심리를 묘사하고 있다. 경희는 자신을 냉철하게 돌아본다.

> 남자와 같이 모든 것을 하는 여자는 평범한 여자가 아닐 터이다. 사천 년래의 습관을 깨트리고 나서는 여자는 웬만한 학문 여간한 천재가 아니고서는 될 수 없다.
>
> —「경희」

스라아루 부인, 잔다아크, 휫드 부인 등과 같은 위대한 인물이 되기 위해서는 천재적이고 백전불굴의 희생과 의지가 없이는 되지 못할 것을 생각한다. 그리고 자신의 학문의 천박한 것, 의지가 박약한 것을 괴로워한다. 그러나 끝내 경희는 자신이 하급동물과 다른 사람인 것을 새롭게 인식하고 사람일진대 사람답게 남에게 의지하지 않고 제 힘 제 실력으로 일어서야 한다고 느낀다.

> 경희도 사람이다. 그다음에는 여자다. 그러면 여자라는 것보다 먼저 사람이다. 또 조선 사회의 여자보다 먼저 우주 안 전 인류의 여성이다. 이철원 김부인의 딸보다 먼저 하나님의 딸이다.
>
> —「경희」

경희는 엎드리어 기도한다. 있는 힘을 다하여 일할 터이니 상을 주시든지 벌을 내리시든지 마음대로 부리어달라고. 경희의 기도는 바로 사람으로서 부림을 받겠다는 것이다. 사람으로서의 자각이 강조되었다. 이 점은 시「인형의 집」과 동궤의 것이다. 경희의 선언은 여성해방의 선언이요, 인간의 선언이다. 이때 여성해방의 내용이 인간 선언이라는 사실,

즉 동시기의 여성문인들이 여성의 해방이 곧 성의 해방이라고 이해하였던 사실과 매우 다르다는 점이 주목된다. 나혜석의 여성해방론이 여성의 참정권 내지 교육권 등을 주장한 여권론에 가깝다는 주장은 여기에서 나왔다.

처음 소개되는 작품이라는 점에서 비교적 장황하게 설명이 되었다. 위에서 보듯이 작품 「경희」는 근대 단편소설적 요건을 거의 결함 없이 갖추고 있다. 단일성의 추구라는 점에서나 서술자 퇴행적 3인칭 서술 형태를 취하고 있는 점, 작가의 냉정한 객관성의 유지 그리고 단편소설의 구성을 취하고 있고 사실적 인물을 설정하고 있는 점이 그러하다. 또한 인간의 자각을 갖게 된 여성 지식인이 타인의 뜻에 따르는 것이 아니라 자신의 의지대로 삶을 개척해 나아가고자 할 때 봉착하는 갈등이 특히 여성의 현실인식이 결혼 문제를 중심으로 섬세하게 그려졌다. 여성해방 문학의 선구적 업적이자 근대 단편소설의 모색기에 이룩된 획기적 작품이라고 여겨진다.

2) 「회생한 손녀에게」의 상징성

이 작품은 서간체의 형태를 취하고 있으며 당시 대부분의 단편이 그랬듯이 200자 원고지 20장 정도의 짧은 길이이다. 서간체 내지 고백체 소설은 1920년대에 들어서서 현저한 형태로 등장하고 있는데 나혜석의 이 「회생한 손녀에게」는 이의 전 단계에 해당한다고 하겠다. 서간체 소설이 등장하게 된 소설사적 배경은 이재선 교수에 따르면 우정 제도의 강화, 여권 확립에 따른 서간 이용의 증대, 서구 문학의 영향 등 외적 요인과 낭만주의 문학의 자아 도취와 개성의 과대성이 당대 작가들의 정신적 기질이 되어 있었다는 내적 요인에서 그 원인을 찾는다. 낭만주의자들은 열정

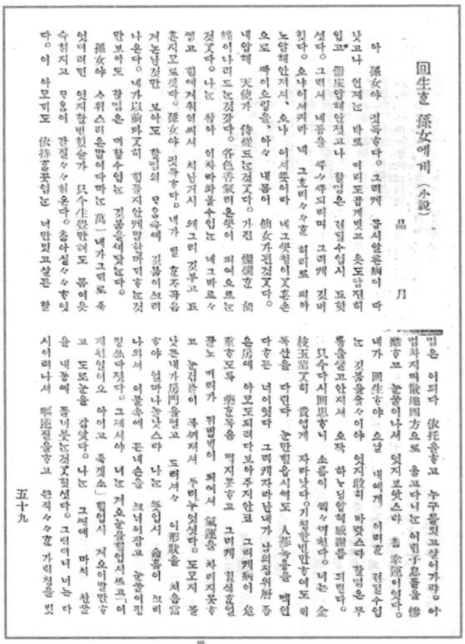
回生한 孫女에게 (小說)

晶月

五十九

나혜석 단편 「회생한 손녀에게」

의 서간 문인이기 쉽다는 것이다.[8]

그런 점에서 본다면 「회생한 손녀에게」는 작가의 꿈 내지 이상을 담고 있을 수 있다고 하겠다. 이 작품은 표면적으로는 할멈이 손녀에게 주는 글이다. 그러나 편지라는 문투를 빌렸을 뿐 진정한 의미에서의 서간은 아니다. 동시에 할멈은 할멈이 아니고 손녀 역시 손녀가 아니다. 다만 손녀 뻘이 되어버린 수신자가 이 화자를 할멈이라고 명명하였을 뿐이다. 그러고 보면 이 할멈과 손녀는 하나의 상징이다. 문맥을 보건대 이 손녀와 할멈은 동학의 친구이거나 선후배 간인 듯하다. 그러나 병들어 외로울 때 따뜻이 간호해준 것이 마치 자신의 할머니와도 같다고 하여 환자가 붙여준 호칭이다. 따라서 환자는 손녀가 된 것이다. 손녀는 위장병이 나서 남의 집 위층 좁은 방에 약 한 모금 먹지 못하고 앓고 있었다. 이 상징화된 할멈은 자신을 할멈으로 보아주는 것을 감사하다고 한다. 나이팅게일 같은 천사가 되어 수만 명의 할머니가 되고 싶은 꿈을 가진 할머니는 그 꿈의 성취보다도 손녀로부터 받은 할멈이라는 칭호가 몹시도 기쁘다는 것이다. 손녀를 웃게 하기 위해서 전심전력 노력하고 제일 좋은 것을 손녀에게 바치겠다고 하는 손녀에 대한 지나치리만큼 지극한 관심, 감사, 희생 등에 의해서 할멈과 손녀가 깍두기, 고추장을 먹고(위장병인데도!) 병이 나은 것을 이

8 이재선, 『한국단편소설연구』, 일조각, 1975.

야기한다. 그 깍두기를 만들어준 이는 할멈이다.

> 그러면 너는 그 깍두기 맛으로 회생한 너로구나. 오냐, 너는 죽기 전에는 그 깍두기가 네 정신을 반짝하게 해주던 인상을 잊으려야 잊을 수가 없게 되었구나. …(중략)… 너는 할 수 없이 깍두기의 딸이다. 너도 인제 꼭 그런 줄을 알았을 줄 믿는다. 깍두기로 영생하는 내 기특한 손녀여!
>
> —「회생한 손녀에게」

이렇게 이 글은 끝을 맺고 있다. 깍두기를 먹고 병이 나았다는 것은 하나의 은유가 분명하다. 민족의식을 깍두기로 대변한 것이다. 손녀가 병든(국권이 상실된) 조국이라면 할멈은 그 조국을 돌보고 회생시켜야 할 사람으로서 은유되었던 것이다. 이런 해석이 허용된다면 이「회생한 손녀에게」는 작가의 민족 내지 식민지에 대한 저항의식을 드러낸 소설이라고 볼 수 있다. 요컨대 나혜석은 자신의 민족의식과 조국에 대한 열정을 상징 수법 및 서간체 소설 형식으로 드러낸 것이다. 이 소설을 발표한 몇 개월 후 나혜석은 3 · 1운동과 연루되어 옥고를 치른다.

3. 나혜석 단편의 문학사적 가치

비록 두 편에 불과하지만 하나는 근대 단편소설 형식을 구비한 여성해방문학적 성과라는 점에서, 또 하나는 서간체 소설의 시도라는 새로운 기법의 실험 및 상징적이나마 식민지 저항의식을 담은 소설이라는 점에서 10년대 나혜석 소설의 문학사적 의의는 확고하다고 보인다. 지금까지 문인 또는 작가로서의 면모보다 화가로서의 족적이 화려한 까닭에, 또는 그의 삶이 파란 그것이었기에 작품 연보에 꼭 꼭 들어 있었던 이 두 작품을 아무도 찾으려 하지 않았던 것 같다. 앞의 각주에서 언급한 대로 이 작품이 실린 동경 여자 유학생 잡지 『여자계』가 희귀본이 되어 찾지 못했을 수도 있다.

이제 나혜석의 1910년대 단편소설과 그 이후 소설들과의 맥락을 찾아보자. 전술한 대로 1921년에 쓰인 「규원」은 작품을 아직 구하지 못하였으니 안타까운 대로 건너뛸 수밖에 없고 1926년에 쓰인 「원한」을 보기로 한다. 작품 제목으로 미루어볼 것 같으면 「규원」이나 「원한」이나 비슷한 주제가 아닐까 생각되기는 한다.

「원한」은 근대적 형식으로부터 오히려 퇴보했다는 작품이다. 부잣집 무남독녀였던 주인공 리씨가 전통적인 관습에 따라 결혼을 했으나 남편의 난봉, 돌연한 죽음, 젊은 과부를 유혹한 박참판의 첩이 되고, 이어진 배신…… 으로 광우리 장사로까지 몰락해가는 과정을 쓴 것이다. 이 작품이 고대소설적 주제를 벗어나지 못하고 있다는 김기진의 지적은 리씨의 일생이 다루어졌다는 데서 비롯된 것 같다. 그러나 앞의 두 소설에서 구현된 작가의식의 연장선에서 이 작품을 보면 나혜석이 구현하고자 한 주제의식을 뚜렷이 부각할 수 있다. 자신의 삶을 스스로 개척해가지 아니하고 남의 삶의 찌꺼기로서 사는 형국인 양처현모 내지 온양유순이란 결국 리씨와 같은 몰락의 길밖에 걸을 게 없다는 강한 비판을 함축한 것이다. 형식에 있어서도 현재→과거→현재의 구성, 즉 시간의 역진적 수법을 보이는 구성으로서 반드시 퇴보한 형식은 아니다. 오히려 능숙한 스토리텔러로서의 기량을 보여주는 작품이라고 생각된다. 팔봉은 사건을 그리기에 급급하여 과거에만 치우쳐 여성의 한으로만 결국을 지은 것은 이 소설의 결함이라고 지적하면서 문장이 케케묵었다고 하였다. 프로 비평가의 시각으로는 구각을 일보도 벗어나지 못한 것으로 보일 법도 하다. 그러나 나혜석의 문장은 서술자 주권적 3인칭 소설 즉 보고서 서술 형태로

서술자 개입이 뚜렷한 서술 형태이기는 하지만 곧 케케묵은 것이라고 볼 수는 없다. 서술자는 주인공과 비정하리만큼 냉정한 객관성을 유지하고 있으며 따라서 전대 소설에서 볼 수 있는 주인공에 대한 동정이나 간섭 따위는 전혀 찾아볼 수 없는 것이다. 당시의 여성문인들의 소설 수준에서 본다면 발군의 문장이고 여타 남성문인들의 문장과 비견해도 손색이 없는 조리 정연한 글이라고 판단된다. 다만 리씨의 몰락으로도 리씨 자신에게 아무런 각성이 없었다는 점(겨우 광우리 장사를 하면서 원한이나 쏟는 외에)을 문제점으로 지적할 수 있겠으나 나혜석은 바로 그런 비극의 원인을 독자에게 질문으로 남겨놓음으로써 자신의 의도를 역설적으로 전달하고 있는 것이다.

1936년에 쓰인 「현숙」은 팔봉의 이러한 지적에 자극받았음인지 매우 새로운 주제와 기법을 보이고 있다. 전위적 사고를 지닌 계약결혼의 실천자 현숙과 노시인, 화가 L, 신문기자 등 여관이나 하숙을 전전하며 사는 인물들의 이야기다. 이는 무엇을 뜻할까? 현숙이라는 그 뿌리를 알 수 없는 여성은 향기 있는 농후한 뺨, 진달래꽃 같은 입술, 마호가니 맛 같은 따뜻한 숨소리를 가진 아직 남성에게 매력을 느끼게 하는 여성이다. 아니 만나는 남성들이 자기에게 매력을 느끼게 하는 자신을 확인하며 사는 여성인데 한편 그는 금전등록기 — 레씨스터 같은 여성이다. 주위의 남성들로부터 각개 투자를 받아 끽다점(카페)을 낼 구상을 하며 끝내 계약결혼이라는 신도덕을 실천해 보인다. 매우 도시적인 공간과 분위기로 뿌리 없는 삶을 사는 군상을 그리고 있으며 그래서인지 현숙의 계약결혼은 비밀리에 성립되나 가능하게도 느껴진다. 계약결혼이라는 혁명적 내용을 여관이라는 뿌리 없는 공간을 중심으로 그리고 있음으로 해서 비현실적이자 열린 결말로 된 것이 험이다. 1936년이라면 「회생한 손녀에게」에서 보여준 민족의식을 확대 심화할 현실도 아니었고, 어떤 의미에서 니체주의

자인 나혜석이 이데올로기에 관심을 가질 리가 없었을 터이므로 나혜석이 계약결혼 등의 급진적 여성해방 의식에서 조금도 흔들림이 없었음을 보여준 것은 주목할 점이다.

나혜석의 1910년대 단편 두 편을 발굴한 것의 중요한 의미는 나혜석의 문학을 소설 중심으로 언급할 수 있게 되었다는 점이다. 지금까지 그의 문학에 대한 언급은 시, 소설, 산문을 한데 뭉뚱그려서 화가인 여성 문인의 수적(手迹)으로 정리해왔고 문학적으로 언급하기보다 그의 삶에 초점을 두고 논의해왔던 것이 사실이다. 그러나 이제 그의 소설 4편만으로도 그의 문학과 작가의식의 전개를 살펴볼 수 있음을 보았고, 무엇보다 1910년대에 그는 간과할 수 없는 중요한 소설문학적 업적을 남겼음을 인정하게 되었다. 근대 단편소설 형성기에 근대적 형식을 갖춘 단편소설을 씀으로써 단편소설의 성장기에 획기적 성과를 보여주었으며 여성해방문학적 성과와 더불어 비록 상징적이나마 민족의식, 저항의식을 담은 작품을 썼다는 사실 등도 반드시 그의 문학적 업적으로 기록되어야 할 것이다. 이제 그의 처녀작일지도 모를 작품이 발굴되어 나혜석 문학이 보다 풍요롭게 이야기될 것을 기대한다.

제2부

나혜석의 문학세계

나혜석의 문학세계와 그 위상

1. 그림과 글쓰기, 나혜석의 두 날개

나혜석의 「경희」가 발굴되어 세상에 알려진 것은 1988년이다. 1918년 3월에 발표된 소설이니 김동인이나 염상섭보다 일찍 한국 근대소설사에 등장한 작가이자 작품이다. 또 나혜석의 처녀작 「부부」가 쓰인 1917년은 한국 근대문학의 기념비라는 이광수의 장편 『무정』이 『매일신보』에 연재 발표된 시기와 맞물린다. 이 시기에 나혜석의 소설이 세 편이나 쓰인 것은 나혜석 문학의 위상을 말해주는 것이다. 그럼에도 나혜석의 문학은 70여 년간 묻혀 있었다. 로잘린 마일스에 의하면 여성이 소설을 쓰게 된 이유는 여성의 해방과 밀접하게 관련이 있다. 부르주아 형식이라 할 소설의 등장이 부르주아 운동이라 할 여성해방과 동시에 일어났기 때문에 대부분의 여성작가들이 다른 예술 형식에 대한 관심을 차단하고 소설에 몰두하게 되었다는 것이다. 우리 근대문학의 발생과 여성해방사상의 유입이 밀접한 관련이 있고 나혜석이 여성해방사상 수용과 함께 소설을 써 발표하고 있음은 의미심장한 것이다.

1913년 일본으로 유학을 간 나혜석은 1911년 9월에 창간하여 일본을 휩쓴 일본 최초의 여성 문예잡지 『세이토(靑鞜)』를 주목하였던 것 같다. 그림 공부를 하러 도쿄의 여자미술학교에 유학을 갔으면서 가자 곧 여성 비평 「이상적 부인」(1914년, 『학지광』 3호)을 써서 발표하고 있다. 어쩌면 글부터 썼다는 이 사실이 그가 『세이토』로부터 영향을 받았다는 가장 뚜렷한 증거일는지도 모른다. 최근 국문학 분야에서나 일문학 분야에서 일본의 『세이토』 문학운동과 신여성의 관련을 짚어보는 연구가 활발히 진행되어오고 있다. 그러나 여성해방사상과 관련 말고 나혜석의 글쓰기가 『세이토』의 문학운동에서 촉발되었을 것이라는 가장 기본적인 그러나 매우 중요한 사실을 놓치고 있는 것 같다. 『세이토』의 문학운동에 촉발되어 글쓰기에 나아갔을지라도 나혜석의 글쓰기는 『세이토』의 문학적 성과보다도 높게 평가된다. 일본문학 연구자 에구사 미츠코 교수는 나혜석의 소설 「경희」가 당시 일본 여성작가의 어느 소설보다 월등하다고 평가하였다.[1] 나혜석의 페미니즘 소설은 여성문제만을 다룬 것이 아니라 식민지 현실을 극복하려는 의지를 담아 동시대 이광수 등의 소설을 능가하는 성과를 이룩하였다. 그의 본업은 화가였지만 화가로서의 활동보다 글쓰기 활동을 먼저 시작하고 있는 점을 보더라도 글쓰기는 그림에 못지않게 그에게 중요한 '일'이었다. 그는 화가로서 성공하기를 바랐으나 글쓰기 역시 스스로 자부하는 분야였다. 말하자면 그림을 그리면서 여기(餘技)로 글을 썼던 것이 아니라 그림과 글 두 가지가 다 그에게 등가의 의미를 갖는, 의욕적 대상이었다.

나혜석의 글쓰기는 당시의 이광수 단편들과 비교해보아도 주제나 형식 면에서 우수하다는 연구결과가 나와 있다. 나혜석은 문장이나 구성 등

---

1 권말 나혜석의 일본 체험 에구사 미츠코, 서정자 대담 참조.

에서 빼어난 문학적 글쓰기를 보인다. 이렇게 탄탄한 글쓰기를 보이기까지 나혜석은 글쓰기에 적지 않은 노력을 기울였고 소양도 갖추었음을 보여주는 몇 가지 예가 있다. 여성비평「백결생에게 답함」을 보면 나혜석의 도도한 문장론이 나온다. 논문이란…… 감상문이란…… 이렇게 그 문장의 차이를 명백히 하고 백결생의 비난이 부당함을 논박하는 것[2]을 읽으면 나혜석이 문학창작의 이론에 이미 통달하고 있었으리라 능히 짐작할 수 있다. 그뿐 아니라 나혜석은 한글 맞춤법 강의에 나가 수강하는 모습을 보였고, 이혼 후 "나를 가정생활에서 떠나게 해준 까닭에 제전에 입선을 하게 되고 돌비(突飛)한 감상문을 수 편 쓰게 되"[3]고…… 하여 그림만이 아니라 글을 쓴 것에 같은 비중으로 자부심을 보였다.

지금까지 나혜석의 글은 신여성으로서의 삶과 페미니즘을 구명하거나 연구에 필요한 자료로 동원된 반면, 문학에 대한 본격적 평가는 제대로 이루어지지 않았다. 전집이 나오고 평전이 나왔으나 그의 문학에 대한 위상 정립은 되어 있지 않다. 이 글은 나혜석의 문학세계를 조감하여 그의 문학적 키워드를 추출함으로써 그의 문학 이해를 돕고 장르별 대표작이 갖는 한국문학사 속의 위상을 짚어보기로 한다. 이미 알려진 것처럼 여성문학은 한국문학사 주류에서 논의된 적이 거의 없었다. 더구나 나혜석의 문학은 1988년 단편소설「경희」가 발굴 소개될 때까지 거의 주목받지 못했다. 1980년대 이후 페미니즘이 문단의 관심분야로 크게 부각되면서 이미 1910년대에 발표된 나혜석의 페미니즘 소설이 소위 "창조된 고전"의 반열에 서게 된 것이다. 정전이라, 고전이라 명명되는 것은 이렇듯 정치

2 나혜석,「백결생에 답함」, 서정자 편,『원본 정월 라혜석 전집』, 국학자료원, 2001, 336쪽(이하『전집』으로 표기).

3 나혜석,「신생활에 들면서」,『전집』, 485쪽.

사회 문화적 요청에 의해 만들어지는 것이다. 여성의 지위가 향상되고, 페미니즘의 물결이 다시 일어나지 않았다면 나혜석의 문학은 아직도 묻혀 있었을 것이다. 나혜석의 문학은 그처럼 여성의 지위와 밀접한 관련을 맺고 있으며 나혜석 역시 생애를 두고 여성에 대해 탐구하며 글을 썼다.

필자는 2001년 『원본 정월 라혜석 전집』을 편하면서 나혜석의 글을 시, 소설, 희곡, 콩트, 수필, 여성비평, 미술비평, 페미니스트 산문, 여행기 등으로 나누어 정리하였다. 이는 전통적 장르구분과 다른 것이다. 나혜석의 글쓰기가 여성해방의식의 기조 위에서 쓰였고, 일찍이 시도된 바 없는 여성 체험을 바탕으로 다양한 글쓰기를 하였기 때문에 여성의 시각으로 장르를 나누는 것이 타당하다. 이 중 소설과 여성비평, 페미니스트 산문을 중심으로 그 문학적 위상을 점검해보았다. 나혜석 문학세계를 조감하기 위해 초기 — 1914년부터 1920년까지, 중기 — 1921년부터 1927년까지, 후기 — 1930년부터 1938년까지 셋으로 나누어 살폈다. 나혜석이 남긴 작품은 시 6편, 소설 8편(2편 미발굴), 희곡 1편, 수필 22편(2편 미수록, 1편 미발굴), 여성비평 12편, 페미니스트 산문 11편, 미술비평 7편, 구미여행기 19편(설문응답 등 기타 7편) 총 76편(기타 제외)이며 시의 경우는 산문 속에 쓰인 시를 뽑아 합하면 더 많은 편수를 기록할 수 있다. 섬세하고 예리한 화가의 눈은 만만치 않은 독서로 쌓은 해박한 지식을 바탕으로 하여 다시 보아도 감탄할 독특한 문학세계를 이루었다.

2. 나혜석의 문학세계와 그 위상

1) 키워드로 본 나혜석의 문학세계

(1) '빛'을 찾다

나혜석의 초기 문학은 '빛'을 찾아 나아가는 길이었다. 1914년 12월 『학지광』에 실은 「이상적 부인」은 나혜석이 여성해방사상을 만나 이를 '내적 광명' 곧 빛으로 인식한 글이다. 처음 발표한 글인데 여성의 억압을 벗어날 수 있다는 여성해방사상은 나혜석에게 진정 어둠을 밝히는 '빛'이었을 것이다. 또한 미술학교에서 나혜석은 후기인상파 기법을 배워 '빛'을 도입한다. 그 감동을 쓴 것이 시 「광(光)」인데 이에 비견할 글이 여성비평 「이상적 부인」이다. 나혜석이 일본에서 접한 여성해방사상을 담은 이 글은 우리 문학사상 획기적인 비평문이다. 근대 계몽기 여성해방에 관한 글은 신문기사나 신소설의 여성해방론 등이 있기는 했으나 본격적 여성해방론, 여성비평(feminist criticism)은 나혜석의 글이 처음이다. 이광수가 여성해방에 관해 1916년 「조혼의 악습」부터 1918년 「신생활론」 등까지 8개의 논설을 썼으나 남녀평등이 가한지 판단할 능력이 없으나 여자의 인격을 절대함이 정당할 줄 믿는다는 매우 소극적 태도다. 이에 비해 나혜석의 논조는 매우 적극적이다. 유길준 역시 『서유견문기』(1895)의 '여자 대접하는 예모'에서 서양 여성의 지위와 교육, 여성의 활발한 사회활동을 긍정적으로 소개하면서도 "나는 내가 본 대로 기록할 따름이며 좋다 나쁘다 비평은 하지 않겠다."라고 조심스런 태도였다. 이광수는 유길준보다는 나아갔으나 소극적 태도를 취하는 점이 비슷하다. 그들은 남성이었기에 여성의 억압에 대한 실감이 부족했고, 당시 사회가 남녀평등론을 받아들이기에 얼마나 완고한 남성 중심 사회인지를 잘 알았기 때문이라 보인다.

나혜석은「이상적 부인」에서 자신이 이상적이라고 생각하는 이는 과거에서 현재에 이르기까지 아직 찾지 못했고, 또한 자신의 이상은 비상한 고위에 있다 하였다. 이상적 부인에 가까운 자로 여성해방사상을 실천한 카츄샤, 막다, 노라 등 여성해방 문학작품 속의 인물과 작가 스토우(해리엇 비처 스토) 부인, 라이쵸(히라츠카 라이초) 여사, 요사노(요사노 아키코) 여사 등 이들 이상적 부인들의 면면은 나혜석의 이상과 그 바탕의 하나인 여성해방사상의 성격을 알려준다.

나혜석의 여성비평은 1917년 3월「잡감」, 1917년 7월「잡감－K언니에게 여함」에 이어지면서 그의 이상은 좀 더 구체화된다. 비평문을 먼저 발표한 다음 나혜석은 소설을 썼으며 아직 발굴은 되지 않았으나 분명히 존재한 단편「부부」(1917년 6월?) 외에「경희」,「회생한 손녀에게」3편에서 빛과 색채를 도입해 놀랄 만큼 생생한 묘사를 보여준다.

최원식 교수는 "나혜석의「경희」는 주목할 작품이다. …(중략)… 이 전통적 공간은 경희의 존재로 하여 표면적인 평화에도 불구하고 안으로는 긴장이 팽팽하다. …(중략)… 작가의 수법이 썩 능란하다. 군소인물들을 그려내는 붓질도 일품이다. …(중략)… 과연 나혜석은 뛰어난 화가이다. 경희는 우리 근대소설이 산출한 가장 매력적인 성격의 하나가 아닐 수 없다."고 극찬을 하고 그러나 4장에 이르러 갑자기 신파조로 떨어져 경희의 매력적인 성격은 일거에 파탄 나고 그 맛깔스런 문체도 영탄조로 붕괴된다고 하였다.[4] 그러나 에구사 미츠코 교수는 바로 이 마지막 장 "경희가 아버지에게 결혼을 안 하겠다고 말한 뒤에 고뇌하는 모습이 아주 감동적

---

4 최원식,「한국근대단편의 성립과정」, 임형택 외,『한국현대대표소설선』1, 창비, 1996, 444~445쪽.

으로 그려져 있다."고 보았다.[5] 그리고 창문을 열어젖히니까 태양빛이 들어와 캄캄했던 골방이 환해지는 장면은 자신의 몸 전체로 받아들인 태양의 빛을 통해서 경희 자신이 그동안 생각했던 것들을 새로이 재확인하는 장면으로 "나는 조선의 여자이기 전에 우주의 인간이다."라는 인식을 하는데 이때 절대적으로 작용하는 것이 바로 태양빛이라고 하였다. 이 태양빛을 에구사 미츠코 교수는 일본의 히라츠카 라이초의 영향으로 본다.[6] 단편 「회생한 손녀에게」의 "깍두기로 영생하는 내 기특한 손녀여!"라는 마지막 문장이 보이는 상승적 결말 부분도 나혜석의 이러한 빛에 대한 확신을 보여준다.

나혜석이 여자미술학교를 졸업하고 귀국하여 대중 앞으로 나아갈 때 그는 이러한 비전과 확신을 가지고 있었다. 1919년 1월 20일부터 2월 7일까지 『매일신보』에 연재한 만평은 명절 전후의 여성 가사노동의 고단함과 구가족제도의 모순 등을 그리면서 경쾌한 문장을 곁들여[7] 나혜석의

---

5 에구사 미츠코, 서정자 대담, 앞의 글.

6 에구사 미츠코, 「1910年代の日韓文學の交点－「白樺」·「靑鞜」と羅蕙錫－」, 文敎大學 文學部, 2007. 3 참조.

7 이 만평 중 두 개의 글만 예로 들어본다.

섣달대목 3

다듬이가 끝이 나니 바느질감이 그득하다. 한종일 하고 밤까지 하여도 열흘안에는 좀처럼 끝이 날듯도 싶지 않다. 아씨들은 할머니한태 솜 재촉만 연해한다. "할머니 솜 어서어서 피어주셔요 저고리 솜이요" "오냐 아무리 하여도 늙은이의 일이라니 어디 젊은 아이들과 같으냐" "할머니 천천히 쉬어가며 하셔요 끼워놓기만 했다가 나중에 한꺼번에 솜을 두지요" "오냐 천천히 하마 너희는 둘이고 나혼자니까 따를 수가 없구나. 해는 벌써 지는구나. 아이고 그 해야 밝기도 하여라…" 『매일신보』, 1919. 1. 31.

초하룻날 10 라혜석여사필

"형님 무엇이어" "금수토일세" "네, 봅니다 잘 들으십시오 마른고기 물 얻고 새 그물을 벗어나니 복록이 날로 돋으리로다 형님 퍽 좋소 아마 새해는 작은

◇洋畫家羅蕙錫女史

◇個人展覽會를開催◇

녀자로서 뎐람회는 조선처음

십구일부터 경성일보사에서

「양화가 나혜석 여사 개인전람회를 개최」, 『동아일보』, 1921. 3. 18.

계몽주의적 비전을 잘 보여준다.

(2) 대중과 소통하다

나혜석 문학의 중기는 1921년부터 1927년까지이다. 이 시기에 나혜석은 전시회로, 선전 출품활동 등으로 활발한 화가로서의 활동을 보이며 동시에 글쓰기를 통해서도 대중과 소통하는 데 앞장섰다. 1921년 3월에 한국 최초의 유화 개인전을 연 것은 그가 그림으로 대중에게 다가가고자 한 역사적인 기획이다. 한편 염상섭 등이 낸 문예동인지 『폐허』에 시 「냇물」, 「사(砂)」를 발표했고 이어 「회화와 조선 여자」를 『동아일보』에 발표하여 미술에 대한 일반대중의 관심을 일깨웠다. 전시회 전후에 「인형의 가」 삽화를 그리고 노래 「인형의 가」의 가사를 썼다. 그는 글쓰기에서 장르에 구애받음이 없이 시, 소설, 평론, 만평 등 다양하게 썼으며 그의 앞에는 언제나 계몽을 해야 할 조선 대중이 있었다.

이 시기 나혜석 글쓰기의 핵심이라 할 수 있는 소설은 1921년 미완으로 「규원」 1편을 발표한 이후 1926년에 「원한」을 발표했다. 이 시기엔 나혜석의 관심이 그림에 보다 주어져 있으며 초기에 비해 글쓰기가 매우

집이 떨어지려나 봅니다" "아이구 작히나 좋을까마는" 동서끼리는 한가히 앉아서 윷을 놀아 윷괘책을 보고 있다. 『매일신보』, 1919. 2. 7.

다양해진다. 소설, 시, 미술 에세이와 페미니스트 산문, 그리고 수필을 합해 10편이 넘는 숫자다. 이 시기에 나혜석이 주로 쓴 글은 본격문학이라 할 시나 소설보다도 자신의 생각을 그대로 풀어 쓴 감상문이 주류를 이룬다. 1921년 9월에 남편의 임지를 따라 만주 안동현으로 거주지를 옮겨 비교적 안정되고 조용한 시간을 가질 수 있었던 때문인지 그림 제작을 열심히 하는 한편 계몽적 내용의 글도 열심히 썼다. 글 역시 대중에게 다가가고자 하는 방식이었다.

우선 유명한 시 「인형의 가」는 글자 그대로 여성을 계몽하는 내용이다. 여성비평 「부인의복 개량문제 – 김원주형의 의견에 대하여」(1921) 역시 계몽을 위한 글이다. 이런 비평이 대중을 향한 페미니즘적 계몽활동이라고 한다면 페미니스트 산문에 분류한 「모된 감상기」는 이 페미니즘을 자신의 삶에 적용한 예이다. 이 「모된 감상기」는 『동명』에 4회 연재한 글로서 그 길이가 100장에 달하고 아이를 가질 때부터 낳아 기를 때까지 거의 2년의 시간 동안 어머니 되기의 체험을 쓴 글이다. 자신의 체험을 바탕으로 고정관념화된 모성본능, 즉 모성애를 회의하는 글이다. 오늘날에도 모성본능의 담론이 통념화되어 있는 판에 이와 같은 혁신적인 발언은 당시로선 남녀 간에 받아들이기 어려웠을 것이 불문가지다. 자신의 체험에 비춰 여성에 관한 고정관념을 새롭게 검증하기를 마지않았던 나혜석은 자신의 체험을 다른 여성과 공유하고자 신문에 공표하였다. 이 역시 대중과 교류하고자 한 나혜석의 자세를 보여주는 것이다. 여성 체험이 어떻게 박탈당하고 억압 조장되는지를 다룬 아드리엔느 리치의 『더 이상 어머니는 없다』가 나온 것이 1976년인 것을 생각하면 나혜석의 「모된 감상기」의 선구성이 확인된다.

「강명화의 자살에 대하여」, 「부처간의 문답」, 「일 년 만에 본 경성의 잡감」 역시 나혜석의 계몽의식이 살아 있는 글이다. 「생활개량에 대한 여자의 부르짖음」 역시『동아일보』에 7회 연재한 글로서 그 길이가 60여 장에 달하는 꽤 긴 글이다.[8] 이 글은 2년 전에 쓴「나를 잊지 않는 행복」과 같은 주제인데 조선 여성들에게 자신을 사랑하는 마음, 다른 이를 사랑하는 마음, 남자를 사랑하는 마음을 가짐으로써 생활을 개량할 근본 힘을 얻으라 하면서 이에 덧붙여 생활을 개량하려면 여자 한편만의 힘으로는 어렵다는 것을 말하고 "여자는 이 이상 더 그대들에 대하여 절대 맹종할 수 없고 절대 희생할 아무 남은 것이 없"으니 절대 이기(주의자)인 남자가 생활 도수를 일부만 내려 우리 생활개량을 쉽게 하라고 충고하기도 한다. 여성들만이 아니라 남성들의 자각도 촉구하고 있는 점은 남성의 의식 개혁 없이 남녀평등이 이루어지기 어렵다는 절감한 그의 현실의식을 나타낸다.「만주의 여름」이 글자 그대로 훌륭한 묘사로 성공한 수필이라면, 짧은 수필「경성에 온 감상의 일편」(1926)에서는 뜻밖의 보수성을 보여주기도 한다. 이 모든 글들에서 대중과 더불어 소통하고자 하는 나혜석의 모습을 볼 수 있다.

(3) 세계를 꿈꾸다

1930년부터 1938년의 후기는 1년 8개월 동안 가진 화려한 세계일주와 파리 체류 경력이 이룬 여행기가 그의 글쓰기의 소중한 업적으로 남았다. 세계를 둘러본 아까운 식견을 이혼 사건으로 충분히 펴보지 못한 안타까움이 있으나 그가 생애 동안 추구한 '빛'이 그림으로 페미니스트 산문으로 열매를 맺은 소중한 시기이다. 그러나 그의 선구자적 의식과 행동

---

8 이러한 긴 글은 아무리 연재하는 글이라 하여도 평소에 글을 쓰는 습성이 없이는 불가능한 일이다. 1920년 6월에 발표한「4년 전의 일기 중에서」가 보여주듯이 나혜석은 일기를, 그것도 길게 쓰고 있었다고 보인다. 나혜석은 하루치 일기를 대략 200자 원고지 20장 가량 길이로 쓰고 있었다.

은 우선 남편과 가족들로부터 이해를 받지 못했듯이 대중들로부터도 외면을 받는 빌미가 되었다. 그러나 그림이 팔리지 않게 된 데 비해[9] 그의 글은 대중들에게 인기가 있어 『삼천리』의 고정필자가 되었다. 1930년부터 1938년까지 나혜석은 51편의 글을 쓰고 있다. 다른 기간의 거의 배가 넘는 양이다. 최린과의 연애 사건으로 당하게 된 이혼(1930년 11월), 이혼고백서 공개, 세인의 상식을 넘는 위자료 청구소송(1934년 9월) 등이 줄을 잇는 가운데 나혜석은 여행기를 필두로 글을 썼다. 나혜석은 일본 유학 시 미술잡지 『시라카바』 등을 통해 접했던 유럽의 미술을 보며 세계를 꿈꾸었고 드디어 세계를 보았던 것이다. 글을 통해 그는 그가 만난 세계를 보여주었다.

1930년 동아일보에 10여 회 연재하여 세계일주 여행기의 선을 먼저 보인 구미시찰기는 1932년 12월호부터 『삼천리』에 다시 본격적으로 연재를 시작하여 1934년 9월호로 끝낸다. 이 시기에 나혜석이 쓴 글은 구미여행과 관련된 37편을 빼면 나머지는 14편 정도다. 그만큼 구미여행과 관련한 글을 주로 썼다. 세계일주 여행기는 최초의 세계일주 여행문학[10] 이라는 의미도 있지만 각종 미술관 탐방과 그곳에서 만난 명화에 대한 감상 및 안내로 오늘날까지 참고가 될 만하다. 이 해외 탐방 기간 여성운동 만난 인터뷰나 구세군 탁아소(미혼모가 낳은 아이)심방기 등은 여성문제에 대한 남다른 관심과 사명감이 없이는 쓸 수 없는 글이다. 자신의 사상과 삶의 일치라는 나혜석의 일면이 여기에서도 나타난다. 파리에서 그림

---

9 이번 나혜석학회 창립총회에서 나혜석의 엽서와 편지를 발굴한 자료가 발표되었다. 이때 나혜석이 제전에 입선한 작품 〈정원〉을 팔아달라는 내용의 편지가 공개되었다. 일본의 야나기하라 부처에게 이런 편지를 보내게 된 것은 국내에서 나혜석의 그림을 팔기 어려워진 상황을 말해주는 증좌일 수 있다.

10 유길준의 『서유견문』과는 다른 문학적 여행기라는 의미에서 그렇다.

공부도 하면서 그는 세계를 가슴에 안고 꿈꾸었다. 근대라고 하는 신문물을 거침없이 받아들인 그로서는 유럽과 미주를 돌아보고 일본에서 마주쳤던 '세계'를 확대하여 보다 높이 날고자 하였던 것이다.

최근 발굴된 편지를 보면 나혜석은 남편 김우영이 도쿄에 가서 세계일주 여행의 결정을 받아온 지 불과 23일 만에 여행에 나서고 있다.

> 지난달 27일 구미시찰사령을 받았습니다. 그후 여러 가지 준비하고 있는 중인데 어제 남편도 도쿄에서 돌아왔습니다. 18일쯤에는 시베리아를 경유하여 구주각국 20개국을 시찰하고 또 저는 프랑스에 체재해서 회화를 연구하려고 합니다.[11]

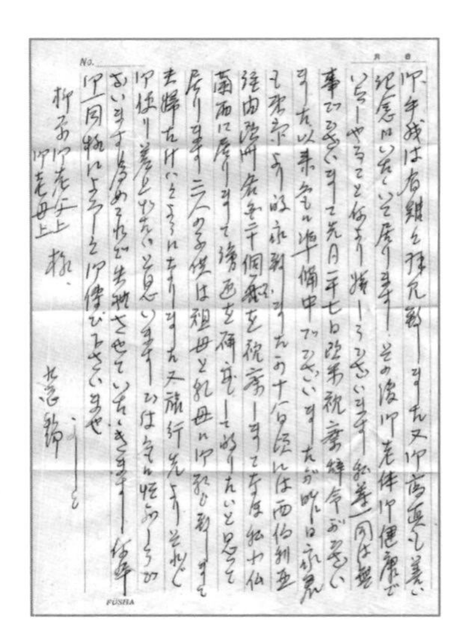

나혜석의 1927년 6월 15일 편지

세 아이들은 시어머니와 유모에게 맡기고 떠나는 길, 20여 일의 준비는 참으로 숨이 찼을 것 같다. "나는 실로 마련이 많았다. 그만치 동경하던 곳이라 가게 된 것이 무한히 기쁘련마는 …(중략)… 그러나 나는 심기일전의 파동(波動)을 금할 수 없었다." 당시의 감각으로 젖먹이를 두고 어미가 2년여 집을 떠난다는 사실이 얼마나 어려운 결단이었을지 짐작할 만하다. 세계를 향한 나혜석의 꿈은 그렇게도 강렬

11 나혜석의 서한, 야나기하라 기치베 서한 1165번, 1927년 6월 15일자, 모모야마학원대 사료실 제공.

했던 것이다. 나혜석이 부부동반으로 세계일주 여행과 프랑스 유학을 떠난다는 소식은 사람들의 이목을 집중시켰다. 대구, 수원, 서울, 곽산, 안둥, 펑텐까지 역마다 모인 지인들의 환송을 받고 더러는 내려서 며칠씩 각종 환송연에 참석하기도 하며 부부는 하얼빈에 도착한다. 나혜석은 "장춘만 해도 서양 냄새가 난다."고 해서 달라진 분위기를 전한다. 세계는 곧 서양이 아니던가. 부산서부터 신의주까지는 백색 정목에 빨간 테두리 정모 쓴 (일인)순사가 번쩍이는 칼을 잡고 "불령선인 승강에 주의하고" 섰으며, 안동현에서 장춘까지는 누런 군복에 약간의 적계(赤系)를 띄운 정모를 쓴 만철지방주임순사가 피스톨 가죽주머니를 혁대에 매어차고, 장춘서 만주리까지는 검은 회색 무명을 군데군데 누벼 복장으로 입고 어깨에 삼등군졸의 별표를 붙이고 회색 정모 비스듬히 쓰고 일본 유신시대 버린 칼을 사다가 질질 길게 차고 가슴이라도 찌를 듯한 창검을 빼들고 멀거니 휴식하고 있는 중국 보병이라 해서 조선, 중국, 만주의 순사와 군졸들의 모습을 화가답게 대조적인 색채어로 묘사하고 있다. 가는 곳마다 여성들의 생활을 특히 주의해서 살폈고 극장, 오락기관, 구락부, 공원 등 신문물과 문화에 특히 관심을 가지고 관찰하고 있다.

중국, 만주, 시베리아, 모스크바, 폴란드, 스위스 제네바, 인터라켄, 베른, 파리, 벨기에 브뤼셀, 베를린, 런던, 안트워프, 암스테르담, 헤이그, 스페인, 성세바스찬, 마드리드, 뉴욕, 워싱턴, 시카고, 로스앤젤레스, 샌프란시스코, 하와이, 일본을 거쳐온 그의 여행기는 그의 꿈이 현실화하는 현장으로서 당시의 독자들에게 그 소재의 신선함만으로도 압도적이었을 것이다.

그러나 세계를 꿈꾸던 나혜석은 이혼으로 좌절의 글쓰기를 해야 했다. 자신의 지난 시절을 이야기하는 글들도 그렇지만 독신으로 사는 현재를 기술한 수필 「여인 독거기」(1934), 「애화 총석정 해변」(1934. 8)도 초기와는 반대로 하강적 결말로 바뀌어 있다. 이런 상황 속에 쓰인 것이 페미니스트 산문 「이혼고백장」, 「이혼고백서」(1934. 8~9)이고 「신생활에 들면서」(1935. 2)이고, 소설 「현숙」(1936. 12)이다. 「이혼고백장」, 「이혼고백서」는 대단한 반향을 불러일으켰고, 최린에 대한 위자료 소송사건과 같은 시기(1934. 9. 18)에 발표된 글이라 그 관심의 상승 여파는 대단하였던 모양이다. 나혜석에게 이것은 '의도된' 사건이었다. 「이혼고백장」이 남편 김우영에게 쓴 글이었다면 고소 사건은 변호사를 통해 최린에게 보낸 '글'이었다. 그 내용이 상충되는 부분이 있었다 해도 고소를 위한 글은 재판에서 유리한 입장에 서기 위해 의도적으로 내용을 바꿀 수 있는 일임을 생각할 때 나혜석의 생각과 다르게 표현된 것을 문제 삼을 수는 없을 것이다.

새로운 형식으로 새로운 도전을 꿈꾸어간 나혜석, 그러나 「신생활에 들면서」(1935. 2)를 쓰고 파리로 '죽으러' 가려 한다. 세계로 날려던 파랑새는 파리로 가지 못하고 수필 「해인사의 풍광」을 쓰며 내면세계로 침잠해 든다. 세계를 향해 비상하려던 그의 꿈은 아쉽게도 도중에 날개를 접어야 했다. 그러나 그는 그림으로 글로 대중과 함께했고 무엇보다 자신의 삶을 던져 진실이 무엇인지 보여주었다.

2) 정월 나혜석의 문학세계와 그 위상

(1) 유일하게 국권 회복에 대해 쓰다

나혜석의 문학에서 가장 큰 비중을 차지하는 것은 소설이다. 시도 6편을 헤아릴 수 있고 수십 편의 수필이나 산문에 삽입되어 있는 시 형식의 글들을 뽑는다면 작품 숫자는 늘어날 수 있으나 나혜석 문학의 중심을 이루는 것은 역시 소설이다.

나혜석은 모두 8편의 소설을 썼다. 그러나 남아 있는 소설은 6편이다. 단편소설로 「부부」(『여자계』, 1917. 6?), 「경희」(『여자계』, 1918. 3), 「회생한 손녀에게」(『여자계』, 1918. 9), 「규원」(『신가정』, 1921. 7), 「원한」(『조선문단』, 1926. 4), 「현숙」(『삼천리』, 1936. 12), 「어머니와 딸」(『삼천리』, 1937. 10)과 장편소설 『김명애』(1933. 12)를 썼다. 단편 「부부」(『여자계』, 1917. 6?)는 미발굴이고, 장편소설 『김명애』는 미간행 중, 원고가 일실되었다. 작가로서 소설 8편이란 결코 많지 않은 숫자이고 그중 두 편이 전해지지 않은 형편이나 이 소설들은 발표 시기가 20년에 걸쳐 있고 첫 3편은 1910년대에, 20년대에 2편, 30년대 3편이라는 고른 분포를 보이고 있어 작가 나혜석의 소설세계를 논할 만하다. 특히 나혜석의 초기 소설 「경희」와 「회생한 손녀에게」는 우리 문학사에서 반드시 언급해야 할 문제작이다. 최근 한국문학전집에 나혜석 편이 당당히 들어간 것은 이에 대한 방증이다.[12] 1920년대에 쓰인 「규원」과 「원한」이나 1930년대의 장편소설 『김명애』, 「현숙」과 「어머니와 딸」도 나름대로 논의할 만한 작품이지만 1910년대에 쓰인 「경희」와 「회생한 손녀에게」는 나혜석 문학의 위상을 결정지을 대표작이다. 나혜석의 단편 「경희」는 일제 식민지 시기, 그것도 1910년대의 참으로 귀중한 정보가 담겨 있어 문학작품으로만이 아니라 사회, 역사, 교육, 여성, 미술 등 다방면에 걸쳐 중요한 증언을 하고 있고 문학연구자로서 보더라도 끊임없이 그 의의가 발견되는 실로 살아 있는 명작이다. 「경희」는 일본 유학 중인 여성 지식인이 주인공으로, 당시 사회문제로 등장한 여학생에 대한 부정적 담론을 불식시키고, 축첩이라는 인습에 고통을 당하면서도 여자란 이런 고통을 감내해야 한다는 사회적 고정관념에 저항하여, 문벌과 재산을 혼인의 조건으로 보는 전통적 결혼

12 임형택 외, 『한국현대대표소설선』 1, 창비, 앞의 책.

을 거부하며, 새로 다가오는 시대에 어떤 여성이 되어야 할 것인지 심각하게 고민하는 청년여성의 내면을 그리고 있는 문제작이다. 그 형식 역시 현대소설의 구성이나 문장, 묘사 등을 갖추고 있어 실로 신문학사의 자랑스러운 문학유산이라 할 수 있다.[13] 최근 연구에 의하면 이 일본 여자 유학생은 미술학교 학생임이 논증되어, 「경희」의 주인공 경희는 나혜석 자신이 그대로 투영된 인물로서 「경희」는 자전적 소설이며 일본 유학 중 쓰였지만 일본 여성작가의 작품을 능가한다는 평가를 받기도 해[14] 그 가치가 더욱 빛난 작품이다. 따라서 이 소설을 면밀히 분석해나가면 나혜석 예술의 바탕도 규명이 가능하며 나혜석이 호흡한 일본의 당시 예술적 풍경도 그려진다. 사립여자미술학교에서 쌓은 미술적 소양과 일본 여성문학 운동의 영향 아래 꽃피운 나혜석의 「경희」는 화가 나혜석만이 그려낼 수 있는 색채와 묘사가 나타난 작품이기도 하다.[15] 나혜석은 자신의 소설적 재능에 여성해방사상을 수용하여 남성작가가 도저히 흉내 낼 수 없는 여성 체험의 소설미학을 이룩해내었다. 나혜석 문학의 강점은 나혜석이 자신을 객관적 대상으로 관찰하여 보편적이고 진정한 여성의 모습을 그려내려고 부단히 노력하였다는 데 있다.

나혜석은 동시대의 이광수나 나혜석 뒤에 등장한 김동인, 염상섭, 전영택 등이 여성문제 소설을 먼저 쓰고 있는 것과 같이 여성문제 소설, 즉 페미니즘 소설을 썼다. 식민지 현실을 외면하고 여성문제를 소설화하고 있는 이런 현상은 작가의 현실도피로 지목된다. 여성문제를 소설화하고 있는 점에서 나혜석은 이광수 세대의 작가이다. 그러나 나혜석은 이광수

---

13 최원식, 앞의 인용 참조.

14 에구사 미츠코, 서정자 대담 참조.

15 서정자, 「나혜석의 문학과 미술 사이」, 앞의 논문 참조.

들과 달리 민족의식을 드러내는 소설을 썼다.「회생한 손녀에게」가 알레고리 형식의 상징성을 통해 국권 상실의 아픔을 그리고 있다면「경희」는 주인공이 이상으로 그리고 있는 여성상이 모두 조국을 구원하는 여성영웅으로 설정하여 제시하고 있다는 점에서「경희」 역시 여성문제 소설을 넘어 식민지 현실에 대응하는 지식인의 사명을 드러낸 소설이라 평가할 수 있다. 이처럼 1910년대 나혜석의 소설은 근대 최초 페미니즘 소설로나 민족문학으로 그 의의가 매우 크다.

「경희」의 경희는 전통적 결혼을 강요하는 아버지의 2, 3일에 걸친 회유에 저항하고 끝끝내 김판사네 집으로 시집가는 것을 거절한 후 점심 들라는 권유도 마다하고 골방으로 와서 고민한다. 아버지는 "계집이라는 것은 시집가서 아들 딸 낳고 시부모 섬기고 남편을 공경하면 그만이니라." 할 때에 "그것은 옛날 말이에요, 지금은 계집애도 사람이라 해요, 사람인 이상에는 못할 것이 없다 해요, 사내와 같이 돈도 벌 수 있고, 사내와 같이 벼슬도 할 수 있어요, 사내 하는 것은 무엇이든지 하는 세상이에요." 라는 경희의 대답에 아버지가 "머 어쩌고 어째? 네까짓 계집애가 하긴 무얼 해. 일본 가서 하라는 공부는 하지 아니하고 귀한 돈 없애고 그까짓 엉뚱한 소리만 배워가지고 왔어?" 무서운 눈으로 꾸짖던 아버지가 새삼 두렵다. 아버지가 하시는 말씀대로 나 같은 것이 무얼 하나 하는 자괴가 파고든다. 남들이 하는 말을 흉내나 내는 것이 아닌가. 부잣집 맏며느리의 쉽고 편한 길을 두고 제 팔이 아프도록 보리방아를 찧어야 겨우 얻어먹게 되고 종일 땀을 흘리고 남의 일을 해주어야 겨우 몇 푼 돈이라도 얻어보게 되는 길, 이르는 곳마다 천대뿐이요, 사랑의 맛은 꿈에도 맛보지 못할 길, 발부리에서 피가 흐르도록 험한 돌을 밟아야 할 그 길은 뚝 떨어지는 절벽도 있고 날카로운 산정도 있다. 물도 건너야 하고 언덕도 넘어야 하고 수없이 꼬부라진 길이요 갈수록 험하고 찾기 어려운 길이다. 이렇게 남들이 가지 않은 길의 험난함을 고민하는 부분을 무려 200자 원고지 42장에 걸쳐 쓰고 있는 것은 주목을 요한다. 소설이 모두 4장으로 나뉘어 쓰였는데 그중 한 장을 온통 이 고민 장에 할애하였다. 이는 무엇을 말함인가. 진정성이다. 나혜석은 남의 말을 흉내 내는 정도의 고민이 아니라 진정으로 시대와 조선 사회에 필요한 사람이 되어야 할 것을 고민한 것이다. 이때 경희가 이상적으로 생각하는 여성영웅이 등장하는데 단편 「경희」의 이상적 여성은 1914년 여성비평 「이상적 부인」에 등장하는 신여성과 다르다. 여성해방에 앞장선 카츄샤, 막다, 스토우 부인, 라이초 여사, 요사노 여사가 아니라 여성을 넘어서서 나라를 구하거나 그에 준하는 업적을 남긴 여성을 제시하고 있다. 스라아루 부인, 잔 다르크는 모두 나라를 구한 여성영웅이다. 나혜석의 이상적 부인에 구국의 여성영웅이 새로 등장하고 있는 것을 주목하지 않을 수 없다. 동시에 영국 여권론의 용장 휫드 부인이 등장한다.

> 수천년래의 습관을 깨트리고 나서는 여자는 웬만한 학문, 여간한 천재가 아니고서는 될 수 없다. 나파륜(나폴레옹)시대에 파리의 전 인심을 움직이게 만든 스라아루 부인과 같은 미묘한 이해력, 요설한 웅변, 그러한 기재한 사회적인물이 아니고서는 될 수 없다. 살아서 오루렌을 구하고 사함에 불란서를 구해낸 짠다크 같은 백절불굴의 용진, 희생이 아니고서는 될 수 없다. 달필의 논문가, 명쾌한 경제서로 이름을 날린 영국여권론의 용장 휫드 부인과 같은 어론에 정경하고 의지가 강고한 자가 아니고서는 될 수 없다. 아아 이렇게 쉽지 못하다. 이만한 실력, 이러한 희생이 들어야만 되는 것이다.

국권을 상실한 지 8년……. 주인공 경희는 드디어 이런 결론을 낸다. “경희도 사람이다. 그다음에는 여자다. 그러면 여자라는 것보다 먼저 사람이다. 또 조선 사회의 여자보다 먼저 우주 안 전 인류의 여성이다. 이 철원 김부인의 딸보다 먼저 하나님의 딸이다. 여하튼 두말할 것 없이 사람의 형상이다. 그 형상은 잠깐 들씌운 가죽뿐 아니라 내장의 구조도 확실히 금수가 아니라 사람이다. 오냐, 사람이다. 사람으로 보이지 않는 험한 길을 찾지 않으면 누구더러 찾으라 하리. 산정에 올라서서 내려다보는 것도 사람이 할 것이다. 오냐, 이 팔은 무엇하자는 팔이고 이 다리는 어디 쓰자는 다리냐?" '여자도 사람이외다'라는 경구는 이렇게 해서 나왔다. 나혜석은 여성의 문제에서 출발했으나 여성을 넘어 인류의 여성, 우주의 여성, 곧 사람을 지향하고자 했다. 나혜석의 눈은 이렇게 세계를 향해 열려 있었으며 그리하여 소설은 페미니즘 소설을 넘어 민족문학의 스케일로 올라선 것이다. 이 의식이 이어서 「회생한 손녀에게」를 쓰게 한 것이다.

「경희」에 대한 관심에 비하면 학계에서 단편 「회생한 손녀에게」는 그다지 주목하지 않았다. 그러나 일제 식민지 지배에 대한 저항의 차원에서 민족의식을 드러낸 소설로 이 작품은 반드시 재평가되어야 할 작품이다. 「회생한 손녀에게」는 알레고리 기법으로서 서간체 형식인데 할멈이라고 불리는 주인공이 손녀에게 일방적으로 말하는 서간체 양식이다. 이 할멈은 손녀라고 이름 붙인 여학생이 위병이 들어 갖은 약을 써도 낫지 않아 애를 쓰던 중 깍두기를 담가서 가져다 먹여 나았다고 한다. 이 진술의 과정에서 할멈 자신의 체험이 고백되는데 이 고백의 내용이 나혜석 자신의 체험인 최승구의 죽음과 그를 돌보지 못한 죄의식과 일치되어서 이 소설은 그 회한을 바탕으로 자신이 나이팅게일 같은 천사가 되고 싶다는 내용을 담은 소설이라고 읽히기도 한다.[16] 그러나 소설의 중심은 깍두기를 먹

16 김재용 · 이상경 외, 『한국근대민족문학사』, 한길사, 1993, 220쪽.

고 병이 나았다는 은유에 있다. 그리하여 손녀가 병든(국권이 상실된) 조국이라면, 할멈은 그 조국을 돌보고 회생시켜야 할 사람으로, 깍두기는 민족의식으로 「회생한 손녀에게」는 이렇게 민족의식을 은유 또는 상징으로 드러낸 소설인 것이다. 이 소설을 발표한 몇 개월 후 나혜석은 3 · 1운동과 연루되어 옥고를 치른다.

이 소설에는 몇 가지 일치되지 않는 오류가 발견된다. 손녀는 어린 학생인 모양인데 할멈은 이렇게 말한다. "오냐 어서 커라. 네 호리호리한 허리로 피아노 앞에 앉아서 오냐 어서 뜯어라 네 그 꼬챙이 같은 손으로 바이올린을." 이 문장대로라면 손녀는 피아노도 치고 바이올린도 뜯으며 책상 앞에 앉아서 공부도 한다. 어린 손녀에 대한 기대가 개연성이 부족하다 할 정도로 대단하다. 이는 할멈이 병들어 호리호리한 조국에게 거는 무한대한 기대라고 읽을 수 있다. 그리고 또 "손녀야, 사위스러운 말이다마는 만일 네가 그대로 죽었으면 어찌할 번했을까. 지금 생각만 해도 몸이 으쓱해지고 마음이 간질간질해온다. 참 아슬아슬하였다. 이 아무데도 의지할 곳 없는 너만 믿고 살던 할멈은 어디다 의탁을 하고 누구를 믿고 살아가랴. 어멈 찾으며 산지사방으로 울고 다니는 어린자식들을 참혹하고 눈물이 나서 어찌 보았으랴."[17] 밑줄 친 부분은 매우 갑작스런 정보이다. 이 손녀는 앞서 말한 대로 세 살에 어미 잃은 10여 세의 어린아이다. 그런데 이 손녀가 죽으면 어멈 찾으며 산지사방으로 울고 다니는 어린 자식이 있다고 한다. 여기서 작가 나혜석이 손녀로 지칭한 대상은 조국이라는 은유가 확실해진다. 이 소설이 발표된 해는 1918년이니 나라를 잃은 지 8년이다. 손녀는 잃어버린 조국이라고 보아야 할 또 하나의 근거다.

이 소설을 쓸 무렵의 일기인 「4년 전의 일기 중에서」에는 일녀에 대한

17 『전집』, 123쪽.

노골적인 반감이 나타나 있으며[18] 소설화되지는 않았으나 삶에서 황옥사건 등 독립운동을 도운 사실은 이미 입증되어 있다.[19] 나혜석은 1910년대에 국권회복을 고민하는 소설을 쓴 유일한 작가가 되었다.

(2) 여성비평, 생애 동안 추구하다

여성비평은 여성해방사상이 드러난 논설을 말한다. 말하자면 나혜석의 여성해방사상의 성격이 드러난 글이다. 여성비평은 초기 3편, 중기 3편, 후기 5편으로 나혜석의 전 문학 활동 기간 고르게 쓰이고 있다. 전집에 여성비평으로 분류되어 나란히 게재된「이상적 부인」(1914),「잡감」(1917),「잡감－K 언니에게 여함」(1917),「부인의복 개량문제」(1921),「백결생에 답함」(『동명』, 1923. 3. 18),「강명화의 자살에 대하여」(1923. 7. 8),「구미여성을 보고 반도여성에게」(1935. 6),「독신여성의 정조론」(1935),「영미부인참정권운동자 회견기」(1936),

요사노 아키코 기념관 전시 포스터

---

18 나혜석,「4년 전의 일기 중에서」,『전집』, 216쪽. "저것들이 우리나라에 가서 땅을 집고 주름을 잡고, 제로라고 놀겠구나."

19 박환,「나혜석의 민족의식 형성과 민족운동」, 나혜석 학술대회 제2회 나혜석 바로알기 심포지엄 발표논문, 1999. 12. 10,「나혜석 학술대회 자료집」, 앞의 책, 2~125쪽.

「윤돈 구세군탁아소를 심방하고」(1936), 「영이냐 육이냐 영육이냐」(1937. 12) 등 11편의 여성비평을 이어 읽어보면 나혜석의 여성해방에 대한 생각이 일목요연하게 떠오르고, 그가 일본에 유학하여 접한 여성해방사상이 차츰 어떻게 뚜렷해지고 이를 스스로 체화해나갔는지, 또한 세계일주 이후 직접 서양의 여성 현실을 보고 난 후 그의 여성해방사상이 어떻게 성장 발전하는지 분명히 윤곽이 그려진다. 비록 부르주아의 시각에서 여성해방을 수용하고 주장하는 한계를 지녔더라도 그의 주장이 6, 70여 년이 지나서 구체화되고 이슈가 되는 현실을 목도할 때 그가 얼마나 선구적이었으며 그렇기에 그의 삶이 얼마나 고달팠을 것인지 미루어 짐작이 가는 글들이다.

나혜석의 비평 문장을 대할 때면 그의 선구적 주장뿐만 아니라 해박한 지식과 조리 있는 논리, 설득력 있는 문장에 감탄을 금할 수 없게 된다. 오늘날 그가 살아서 이 땅의 여성 현실과 사회 현상에 대하여 비평과 논리를 전개한다면 얼마나 볼 만한 것이 되어 나올 것인가 새삼 그의 존재가 커 보이도록 그의 사회현상의 해부와 문제점의 적시는 감탄을 불금케 하는 바 있다. 나혜석의 첫 글, 「이상적 부인」(1914)은 나혜석이 일본으로 유학을 간 다음해에 발표된 글로 그의 나이 20세, 만 19세의 문장이다. 오늘날로 치면 대학교 1학년생의 리포트쯤 될 것인데 그 수준이 당시 도쿄 유학생 명문재사들의 잡지 『학지광』에 실릴 만큼 대단한 것이었다. 탈아입구의 정책 아래 꽃피었던 여성해방의 기치가 양처현모 교육주의로 후퇴하는 시기에 나온 「이상적 부인」은 나혜석이 호흡한 일본의 문화적 대기가 점점이 반영되어 이 「이상적 부인」 한 편을 면밀히 분석하면 당시의 일본 문화계를 엿볼 수 있을 정도다. 나혜석은 소설과 잡지를 읽고 연극을 보았으며 여성 정책에 관심을 기울였다. 나혜석은 삼일여학교 시절부터 가졌던 기독교 신앙과 진명여학교 시절 접했을 여자교육론으로 대변되는 구한말 근대 계몽기 담론으로 어느 정도 의식이 깨어 있었을 터이나 여자미술학교 선배들이 많이 참여한 세이토(청탑)의 문예운동을 접하고 영향을 받은 흔적이 이 「이상적 부인」에 적지 않게 나타난다. 나혜석은 먼저 이상이란 무엇인가 질문을 하는데 그가 정의하는 이상이란 두 가지라고 한다. 하나는 욕망의 이상이자 감정적 이상이고 또 하나는 영지(靈智)적 이상이라는 것이다. 이 영지(靈智)라는 단어는 히라츠카 라이초의 글에 많이 나오는 말이다. 니체주의자인 듯 히라츠카는 여성 천재의 출현을 돕는 일이 세이토의 창립 목적이라고 하는데 이 영지적 이상이라는 것에 대하여 나혜석의 부연 설명은 없다. 다만 자신의 예술이 지향할 바를 이 영지적 이상에 두고 있는 듯 읽힌다. 욕망의 이상이나 감정적 이상 역시 당시의 일본 문화계를 이해하기 전에는 정확히 알 수 없다.

나혜석은 이어 부인의 개성에 대한 연구가 없고 자신의 이상은 비상한 고위(높은 수준)에 있기 때문에 이상적 부인이라 할 부인이 없다고 전제하면서 이상적 부인에 근접한 카추샤, 막다, 노라, 스토우 부인, 라이초 여사, 요사노 여사를 예로 들고 그들을 부분적으로 숭배한다고 말한다. 이들 인물의 앞에 붙인 이상적 부인의 단서를 보면 '혁신(革身)으로 이상을 삼은 카츄샤', '이기(利己)로 이상을 삼은 막다', '평등주의로 이상을 삼은 스토우 부인', '진의 연애로 이상을 삼은 노라 부인', '천재적으로 이상을 삼은 라이초 여사', '원만한 가정을 이상으로 삼은 요사노 여사' 등에서 보듯 이들이 지닌 미덕이 곧 나혜석이 지향하는 이상의 편린들로 이해된다. 나혜석은 이들의 장점을 취하여 이상에 근접하도록 생장하여야 할 것이라 하였다.

양처현모주의와 온양유순을 강요하는 현실을 비판한 나혜석은 지식, 기예를 갖추고, 어떤 일을 당하든지 좌우를 처리할 능력을 구비하고, 그 시대의 선각자가 되어 실력과 권력으로 사교 또는 신비로 내적 광명의 이상적 부인이 되어야 할 것이라고 하였다. 이렇듯 쉬지 않고 자기의 책임을 다하면 이상의 일생이 될 것이라 하고 나혜석 자신은 예술을 위해 무한한 고통과 싸우며 나아갈 것이라고 하였다. 여성비평으로서「이상적 부인」은 아직 이상에 불과한 수준이지만 양처와 현모가 되기 위해서가 아니라 여성이 자기를 자각하고 이에 나아 갈 이상적 여성의 길을 제시하고 있다는 점에서 한국 여성비평의 출발점이라는 큰 의의를 지닌다.

3년 후에 쓰인 여성비평「잡감」(1917)은 제목처럼 감상에 가까운 연설 문장이지만 비난과 타격으로 시끄러운 학우회 망년회는 반성과 혁신의 기운을 불러 진보가 된다고 언니를 깨우치며 여성도 사람같이 된 연후에 얌전한 여자가 되어보자는 주장이 담겼다.「잡감－K언니에게 여함」(1917)도 편지 형식으로 온량공겸과 삼종지도의 때늦은 가치관을 벗어나서 조선 여자도 사람이 될 욕심이 있어야겠다는 주장을 다시 펴고 있다. 서구의 여성의 지위를 역사적으로 일별한 후에 루소의 천부인권설을 바탕으로 여자도 남자가 하는 모든 일을 할 수 있다는 것이 20세기의 무대이니 조선 여자도 이에 참석할 욕심을 가져야 하겠다고 한다. 이 두 여성비평은 여자도 사람이 되어야겠다는 말로 요약된다. 여자도 사람이 되어야겠다는 말은 입센의『인형의 집』에 나오는 말이지만 나혜석의 페미니즘을 대표하는 문장이 되었다. 나혜석은 여성운동을 이끌어내려던 것은 아니었으며 예술을 통해서 목표에 도달하고자 하였다. 그중의 한 방편이 글쓰기이다.

나혜석의 여성비평은 1920년대에 들어 그 실천의 하나로 보이는「부인의복 개량문제」(1921)로 이어진다. 나혜석이 김일엽의 의견에 대하여 덧붙이는 형식의 글인데 나혜석의 주장은 김일엽에 비하여 계몽주의 또는 국가주의에 구속되지 않는 당당함으로 자유롭게 의견을 펼쳐 보인다. 한복의 아름다움을 살리면서 편리하게 내의나 주머니 단추를 단다거나 색채와 옷감을 달리하자는 것으로 한복의 아름다움을 버리고 검박에 맞

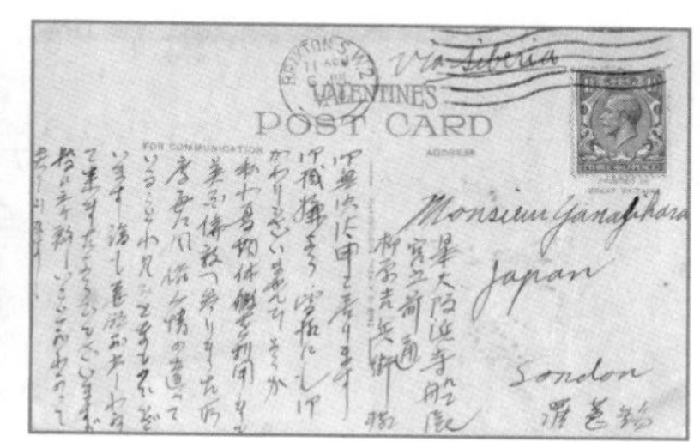

나혜석이 세계일주 중 런던에서 야나기하라에게 보낸 사진 엽서

춘 김일엽의 의견을 비판한다. 검박은 게으름의 표적이고 망하고 쇠할 증거일 수 있다며 "작일의 사치품이 금일의 실용품이라"는 서양의 속언을 소개하고 적절한 허영과 사치가 오히려 경제에 도움이 된다는 선구적 논리를 편다.

1920년대의 여성비평에서 주목되는 것은 나혜석의 페미니스트 산문 「모된 감상기」를 읽고 쓴 백결생의 「관념의 남루를 벗은 비애」(『동명』, 1923. 2. 4)에 대한 반박문이다. 나혜석은 감상문은 경험을 종합한 결론이 아니라 오직 그 직각한 당시의 사실을 솔직하게 위선 없게 쓰려는 것이 유일의 목적이므로 이에 대해 논박한다는 것은 본래 말도 안 된다고 전제한다. 이 논술문과 감상문의 차이로써 반박의 부당성을 주장한 나혜석은 백결생이 부인문제에 무식하여 뒷걸음치자는 주장을 하고 있다면서 자신이 쓴 「모된 감상기」의 타자로서의 체험을 재삼 당당하게 주장함으로써 전복의 계기를 마련한다. 여성의 삶에 대한 이야기는 사적 담론에 불과하므로 여성 체험을 기록하여 공표함으로써 여성의 억압적 현실을 공론화하면 문제 해결의 계기를 마련할 수 있다는 뜻이다.

세계일주 중에 영미 부인참정권 운동가를 회견하고 런던 구세군 탁아소를 심방하는 등의 나혜석의 행적은 그가 여성해방 문제에 얼마나 큰 관심을 갖고 있는지 보여주는 것이다. 「영미부인참정권운동자 회견기」

(1936)와 「윤돈 구세군탁아소를 심방하고」(1936)는 구미여행 중에 가졌던 체험을 쓴 것인데 「영미부인참정권운동자 회견기」의 경우 글을 통해서만 만나보았던 횟드 부인과 펑크허스트의 부인참정권 운동단원을 만난 감회는 새로웠을 것이다. 나혜석이 소설 「경희」에서 자신이 지향해야 할 여성 영웅으로 횟드 부인을 쓴 바 있는데 이 횟드 부인은 이 인터뷰 기사에서 영미 참정권 운동의 1세대로서 3세대인 노처녀가 20년 전 시위운동을 할 때 너무 늙어서 나오지 못하고 창문을 열고 앉아서 내다보았다고 나온다. 영국 여권운동자의 시조인 횟드 부인(Mrs. Fawccet), 그는 죽었다고 나혜석은 썼다. 나혜석의 이 인터뷰는 나혜석이 직접 정리했는데 참정권 운동의 원인과 주론(主論), 운동 방식, 참가 단체의 숫자, 군중의 반응 등을 묻고 남녀의 차이에 대해서도 의견을 물어 답을 받아 적었다. 현대 영국 여성의 노동권, 여성의 지위 등도 물어 영국의 여성운동의 현황과, 여성 지위의 현재와 문제점 등을 소개하는 알찬 내용이다. 이때 나혜석은 20년 전 시가지 시위 때 둘렀던 띠를 기념으로 받고 싶다고 하면서 "내가 조선에 여권운동자 시조가 될지 압니까."라고 한다. 역사적인 인터뷰가 아닐 수 없다.

「윤돈 구세군탁아소를 심방하고」도 런던 체재 시 방문했던 구세군 탁아소 방문기인데[20] 역시 문답 형식으로 정리하고 있다. 미혼모 탁아시설과 미혼모들의 수용 방식, 그리고 그 운영 방식을 자세히 묻고 시찰한 것을 기록하였다. 나혜석은 문명의 산물 사생아 탁아소가 조선에도 미구에 생기리라고 전망하며 글을 맺고 있다. 이들 회견기는 나혜석의 여성비평

---

20 나혜석이 런던에 체재할 때 주인집이 구세군 신자였던 관계로 동경 있는 구세군 대좌 야마무로 군페이(山室軍平) 씨의 딸이 탁아소의 간사로 있다는 말을 듣고 방문했다. 야마무로 구세군 대좌는 공창폐지운동을 했다.

적 관심이 낳은 구체적 성과물이며 여성계에 알리고자 잡지에 발표하고 있음은 여성비평사에 기록될 역사적 의미가 있다 하겠다.

여성비평의 전개 중에서 1930년대에 들어 1910년대의 내용과 크게 달라진 점은 정조론이 등장한 것이다. 구미여행으로 서구의 정조관을 보고 느낀 데 이유가 있겠으나 무엇보다도 자신의 체험이 더 절실한 이유였을 것 같다. 나혜석은 「독신여성의 정조론」(1935)에서 앞으로는 독신으로 사는 시기가 늘어날 것이며 이를 위해 유곽과 남자 유곽이 필요하다는 가정 해체론에 가까운 혁신적 정조론을 펼친다. 그의 페미니스트 산문 「이혼고백장」과 「신생활에 들면서」에도 정조는 취미라는 말이 나오지만 1910년대에 등장하지 않은 섹슈얼리티의 문제를 정면에서 논하는 등 나혜석 여성비평에 새로운 이슈가 등장하고 있다.[21]

이 정조론이 바탕이 된 연애관을 보여주는 글이 「영이냐 육이냐 영육이냐」(1937. 12)이다. 모윤숙의 「나의 연애관」을 읽고 쓴 글인데 나혜석은 이 글에서 남성중심주의가 낳은 성녀 이미지의 내화라 할 모윤숙의 연애관, 즉 연애할 고상한 대상이 있거든 그를 마음속으로 사랑할 것이고 결혼까지 이르지 않도록 함이 좋지 않겠느냐는 의견에 대하여 꿈나라에서 노는 소녀의 연애관이라 비판한다. 진정한 연애란 영과 영이 부딪칠 때 생리적 변동이 생겨 이유 없고 타산 없이 영육이 일치되는 것이다. 영육을 분리하여 사랑을 한다면 다른 이성이라는 대상을 향하게 되니 이는 공

---

21 浦川登久惠, 「羅蕙錫,の離婚後の言論活動――九三〇年代を中心に」, 우라카와는 나혜석이 이 시기에 "정조는 취미다" 등 혁신적인 정조론을 발표한 데는 일본의 1910년대, 20년대, 30년대의 정조론 논쟁과 관련이 있을 것이라고 보고 있다. 그 가운데에는 히라츠카 라이초의 "여성인 것 그 자체가 훌륭하다"는 여성찬가적인 사상이 마음의 지주가 된 때문이라고도 보았다. 『朝鮮學報』 222집, 2012. 1, 4장.

상 망상이요, 풍기문란이라고 한다. 사랑을 이상이라 한다면 결혼은 실현이며 사랑하고 결혼할 수 있을 때 자아완성에 이를 수 있다 하여 영을 편애하고 육을 멸시하는 것은 구라파 각국에서도 17~19세기의 일이요, 연애관을 순서대로 밟을 필요가 없으니 20세기의 연애관을 보급시킴이 가하다는 주장이다. 이렇듯 나혜석의 여성비평은 '여자도 사람이다'라는 자각에서 자신의 체험과 세계의 여성과 만나면서 폭이 넓어져 섹슈얼리티 논의에 이르기까지 개방적이며 전위적인 자신의 주장을 뚜렷이 하였다. 첫 여성비평 「이상적 부인」에서 말한 바 여성 선각자로서 자신의 책임을 다하고자 노력한 것이다.

3) 타자 체험으로 전복의 언어를 쓰다

페미니스트 산문이란 페미니스트 의식이 반영된 산문을 말한다. 페미니스트 산문은 여성비평과 겹치는 부분도 없지 않다. 동시에 수필과도 겹친다. 나혜석은 이런 글들을 감상문이라 일컫고 있다. 그러나 페미니스트 산문을 따로 분류한 것은 페미니스트 의식을 뚜렷이 가지고 글을 쓰는 이것이 나혜석 글쓰기의 한 특징을 이루고 있다고 판단하였기 때문이다. 이 시기 여성작가에게서 페미니스트 의식을 가지고 이처럼 독특한 글쓰기를 하고 있는 경우는 거의 없다. 그림과 함께 글쓰기에도 치열한 작가의식을 지녔던 나혜석은 반드시 소설이 아니더라도 상황에 따라 다양한 형식으로 자신의 체험과 생각을 펼쳐놓았다. 페미니스트 산문의 대표적 글은 「모된 감상기」와 「이혼고백장(서)」와 「신생활에 들면서」이다.

「모된 감상기」는 앞서 언급을 하였지만 여성으로 겪은 체험을 여성의 눈으로 정시하고 지금까지 고정관념에 묻히고 가려 있던 여성의 고통과 허위의식을 드러낸 문제 산문이다. 무엇보다도 모성애라는 것이 본능이 아니었다는 고백적 선언은 만천하의 독자들에게 커다란 충격이었을 것이다. 이 모성부정론은 일본의 히라츠카 라이초에 의해서 일찍이 논의된 바 있다 하나 나혜석의 경우 "발상에 참고는 했을지라도 글의 분량이라든지 경험의 구체적 진술, 그리고 자신의 경험에 근거하여 모성이 여성에게 생물학적으로 본능적으로 주어진 것이라는 점을 부정하는 것은 라이초와는 다른 나혜석 고유의 것"[22]이며 에구사 미츠코 교수도 일본에 「모된 감상기」와 유사한 글이 없다고 증언을 해주었다. 모성부정론만이 아니라 첫 임신을 알게 된 이후 겪은 심리적 갈등이라든가 분만 시의 고통을 잊지 않도록 기록한 대목들은 "내가 여자요, 여자가 무엇인지 알아야 하겠소. 내가 조선 사람이요, 조선 사람이 어떻게 해야 할 것을 알아야 하겠소."[23] 라고 쓴 1910년대 여성비평 「잡감-K언니에게 여함」의 한 대목 그대로 여성이 무엇인지 두 눈 똑바로 뜨고 자신을 대상화하여 관찰하고 있는 근대인 나혜석의 시선이 여기에 있다. 이 모성이 본능이 아니라 사회적 산물이라는 것은 1976년에 이르러 아드리엔느 리치에 의해 『더 이상 어머니는 없다』로 제기되었음은 위에서 적었다. 2년여의 긴 기간의 체험을 기억에 의존해서만 정리하였다고 보기에는 그가 제시한 감정과 체험이 놀랍도록 생생하다. 심지어 진통의 체험을 기록해놓고 있는데 이는 그의 글쓰기에 대한 열정을 말해주는 것이기도 하다. 아기를 가진 후의 당황과 고뇌가 거의 대부분을 차지하고 아기를 낳고 기른 부분의 기록이 상대적으로 짧은 것은 아이를 기르면서 이런 모 된 감상에 변화가 없다는 의미인지도 모른다.

---

22 이상경, 「나혜석의 여성해방론」, 『한국근대여성문학사론』, 소명출판, 2002, 188쪽.

23 『전집』, 323쪽.

백결생은 나혜석의 글에 대한 반박문에서 남성중심주의의 고정관념을 한 치도 벗어나지 않은 입장에서 여성비하 의식, 여성 역할에 대한 편견 등을 나열하며 신여성에 대한 불신과 구관념과 도덕을 버린 대신 받아들인 신사상－여성해방사상－이 공허하여 여성들이 방황한다며 모 된 자의 부당한 불평은 구여성만도 못하다고 단죄하였다.

나혜석은 페미니스트로서 부부, 가정 외에 여성 자신이 주체로 서야 한다는 등 실천을 강조한다. 페미니스트 산문 「부처간의 문답」은 부부가 나누는 대화 속에 하얼빈에서 본 아라사 가정의 남편이 가사를 돕는 장면을 예를 들며 조선 가정에서 남편의 시중을 드는 노예적 여성의 역할을 비판하고 남편에게 자고 난 자리도 손수 개고 세숫물도 떠다 씻으라고 한다. 가사분담으로 가정에서 남녀의 성역할을 개량해나가려는 생각은 「나를 잊지 않는 행복」에서 지금까지 자기를 잊고 살아온 조선 여성들에게 자기를 찾으라는 주체로서의 자각을 강조하는 것으로 이어진다. 「생활개량에 대한 여자의 부르짖음」은 앞에서 언급한 것처럼 여성의 가사노동에 대한 가치를 재평가하도록 남성들의 각성을 촉구한 글이다. 「부처간의 문답」에서 서양으로 여행을 다녀오고 싶어 하고, 모험객, 탐험객이 되고 싶어 하던 나혜석은 드디어 남편과 함께 세계일주를 하고 돌아온다. 사람은 어떻게 살아야 좋을까, 부부간에 어떻게 하면 화합하게 살 수 있을까, 구미 여자의 지위는 어떠한가, 그리고 즉 그림의 요점이 무엇인가 이 네 가지를 알아올 숙제로 하고 간 그는 급기야 「이혼고백장」을 쓰는 처지가 된다.

구미여행기 연재가 끝나는 시점이자 자전적 소설 『김명애』를 쓴 다음인 이 시기는 나혜석이 자신을 충분히 되돌아보았을 때다. 경제적으로 어렵기도 했던 그는 최린을 상대로 위자료 청구소송을 하는 한편 「이혼고백장」을 써서 발표한다. 장편소설을 쓰면서 한 번 거른 내용일 텐데 남편 김우영을 만나 결혼하고 이혼하기까지의 과정, 이혼 후의 심경에 이르기까지 과정을 숨김 없이 써서 세상을 놀라게 하였다. 11년간의 부부 생활, 화가 생활, 구미만유, 시어머니와 시누이의 대립적 생활, 최린과의 관계(최린을 C라고 표현), 역경에 든 재정, 이혼, 이혼 후, 어디로 향할까, 모성애, 금욕 생활, 이혼 후 소감, 조선 사회의 인심, 청구씨에게 등으로 나누어 쓴 「이혼고백장(서)」에는 페미니스트 나혜석이 가부장제 사회와 맞섰다가 철저히 패배해야 했던 과정이 소상히 그려져 있다.

신여성에 대한 비난과 경계를 의식하면서 여성계몽과 남성들의 자각을 '부르짖을' 때도 여성들의 자각을 이야기한 다음 조심스럽게 의견을 개진하던(「생활개량을 위한 여자들의 부르짖음」) 나혜석, 구여성의 비극을 소설화할망정 신여성을 정면으로 다루지도 않았던 나혜석은 세계일주와 파리 체류를 하는 동안 남성중심주의가 극도로 완강한 조선의 분위기를 그토록 까맣게 잊어버렸던 것일까? 나혜석이 다시 파리로 가려고 마음먹으면서 돌아와 다시 적응하는 데 몇 년이 걸릴 것을 걱정하는 대목이 있다. 구미여행에서 돌아와 적응하는 여유를 가질 수 없이 닥쳐온 불행들, 시삼촌 가족들의 급작스러운 동거, 김우영을 자극하여 이혼을 부추기는 남성군, 나혜석의 파멸을 보고자 하는 심리들을 나혜석은 미처 살피고 대처하지 못했다. 남편도 그 속에 포함된 가부장제도 속의 남성이라는 사실을 깨닫지 못했다. 상업적 저널리즘에 익숙해진 대중의 눈에는 이러한 나혜석이 선정적인 화젯거리였을 뿐이었다. 「아아, 자유의 파리가 그리워」(1932)에서 나혜석은 "내가 지금까지 조선대중의 생활을 떠나 별천지에서 살았던 것이 다시 조선인의 생활로 들어서려면 농촌생활의 정도로부터 살아볼 필요가 절실히 있었다."[24]라고 자탄을 하였던 것이다. 나혜

---

24 『전집』, 440쪽.

석 스스로 그 두 사건이 일으킬 파장을 알았을 텐데도 자신의 삶을 사적인 담론의 공론화를 위해 솔직하고 대담하게 공개하는 자세는 아무리 높이 평가해도 충분하지 않다.

3. 마무리하며

나혜석의 「경희」는 1918년 3월에 발표된 소설이니 김동인이나 염상섭보다 일찍 한국 근대소설사에 등장한 작품이다. 또 나혜석의 처녀작 「부부」가 쓰인 1917년은 한국 근대문학의 기념비라는 이광수의 장편 『무정』이 『매일신보』에 연재 발표된 시기와 맞물린다. 이 시기에 나혜석의 소설이 세 편이나 쓰인 것은 나혜석 문학의 위상을 말해주는 것이다. 1913년 일본으로 유학을 간 나혜석은 일본 최초의 여성문예잡지 『세이토(靑鞜)』를 주목하였던 것 같다. 그림 공부를 하러 도쿄의 여자미술학교에 유학을 갔으면서 가자 곧 여성비평 「이상적 부인」(『학지광』 3호, 1914)을 써서 발표하고 있다. 그의 본업은 화가였지만 화가로서의 활동보다 글쓰기 활동을 먼저 시작하고 있는 점을 보더라도 글쓰기는 그림에 못지않게 그에게 중요한 '일'이었다. 그는 화가로서 성공하기를 바랐으나 글쓰기 역시 스스로 자부하는 분야였다. 말하자면 그림을 그리면서 여기(餘技)로 글을 썼던 것이 아니라 그림과 글 두 가지가 다 그에게 등가의 의미를 갖는, 의욕적 대상이었다.

전집이 나오고 평전이 나왔으나 나혜석 문학에 대한 위상 정립은 되어 있지 않았다. 이 글은 나혜석의 문학세계를 조감하기 위하여 시기별 그의 문학적 키워드를 추출해보고, 한국문학사 속의 나혜석 문학의 위상을 짚어보기 위해 쓰였다. 나혜석의 문학은 재래의 장르 구분이 아닌 여성의

나혜석이 세계일주 여행 길에 들렀던 하얼빈 역

시각으로 시, 소설, 희곡, 콩트, 수필 외에 여성비평, 미술비평, 페미니스트 산문, 여행기 등으로 나누어볼 수 있는데 이 글은 나혜석의 문학 전반을 살피면서 소설과 여성비평, 그리고 페미니스트 산문을 중심으로 하여 그 문학사적 의의를 살펴보았다. 초기에 '빛'을 찾고, 중기에 대중에 다가가 소통하고, 후기에 세계를 향하여 자기를 펼치려 꿈꾼 나혜석은 화가의 눈과 선각자의 사명으로 신문학 초기 남성작가들이 해내지 못한 여성문제와 상실한 국권의 회복을, 은유와 상징으로서 소설화하여 문학사적 위상을 뚜렷이 하였다. 따라서 나혜석은 1910년대 문학사에서 유일하게 국권 회복을 소설화한 작가로 평가되었다. 여성비평의 경우, 초기의 '여자도 사람이다'라는 양처현모 교육의 비판에서 1920년대 계몽적 실천을 거쳐 1930년대 타자로서의 체험이 녹아 있는 혁신적 정조론과 영육이 조화된 연애관을 주장하는 전복적 글쓰기에 나아간다. 그런가 하면 구미여행의 산물로 쓰인 여성참정권 운동가 회견기나 미혼모 탁아소 방문기 등은 나혜석이 생애를 두고 여성문제에 관심을 갖고 추구하였음을 증명하는 것이다. 그는 생애 동안 여성문제를 추구하고 그 답을 구함으로써 우리 여성비평사에 길이 남을 업적을 이룩하였다고 평가할 수 있었다. 나혜석은 자신의 체험을 솔직하고 대담하게 고백하고 공개하여 여성억압의 현실을 공론화한 보기 드문 선각자다. 당대에는 비난과 소외의 고통을 겪었으나 한국 여성사에 길이 남는 업적을 이룩하였다. 나혜석이 이룩한 소설과 비평, 페미니스트 산문 등은 아무리 높이 평가해도 부족하며 여성문학에 인색한 문학사 기술에서도 나혜석의 문학을 외면하고는 근 · 현대문학에서 도도한 흐름을 이룬 여성문학을 논할 수 없을 것으로 믿는다. 이외에 우리가 자랑스럽게 내놓는 나혜석 문학으로 여행기를 들 수 있다. 지면상 언급을 하지 못했으나 한국 최초의 세계일주 여행기는 나혜석 문학의 다양성과 나혜석 예술의 향기를 보여준다는 점에서 그의 미술비평과 함께 결코 빼놓을 수 없는 업적이며 이에 대한 언급은 다음 기회로 미루기로 한다.

제3부

이미지비평과 여성소설

가사노동 담론을 통해서 본 여성 이미지

1910~1970년대 여성소설을 중심으로

1. 여성의식과 '문화적 틈새'

이 글은 1910년대부터 1970년대까지 우리 여성소설에 나타난 가사노동 담론을 통해서 여성 이미지를 살펴보고자 쓰여진 글이다. 영미 비평에서 여성 이미지란 실제 여성의 모습과는 거리가 먼 왜곡된 이미지를 의미한다. 그러나 초기 페미니스트 비평의 한 형식으로서 문학 속에서 왜곡된 여성 이미지를 찾는 작업은 "개개의 문학작품에서 성차별을 드러내는 것밖에 되지 못하는" 결과가 뻔한 연구 방식으로 그 방법적 한계를 보여준 것으로 되어 있다.[1] 여성 이미지 연구에서 바람직한 방법은 기호학적 관점으로서, 여성은 절대로 주어진 것이 아니며 항상 이데올로기적 구축의 산물이라고 보는 관점이다.[2] 이 분야의 최근 저작들이 규정된 이미지보

---

1 K. K. Ruthven, 『페미니스트 문학비평』, 김경수 역, 문학과비평사, 1989, 98쪽.
2 시몬느 드 보바르, 『제2의 성』, 조홍식 역, 을유문화사, 1975, 58쪽. 보바르는 '여성은 생성되는 존재이며 규정되어진 존재가 아니다'라고 말한다.

다는 하나의 과정으로서의 '묘사'를 이야기하는 이유가 바로 이것이다.[3] 로저 파울러는 담론의 장에서 재현(再現)이라는 것은 매개자가 어떤 제한적 영향력을 행사하는 하나의 강력히 관습화된 과정이라고 하고, 재현은 피할 수 없이 메시지의 형상화인 텍스트와 작가가 전하는 연설 관여와 태도의 색채를 드러내는 담론의 두 가지 국면을 갖게 되어 있다고 말한다.[4] 담론(discours)은 랑그 속에서 말해지거나 글로 쓰여진 텍스트 전체를 가리키는데,[5] 하나의 문장은 표면구조와 심층구조로 이루어져 있다고 본다. 표면구조는 관찰할 수 있는 것, 표현적인 것, 즉 문장의 층이며, 심층구조는 문장의 추상적인 내용이다. 표면구조는 곧바로 체험하지만 심층구조나 심층의미는 약호 해독(decoding)이라는 하나의 복합된 행위를 거쳐야만 알 수 있다[6]고 되어 있다. 서술적인 담론은 문화규약(convention)의 상호작용 속에서 창조된다. 즉 이들 규약들이 언어 속에 약호화되어 있는 대로 작가는 그것을 표현적으로 전개하고, 독자는 텍스트로부터 의미를 분리시키는 일을 통해서 그것이 창조된다는 말이다. 이 합동적인 과정은 간주관적(intersubjective)이다.[7]

담론 이론에 의한 분석은 마르크스주의적 분석이나 자유주의적 분석처럼 역사에 대한 해설(version)로서, 그것은 통용되고 있는 담론상에 드러난 바에 의해서 권력의 관계와 위력을 설명하고자 한다.[8] 본고의 담론 분석은 언어학적인 방법과 푸코 이론의 도움을 받고자 한다.

---

3 K. K. Luthven, 앞의 책, 같은 곳.

4 로저 파울러,『언어학과 소설』, 김정신 역, 문학과비평사, 1985, 96쪽.

5 이병혁 편,『언어사회학 서설』, 까치, 1986, 313쪽.

6 위의 책, 20쪽.

7 로저 파울러, 앞의 책, 105쪽 참조.

8 Chris Weedon,『포스트 구조주의와 페미니즘 비평』, 이화 영미문학회 역, 한신문화사, 1994, 143쪽.

일제강점기와 해방을 거쳐 1970년대에 이르는 동안 우리 여성소설에서는 어멈, 할멈, 또는 식모로 불리는(이하 어멈으로 통칭) 가사노동 담당자가 있어 여성의식의 형성에 매우 중요한 한 역할을 담당했던 것으로 보인다. 리오 로웬탈은 작가가 참여자로서 혹은 관찰자로서 다양한 집단과 관계를 맺는 것은 매우 중요한 일인데, 이는 "어떤 집단이 그 자신의 감정적인 또는 지적인 체험을 얻지 못하고 사회의 교양 계층에서 고립되었다면 그 집단은 예술가의 관찰 범위가 미치지 못하는 곳에 위치할지도 모르기 때문"이라고 하였다. 어멈은 바로 여성작가의 이웃에 위치하여 충분히 관찰의 대상이 되었고 이것은 여성소설에 다소나마 반영이 되었는데, 이 어멈이 가지는 의미에 대해서 한 번도 주목해본 적이 없었던 것이다. 분명히 의미를 가진 현상이나 지나치기 쉬운 이것을 헬레나 미키는 문화적 틈새라고 부른다.[9] 예를 들어 1960년대의 여성소설의 경우 이 어멈의 존재는 작가나 주인공들로 하여금 여성 문제를 올바르게 인식하는 데 하나의 장애 역할을 하였다고 보는 것이다. 그럼에도 불구하고 이 어멈의 존재에 대하여 지금까지 전혀 주목하지 못했다. 가사(家事)는 대표적인 유형의 가부장제 산물인데, 이 가사를 전담해주는 어멈이 있게 되면 가사노동의 성 역할 고정관념 등의 문제점을 인식하기 어려워질 것은 당연한 일이다. 더구나 지식인 계층인 작가는 대부분 어멈을 두는 계층에 속하였을 것이다. 따라서 이 시기의 여성소설의 방향이 반페미니스트적 성격을 띠게 되었다고 필자는 보았다. 그런 점에서 어멈은 '감추어진 여자'라고 불러도 좋을 것이다. 1970년대부터 어멈은 사라지고, 대신 가사노동이 소설 속에 자연스럽게 문자화되기 시작하며 서서히 여성들의 여성 현실에 대한 인식이 싹튼다. 물론 이러한 현상은 물적 토대와 밀접한 관련

9 헬레나 미키, 『페미니스트 시학』, 김경수 역, 고려원, 1992, 27쪽.

을 지니는 것이지만 본고에서는 담론의 차원에서 이를 다루고자 한다.

신문학 초기 나혜석의 소설부터 이 어멈은 등장하고 있으며 가사노동도 적지 않은 비중을 가지고 묘사되고 있다. 가사노동의 묘사 내지 관심은 시기에 따라 뚜렷한 변모를 보이는데, 여성의식의 형성에 중요한 역할을 담당한 어멈은 단순히 가사의 조력자로만 그려지는 것이 아니라 소설의 주인공이 되어 있기도 하고(백신애 「적빈」), 지식인 주인공이 돌연히 어멈으로 취업하고 있기도(박화성 「북국의 여명」, 최정희 「지맥」) 하다. 그러다가 어느 시기에 이르러서는 하나의 소도구에 불과한 존재로 축소되기도 한다. 이러한 어멈의 급격한 역할 변화와 가사노동이라는 지극히 문제적인 담론이 여성작가에 의해 어떻게 수용되고 소설적 반응을 보이고 있는가 살피는 일은 여성의 새로운 모습을 드러내줄 수도 있다는 점에서 우리의 흥미를 끈다. 소설의 표면구조를 통해서 그려진 여성 이미지가 외면적 이미지라면 가사노동 관점 — 담론은 곧 관점이기도 하다 — 즉, 어멈을 중심으로 한 내면구조 내지 심층구조의 분석은 표면의 그것과 다른 이미지를 드러낼 수 있다고 보는 것이다. 지식인 여성 주인공은 어떻게든지 어멈과 관계를 맺게 되어 있다. 어멈에 대한 이들의 태도는 가사노동 담론에 대한 태도이기도 하며 여성의식의 내면을 드러내는 부분이기도 하다. 가사노동 담론의 분석은 숨겨진 여성 이미지를 드러내 줄 수 있는 흥미 있는 부분이라고 본다.

페미니즘 이론 사전을 보면 가사노동(Domestic labor)이란 여성이 가정을 돌보고 가족들을 사회화함으로써 자본주의 노동력을 재창조하는 방식을 뜻한다.[10] 가사노동은 생산적인 노동으로, 동시에 착취 영역으로 또한 자본 축적의 원천으로도 인식될 수 있다. 그러나 본고에서의 가사노

---

10 메기 험, 『페미니즘 이론 사전』, 심정순 · 염경숙 역, 삼신각, 1995, 24쪽.

동이란 가사의 의미에 가깝다. 가사의 담당자가 주부가 아니고 거의가 어멈 또는 식모이기 때문이며, 이는 곧 산업사회가 성숙한 시기가 아니라는 반증도 되기 때문이다. 가사노동에 대한 논쟁은 1969년 마가렛 벤스톤이 쓴『여성의 정치경제학』에서 시작되었는데, 가사 영역에 대한 중요한 언급은 이미 1903년 샤로트 퍼킨스 길만의 저서『가정』에서부터 이루어졌다. 그에 의하면 가사는 전문화되어야 하며, 사람들은 요리·영양학·육아법을 교육받아야만 하며, 이 같은 서비스의 수행에는 임금이 지불되어야 하고, 공적인 세계에 여성은 통합되어야 하며, 공적인 것과 사적인 것의 통합은 남성 지배를 종식시킬 것이라는 등 오늘날 가사노동 이론의 요점을 거의 다 언급하고 있다. 그의 이러한 주장이 담긴『가정』은 페미니스트 사상의 구 여성운동(첫 번째 물결) 기간에 나온 저작 중에서 가사 영역에 관해 가장 명료하게 표현한 이론서로 평가된다.[11] 이외에도 가사 영역을 사회화하는 것을 포함해 길만의 주장에 지지하는 많은 페미니스트들이 있었다고 들로레스 헤이든의『거대한 가정혁명』은 말하고 있다. 요컨대, 우리 신문학 초기에 서구에서 이미 이러한 사상이 논의되고 있었으며, 이 시기에 이미 여성해방사상의 수용이 있었던 점에 비추어 일단 주목해보았다.

어떤 활동을 '일'이라고 명명하는 것은 곧 그것을 정당화하는 것이다. 일반적으로 '일'이란 사회적으로 바람직한 것이지만, 물론 '여자의 일'이나 '집안일'같이 경멸을 내포하고 있는 일은 제외된다.[12] 가사가 이처럼 '허드렛일'이고 여성이 하는 일인 탓인지 남성작가들뿐만 아니라 여성작가들의 작품에서도 가사에 대한 자세한 묘사는 그리 많지 않다. 이 글은

11 조세핀 도노번, 김익두 · 이월영 역,『페미니즘 이론』, 문예출판사, 1993, 98쪽.
12 레이 안드레,『가정주부』, 한국여성개발원, 1987, 56쪽.

신문학 초기 나혜석의 소설과 1930년대 백신애, 최정희, 강경애의 작품, 그리고 1950, 60년대 박화성, 박경리, 이석봉의 소설 및 1970년대 몇 작품들을 중심으로 하여 가사노동 담론을 분석함으로써 각 시기에 따라 생성되는 숨겨진 여성 이미지를 살펴보고자 한다. 작품의 부분을 살펴보지만 물론 언제나 작품 전체의 맥락을 유념할 것이다.

2. 감추어진 여자, 시월이

근대 단편소설 형성기에 획기적 성과를 보여준 나혜석의 단편 「경희」(1918)는 가사노동의 묘사가 주를 이루다시피 한 단편소설이다. 이 소설의 주인공 경희가 싸움을 거는 대상 그것은 전통적 결혼이고, 이 소설의 주제는 전통적 결혼 및 전통적 여성의 삶의 거부이다. 경희는 자신을 여자이기 전에 사람이라고 선언한다. 자신의 사람됨에 가치를 먼저 두고 있다. 선구적 페미니스트 여성, 이것이 이 소설의 표면구조에 나타난 여성 이미지이다.

그런데 독자들은 여성소설을 문화적 · 정치적 · 도덕적 질병의 기호로 읽어야 한다[13]고 한다. 그리고 오히려 부재(不在)를 읽을 줄 알아야 한다고 한다. 이러한 선구적 여성의 이야기의 어디에 질병의 기호가 숨어 있을까?

주인공의 가정에서 여성은 모두가 일을 하고 있다. 주인공과 오라범댁 그리고 어멈 시월이까지 쉬지 않고 일하고 있다(같은 시기 김명순의 소설

---

13 헬레나 미키, The Flesh Made World, 김경수, 『문학의 편견』, 세계사, 1994, 274쪽에서 재인용.

「의심의 소녀」(1917)에도 어멈이 나오고 있으나 일하는 장면이 전혀 그려지지 않은 것과 대조적이다).

우리는 소설 「경희」에서 다음 몇 가지 정보를 읽을 수 있다. 첫째, 일본 동경으로 유학을 가서 손수 밥 짓고 빨래하여 손이 거칠어진 것을 안타까워하는 사돈마님의 모습에서 경희가 일하지 않아도 되는 계층임을 알 수 있는데, 그럼에도 경희는 일을 하고 있고 사돈마님과 경희의 부모는 감탄하며 이를 높이 평가하고 있다. 둘째, 당시의 공부하는 여학생들은 사회적으로 평판이 매우 나빴는데, 그 이유는 가사를 잘하지 못하기 때문이었다. 즉 공부하는 여학생은 살림 솜씨를 배우지 못한다고 생각하고 있다. 셋째, 일본 유학을 다녀온 경희가 사내처럼 난 체하지 않고 보통 '여편네' 처럼 일하는 모습에 어머니는 안도한다 등이다. 이러한 정보의 총합은 당시에 형성되어 있는 지배적 개념인 "가사노동은 절대적인 여성의 할 일이다"라는 당시를 지배하는 가사노동 담론이라고 할 수 있으며, 가사노동의 다양한 묘사는 바로 이러한 담론에 대한 경희의 대응이자 작가의 소설적 대응이라고 할 수 있다.

소설 속에서 경희의 일하는 모습은 보통 여성과 달리 뛰어나다. 소설 속에서 오라범댁은 뒷마루라는 공간을 떠나지 않고 버선을 깁거나 저고리를 짓는 등 전통적인 바느질을 하고 있고, 어멈 시월이는 빨래에 풀을 먹이거나 풀한 빨래를 개키고 있거나 풀 쑤기 위해서 맷돌에 풀을 갈고 부엌에서 풀을 쑤는 등 젖은 일을 주로 하고 있다. 그런 데 반하여 경희는 뒷마루에서 양복 속적삼을 재봉틀을 이용하여 지어내는 신식 바느질을 하는가 하면, 시월이의 영역인 부엌에 들어가 불도 때주고 떡방아 찧을 때 체질도 해주며, 김치도 담그고 마루 걸레질과 다락 벽장 청소와 마당까지 치우는 등 공간의 제한이 없이 움직이고 있다.

그런데 경희는 이러한 가사노동을 힘들다든가 부당하다고 생각하기보다 재미있다고 생각한다. 이러한 경희의 행동은 그의 부지런한 천성에 의한 것인지 교육으로 말미암은 것인지 분명치 않으나 소설적 문맥에서는 교육받은 여성은 그렇지 않은 여성보다 가사 수행을 훨씬 더 잘할 수 있다는 것으로 읽혀진다. 소위 지배적 담론의 권력을 누수시키는 작업으로서의 묘사가 아닌 것이다.[14] 도덕적이고 모범적인 여성에 대한 스테레오타입이 지속적으로 주입되는 형용이다.

그러나 다시 자세히 읽어보면 경희가 이렇게 부지런히 일하는 모습을 부추기는 세력이 있다. 바로 가사를 형편없이 해서 어른들을 근심하게 하는 '여학생'들이다. 이 여학생들은 "바느질도 못 한다든가, 빨래를 아니한다든가, 살림살이를 할 줄 모른다"(19쪽)고 소문이 났다. "어느 집에는 여학생을 며느리로 얻어왔더니 버선 깁는데 올도 찾을 줄 몰라 모두 삐뚜루 대었더란 말, 밥을 하였는데 반은 태웠더란 말"(23쪽)도 여학생 험담에 꼭 따라다니는 말이다. 여학생에 대한 험담이 주로 가사에 대한 이야기라는 것을 눈여겨보자. 이 바느질과 부엌일을 잘 못하는 여학생들이 퍼뜨려 놓은 여학생에 대한 나쁜 평판을 뒤집어놓으려는 것이 경희의 의도이다. 그러기에 부지런히 일을 하는 모습을 보여준다. 그리고 그런 며느리로 근심이 그칠 날이 없는 수남 어머니를 보며 자신이 가질 가정은 그런 가정이 아니며 내 자손, 내 친구 '내 문인들이 만들 가정도 이렇게 불행하게 하지 않는다, 오냐, 내가 꼭 한다'고 다짐한다. 그러니까 경희가 열심히 일하는 것은 역으로 다른 여학생들이 그렇게 일을 하지 않기 때문이라는 논리가 성립된다. 사돈마님이 경희의 일본 유학을 고깝게 여기는 것이나 경희의 할머니가 "얘, 공부한 여학생도 보리방아만 찧더라"라는 말이나 경희가 난 체하지 않고 일하는 것을 보고 안도하는 경희의 부모들이 지지

---

14 다이안 맥도넬, 『담론이란 무엇인가』, 임상훈 역, 한울, 1992, 117쪽.

하는 강력한 지배담론에 도전을 하는 세력인 것이다. 우선 여학생이 공부하는 것 자체가 지배담론에 대한 도전의 의미가 있기 때문에 여학생들은 사회로부터 지탄의 표적이 되었을 것이다. 이렇게 소설 「경희」를 읽어 나오면 이 여학생들이야말로 가사노동 담론에 도전하는 새로운 세력이라고 명명할 수 있다. 경희가 가사를 열심히 하면 할수록, 경희의 집안 여자들이 쉬지 않고 일을 하면 할수록 이 논리는 더욱 타당해진다. 그러면 경희의 가사노동의 성격을 경희와 어멈과의 관계를 통해 좀 더 섬세하게 분석해보자.

경희는 일본에서 여름방학을 맞아 돌아올 때에 시월이의 아들 점동이에게 큰댁 아기들보다 더 좋은 장난감을 사다가 주었고, 더운 여름에 풀을 저으며 불을 때느라 고생하는 시월이를 도와주기도 하며, 시월이가 빨래하러 가는 날엔 대신 저녁을 지어주마고 약속을 하기도 한다. 경희의 시월이에 대한 배려는 자매애(sisterhood)와도 같다. 경희가 집안일을 열심히 해주는 것도 결국 시월이를 도와주는 셈일 터이다. 다음은 어멈 시월이와 지식인 여성 경희가 정면으로 만나는 장면이다.

> "얘, 나하고 하자. 부뚜막에 올라앉아서 풀 막대기로 저으랴? 아궁이 앞에서 때랴? 어떤 것을 하였으면 좋겠니? 너 하라는 대로 할 터이니, 두 가지를 다 할 줄 안다."
> "아이구, 그만두셔요, 더운데."
> 시월이는 더운데 혼자 풀을 저으면서 불을 때느라고 *끙끙*하던 중이다.
> "아이구 이년의 팔자." 한탄을 하며 눈을 멀거니 뜨고 밀짚을 끌어다 때고 앉았던 때라 작은아씨의 이 말 한마디는 더운 중에 바람 같고 괴로움에 웃음이다. 시월이는 속으로 '저녁 진지에는 작은아씨 즐기시는 옥수수를 어디 가서 맛있는 것을 얻어다가 쪄서 드려야겠다' 하였다. 마지 못하여,
> "그러면 불을 때세요. 제가 풀을 저을 것이니……."

"그래, 어려운 것은 오랫동안 졸업한 네가 해라."

경희는 불을 때고 시월이는 풀을 젓는다. 위에서는 "푸푸" "부글 부글" 하는 소리, 아래에서는 밀짚이 탁탁 튀는 소리, 마치 경희가 동경음악학교 연주회석에서 듣던 관현악주 소리 같기도 하다. 또 아궁이 저 속에서 밀짚 끝에 불이 댕기며 점점 불빛이 강하게 번지는 동시에 차차 아궁이까지 가까워지자 또 점점 불꽃이 약해져가는 것은 마치 피아노 저 끝에서 이 끝까지 칠 때에 붕붕 하던 것이 점점 띵띵 하도록 되는 음율과 같아 보인다. 열심으로 젓고 앉은 시월이는 이러한 재미스러운 것을 모르겠구나 하고 제 생각을 하다가 저는 조금이라도 이 묘한 음감을 느낄 줄 아는 것이 얼마큼 행복하다고도 생각하였다. 그러나 저보다도 몇십백 배 묘한 미감을 느끼는 자가 있으려니 생각할 때에 제 눈을 빼버리고도 싶고 제 머리를 두드려 바치고도 싶다. 빨건 불꽃이 별안간 파란빛으로 변한다. 아— 이것도 사람인가 밥이 아깝다 하였다. 경희는 부지중 "재미도스럽다" 하였다.[15]

어멈과 경희의 만남은 근대의식이 전근대의식을 만나는 것과 같다. 경희가 시월이에게 반말투로 하대하고 있지만, 이 담론의 표면구조는 평등관계를 지향하고 있다. 하인과 상전의 관계인 시월이와 경희가 힘든 부엌일을 함께 하며 고통을 나누고 있기 때문이다. 앞부분의 외부관점은 곧이어 시월이의 내부관점으로 바뀌고, 이어 경희의 내부관점으로 이동해 시월이의 내면과 경희의 내면이 비쳐진다. 풀을 젓는 시월이는 내내 경희를 고마워하며 옥수수를 구해다 쪄드려야겠다고 생각한다. 그러나 경희는 불을 때면서 음악적인 상상력을 통해 즐거움을 맛보며 이런 재미를 모르는 시월이보다 자기가 더 행복하다고 생각을 한다. 그러나 그 재미를 모르는 시월이를 위해 무엇을 어떻게 해주어야겠다는 생각은 하지 않는다

---

15 나혜석, 「경희」, 서정자 편, 『한국여성소설선』 I , 갑인출판사, 1991, 26~27쪽.

(이 소설이 계몽적 성격을 강하게 띠고 있는 것을 우리는 잊어서는 안 되겠다). 대신 경희는 일본/동경/음악학교/관현악주/피아노로 상징되는 근대에 관심을 보일 뿐이다. 이 상징어들은 경희의 지향 모델로서 제시된 슬라루 부인, 잔 다르크, 휫드 부인[16]으로 보완된다. 두 사람의 생각은 동상이몽과도 같다. 경희가 보여주는 자매애란 시혜자 의식에 가까운 것이다. 경희의 이러한 태도는 가사노동이란 시월이, 즉 어멈 당신의 것이라는 의식에서 한 걸음도 나아가지 않은 것이다. 이는 남성이 가사나 어멈에 대해 가지는 태도에서 크게 벗어나지 않는다.

경희가 밀짚이 타는 불길을 보면서 동경음악학교에서 듣던 관현악주를 연상하며 재미있어하고 모든 가사 노동을 재미있게 느끼는 것은 이 모든 가사가 '당신들의 일'이기 때문이다. 다시 말하면 작품 「경희」에 그려진 가사노동의 주인공은 시월이며, 경희는 보조자에 지나지 않는다. 그런데도 소설 「경희」의 가사노동은 경희 중심으로 그려져 있고 시월이는 우물 뚜껑이나 더럽게 해놓는 무지한 하녀로만 그려져 있다. 그래도 독자들은 아무도 시월이가 일을 많이 할 것을 의심하지 않는다. 가사노동 묘사에서 시월이는 가려져 있는 것이다.

이제 어멈 시월이의 성격을 살펴보자. 어멈 시월이는 결혼한 여자이고 아들 점동이를 두고 있다. 주인집 가족들이 시월이에게 반말을 하는 것으로 보아 하인의 신분인 듯하다. 그는 작은아씨 경희의 인정스러움과 무슨 일이든지 재미있게 잘하는 점을 존경하고 있다. 그는 빨래를 하고 푸새를 하고 방아도 찧는 등 궂은 일을 도맡고 있으나(이런 일들에 바빠서 우물 뚜껑 청소를 미처 못 하였을 것이다) 돈은 없다. 소설 속에서 시월이에 대하여 그려진 정보는 이것이 전부다. 시월이는 누구의 이름이 대신 들어가

16 영국의 여권운동가 포셋 부인(Dame Millicent Garrett Fawcett)을 이르는 듯함.

도 상관이 없는 보편적 의미의 하인으로만 그려져 있다. 여기에서 작가의 어멈 계층에 대한 무관심을 읽을 수 있다. 이는 가사노동에 대한 무관심과 통한다.

앞에서 언급했듯이 재현이라는 것은 매개자가 어떤 제한적 영향력을 행사하는 하나의 강력히 관습화된 과정이다. 작가는 시월이에게 반말을 하듯 관습적으로 시월이의 하는 일을 그렇게 가치 있는 일이라고 생각하지 않았을 것이다. 그것이 가사에 대한 지배적 담론이었으므로, 다만 여학생들에 대한 사회적 평판이 대단히 나빴으므로 주인공의 평판을 좋게 하려면 가사를 잘하는 것이 가장 좋은 방법이라는 것을 일찍이 파악하였던 것이다. 그렇기 때문에 그렇게도 선구적 의식을 가지고 인류 아니 우주 속의 사람이 되리라고 결심하면서, 전통적 결혼을 거부하게 될 주인공에게 그것과 아무 직접적 상관이 없는(결혼을 안 할 테니까, 경희는 그 전부터 그런 생각이 좀 있었다. 그래서 동생이 먼저 결혼을 했다.) 가사를 그처럼 씩씩하게 했던 것이다. 작가는 관습을 따랐을 뿐이다. 그리고 우리는 그 부재를 읽었다. 가사노동 담론에 도전하는 소문 속에 숨겨진 여학생들을 읽었고, 가사노동 담론의 억압을 온몸으로 감당하는 감추어진 여자 시월이를 읽었다.

푸코는 개인 주체의 수준에서 지배적인 권력에 대한 저항은 대치될 만한 다른 형태의 지식을 생산하는 첫 단계[17]라고 말한다. 그런 의미에서 최초의 본격적 여성소설 「경희」는 가사노동 담론 분석이 가능하도록 구체적인 가사노동의 묘사를 보여주었다는 점에서도 그 가치를 높이 평가할 만한 매우 중요한 작품이다.

---

17 Chris Weedon, 앞의 책, 139쪽.

3. 서사의 중심으로 온 어멈

앞장에서 우리는 서사의 주변에 위치해 있는 어멈 시월이에 대한 무개성한 묘사를 보았다. 여성소설은 1930년대에 이르러 이 어멈들을 서사의 중심에 위치하게 하는 이변을 보인다. 이변이라 하지만 리얼리즘의 수용이라는 문학사적 현상으로 이해하면 이상할 것은 없다. 그러나 여성소설에서 어멈이 소설 주인공으로 등장하는 것은 단순히 하층계급의 인물을 주인공으로 한다는 의미와는 다르다. 어멈의 신분 상승적 징후들이 나타나기 때문이다.

그 대표적인 작품으로는 박화성의 『북국의 여명』과 최정희의 「지맥」을 들 수 있는데, 이들 작품에 등장하는 어멈들은 그 신분이 앞장의 시월이와 같지 않다. 『북국의 여명』(1935)의 주인공 효순은 동경 유학을 다녀온 인텔리인데 남편의 옥바라지를 위하여 유모로 취직을 하고 있고,[18] 「지맥」(1939)의 은영 역시 동경 유학 체험이 있는 인텔리이지만 남편이 죽자 침모로 취직을 한다.[19] 유모나 침모는 어멈보다는 좀더 나은 자리라고 해도 크게 다를 것은 없다고 보는 것이 통념이다.[20] 최정희의 「지맥」을 보면,

> "저 빌어먹을 년이 미쳤던가. 얌전한 사람 하나 얻어 보내랬더니 저런 하이칼랄 보냈구먼. 아이 참 속상해 죽겠어."

---

18 박화성, 「북국의 여명」, 『조선중앙일보』, 1935 연재.

19 최정희, 「지맥」, 서정자 편, 앞의 책, 180쪽.

20 배리 쏘온, 매릴린 얄롬 역, 『페미니즘 시각에서 본 가족』, 권오주 · 김선영 · 노영주 · 이승미 · 이진숙 역, 한울 아카데미, 1994, 200쪽. "가사노동 또는 가정경제 내에서 수행되는 모든 노동은 자녀양육, 의 · 식 · 주의 제공으로 구성된다."

나는 이 모욕에 어떻게 대꾸할지 몰라서 어리둥절해 있을 수밖에 없었다. 그는 이러한 나의 태도를 또 어떻게 해석을 했는지,

"아니 그래 남의집살이를 온 사람이 히사시개밀 하구 야단이니…… 여보 당신, 어디 부레먹겠소."(p.188)

이렇게 인텔리 침모를 부담스러워한다. 그러나 그 어투를 보거나 '남의집살이'라고 분명히 못박고 있는 것을 보아 침모의 위치가 어멈과 크게 다르지 않음을 눈치챌 수 있다. 이와 같은 어멈의 신분 변화가 어떻게 이루어졌는지 짐작할 도리는 없으나 이 역시 사회 통념의 변화를 반증한다고 보아야 할 것이다.

어멈의 이러한 역할 변화는 우리 문학 또는 여성의식에 어떤 영향을 미쳤을까? 그리고 가사노동에 대한 의식은 어떻게 변화되었을까? 어멈을 비롯한 하층계급의 여성이 서사의 중심에 오고 보면 어멈과 지식인 여성의 계층적 만남이 이루어지기 어렵다. 그러므로 작가의 하층계급 여성에 대한 묘사 태도와 가사노동 묘사를 주목함으로써 가사노동 담론의 수용과 반응을 살펴본다.

먼저 백신애의 예를 보자. 백신애의 단편소설 중 하층계급 여성을 그린 걸작으로 「적빈」(1934)을 들 수 있다. 작가는 매촌댁 늙은이라는 극도로 가난한 늙은이를 주인공으로 하여 궁핍을 그렸는데, 그의 소설이 모두 그렇듯이 궁핍은 소재였을 뿐 그가 궁극적으로 그린 것은 전형적인 한국의 모성이다. 이 「적빈」과 「채색교」 등에서 하층계급의 인물을 그릴 때 백신애의 붓은 자못 신 지핀 듯이 천의무봉으로 나아간다. 반면 지식계층의 주인공을 그릴 때 그의 붓은 어쩐지 서투르다. 그러다 보니 그는 자칫 이런 실수를 하고 만다.

천돌이는 숟가락을 들더니 한 숟가락 푹 떠서 질질 흘려가며 훌쩍

훌쩍 들이 삼키기 시작하더니 삽시간에 한 그릇을 홀딱 먹어버리고 손등으로 입을 슬쩍 문지른 후

"히, 참 엄마!"

부뚜막에 걸터앉아서 땀을 졸졸 흘리며 죽을 퍼먹던 늙은이는 아들을 쳐다보며

"뭐야! 왜?"

하고 고개를 치켜든다.(「채색교」(65쪽))

"선생님, 손님 오셨습니다."

그때 기공실에 있던 병일이가 바쁘게 뛰어 나오며 낭하에 선 중년신사 한 분을 치료실 안으로 안내해 왔다. 사흘만에 처음 대하는 손님이다.(「정현수」(160쪽))[21]

위의 「채색교」(1934)의 문장을 보면, 질질 흘려가며/훌쩍훌쩍/홀딱/슬쩍/졸졸/퍼먹던 늙은이 등 장돌뱅이 천돌이와 그 어머니의 죽 먹는 모습을 비어적(卑語的)인 용어로 표현하고 있는 데 반해, 지식인이 등장하는 「정현수」(1935)에서는 중년신사 '한 사람'을 '한 분'이라고 존대어를 쓰고 있다. 이는 분명 무의식적인 실수였으리라. 이 작품이 실린 『조선문단』(1935.12)의 원문을 보면, 이 대목의 '안내해 왔다'가 '안내해 드렸다'로 되어 있는 것을 볼 수 있다. 이러한 실수가 아니더라도 두 문장의 톤이 전혀 같지 않다는 것을 한눈에 알 수 있다. 작가는 하층계급의 인물을 그릴 때에 거침없이 비어적 표현을 쓰고 중상류 지식인 계층 인물을 그릴 때에는 그만 존대어까지 나오는 정통 문장을 구사하고 말았다. 이렇게 보면 작품 「적빈」의 걸작성도 의심스러워진다. 남성 중심 또는 지식우월주의 의식을 가졌음에 틀림없는 이 작가가 반어적 수법으로 매촌댁 늙은이를

---

21 백신애, 「꺼래이」, 『조선일보』, 1987.

'그린' 것이 아니라 '진정으로' 비하하고 있었던 것은 아닌가 싶다. 「적빈」의 예를 다시 들 것 없이 위의 예문에서 보는 천돌 어머니는 '부뚜막'에서 땀을 졸졸 흘리며 죽을 퍼먹다가 '방에서' 죽을 먹고 있는 아들을 '쳐다보고' 있는데 아들과 어머니의 이와 같은 상하 공간의 배치는 '사실적'인 묘사일 수 있지만, 작가의 여성비하 의식을 보여주는 대목이기도 하다. 하층계급의 여성인물을 서사의 중심에 놓았다고 해서 '어멈' 계층, 한 걸음 더 나아가 여성에 대한 주변인물 의식이 없어진 것은 아니라는 것을 강력하게 뒷받침하는 점이다. 여성/자연, 남성/문화의 성 역할 고정관념이 고수되고 있는 예라고 할 수 있다. 서사의 중심에 왔지만 고무줄처럼 질긴 생명의 모습만을 보여줄 뿐인, 가사노동의 품을 팔아 생계를 이어가는 백신애 소설의 매촌댁 늙은이를 비롯한 어멈들이 무슨 생각을 하는지 강경애와 최정희의 소설에 등장하는 어멈들을 통해 읽어본다.

강경애의 『인간문제』(1934)에 그려진 할멈의 모습은 여성소설에서 어멈의 내면세계를 보여준 최초의 경우이다. 시월이가 개성화된 인물이 아니었던 데 비해서 할멈에게는 작가의 시점이 내면으로까지 수시로 들어가 할멈의 생각을 전해준다. 그런데도 강경애 소설 연구에서 지금껏 할멈에 대해 주목한 적은 한 번도 없었다. 「인간문제」에는 이 할멈이 아니고도 공적인 현실을 은유하고 세계를 보여주는 중요한 인물이 충분히 많기 때문에 할멈 같은 사적 영역의 존재에는 눈길을 줄 겨를조차 없었던 것이다. 또한 할멈은 부르주아 계층이자 지주 마누라인 옥점 어머니의 비정성을 드러내기 위한 인물 장치이다. 그러나 이 할멈의 상대 옥점 어머니가 지주 남편으로부터 끊임없이 고통을 받는 피해자 여성의 처지이고 보니 할멈이 겪는 고난의 색깔이 오히려 퇴색하는 불리함이 있었다. 이 할멈이 등장하는 대목을 본다.

할멈은 나이가 들어서인지 마루 걸레질도 힘들어한다. 그래도 일은 꼬리에 꼬리를 물고 주어진다. 걸레질을 하고 있다가 숯불을 피우라는 명령을 받고 부엌으로 나갔는가 하자, 다음 장면에서는 김칫거리를 다듬고 있다. 그러는 차에 점심 지으라는 분부가 떨어진다. 그리고 이어 닭을 두 마리 잡으라는 지시가 또 떨어진다. 할멈은 아궁이에 불을 살라 넣으며 닭털을 뽑고, 이어 점심을 해서 펴 들이는 것으로 그려진다. 할멈의 행동을 선으로 긋는다면 무수한 동그라미가 그려질 것이다. 다람쥐 쳇바퀴 돌듯 끝없이 이어지는 가사의 성격을 잘 드러내는 묘사이다.

이제 할멈이 옥점 어머니로부터 받는 설움을 보자. 소설에서 제시하고 있는 옥점 어머니의 죄상은 인색하고 무자비하고 무정한 것이다. 인색하여 옥점이가 안 입겠다고 할멈이나 주라면서 던지는 광목 바지도 재빨리 가로채고, 할멈에게는 저고리에 놓을 솜 한 번 주지 않으면서 딸에게 줄 계란 바구니 밑에는 햇솜을 깐다. 게다가 자신은 개만도 못하다고 생각하고 있는 할멈에게 연신 딸 자랑이며 사윗감 자랑을 해 할멈이 자신의 처지를 더욱 비감하게 느끼게 한다. 교회 갈 때엔 옥점 어머니의 깔고 앉을 방석과 책보와 신 넣을 주머니까지 들고 따라가고 교회 갈 때 더러운 저고리를 입고 나온다고 야단 맞는다. 할멈은 결국 선비에게 방을 내주기 위해 쫓겨난다. 선비를 첩으로 삼으려는 덕호의 음흉한 계책 때문이다. 자식이 없어 갈 곳도 마땅찮은 할멈은 온정에서 만난 옥점을 붙잡고 울더라고 옥점은 전한다.

유한계층의 비정함을 드러내기 위한 의도가 생경하게 드러나는 것이 어멈 계층의 비애를 곧이곧대로 받아들이게 하는 데 장애가 된다. 묘사하는 작가나 독자 모두 그런 점에서 이데올로기는 재현을 제한하는 또 하나의 요소라고 지적할 수 있겠다. 「인간문제」의 일과 삶의 분리가 아닌 노동하는 기쁨의 하나를 그렸다고 평가되는 다음 장면은 할멈의 저항하는 자세가 숨어 있는 대목이기도 하다.

이제 금시 닭이 낳아 논 달걀이 선비를 보고 해쭉 웃는 듯하였다. 그는 상긋 웃으며 달걀을 둥우리 안에서 집어내었다. 아직도 달걀은 따뜻하다. …(중략)…

"그래 좋겠다! 그까짓껏 그리 알뜰하게 모아서 소용이 무언가."

할멈은 가만히 말하였다. 그러나 그것은 순간이고 또다시 달걀을 들여다볼수록 귀여웠다.(55~56쪽)

마음씨 고운 할멈, 선비가 울면 같이 눈물을 흘려주는 할멈의 "그까짓 것 그리 알뜰하게 모아서 소용이 무언가"라는 말, 그것도 '가만히' 한 그 말은 차츰 커다란 소리로 증폭되어 우리에게 울려온다. 무력하고 무지한 할멈도 이렇게 조용히 저항을 해보는 것이다. 그런 점에서 어린 선비(주인공)가 덕호에게 정조를 유린당하고도 반항 한마디 못 하고 오히려 덮어씌운 채 다음 인용처럼 망설이기만 하는 모습보다 훨씬 깨어 있다.

그(선비)는 무심히 이제 들고 들어온 빈 바리를 어루만지며 오늘밤엘랑 아주 단단한 맘을 먹고 나가볼까? 나갈 때는 이 바리도 가지고 가지…… 할 때 옥점 어머니의 성난 얼굴이 휙 지나친다. 그는 진저리를 치고 바리를 저편으로 밀어놨다. 그러나 그 바리만은 웬일인지 놓고 나가기가 아까웠다. 보다도 섭섭하였다. 동시에 부엌 찬장에 가득히 들어있는 바리 사발이며 탕기, 대접, 접시, 온갖 그릇들이 그의 눈에 뚜렷이 나타나 보인다. 그가 하루같이 알뜰히도 어루만지는 그 그릇들! 그가 그나마 이 집에 정붙인 곳이 있다면 이 그릇들일 것이다.(220쪽)

이 인용을 보면 선비에게 있어 일과 삶은 부분적으로나마 분리되지 않고 조화를 이루었음을 볼 수 있다. 계란이나 그릇에 정을 붙이는 마음이란 그가 가사를 수행하는 데 얼마나 애정을 가지고 하는지를 보여 주는 마음이다. 그러나 선비는 자기가 발 딛고 사는 현실을 움직여 나가는 힘이 어디서 오는지를 전혀 인지하지 못하고 있다. 망설임은 거기서 온다. 하나의 본능으로서 그릇에 애착하며 정지해 있을 뿐이다. 선비는 아름다운 용모를 가진 탓으로 삶과 노동이 일치하는 정지된 삶마저 누리지 못하게 된다. 지주의 성적 대상물로 전락하고 마는 것이다. 「인간문제」의 할멈은 시월이의 개성화요, 천돌 어머니나 매촌댁 늙은이의 내면이다. 우리는 1930년대의 감추어진 여자 '저항하는 할멈'을 또 하나 찾아냈다.

다음은 작가가 가사에 대한 성 역할 고정관념을 드러내는 장면이다. 신철과 여학생 옥점이 대화를 한다.

> "집에서는 누가 빨래 하시우?"
> 옥점이는 냉큼,
> "선……저 할멈이 해요, 왜?"
> 말끄러미 쳐다본다.
> "옥점 씨는 빨래 안 해보셨습니까?"
> 옥점이는 잠깐 주저하다가,
> "난 안 해봤어요."
> 뒤뜰에서 그의 어머니가,
> "아이 그게 빨래가 다 뭐유, 집안의 일을 손끝으로나 대 보는 줄 아시우? 호호."(90쪽)

부박한 신여성 옥점이의 불건전한 사고를 드러내기 위한 담론이지만, 이 담론의 저변에는 '여성은 빨래도 잘해야 한다'가 깔려 있다. 옥점의 성격이 부정적으로 그려지는 것은 역시 작가의 계급의식이 크게 작용하는 탓이다. 작가는 지식계급, 지주계급은 반드시 배신을 하게 되어 있다는 원칙으로 소설을 썼다. 그렇기 때문에 지주의 딸이자 지식인 계층인 옥점은 계속 불건전한 모습으로만 부각된다. 위에 인용한 담론은 그러므로 작가의 여학생에 대한 태도이다. 이런 점에서 1930년대 가사노동 담론의 형식은 1910년대의 나혜석 소설의 그것에 머물고 있으며 여학생에 대한 비판도 그대로 이어지고 있다[22] 하겠다. 여성해방에 매우 적극적인 강경애의 경우, 가사노동의 고통을 온몸으로 감당하고 있는 할멈의 내면을 최초로 묘사함으로써 '역시 강경애'라는 감탄을 갖게 해주는데, 가사에 대한 성 역할 고정관념에 한해서만은 그 한계를 보여주고 있다 하겠다.

최정희 「지맥」(1939)의 주인공 은영은 앞서 살펴본 것처럼 인텔리이면서 침모로 취업차 서울로 온다. 은영의 시선을 따라 함께 어멈의 체험을 해볼 필요가 있다. 서울로 와 김연화의 집을 찾아 인력거를 탄다.

> "어디 가시랍쇼?"
>
> 나는 동무가 적어주던 종이쪽을 내어주어 버리려다가 — 전에 어릴 때 종종 거리에서 주소 적은 종이쪽을 들고 남의집살이를 가는 허줄한 여자들이 그 행방을 묻던 일을 본 일이 있어서 내가 꼭 허줄히 보이던 그 여자들과 같기도 한 것 같아서 쪽지는 내어 안 주고 말로 일러주었다.(186쪽)

8년이란 세월이 지나 돌아온 서울 거리는 은영에게 일어난 변화보다도 더욱 달라져 있었다는 말(186쪽)이나 인력거꾼과의 대화에서 남의집살이를 가는 은영의 초라하고 위축된 모습을 읽을 수 있다. 자신이 초라하기에 서울이 더욱 변화되어 보이고 낯설었을 것이다.

---

22 조세핀 도노번, 앞의 책, 104쪽. 서구에서도 신여성에 대한 비판이 높았다. 길만은 신여성(new woman), 플래퍼를 비난하여 "감금된 하렘 가의 미녀, 백인의 노예로 희생된 자, 흐리멍덩한 부엌데기, 이들 중 그 어느 누구도 자유롭고 교육받고 독립적이긴 하지만 이전과 똑같이 유행의 노예이며 방종의 희생자인 이들 신여성처럼 딱하지는 않다."고 하였다.

인력거에서 내린 나는 꼭 도둑질하려는 사람처럼 가슴이 두근거렸다. 그런 대로 김연화란 문패 붙은 대문 안에 머리를 약간 들이밀고 주인을 찾았다. 주인 찾는 소리가 너무 작고 떨려서 내 자신도 그 소리가 내 소리 같지 않게 들렸다. 나는 다시 몇 번 역시 떨리는 소리로 또 불러보았다. 그제서야 안에서 작은 계집아이가 중문을 빼꼼히 열고 누구를 찾느냐고 묻는 것이 심부름하는 계집아이인 듯 보였다.(186쪽)

그 아이가 안내하는 건넌방에 나는 작고 초라한 그 아이의 이불인 듯한 것과 또 그 아이의 허줄한 것들이 어즐부레하게 널린 것을 두루 살피며 다만 얼마라도 다른 데 직업을 구하기까지는 그 을씨년스런 방에 있어야 할 것을 생각하고 마음이 쇳덩어리같이 가라앉았다.(186쪽)

어멈의 체험을 기록한 드문 대목이라 길게 인용하였다. 어멈으로 처음 남의 집 문을 들어서는 두려운 마음을 섬세하게 묘사하고 있다. 대문 앞에서 크게 소리내어 부르지도 못하는 모습, 어멈이 기거할 초라한 방, 작가로서 이런 체험이야 간접적으로 얼마든지 할 수 있는 것이건만 그것의 소설화는 최정희처럼 체험을 소설로 쓰는 작가가 나오기를 기다려 등장한 것이다. 대문이 바람에 삐이꺽 할 때마다 몇 번이나 우뚤우뚤 놀래면서 김연화를 기다리는데 밤 열두 시가 지나서야 그는 돌아왔고 고쟁이 바람으로 화장을 지우다가 이 장의 첫머리에 인용한 바 있는 "저 빌어먹을 년이 미쳤던가……"를 다짜고짜로 해댄 것이다.

기생 김연화의 모욕에 그 집을 떠나려 했지만 김연화가 사과를 하는 바람에 은영은 다시 주저앉는다. 그러나 김연화의 욕설은 그치지 않는다.

—팔자가 기구한 년이라 부리는 년한테까지 눌려 산다는 둥,
—남의 집을 사는 꼴에 아니꼽게 책은 웬 책이며, 책을 들고 앉았음 누가 크게 무서워할 줄 아느냐는 둥

—옷이 됐으면 왜 제 손으로 못 건네다 주구 계집애년만 시키는 거냐. 안방에 송장이 썩는다더냐, 똥이 들어찼더냐는 둥.(189쪽)

이 그것이다. 이러한 김연화의 갈가리 찢긴 음성에 무교양한 언사를 쓰면서 하는 욕설 속에는 침모 은영의 모습이 거꾸로 드러나 있다. 부리는 년한테 눌려 산다는 것은 비록 고용을 하였지만 침모가 주인인 자기보다 위엄이 있어서 눌리는 듯하다는 뜻이고, 책을 들고 앉았음 누가 크게 무서워할 줄 아느냐는 말은 책 들고 있는 침모의 모습이 무섭다는 말이 되며, 그다음 욕설은 침모 은영이 주인과 직접 대면하지 않고 살고 있음을 나타내는 말로 이해된다. 김연화 말처럼 하이칼라 침모이며 주종관계가 전도되어 있는 듯한 담론이다. 이 담론의 주조는 '지식 여성은 두렵다'이다. 리오 로웬탈에 의하면 문학작품은 인간이 사회에의 적응이라는 끊임없이 변화하는 문제와 맞붙어 싸워나가는 과정을 통해 인격의 보존에 점점 더 집념하게 되며, 또 그것을 위협하는 힘을 점점 더 인식하게 된다는 사실을 증언한다[23]고 한다. 김연화는 이것을 무심결에 인지한 것이다.

푸코는 지식을 타자에 대한 힘, 즉 타자를 지배하는 힘이라고 본다.[24] 그러나 「지맥」의 은영은 지식우월주의를 내세우는 모습으로 그려지지 않는다. "내가 바쁜 틈틈이 혹 책을 들었다면 그것은 책을 읽기 위해서라기보다 피곤과 내 자신에 대한 환멸을 잊어보자는 마음에서였을 것이다."(189쪽) 그뿐 아니라 자신의 학력으로 취업을 할 수도 있었지만 '처녀라고' 속이고 해야 하는 현실과 타협할 수 없어 침모살이로 나선 은영

---

23 리오 로웬탈, 『문학과 인간상』, 유종호 역, 이대출판부, 1984, 18쪽.
24 마단 사럽 외, 『데리다와 푸코, 그리고 포스트모더니즘』, 임헌규 편역, 인간사랑, 1991, 72쪽.

이다. 한편 '심부름하는 아이에게 아침마다 머리를 빗겨주고 자기 버선을 줄여 신기고 한 자리에 재우는'(189쪽) 등 모성애를 보이고 행랑어멈이 부용이(은영이가 가정교사로 가게 될 집 주인 여자)가 '침모 아씨처럼 마음씨가 곱다'(191쪽)고 말하고 있는 데서 이들과 자매애로 맺어져 있는 등 이런 몇 가지 정보만 보아도 은영은 지식우월주의를 드러내지 않는 인물임이 파악된다.

그러나 은영은 비록 핑계가 있지만 — 사흘이 멀게 갈아들이는 사내가 자는 방이라 — 그 방에 건너가지 않음으로써 김연화와 분명히 거리를 두고 있다. 이 거리를 둘 수 있다는 것, 그것은 지식인 어멈이 보인 저항일 것이다. 「인간문제」의 할멈은 선비에게만 '가만히' 말했으나 은영은 심부름하는 계집애도 행랑어멈도 다 보는 데서, 즉 공개적으로 '저항'을 했다. 그러니 김연화는 앞의 인용처럼 욕을 해댄 것이다. 우리는 여기에서 감추어졌던 여자 어멈의 보다 드러난 모습을 보았다. '분노하는 어멈'을 만난 것이다. 분노는 힘이다. 지배적 가사 담론이란 지배 피지배의 논리도 포함하는 것이었을 터이다. 부리는 사람과 부림을 당하는 사람의 윤리 같은 것 말이다. 지식인 어멈 은영은 이 불문율을 깼다.

「인간문제」의 할멈이나 「지맥」의 은영은 가사 담론에 미약하나마 구체적으로 도전을 한 예다. 이러한 도전은 미미한 것 같지만 이런 미미한 것이 쌓이면 거대한 담론의 권력을 누수시키는 새로운 권력을 낳게 된다. 강경애를 비롯한 이 시기 여성작가들의 가사에 대한 적극적 묘사도 가사노동의 지배적 담론에 대한 도전의 실마리이다. 조기젓 담그기며 놋그릇 쓰기며 고추장 젓기(이선희, 임옥인) 등, 여성의 영역이며 사적인 영역에 속하여 공적 영역에 얼굴도 내밀지 못하던 가사노동 '체험'에 대한 묘사가 공공연히 이루어지는 것은 그만큼 여성이 자아 각성을 하고 있으며, 여성에 대한 신뢰를 회복하고 자신감을 갖게 되었다는 강력한 증거이다. 문학사적인 의미로 볼 때 제1페미니즘 시대라고 부를 수 있는 시기가 바로 1930년대이다.

4. 부엌이 없는 여자들

1950, 60년대 여성소설에는 부엌이 없다. 물론 이 말은 상징적인 말이다. 부엌이 없다고 해도 좋을 만큼 가사노동에 대한 묘사가 없고 어멈의 존재가 극도로 축소되어 있다는 뜻이다. 해방공간과 6 · 25를거치는 동안 우리 여성소설은 차분한 가사노동의 묘사를 남기지 못한다. 민족이 대이동하는 격동기이고 유동적인 삶의 조건 때문에 가사노동과 같은 정적인 묘사나 담론이 형성되기 어려웠을 것이다. 1950, 60년대 여성소설에는 부엌이 없다고 썼지만 실제로 부엌이 없는 여성 주인공이 있다. 그는 박경리의 「시장과 전장」에 나오는 가화이다. 기훈의 여자 가화의 아파트는 이렇게 묘사되고 있다. "병원용인 듯 낡은 베드는 댕그랗게 높았다. 탁자 하나, 의자 하나, 벽에는 옷 한 가지 걸려 있지 않았다." 가화의 아파트 내부에 있는 것은 이것이 전부다. 유리컵 하나 나오지 않는다. 물론 식사하는 장면도 없다. 그런가 하면 강신재의 「바아바리 코트」(1956)나, 한말숙의 「신화의 단애」(1957)의 주인공이 사는 방에도 부엌이 없다. 아프레 겔이라 할 이 전후 여성들은 윤리나 도덕은 멀리 벗어던지고 내일을 근심함이 없이 찰나의 일만을 생각하는 인물들이니까 그렇다 쳐도 6·25 전에 만난 기훈의 여자 가화의 이러한 모습은 상당히 충격적이다. 가늘고 차가워 뱀의 이미지를 주는 가화는 마치 이슬을 먹고 사는 양 생활이 없다. 부엌이 없는 소설 시대의 등장, 어쨌든 이는 큰 변화이다.

이 시기 소설에 나오는 어멈들은 식모로 불려진다. 그리고 그 역할은 밥 먹으라는 전갈을 하거나 편지를 전해주는 정도의 미미한 역할만을 하도록 그려져 있다. 그런가 하면 이 식모에게 직업적인 가정부로서의 이미지보다 전근대적인 종, 내지 하인의 이미지를 부여하려는 인상도 있다. 예를 들면, 박화성의 『고개를 넘으면』(1955)[25]의 음전네는 주인공 설희의 유모인데, 설희가 성인이 되도록 부엌일을 맡고 있다. 그뿐 아니라 음전네의 온 가족이 설희네 안팎일을 다 돌보아주어 이 음전네 가족은 마치 조선조의 하인 가족과도 같다. 딸 금전이는 설희의 방 청소를 하고, 음전네는 부엌에서 식사 준비를 하고, 음전의 아버지는 "이 집에 들어온 지 이십여 년을 한결같이 시골이나 서울로 돌아다니며 이 집 안팎일을 혼자서 다 처리하고 허드렛일도 다 귀천과 다과가 없이 모두 혼자서 치러내"(21쪽)고 있다. 이들에 대한 주인의 태도를 보면 "봉건적인 관념이 짙은 창근씨"는 유모 내외에게 '각별해서' 금전이가 학예회에서 무용을 할 때에 학부형으로 참석을 '해준' 적이 있다는 것으로 음전네 가족이 주인에게 바치는 봉사는 직업적인 수준을 넘어 서 있다고 보인다. 그래서 이런 장면이 가능해진다.

> "참, 유모. 내 무어 좀 주까?"
> 설희는 핸드백에서 조그맣게 뭉친 종이를 꺼내어 공처럼 음전네에게 던진다.
> "애개개. 이거 흰무리떡 아니라구."
> 음전네는 어이가 없다는 듯이 종이를 편 채 입을 헤벌리고 있다.(15쪽)

이 장면에서 설희가 떡을 '던지고' 있는 것은 아무리 친애의 표시라고 해도 상하 관계의 의식이 없이는 있을 수 없는 일이다. 거기에 음전네가

25 박화성, 『고개를 넘으면』, 삼성출판사, 1975.

입을 '헤벌리고' 있다는 표현은 음전네의 신분에 대한 작가의 의도적인 비하 묘사이다. 그런가 하면 이석봉의『빛이 쌓이는 해구』(1963)[26]의 할멈은 주인공 혜영의 어머니가 "교전비로 데리고 와"(126쪽)서 함께 살았는데, 시집을 갔다가 다시 청상이 되자 혜영의 집으로 되돌아와 할멈이 되도록 식모로 일하고 있다. 이처럼 어멈의 위상이 '사민동등(四民同等)'을 공포하던 갑오경장 시대로 뒷걸음치고 있는 것이다.

이 시기 소설에 나타난 이러한 어멈의 두 가지 특징에 더하여 주목되는 점은 거의 모든 집에 식모가 있는 것으로 그려진 점이다. 결코 여유 있는 집이라 할 수 없는『절망 뒤에 오는 것』의 주인공 서경네 피난길에도 식모가 이불짐을 이고 따라 가고 있다(전병순, 1961).[27] 이러한 어멈들의 취업 상황에 대한 자료는 찾을 수가 없다. 이 시기의 여성 노동에 관한 논문들을 보면 공장 노동자들을 대상으로 한 통계요, 숫자이다. 이 시기 어멈들이 어떤 보수를 받고 얼마나 취업하고 있었는지 알 길이 없다. 이는 공적 영역에서의 활동은 통계 숫자로 집계되지만 가사노동과 같은 사적 영역에서의 여성 활동은 공식적 통계를 할 수가 없었기 때문이기도 하고, 또 할 생각도 않았기 때문일 것이다. 이는 가사노동에 대한 한 인식을 반영한다. 우리가 사는 모든 영역에 남성중심주의 사고가 얼마나 뿌리 깊은지에 대해 생각하지 않을 수 없다(아마도 어멈에 대한 현실은 소설을 자료로 하여 파악할 수밖에 없을 것이다).

이석봉의『빛이 쌓이는 해구』에서 어멈과 지식인 여성 주인공이 만나는 한 장면을 살펴본다. 주인공이 와 있는 친정집에 불이 나 집은 모두 불타고 혜영이는 병원에 입원하고 있다.

---

26 이석봉,『빛이 쌓이는 해구』, 삼성출판사, 1975.
27 전병순,『절망 뒤에 오는것』, 국제문화사, 1963. 238쪽.

혜영은 졸고 앉아 있는 늙은 할멈을 불렀다.
"내일 이것 금방에 가서 팔아봐요. 닷 돈쭝쯤은 될 거야."
그네는 목에 걸린 순금 목걸이를 당겨 보였다.
"어머니의 유물을……."
할멈은 부당하다는 듯이 눈을 크게 떴다.
"별수 없지 뭐. 내일이라도 떠나야 하니까 돈을 마련해야지."
"어디로 떠나세요?"
"서울로나 갈까 봐. 대학 때 배운 은사들도 계시니까."
"쯧쯧…… 댁이 이렇게 망해버릴 줄이야……."
할멈은 새삼 눈물을 찔끔거렸다.
"그런데 할멈은 어떻게 해요?"
"친정 오라버니가 논마지기나 짓고 있으니까 거기로나 가야지요."
"우리 집에서 한평생 고생만 하다……."
혜영은 목이 메어 더 말을 계속할 수 없었다.(136쪽)

이 시기 여성소설에서 어멈과 지식인 주인공이 만나는 희귀한 장면이라 좀 자세히 읽어본다. 이 할멈은 앞에서 인용한 대로 교전비로 이 집에 왔다가 시집을 갔는데 청상이 되어 돌아왔다. 그러나 이 소설의 다른 대목에서는 "첫날밤에 신방을 도망쳐 나온 후 친정에도 있기 싫어 식모살이로 나왔다"(56쪽)고 되어 있다. 두 정보를 이어보면 "할멈은 남편을 잃어 청상이 된 게 아니라 본인이 집을 뛰쳐나와 혼자 사는 여자가 됐으며 다시 옛 주인을 찾아와 '식모살이'를 하고 있다"가 된다. 여기에서 식모살이라면 어떻든 고용 피고용의 관계라고 보아야 할 것이다. 보다 자세히 말하면 불이 나 죽은 친정 오빠가 고용한 식모인 것이다. 그러나 오빠가 죽고 없으니 주인공은 도덕적으로 고용인의 입장을 물려받아야 마땅하다. 더구나 평생을 그 집에서 살다시피 했다면 주인공도 할멈의 신세를 질 만큼 졌을 것이다. 문제는 그 목걸이에 있다. 위의 인용처럼 이제 목걸이를 팔아야 할 만큼 집안은 몰락했다. 불 탄 집터는 빚쟁이에게 넘어가고 이제 목걸이만 남았고 주인공은 불에 타 옷이 한 벌도 없다. 식모(소설 속에서 식모와 할멈이 다 쓰이고 있다)에게 부탁했던 목걸이를 주인공은 다음날 직접 처분한다. 목걸이에 달린 비취 때문에 생각 밖으로 많은 돈을 받는다. 그는 그 길로 양장점에 들러 옷을 맞췄다. 양화점에 들러 단화도 주문했다. 그러고는 핸드백을 하나 사서 돈을 넣어 들고 늘 가는 다방에 가서 커피를 마신다.

> 코오피를 마시면서 혜영은 온몸에 번져오는 힘을 느꼈다. 앞으로 한 달은 놀고먹을 수 있는 여유가 핸드백 속에 있기 때문인지도 몰랐다. 옛날의 그네라면 우선 돈을 정애(혜영이가 신세를 많이 짐. 특히 이번 병원비 — 인용자 주)에게 가져갔을 것이다. 그러나 지금의 그네는 달랐다. 생활하는 요령을 조금은 알게 된 것이다. 그만큼 순수성을 잃어가고 있는 것인지도 몰랐다.(142쪽)

어멈의 시선으로 볼 때 혜영의 행동은 상당히 이해할 수 없는 수준에 있다. 돈이 생기자 곧 옷을 맞추고 구두를 사는 것은 옷이 없으므로 그렇다 치더라도 돈이 남아 핸드백을 사서 넣어 들고 한 달은 여유 있게 살겠다고 흐뭇해하는 것은 어멈의 눈으로 볼 때 극도의 이기주의이다. 할멈에게 아무런 배려도 해주지 않고 내보내면서 자기 옷만 챙기는 모습은 주인공의 도덕성을 의심하게 한다. 혜영이 취직하러 서울에 가느라 옷이 필요한 것처럼 할멈도 친정 오라버니에게 가려면 옷이 필요하다고 왜 생각하지 못했을까? 둘이 다 불이 나자 자다가 뛰쳐나와 옷이 없다. 어멈 또는 할멈이라는 존재가 얼마나 무관한 존재였으면 소설 속의 주인공에게도 작가에게도 이처럼 무대접(푸대접이 아님)을 받을까? 그래서 작품 후반부에 나오는 이러한 주인공의 분개에 공감을 할 수 없다.

주인공은 서울에 와 하숙에 드는데, 하숙집 큰딸이 이혼 후 친정에 돌아와 주인공에게 취직을 부탁한다. 주인공은 명동에서 양장점을 해 크게 성공한 친구를 찾아가 취직 부탁을 한다. 사람들을 많이 상대하는 직업이니까 혹 도움이 될 의견이라도 들을 수 있을까 생각에서. 그러나

> "기껏해야 미장원이나 다방 정도겠지. 고등학교밖에 나오지 못한 기혼 여자가 그밖에 어디 쓸모가 있을라구?" 재단대에 화려한 천을 펼쳐놓고 가위질을 하며 친구는 비웃듯이 이기죽거렸다.(257쪽)

주인공은 친구의 너무나 한 무성의와 속됨에 환멸을 느낀다. 그러나 우리는 앞에서 할멈에게 무심했던 주인공을 보았기에 이 대목을 이해는 하지만 공감은 하지 못한다. 다만 미장원이나 다방이라는 직업 역시 여성들만의 직장이기에 가사노동에 준하는 멸시를 받고 있지 않나 주목할 뿐이다. 가사노동의 묘사가 없어도 이 시기의 가사노동 담론은 충분히 짐작된다. 작가가 혜영이를 통해서 "눈물을 찔끔거리며 공연히 부엌과 마당을 들랑거리는 할멈에게 세숫물을 부탁했다"(65쪽)라고 쓰고 있는 것처럼 어멈은 슬퍼할 권리조차 주어지지 않아 주인 여자가 죽어도 '눈물을 찔끔거리는 것'이 되고 경황이 없어 안절부절 하더라도 '공연히 들랑거리는' 것이 되는 미물과도 같은 존재다. 이런 어멈에 대한 멸시는 곧 가사노동에 대한 무감각에 다름 아닌 것이다. 가사노동 담론의 형성자 남성과 같은 위치에서 어멈을 보고 가사노동을 보고 있다. 혜영의 의식은 그런 점에서 철저하게 가부장적 의식에 길들여져 있다고 하겠다.

이러한 어멈의 모습은 너무나 오랫동안 감추어져왔다. 가사노동을 이처럼 철통같이 맡아주는 어멈들이 있기에 이 시기 지식인 여성들은 여성의 문제를 제대로 인식할 수 없었다고 해석해본다. 담론의 주체와 개인

간의 갈등이 없었던 시기라 할 것이다. 개인이 특별한 담론 내에서 취하는 주체 위치가 충분히 그 개인의 이익과 일치될 때 주체성은 사회 내 권력관계의 기존 위계질서에 대해 가장 효과적으로 작용한다.[28]

이러한 시각을 더욱 보완해줄 자료로 박경리의『시장과 전장』이 있다. 앞에서 가화의 아파트에 부엌의 묘사가 없는 것을 보았는데, 이 소설에는 가화와 함께 또 한 여성 지영이 그려진다. 지영 역시 어떤 의미에서 부엌을 갖지 못한 여자이다. 작가는 이처럼 한 소설에서 부엌이 없는 여자 두 사람을 그렸다. 이들의 성격(character)을 분석해보면 부엌이 없는 것이 무엇을 의미하는지 분명해질 것이다.

가화는 차가워 보인다고 했지만 실은 뜨거운 여자이다. 남자의 사랑 외에 그 어느 것도 원치 않는 여자이기 때문이다. 그의 아파트에 부엌이 없는 것처럼 인간이 목숨을 영위하기 위해 갖추게 되는 의식주의 기본적인 그 어떤 것과도 관련됨이 없이 오직 남자 기훈이가 찾아줄 때까지 한없이 기다림으로만 존재하는 여자이다. 기훈이 찾아주어도 표정이 크게 변하는 일도 없다. 다만 기다리고 백치와도 같이 남자가 하는 대로 보기만 하고 순종만 한다. 끝까지 순종하는 모습만을 보이며 기훈을 찾아, 지리산 빨치산 부대에까지 갔다가 총에 맞아 죽는다. 한눈에 전형적인 스테레오 타입의 '여자'라는 것을 알아볼 수 있다. 그것도 남성이 가장 원하는 타입의 이상적인 여인상이라는 것을 상식적 눈으로도 알아낼 수 있다.

다음 지영은 생활을 완전히 떠나 있는 가화와 대조적으로, 생활을 찾아 갖기 위해 노력한다. 생활을 찾아 가지려는 것은 홀로 된 친정어머니가 딸 지영이와 함께 삶으로써 지영이 맡아야 할 주부의 자리와 엄마의 자리를 대신하(뺏)고 있는 데다가 남편의 이해할 수 없는 허영심으로 적

28 Chris Weedon, 앞의 책.

성에 맞지도 않는 여학교 교사 노릇을 해야 해서 뜻하지 않게 몇 달이고 집을 떠나 있어야만 했기 때문이다. 본시 결벽증이 있는 데다가 외로움을 타는 지영은 이러한 자기의 생각을 남편에게 말하지 못하고 어머니에게는 따로 살자고 했다가 어머니가 섭섭해하는 바람에 도로 거두어들이고 마음속에 단란한 가족, 시정 넘치는 생활, 이런 것에 대한 강한 갈구를 갖는다(166쪽). 이 시기 소설에서 여성들은 직장에 대하여 지영과 같은 생각에서 크게 벗어나 있지 않다.[29] 따라서 지영이 이처럼 직장을 거부하는 것은 특이한 일은 아니다. 이런 남편을 지영은 남편의 허영이라고 매도한다(167쪽).

결혼하기 전부터 남편에 대해 불만이 많았던 지영은 이런 자신의 속마음을 적은 편지를 부치기도 전에 6·25를 만난다. 그리고 강인한 생활력을 발휘한다. 전쟁을 겪어내는 지영은 옛날의 지영 같지 않다. 그러나 자세히 읽어보면 지영의 본질은 여전하다. 남편을 살리기 위해 질기고 독하게 변해가고, 가족들을 살리기 위해 온몸을 던져 전쟁의 모순과 맞서도 그것은 지영이 지향하던 시요, 음악을 사랑하는 순수의 다른 모습일 뿐이다. 그런 점에서 가화와 지영은 한 뿌리에서 난 두 모습이다. 프쉬케의 모습 그대로다. 로버트 A. 존슨의 『여자 중에 여자』[30]를 보면 여성에게는 아프로디테와 프쉬케의 두 가지 유형이 있다고 한다. 아프로디테는 허영과 음욕의 공모, 생식이 방해를 받았을 때 드러나는 폭군적인 성향 등을 지녔고 프쉬케의 본질은 너무나 위대하며, 정신적이며, 처녀성을 지닌 순수한 것으로서, 경배의 대상이다. 또 프쉬케는 고독하고 너무도 사랑스럽고

29 서정자, 「페미니스트 의식의 침체와 환상적 사랑의 병렬」, 『소설과 사상』, 1996년 여름호 참조.

30 로버트 A 존슨, 『여자 중에 여자』, 정홍규 역, 이문출판사, 1989.

너무도 완전하며 너무도 심오하다. 이런 프쉬케의 특성을 보면 가화와 지영이의 성품과 거의 똑같다. 프쉬케는 존슨에 의하면 가부장 시대의 가장 바람직한 여성상이다(25쪽). 남성이 중심이 되어 형성한 가사 담론이 절대적 위세를 가지고 지배하고 있던 시기에 가사에 대한 묘사가 극히 이루어지고 있지 않은 것과 어멈이 소설 속에서 거의 무의미한 존재로 그려지는 것이 가부장제에 길들여진 남성 중심적 사고와 무관하지 않은 것을 밝혀보기 위해 가화와 지영의 인물을 분석해보았다. 이 시기의 소설을 지배하는 지배적 담론의 강력한 힘을 우리는 보았다고 하겠다.

5. 마무리하며 — 어멈이 사라진 소설의 의미

1910~1970년대는 우리 여성의식이 깨어가는 과정상의 중요한 시기였다. 일제강점기와 해방을 거쳐 1970년대에 이르는 동안 우리 여성소설에서는 어멈, 할멈, 또는 식모라고 불리는 가사노동자가 있어 여성의식을 형성하는 데 중요한 역할을 하였다고 본 것이 본고의 전제였다. 리오 로웬탈이 말한 것처럼 작가가 집단과 맺는 관계는 중요하다. 작가의 관찰이 미치는 범위에 위치하는 것은 사회 교양 계층으로부터 고립되는 것을 막을 수 있기 때문이다. 일찍이 아무도 주목을 하지 않은 이 '어멈'은 그러나 작가의 관찰의 범위에 들지 못했던 것이 아니라 무관심의 영역에 방치되어 있었다. 여성의식에 큰 영향을 미쳤음에 틀림없는 어멈의 존재 — 이는 헬레나 미키가 말한 바 '문화적 틈새'이다.

가사(家事)는 대표적인 유형의 가부장제 산물인데, 우리 신문학 초기 최초의 본격 페미니즘 소설이라 할 나혜석의 「경희」에서는 가사노동의 담론이 소설의 뼈대를 이룬다. 동시에 우리가 주목하게 될 어멈 시월이가 등장한다. 우리는 가사노동 담론 분석과 함께 '감추어진 여자 시월이'의 숨겨진 의미를 찾아 읽었다. 그리고 가사를 잘하지 못함으로써 나쁜 평판에 몰려 있는 여학생들의 소문 속에서 지배적인 가사노동 담론을 거부하는 징후를 읽었다. 소설 「경희」의 주인공은 지배적 담론을 거스르는 여학생들과 자신의 차이를 증명해 보이기 위해 부지런히 일하는 모습을 보인 것이다. 우리는 가사노동 담론 분석이 가능하도록 구체적인 가사노동 묘사를 한 「경희」의 소설적 가치를 높이 평가했다. 그러나 페미니스트 '경희'도 결국은 가사노동에 담겨진 여성 현실은 보지 못하였다. 그래서 자매애의 현장이라고 읽혀진 장면은 실은 동상이몽의 장면임을 알 수 있었고, 여성해방의 주제가 얼마나 피상적일 수 있는지도 밝혀볼 수 있었다.

다음 1930년대의 소설에서 우리는 감추어져 있던 어멈들이 서사 중심에 와 있는 것을 보았다. 그러나 백신애의 문체 분석을 통해 어멈이 서사의 중심에 온 것이 반드시 어멈에 대한 기존의 시각이 바뀌어진 것을 의미하는 것이 아니라는 점을 발견했다. 즉 작가의 어멈에 대한 태도는 아직도 가부장제 의식에 길들여진 채 남성, 지식 우월주의를 어쩔 수 없이 드러내고 있음을 보았다.

강경애의 「인간문제」에서 처음으로 어멈의 내면묘사를 읽었고, 실로 조용한 '저항'을 보여주는 할멈을 발견하였다. 동시에 최정희의 「지맥」에서 지식인으로서 어멈이 된 은영의 눈을 통해 어멈의 고통을 함께 체험하였고 「인간문제」의 할멈보다 공개적인 저항의 '분노하는 어멈'의 초상을 찾아 읽었다. 이런 감추어진 어멈들의 만남은 새로운 여성 이미지의 제시라 할 것이다.

1950, 60년대의 소설에서 우리는 부엌이 없는 소설 시대를 만난다. 이 시기 소설에서는 부엌을 만날 수가 없다. 그러나 거의 모든 소설에 나오는 가정에는 어멈이 있다. 그리고 그 어멈의 역할은 극도로 축소되어 있

다. 그런가 하면 이 어멈이 전근대적 하인이나 종의 이미지로 등장하는 기이한 현상을 보인다. 부엌이 없어지고 어멈이 다수 존재하나 실체는 없으며, 있다 하더라도 이처럼 전근대적 하인의 이미지를 주는 시기 — 이 시기의 소설에서 주인공이 무의식중에 보여주는 어멈에 대한 비정함을 찾아 읽고 그 주인공의 눈을 통해서 '미물'과도 같이 비하되어 비쳐진 어멈의 모습을 부각해보았다. 이 잊혀지고 감추어진 존재는 지식인 여성들이 가사노동에서 받을 고통을 대신하여주었을 뿐 아니라, 그럼으로써 역설적으로 여성의 의식이 깨어가는 과정을 늦추었던 것이다. 가사노동의 고통을 그리지 않은 1950, 60년대의 소설은 극히 보수적 경향을 띠며, 작가나 주인공의 의식은 가부장제 사회에 길들여진 그대로의 모습을 보여준다. 놀랍게도 '가부장제에 길들여진 주인공'의 어멈에 대해 보이는 무관심과 비정성은 남성들의 가사나 여성에게 대하여 보여주는 그것과 너무나도 닮았다. 부엌이 없는 여성의 의미를 밝혀보기 위해 부엌이 없는 두 여성을 그린 박경리의 『시장과 전장』을 다시 읽고 가부장제 사회가 전형적으로 그려낸 여성상이 바로 부엌이 없는 여자임을 밝혀 보았다.

1970년대 이후부터 여성소설에서 어멈이 사라지기 시작한다. 오정희의 소설에서 우리는 어멈이 아니라 주인공이 직접 가사를 수행하면서 소설 속으로 걸어 나오는 것을 만나게 되는 것이다. 박완서의 많은 소설이 그러하고 김채원 등의 소설이 그러하다. 이처럼 지식인 여성 주인공이 직접 가사를 수행하면서부터 여성의 현실은 보다 가까이 다가왔다. 이 거리 좁힘이란 1970년대 이후의 소설에서 반드시 주목해야 할 현상이라고 본다. 멀리 남성들의 세계에 더 가까이 다가가 환상으로 떠 있는 듯한 1960년대의 소설 주인공들의 분위기와는 판이한 새로운 소설세계가 펼쳐지는 것이다. 어멈이 사라진 소설적 의미란 무엇보다도 여성의식의 성장이라고 해야 할 것이다. 여성이 여성의 현실을 직시하게 된 것은 바로 어멈들이 감당해주던 문제들이 지식인 여성들 앞에 부지기수로 쏟아져 나오면서부터이고, 그것의 다양한 제기는 바로 페미니즘 소설의 재등장과 관련이 있기 때문이다. 이들 1970년대 이후의 소설 연구는 다음 기회로 미루겠다. 우리는 이제 가사노동 담론을 새롭게 형성해가는 지점에 와 있다. 박완서의『서 있는 여자』는 그러한 징후의 하나이다. 이 소설의 주인공 연지가 가사노동을 부양의 대가로만 이해한 것이 결혼 실패의 원인이었다고 필자는 생각한다. 그러나 이러한 변화는 1910년대에 이미 시작된 것이며, 지금까지의 분석에서 보듯이 감추어지고 숨겨진 도전들에 의해 가능할 수 있었다. 항용 여성비평 작업에 대해 여성 작가들의 권위에 대한 의심이나 회의를 찾아볼 수 없고 여성들은 남성들에 상응하는 하나의 통일된 집단이며 여성의 특성은 남성의 이데올로기에 상반되는 하나의 조화된 전체라고 본다는 지적이 있었는데, 지금까지 밝혀지지 않은 어멈의, 그리고 어멈을 중심으로 한 여성 이미지 분석은 이에 대한 하나의 답변이기도 하다. 그런 의미에서 감추어졌던 어멈들의 초상과 표면적 여성 이미지의 '전복'은 의미 있는 작업이었다고 생각한다.

제4부

문학에 나타난 나혜석의 그림

나혜석의 문학과 미술 이어 읽기

1. 들어가며

미술과 문학 그리고 젠더비평에 걸쳐 뚜렷한 업적을 남긴 나혜석에 대한 연구는 다양한 분야에서 연구한 결과물을 한자리에 모아 터놓고 살펴볼 수 있는 주제적 프리미엄이 있다. 이른바 통섭이 가능한 것이다. 나혜석에 대해서는 기념사업회가 주동이 되어 그 역사, 미술, 문학, 여성, 기타 다방면의 시각으로 접근하는 연구업적을 매해 쌓아오고 있어서 학제간 연구 교류가 가능한 장으로 역할을 하고 있다. 지난 십수 년 동안에 나혜석의 미술과 문학 그리고 그의 삶을 주제로 한 수많은 논문이나 저술이 나왔다.[1] 그러나 화가이자 작가, 페미니스트를 아우르는 존재로서 나혜석의 학제적 연구는 아직 본격적으로 이루어지고 있지 않다. 이에 이 글

---

1 서정자 편, 정월나혜석기념사업회 간행, 『(원본)정월 라혜석 전집』(국학자료원, 2001)의 참고문헌 및 나혜석 학술대회 논문집 참조. 최근에는 아동용 인물전 나혜석 편도 나왔다. 한상남 글 · 김병호 그림, 『저것이 무엇인고』, 샘터, 2008. 2. 22.

은 문학과 미술을 연계하여 나혜석을 읽어보고자 쓰여진다.

문학연구자로서 나혜석 미술의 연구업적을 살펴볼 때 가장 안타까운 것이 나혜석 그림의 남아 있는 숫자가 적어서 오는 문제이다. 적을 뿐 아니라 남아 있는 작품들이 과연 나혜석의 작품인지 진위를 확실히 가리지 못하는 데서 오는 혼란으로 나혜석 미술에 대한 논의가 공전하는 안타까움이다. 얼추 잡아도 4~500점의 작품이 넘게 헤아려지는 것이 나혜석의 그림인데[2] 현재 나혜석의 그림으로 알려진 것은 40점 정도이며 선전 도록에 실린 것 18점을 빼면 20여 점의 작품뿐이고 이들조차 대부분 진위가 불명해 나혜석 미술의 실체를 만나기 어려운 아쉬움은 무엇보다도 심각한 듯하다.

지금까지 나혜석 문학연구는 나혜석이 화가이자 문인이라는 특수성을 간과하고 미술과는 분리된 자리에서 소설, 시, 페미니스트 산문 등 문학 장르에 국한하여 연구, 논의해왔다. 색채로 말한다면 활자라고 하는 흑백의 세계에서 한 걸음도 나오려고 하지 않은 셈이다.[3] 나혜석 연구에서 가장 활발했던 페미니즘의 시각에서 본 연구는 문학을 필두로 하여 미술에서도 나혜석의 회화에 페미니즘이 반영되었는가가 관심의 초점이 되어왔다. 따라서 실증적 작업보다 페미니즘 이론 및 시각에 편중하는 동

2 1921년 제1회 개인전에서 6, 70점, 조선미전에 출품한 작품 20점(낙선작 포함), 다롄과 베이징에서 전시회를 하려고 준비했던 수백의 작품, 수원 불교 포교당에서 가진 전시회에서 전시한 작품 7, 80점, 진고개 미술관에서 열린 전시회의 작품 200점 등이 그것이다.

3 안숙원, 「나혜석 문학과 미술의 만남」, 『나혜석 학술대회 논문집 I』, 정월나혜석기념사업회, 2002, 3~81쪽. 안숙원 교수는 이 글에서 문학과 미술이 공동으로 지닌 시점이라든가 공간성 초점화 등을 문학에 적용하여 나혜석의 문학과 미술의 접점을 시도한 바 있으나 어디까지나 문학형식 탐구의 입장에서 있다.

안 우리 문학에서 지금까지 단편「경희」가 화가 나혜석에 의해 쓰여졌다는 가장 기본적 사실을 놓쳐왔다. 이 글은 단편「경희」의 주인공이 일본의 여자미술학교 학생이라는 사실을 밝히고「경희」에서 나혜석이 보여준 미술관과 나혜석이 주장한 '여자도 사람이외다'가 예술을 통하여 사람이 되겠다는 선언이었음을 밝히면서 논의를 시작한다. 나혜석은 국가 상실(1910)의 충격 속에 유학(1913)을 하여 일본에 대한 저항의식을 내면화하였으리라 보이고, 한편 이때 일본에서 자연주의에 대항하여 일어난 인터내셔널리즘과 개인주의 등에 적지 않은 영향을 받았을 것으로 짐작된다. 이 시기 사상을 대표하는 동인지『묘조(明星)』와『시라카바(白樺)』, 그리고『세이토(青鞜)』는 문학과 미술운동을 선도하는 잡지였으며 동시에 여성해방운동을 이끌고 있었다. 나혜석은 여성해방사상과 아울러 예술을 통해 진정한 사람이 되는 '길'을 여기서 발견하였음에 틀림없다.[4]

---

4 라이초,「원래 여성은 태양이었다」,『青鞜』, 1911. 9 ; 한일근대문학회 역,『세이토』, 어문학사, 2007. 9, 44~54쪽.

『青鞜』의 발기인인 히라츠카 라이초는 이 글에서 진정한 '나'에는 남성 여성의 성차별이 존재하지 않는다, 여성이라는 것은 인격의 쇠퇴라고 본다, 원래 여성은 태양, 곧 진정한 인간이었는데 지금은 달이 되었으며 그러므로 진정한 자유해방이란 은폐된 태양을 찾는 길이며 숨어 있는 천재를 발휘하는 것이다, 라고 하였다. 그는 세이토가 여성 내면에 숨어 있는 천재를, 특히 예술에 뜻이 있는 여성의 중심이 되는 천재를 발현하는 데 좋은 기회를 부여하는 기관이라고 쓰고 있다. 사람이 되는 것은 곧 예술가가 천재를 발휘하여 진정한 인간에 이르는 길이라고 본 것이다. 이것이『青鞜』, 여성해방사상의 근간이다.

江種滿子 교수도 논문「1910年代の日韓文學の交点 –「白樺」·「青鞜」と羅蕙錫–」에서 나혜석이 유학한 시기 일본은『白樺』,『青鞜』 그리고 아나키즘 등 개인주의 사상이 주류화하는 교점이었으며 나혜석이 이 사상의 영향을 받았다고 보고 있다. 武者小路實篤 志賀直哉 有島武郎 등이 동인이었던『白樺』는 미술평론이나 서양미술에도 주력하여 다이쇼 중기에 전성시대를 맞이한다. 이들의 자장에서 나혜석이 영향을 받았다고 보는 것이 에구사 미츠코 교수의 주장이다.

일본 여성해방운동의 대표적 잡지 『세이토』의 사상이 예술을 통해 여성의 천재성을 구현하는 것, 다시 말해서 예술을 통해 여성해방, 즉 사람에 이르는 것이었다면, 『세이토』의 자장 안에서 그 영향이 분명한 우리의 나혜석 연구는 달라지지 않으면 안 될 것이다. 즉 나혜석의 문학과 미술은 별개로 읽어야 할 것이 아니라 함께 읽고 검토해야 한다는 뜻이다. 이는 페미니즘 연구나 역사 연구 모두에도 해당이 되는 것이라고 본다. 이에 이 글은 나혜석의 문학과 미술을 잇는 읽기를 시도해보고자 한다. 그리하여 흑백으로 남은 나혜석의 예술에 생명의 색채를 올려보려 한다.

나혜석은 그의 삶에서 가장 행복했던 순간은 예술적 기분을 깨닫는 때라고 하였다.[5] 사람의 행복은 부나 명예를 얻었을 때 오는 것이 아니라 예술에 일념이 되어 있을 때 전신을 씻은 듯 맑은 행복이 온다는 것이다. 또한 나혜석은 "지금 생각건대 내게서 가정의 행복을 가져간 자는 내 예술이 아닌가 싶습니다. 그러나 이 예술이 없고는 감정을 행복하게 해줄 아무것이 없었던 까닭입니다."라고도 하여 나혜석 자신이 예술에 몰입하였던 삶을 고백하고 있다.[6] 나혜석은 그림이란 "영을 움직이고 피가 지글지글 끓고 살이 펄떡펄떡 뛰는" 것이어야 한다고 매우 강렬한 언어를 사용하고 있으며[7] 이 표현은 좋은 그림을 이야기할

심원섭, 『한일문학의 관계론적 연구』, 국학자료원, 1998, 67쪽부터, 「1910년대 일본 유학생 시인들의 대정기 사상체험」 참조.

5 나혜석, 「이혼고백서」, 『삼천리』, 1934. 9 ; 서정자 편, 『(원본)정월 라혜석 전집』, 국학자료원, 2001, 473쪽(이하 전집으로 표기, 인용은 현대문으로 통일함). "사람의 행복은 부를 득한 때도 아니오, 이름을 얻은 때도 아니오, 어떤 일에 일념이 되었을 때외다. 일념이 된 순간에 사람은 전신 洗靑(세청)한 행복을 깨닫습니다. 즉 예술적 기분을 깨닫는 때외다."

6 나혜석, 「이혼고백장」, 『삼천리』, 1934. 8, 『전집』, 450쪽.

7 나혜석, 「조선미술전람회 서양화 총평」, 『삼천리』, 1932. 7, 『전집』, 542쪽.

때 되풀이 쓰고 있다.

이러한 그의 예술적 열망이 그의 그림에 어떻게 나타나 있는가? 나혜석 정체성의 본질은 선구적인 예술가라는 점에 있다.[8] 즉 예술가로서의 나혜석의 정체성이 규명되어야 하는 것은 나혜석 연구의 본질이라는 말이다. 그런 나혜석이 그림이 없어 다음과 같은 말을 들어도 반론을 하지 못하는 형편이다. "지금 전해지고 있는 유작들은－내 생각에－그녀의 불꽃같은 예술혼이 반영된 것이 아니라 오히려 그 불꽃같은 삶의 휴식처로서 그림을 그렸던 것이 아닌가 생각게 하는 것이다. 그렇다면 그녀에게 있어서 그림은 창조가 아니라 감성의 소비였다는 것인데 나는 그렇게까지 말하고 싶지 않다."[9]라는 혹독한 평가를 듣고 있는 것이다.

흑백도록으로 남은 나혜석의 미술은 이에 대한 답변을 일단 유보하고 있다. 나혜석의 실물 그림이 우리 앞에 나타날 때까지 나혜석의 예술에 대한 이러한 평가를 한없이 견디어야 하는가? 나혜석의 그림과 색채를 찾아보려는 작업은 그래서 시도된다. 붓으로는 할 수 없으나 문학과 미술을 왕래하면서 그 일을 기도해볼 수는 있다. 그의 예술혼은 그림뿐 아니라 글에도 나타나 있을 것이니 이 작업은 단순히 나혜석의 그림을 추정하고 상상하는 작업에 그치는 것이 아니라 나혜석의 문학, 또는 예술혼의 표상을 찾아내는 일에 이르기를 꿈꿀 수도 있다. 고흐의 그림은 심야의 해바라기처럼 뜨거운 것이라 한다. "그러한 표찰이 붙기 쉬운 것은 그림 자체에서 연유하기 때문이기도 하겠지만 또한 그가 남긴 많은 편지 때문이기도 하다. …… '만일 우리가 고흐의 편지 및 그 생활에 관한 기록을

---

8 장혜전, 「캐릭터로서의 나혜석 연구」에 대한 토론문, 제5회 학술대회 2002. 4. 27, 『나혜석학술대회논문집 I』, 5~76쪽.

9 유홍준, 「나혜석을 다시 생각한다」, 제1회 나혜석학술대회, 1999. 4. 27, 위의 책, 1~9쪽.

갖지 않았더라면 그의 작품의 의미는 전혀 달라졌을 것' "이라고 말한 사람은 철학자이자 정신 병리학자인 칼 야스퍼스다.[10] 나혜석의 글에서 잃어버린 그림을 찾아보고 글에서 찾은 빛과 색채를 나혜석의 그림에 올려본다는 말은 그리하여 시도해볼 만한 작업이 된다.

2. 나혜석의 글에서 찾아본 나혜석의 예술

1) 화가 나혜석이 쓴 「경희」 다시 보기

필자는 김윤식 교수의 위에 인용한 글이 실린 『문학과 미술 사이』를 읽다가 놀라운 발견을 하였는데 그것은 색은 음조와 같다는 것이었다. 빛깔이 곧 음조라는 이 말은 나혜석의 단편 「경희」의 풀리지 않던 한 대목을 풀어줄 귀중한 자료가 될 것으로 보였다. "고흐의 편지 속에는 '빛깔의 오케스트레이션'이라는 말이 자주 나온다. 색은 음 혹은 음조와 같다. 빛깔이 바로 음조이다. 인상파는 빛깔의 변주에 전 생명을 건 것이고, 이는 음악의 구성과 꼭 같다. 인상파의 선구자 그리고 고갱과 고흐의 대선배인 세잔은 항용 모티프(motive)를 찾아 나선다는 표현을 썼다. 그림의 주제를 찾아 나서는 것이 아니다. 빛의 파장과 함께 부동(浮動)하는 인상을, 즉 색을 칠하는 것이 아니라 색조를 편성하는 것이다."[11] 빛깔의 오케스트레이션, 빛깔이 바로 음조라면 나혜석의 단편 「경희」의 주인공 경희가

---

10 칼 야스퍼스, 「스트린드베리와 고호」, 『스웨덴버그와 횔덜린 사이의 비교 연구』. 김윤식, 「고호의 과수원」, 『문학과 미술 사이』, 일지사. 1979, 7쪽에서 재인용.

11 김윤식, 위의 책, 8쪽.

아궁이의 불빛을 보며 피아노의 음률을 떠올린 것은 바로 인상파의 기법에서 비롯한 연상이었다는 이야기가 된다. 단편 「경희」의 한 의문이 풀리게 되었다. 문제의 대목은 이렇게 쓰여 있다.

> 경희는 불을 때고 시월이는 풀을 젓는다. 위에서는 "푸푸" "부글부글" 하는 소리, 아래에서는 밀짚의 탁탁 튀는 소리, 마치 경희가 동경음악학교 연주회석에서 듣던 관현악주 소리 같기도 하다. 또 아궁이 저 속에서 밀짚 끝에 불이 당기며 점점 불빛이 강하고 번지는 동시에 차차 아궁이까지 가까워지자 또 점점 불꽃이 약해져 가는 것은 마치 피아노 저 끝에서 이 끝까지 칠 때에 붕붕하던 것이 점점 띵띵하도록 되는 음률과 같이 보인다. (밑줄 인용자)[12]

이 인용문을 보면 분명히 작가 나혜석은 "색은 음 혹은 음조와 같다. 빛깔이 바로 음조이다."라는 말을 알고 있었다고 보인다. 나혜석은 빛깔이 곧 음조임을 알았기에 위와 같이 쓴 것이다. 다만 위의 대목을 돌연히 제시하고 있기 때문에 동경음악학교 연주회석에서 들은 관현악주 소리와 여학생 경희가 음악시간에 배운 피아노 음률 자랑을 하느라고 불을 때면서 이런저런 생각을 하는 것으로 느끼기 쉬웠다.

여기서 잠시 생각해야 할 것이 지금까지 나혜석의 대표작 「경희」 연구자들이 경희의 신분에 대해 분명한 인식을 갖지 못해온 사실이다. 주인공인 여학생 경희를 신교육을 받은 신여성으로 보았을망정 그가 일본 유학생이라는 사실 위에 전문학교 수준의 유학생일 수 있다는 생각을 하지 못한 것이다. 그것은 바로 불꽃을 보고 음률을 연상한 '미숙한 행동' 때

---

12 나혜석, 「경희」, 『여자계』, 1918. 3, 『전집』, 108쪽. 이하 인용문 현대문으로 바꿈.

나혜석의 재학 시 여자미술학교 기쿠자카 캠퍼스 전경. 지금은 스기나미에 캠퍼스가 있다.

문이었을 것이다. 그러나 불빛의 변화무쌍한 변화를 보고 음률을 떠올리는 것이 바로 인상파가 생명을 걸고 추구하는 방법에서 나온 것이 분명하다면 미술학도인 작가 나혜석은 「경희」의 주인공 경희가 '일본 유학 중인 여학생'에서 그치는 것이 아니라 '일본 유학 중인 미술학교 학생'이라고 말하고 있는 것이다.[13] 인상파의 기법을 구사한 고바야시 만고(小林萬吾)에게서 가장 많이 배웠다, 나의 그림은 후기인상파와 자연파의 영향이 많다고 말하고 있는 나혜석이 아닌가. 구미여행 이전까지 그린 나혜석의 유화에는 인상주의와 아카데미즘의 절충된 경향이 나타난다고 한다.[14]

지금까지 살펴온 것처럼 작품 「경희」의 주인공 경희는 일본의 여자미술학교 학생인데[15] 나혜석이 이 작품을 써서 발표한 1918년은 미술학교를 졸업한 해이다. 나혜석은 이 글이 발표될 무렵인 1918년 3월 도쿄 여자미술학교를 졸업하고 4월에 귀국한다. 그러므로 나혜석은 이때 경희를

---

13 안숙원은 이 여학생이 유학생이라는 것만 있지 무엇을 전공하는지가 제시되지 않고 있다, 라고 쓰고 있다. 안숙원, 앞의 논문, 3~86쪽.

14 안나원, 「나혜석의 회화연구－나혜석의 회화와 페미니즘 관계를 중심으로」, 이화여자대학교 대학원 미술사학과 석사학위 논문, 1998, 36쪽.

15 당시 미술학교에는 여학생이 입학할 수 없었으므로 여자미술학교 학생이라고 해도 틀리지 않다.

통하여 자신의 미술관을 펼쳐 보일 만한 미술 지식이나 식견을 어느 정도 갖추고 있었다. 경희가 밀짚을 아궁이에 지피며 불빛에서 음률을 연상하는 것으로 쓴 것은 미술학교 졸업생인 나혜석이 자신의 미술관의 일단을 주인공 경희를 통해 펼쳐 보인 것이었다. 그런데 경희는 왜 이러한 미감을 느끼지 못하는 사람으로 시월이를 말하였을까?

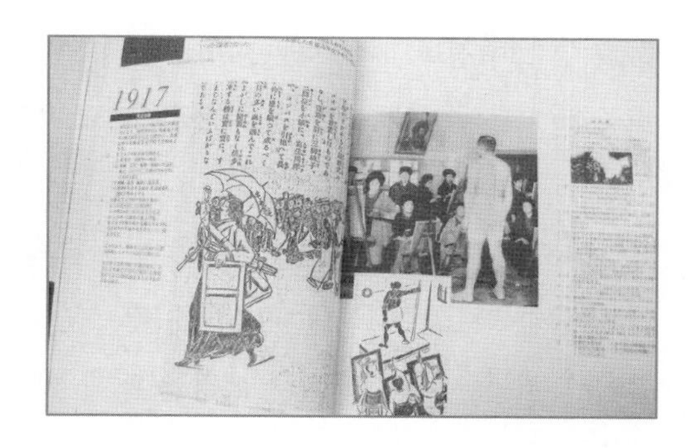

여자미술학교 데생 수업 모습

여기에서 또 하나 작품 「경희」를 연구해온 연구자가 놓친 부분이 있는데 그것은 시월이에 대한 것이다. 단편 「경희」에는 올케도 나오고, 사돈 마님, 경희 어머니, 경희 아버지, 떡장수, 수남 어머니, 한 걸음 나아가서 동생도 나오지만 경희가 함께 대화하면서 이야기를 끌어가는 동반자는 시월이라는 사실이다. 시월이는 경희네 집 하인이라는 인물에서 그치는 것이 아니라 경희의 당당한 대화자다. 시월이는 점동이까지 낳은 하인이지만 경희가 조카보다도 더 좋은 장난감을 점동이에게 사다줄 만큼 가깝게 생각하는 식구였고 아마도 나이 차이도 별로 나지 않아 경희와 시월이는 상전과 하인 관계를 넘어 친구와도 같은 관계였을 것이다. 그래서 경희는 "(풀을) 열심히 젓고 앉은 시월이는 이러한 재미스러운 것을 모르겠구나 하고 제 생각을 하다가 저는 조금이라도 이 묘한 미감을 느낄 줄 아는 것이 얼마큼 행복하다고도 생각"하는 등 시월이를 자신의 동격 대화자로 놓고 있다. 고대소설에서 여주인공의 대화자는 항용 가까운 몸종인 것을 무수히 보아온 우리이다. 시월이는 소설에서 내내 경희의 곁에 등장하고 있으며 경희의 생각과 행동을 지켜보며 반응한다. 이 시월이에 대한 비중을 그동안 너무 가볍게 보아온 것도 우리가 「경희」를 잘못 읽게 된 원인의 하나라고 생각한다.

시월이보다 행복하다는 생각을 하던 경희는 지금 시월이보다 행복하다는 생각으로 만족을 할 때가 아니다, "문득 저보다 몇십 백 배 묘한 미감을 느끼는 자가 있으려니 생각할 때에 제 눈을 빼어버리고도 싶고 제 머리를 뚜드려 받히고도 싶다."고 미술학도의 자세로 돌아온다. 미술학도 경희는 자기가 알고 있는 것보다도 미술의 세계가 요구하는 재질, 즉 천재성이 얼마나 대단하고 중요한지를 알고 있기에 절망을 느끼기도 한다.[16] 여기에서 그러나 그것은 미술가가 되기 위한 나혜석의 열정을 표현한 것이기에 이렇게 격정을 보이던 경희는 곧 그런 생각 모두가 "재미도 스럽다"고 할 수가 있었다.

「경희」에서 앞의 장면에 이어 미술적 시각이 이어 드러나는 곳이 다락 벽장 소제 장면이다. 경희는 방학이 되어 집에 오는 때마다 다락 벽장 소제를 하는데 서울 학교에 있을 때와 일본에서 왔을 때가 대조적으로 그려져 있다. 일본에서 돌아온 미술학교 학생 경희의 다락 벽장 소제 방법은 서울 학교에 다닐 때와 달리 건조적이고, 응용적이라 전혀 다르다는 기술이다. 여기에서 가정학, 위생학, 도화시간, 음악시간이 등장하나 이것이 곧 미술학교의 수학 과목은 아니다.[17] 그러나 서울에서 학교 다닐 때와는

---

16 각주 5 참조. 나혜석이 「이상적 부인」에서 숭배하는 인물로 쓴 요사노 아키코는 잡지 『묘조(明星)』를 창간한 요사노 텟칸이 남편이며 『묘조』는 나혜석이 영향을 받았다고 한 고바야시 만고(小林萬吾)의 미술학교 선생 구로다 세이키(黑田淸輝)가 창설한 하쿠바카이(白馬會, 1896)와 연계해서 문학미술 잡지를 표방한 편집으로 큰 특징을 나타내고 있었다. 나혜석과 『시라카바(白樺)』, 『묘조』, 『세이토(靑鞜)』의 영향관계는 고를 따로 하여 밝혀볼 필요가 있다.

17 윤범모 교수의 『화가 나혜석』에 제시된 나혜석의 학적부에는 가사 과목은 있

다르게 청소를 한다고 대조적으로 쓰고 있으므로 미술학교에서 배운 '방법'을 소제할 때 적용하고 있다고 보아도 무리가 없을 것이다. 곧 청소와 정리 등, 일을 하면서 색채와 구도 등 미술지식을 응용하는 일이다.

> 그런데 이번 경희의 소제방법은 전과는 전혀 다르다. 전에 경희의 소제 방법은 기계적이었다. 동쪽에 놓았던 제기며 서쪽 벽에 걸린 표주박을 쓸고 문질러서는 그 놓았던 자리에 그대로 놓을 줄만 알았다. 그래서 있던 거미줄만 없고 쌓였던 먼지만 털면 이것이 소제인 줄 알았다. 그러나 이번은 다르다. 건조적이고 응용적이다. 가정학에서 배운 질서, 위생학에서 배운 정리, 또 도화시간에 배운 색과 색의 조화, 음악시간에 배운 장단의 음률을 이용하여 지금까지의 위치를 전혀 뜯어 고치게 된다. 자기를 도기 옆에다도 놓아 보고 칠첩반상을 칠기에도 담아본다. 주발 밑에는 큰 사발을 받쳐도 본다. 흰 은 쟁반 위로 노르스름한 전골방아치도 늘어본다. 큰 항아리 다음에는 병을 놓는다. 그리고 전에는 컴컴한 다락 속에 먼지 냄새에 눈살도 찌푸렸을 뿐 아니라 종일 땀을 흘리고 소제하는 것은 가족에게 들을 칭찬의 보수를 받으려 함이었다. 그러나 이번에는 이것도 다르다. 경희는 컴컴한 속에서 제 몸이 이리저리 운동케 되는 것이 여간 재미스럽게 생각되지 않았다. 일부러 빗자루를 놓고 쥐똥을 집어 냄새를 맡아 보았다. (밑줄 인용자)[18]

인용 중 밑줄 친 부분에서 보듯이 여기에서도 색과 색의 조화, 음악의 장단 음률이 등장하고 있다. 색과 색의 조화, 음악의 장단 음률을 따라 배치를 달리해보면서 구도를 잡고 응용해보고 있는 것이다. 불을 때거나 소

으나 가정학, 위생학 과목은 없다. 그림도 목탄화, 유화, 용기화, 국화 등으로 세분되어 있다. 현암사, 2005, 125쪽.

18 나혜석, 「경희」, 『전집』, 114쪽.

제하면서 부딪치는 일상에서도 미술적 시각과 논리의 적용을 쉬지 않는 미술학교 학생 경희를 여기서 다시 확인할 수 있다. 소설 속에서 경희는 김치도 담그고 불도 때고 다락 청소를 하는 등 가사노동, 즉 일을 즐겨서 하고 있는데 위에서 보듯이 일을 하면서도 예술적 영감을 얻고자 내면으로는 끊임없이 모색을 그치지 않는 경희를 보여주고 있는 것이다. 여학생에 대한 부정적 관념을 씻으려는 의도만으로 일을 하고 있는 것이 아니라 일에 대한 경희의 뜨거운 열정이 예술에 대한 열정으로 줄긋기를 해볼 수 있는 성격묘사이기도 하다.

『세이토』의 창간호를 보면 경희를 통해서 보여주고 있는 나혜석의 생각이 창간호에 실린 내용과 관련이 없지 않다는 것을 알 수 있다. 앞에서도 보았듯이 라이초의 글과 나혜석의 주장이 상당히 근접해 있다. 이를테면 가사노동이 '숨어 있는 천재를 발현함에 있어 부적당하므로 모든 가사의 번쇄(煩瑣)를 싫어한다'는 라이초지만 시라카바(白樺)의 로댕호(특집)에서 영감(靈感)을 기다리는 예술가를 비웃었다는 로댕에 공조하는 대목은「경희」의 경희가 일에 대해 뜨거운 열정을 보이는 대목을 설명할 수 있다. 로댕처럼 일하면서 영감을 받겠다는 자세로 시라카바의 영향을 보여주는 대목이기도 하다.[19]

이러한 경희가 결혼을 강권하는 아버지에게 저항을 하고 '사람'이 되겠다는 독백의 장으로 서사는 이어지는데 이때 경희가 사람이 되는 것은 여성해방의 의미만이 아니라 예술 즉 '화가'가 되는 길이기도 하였던 것은 역시 라이초의 글에서 확인한 바다. 경희는 사람이 되려면 웬만한 학

---

19 『세이토』, 앞의 책, 47쪽과 김윤식, 앞의 책,「운명의 낭비자상－로댕, 릴케, 발자크」, 36쪽. "조각가 로댕은 계속 일에 몰두함으로써 영감의 찾아옴에 도달하고 있었다."

문, 여간한 천재가 아니고서는 어려우며 사천 년래의 습관을 깨트리려면 실력과 희생이 있어야 한다고 말한다. 스타엘 부인의 기재, 잔 다르크의 용진 희생, 펏드 부인과 같은 강고한 의지는 여성이 해방되기 위해서만 필요한 것이 아니라 구체적으로 '화가'의 길을 가려는 경희가 가져야 할 덕목이었던 것이고, 화가로 입신하기 위해서 사천 년래의 인습에 맞서는 여성해방의 의지가 너무나 당연히 요청되었던 것이다. 일에 대한 열정은 화가로서 입신하고자 하는 로댕적 열정이었고, 사람이 되자는 부르짖음 역시 화가로 뚜렷이 서겠다는 다짐 위에 이루어진 것이었다.

2) 나혜석의 글에서 찾은 잃어버린 그림들

앞장에서 나혜석이 사람이자 예술가를 지향하는 소설의 주인공을 그린 것에서 나혜석이 문학을 통해서 자신의 예술관과 여성해방사상을 피력하고 있음을 보았다. 여기에서 확인할 수 있는 것은 나혜석은 문학과 미술 등 예술을 통해서 자신을 세워나가고자 하였다는 것, 즉 예술을 통해서 사람이 되고자 하였다는 것이다. 이때 주목하게 되는 것이 나혜석의 미술이다. 그러나 앞장에서 언급한 것처럼 불행하게도 현재 남아 있다는 그림은 진위가 불명하거나 도록의 흑백도판뿐이라[20] 그의 미술을 논하기에는 매우 미흡한 현실이다. 그가 한국 최초의 여성소설을 썼으며 최초의 페미니즘 소설을 썼다고 해도 나혜석 예술의 본령은 미술이기에 안타

---

20 윤범모 교수는 나혜석의 인간과 예술을 조명한 『화가 나혜석』에서 현재 나혜석의 작품이라고 전칭(傳稱)되는 그림에 대하여 하나하나 검토하고 위작 가능성이 높다고 결론을 내린 다음 출처가 확실한 조선미전의 작품은 도판자료에 의거하므로 상대적으로 그 가치가 높고 비중이 크다고 하였다. 「전칭작품의 진위문제」, 『화가 나혜석』, 212쪽 이하.

까움은 더하다. 이에 우리는 글 속에서 나혜석의 잃어버린 그림과 색채를 찾아 그가 추구한 예술세계에 접근하는 통로의 하나로 삼고자 한다. 나혜석이 남긴 다양한 형식의 글에는 잃어버린 그림의 제목과 그가 즐겨 택한 색채와 빛이 찾아진다. 잃어버린 그림의 제목이나 구도를 찾아 그의 그림 목록에 더해보고, 빛과 색채로 그의 그림에 생명을 부여해봄으로써 나혜석 예술의 살아 있는 실체에 접근해본다.

먼저 지금까지 알려지지 않은 그림 제목이다. 나혜석의 글이나 인터뷰 기사 속에는 제목으로만 남은 그림들이 있다. 흑백사진으로 남은 나혜석의 그림이 나혜석의 미술세계를 보여주는 거의 모두의 자료라면 ① 제목으로만 남아 있는 나혜석의 그림을 찾아보는 것. ② 이 제목과 관련되어 보이는 나혜석의 상황과 연관 지어 그림을 상상해보는 것. ③ 제목은 없으나 나혜석이 그림 구도로 잡아본 글들로 나혜석의 그림을 상상해보는 것 등은 일종의 잃어버린 그림 찾기로서 나혜석 미술세계를 보완하는 작업의 의미가 있다. 위작일지도 모른다는 의혹을 가지고 보아야 하는 전칭(傳稱) 그림보다 나혜석이 직접 쓴 글이나, 기자가 보고 쓴 그림 제목과 글은 활자를 통해서나마 나혜석의 그림을 직접 만나는 신선함이 있다. 그림보다야 못하지만 흑백도판의 조선미전 그림과 함께 나혜석의 미술세계를 확실히 접해볼 수 있는 새로운 방법이자 자료라고 본다.

조선미전 출품작[21]을 염두에 두면서 앞의 ①과 ②에 해당하는, 남아 있

---

21 나혜석이 조선미전에 출품하여 입선 또는 입상한 작품 제목을 보면 다음과 같다.

제1회(1922) 〈春이 오다〉(입선), 〈농가〉(입선)
제2회(1923) 〈봉황성의 남문〉(4등 입상), 〈봉황산〉(입선)
제3회(1924) 〈추의 정〉(4등 입상),〈초하의 오전〉(입선)
제4회(1925) 〈낭랑묘〉(3등 입상)
제5회(1926) 〈천후궁〉(특선), 〈지나정〉(입선)

는 나혜석의 그림 제목과 이 제목과 관련되어 보이는 나혜석의 글을 찾아 나혜석의 미술세계로 찾아들어가 본다. 나혜석은 「나의 여자미술학교 시대」[22]에서 "그를 따라 교토에 가서 졸업 제작으로 〈압천부근(鴨川附近)〉을 그리고 있는 중이었습니다."라고 하였다.[23] 압천은 교토에 있는 내이다. 나혜석은 또 1920년 6월 『신여자』에 기고한 글 「4년 전의 일기 중에서」에서 미술학교 재학 시 압천변을 걷던 때를 쓰고 있다. 압천 중에서도 하무천을 자세히 쓰고 있는데 하압신사를 들어서니 청천이 용출하는 수세지가 청징투명경과 같이 잔잔하였고 경내는 노수거목의 삼림이 무성하고 임중에는 청류한 하무의 천파(川波)가 있어 하일 납량으로 유명하다고 썼다. 사람들은 하무천(賀茂川) 물 가운데 장막을 치고 평상을 놓

김우영의 숙소였던 교토대 YMCA 회관. 당시 그대로의 모습이 남아 있다.

제6회(1927) 〈봄의 오후〉(무감사입선)

제9회(1930) 〈아이들〉(입선, 〈화가촌〉(입선)

제10회(1931) 〈정원〉(특선 : 제12회 일본 제전 입선), 〈나부〉(입선), 〈작약〉(입선)

제11회(1932) 〈소녀〉(무감사 입선), 〈창가에서〉(무감사입선), 〈금강산 만상정〉(무감사입선) 이상 18점.

『전집』, 760쪽. 윤범모, 앞의 책, 149쪽.

22 나혜석, 「나의 여자미술학교시대」, 『삼천리』, 1938. 5, 『전집』, 288쪽.

23 「여류예술가 나혜석씨」, 『동아일보』, 1926. 5. 18. 기자는 "졸업시험에 출품한 씨의 작품은 수십 명 일본여자 가운데 뛰어나 이것을 심판한 선생은 장래를 위하여 길이 축복하였다고 합니다."라고 쓰고 있다. 『전집』, 504쪽.

아 신사 영부인으로부터 자녀를 거느리고 느런히 앉아 먹으며 누우며 옷고름을 풀고 시원히 바람을 쏘이고 앉은 자가 보인다고 하였지만 인물보다 풍경을 즐겨 그린 초기의 나혜석의 작품 경향으로 보아 하압신사 경내의 노수거목의 숲과 청류한 하무의 천파를 그리지 않았을까 싶다.[24] 제목은 나오지 않지만 이때 방문한 교토 길전정(吉田町) 청년회 기숙사 김우영의 방에는 나혜석의 화액이 걸려 있다고 쓰여 있다. 이 글을 쓴 시기가 1920년의 4년 전, 즉 대략 1916년에서 1917년 무렵이라고 보이니 김우영의 방에 걸렸던 그림과 함께 〈압천부근〉은 나혜석의 작품 중 가장 초기에 그린 작품에 해당할 것이다.

1921년 나혜석은 경성일보사 내청각에서 첫 개인전을 열어 6, 70점의 그림을 전시하였다. 남아 있는 작품은 없으나 이 전시회를 보고 쓴 글에서 그림 제목 〈신춘〉이 찾아진다.[25] 이 전시회 그림의 내용은 알려지지 않은 가운데 의과 계통 공부를 지망하던 오지호가 이 전시회 유화의 생생한 표현력에 감탄한 나머지 화가가 되기를 결심했다는 일화를 바탕으로 오지호가 감탄한 내용이 표현뿐만이 아니라 내용, 즉 민족, 또는 향토적 내용의 그림이었을 것으로 추정하고 있으니[26] 이 〈신춘〉도 향토적 분위기의 그림이 아니었을까 한다. 이해에 나혜석은 제1회 서화협전에도 작품을 출품, 몇 점 전시하였으나 작품 내용은 알 수 없다.

1924년에 만날 수 있는 나혜석 그림의 제목으로 〈일본영사관〉과 〈단

---

24 나혜석, 「4년 전의 일기 중에서」, 『신여자』, 1920. 6, 『전집』, 220쪽.

25 이병기, 『가람일기』 1, 1921. 3. 20, 146쪽. 이상경, 『인간으로 살고 싶다』, 한길사, 233쪽에서 재인용.

26 박래경, 「나혜석 그림, 풀어야 할 당면과제들」, 『원본 라혜석 전집』 발간 기념 나혜석 바로알기 제4회 심포지엄주제발표 논문, 2001. 4. 27. 『나혜석 학술대회논문집 I』, 4~15쪽.

풍〉이 있다. 기자 최은희가 안동 나혜석의 집을 방문했을 때[27] 응접실 좌우 벽에는 산수화, 인물화가 가지런히 걸리었고, 내년 미술전람회에 출품할 〈일본영사관〉과 〈단풍〉도 벌써 맞추어놓았으며 2층 화실에는 몇백 종이라 헤일 수 없는 가지각색 그림이 빈틈없이 서 있었다고 한다. 일본영사관은 만주에 있는 일본영사관일 것이다. 이 그림들은 선전에 출품되지 않았다. 〈일본영사관〉과 〈단풍〉을 비롯하여 모아진 많은 작품은 최은희와의 인터뷰에서 말한 대로 세계일주 떠나기 전에 다롄과 베이징에서 전람회를 통하여 정리하였을 것으로 보인다.[28]

미술학사에서 작업 중인 나혜석(1933).

세계일주를 다녀오자 곧 김우영과 이혼을 한 나혜석은 1931년 〈나부〉, 〈정원〉, 〈작약〉을 제10회 선전에 출품하여 〈정원〉이 특선에 입상하였는데 〈정원〉이 파리의 클뤼니 박물관을 그린 것이며 그 페미니즘 미술적 의의에 대해서는 박계리가 논한 바 있고,[29] 이 입선작 중 〈작약〉에 대해서는 나혜석이 언급한 두 개의 글을 찾을 수 있다. 러시아를 향해서 하얼빈을 떠나 만주리를 지날 때(기차는 : 인용자) 황무지 좌우 수풀 속에는 백색 천연

---

27 「여류화가 나혜석 여자 가정방문기」, 『조선일보』, 1925. 11. 26, 『전집』, 502쪽.
28 이 전시회에 대한 신문기사 등 증빙 자료는 아직 찾지 못했다.
29 박계리, 「나혜석의 회화와 페미니즘－풍경화를 중심으로」, 제7회 나혜석 학술대회 발표 논문, 2004. 4. 23. 이 논문이 나혜석의 글과 그림을 연계하여 작품 〈정원〉의 페미니즘적 의미를 밝혀낸 첫 성과이다.

작약이 흐드러지게 피어 있다[30] 하였고, 다음 프랑스 쏠레 씨 집 마당에도 덩굴 작약화가 있다고 하였다.[31] 이로 볼 때 나혜석이 작약을 그린 것은 이 여행에서의 감동이 동기가 된 것으로 보인다. 〈작약〉은 세계일주 후 그린 다른 그림들과 함께 그다지 호평을 받지 못했다.

나혜석은 1933년 나혜석의 미술학사를 찾아 탐방을 온 기자에게 서화협전에 출품하려고 그려놓은 〈뉴욕교〉, 〈정물〉, 〈나의 여자〉,〈마드리드 풍경〉, 〈총석정〉과 조선미전에 출품하려고 그려놓은 〈삼선암〉, 〈정물〉[32] 등을 보여준다. 나혜석은 이들 그림에 대하여 다음과 같이 설명을 하고 있다. "〈뉴욕교〉, 저것은 영국 갔을 때 거기서 그린 것이고, 〈정물〉은 일본 있을 때 그리고, 〈나의 여자〉는 노르웨이에 갔을 때 거기서 사는 조그만 여자아이 하나를 돈을 주고 모델로 삼아서 그 나라 풍속을 그대로 그린 것이고, 〈마드리드 풍경〉은 마드리드에서 그린 것입니다. ……〈총석정〉만 작년 여름 금강산 갔을 때 그린 것입니다." 주로 서화협전에 출품할 작품에 대해서만 설명을 하고 있는데 세계일주 여행 중 스케치한 것을 바탕으로 작품 제작을 하고 있고, 〈총석정〉은 산수를 그린 풍경화일 것으로 짐작된다. 조선미전에 출품하려고 그려놓은 것이 〈삼선암〉, 〈정물〉이라고 하였는데 〈삼선암〉과 〈정물〉은 낙선하였다. 이 중 〈삼선암〉[33]은 여자미술학사 인터뷰에 실린 잡지 사진에서 캔버스 앞에서 화필을 들고 앉은 나혜석 옆에 세워진 것을 볼 수 있다. 나혜석은 이와 별도로 2, 3일 후 개성에 가서 〈선죽교〉를 그리겠다고 하고 있다. 오늘날 남아 있는 〈선죽

---

30 나혜석, 「소비엣 러시아행」, 『삼천리』, 1932. 12, 『전집』, 577쪽.

31 나혜석, 「구미 시찰기」, 『동아일보』, 1930. 3. 28, 『전집』, 666쪽.

32 「서양화가 나혜석씨 – 서화협전, 조선미전에 출품하는 여류화가들」, 『신가정』, 1933. 5, 『전집』, 553쪽. 〈삼선암〉은 〈금강산 삼선암〉이라고도 표기 되어 있다.

33 다른 글에서는 〈금강산 삼선암〉이라고 쓰고 있으나 동일한 작품으로 추정된다.

교〉는 진품으로 보고 있는 작품 중 하나인데 제작연도가 1933년이 되는 셈이다.[34)]

〈마드리드 풍경〉은 나혜석의 스페인 여행기에 마치 이 그림을 보는 듯한 내용이 쓰여 있다. "아카시아 삼림 위에는 청람색 강한 광선이 쪼여 있고 그 사이로는 백색 석조건물이 보이고 파초가 너그러진(원문대로) 가운데는 여신 동상이 처처에 있고 기염 차게 토하는 분수 가에는 웃통 벗은 노동자, 아이들이 한참 무르녹은 멜론을 벗겨들고 앉아 맛있게 먹고 있다."[35)] 이 글은 한 폭의 그림 구도인데 청람색 강한 광선이 쪼여 있다는 표현은 청람색에 빛이 함께하고 있다는 표현으로 해석된다. 푸른 유월의 하늘과 함께 세계일주 후 나혜석은 청람색에 상당히 끌리고 있다. 그 외에 윤범모의 저작에서 새롭게 찾아지는 나혜석 그림의 제목이 몇 개 있으나[36)] 당대에 직접 그림을 보고 쓴 글의 경우로 제한함에 따라 본고에서는 논외로 한다. 염상섭의 소설 「추도」에도 S여사가 가지고 있던 프랑스에서 그린 나체화의 언급이 있다.

다음은 나혜석의 글에서 찾아본 그림 구도이다. 이대로 스케치를 하였다면 그림으로 이어졌을 기록이라고 판단된다.

> —지평선이 창천과 합한 듯한 복잡한 색채, 황무지에는 영란 꽃이 반짝이고 양군과 우군이 한가로이 거닐고 있다. 그윽한 이 한 폭 그림은 네가 항상 말하던 집터를 연상하게 한다.[37)]

---

34 윤범모는 이 인터뷰 시기가 5월인데 작품 〈선죽교〉의 계절이 가을인 것을 의문시하고 있다. 그러나 곧 가려다 나중에 갔을 수도 있는 일이다.

35 나혜석, 「정열의 서반아행」, 『삼천리』, 1934. 5, 『전집』, 622쪽.

36 〈해인사 홍류동〉, 〈독서〉, 〈학서암 염노장〉, 〈만공선사초상화〉, 〈프랑스 농가(나희균)〉 등이 그것이다.

37 나혜석, 「아우 추계에게」, 『조선일보』, 1927. 7. 28, 『전집』, 664쪽.

―여기(산마르코 : 인용자) 온 후 화제는 풍부하나 연일 강우와 또 구경으로 인하여 마음만 안타까워 할 뿐이고 한 장도 못 그렸다. 이날은 마침 볕도 나고 하기에 소품 한 개를 그렸다.[38]

―남청색 뜨거운 볕 아래 흙을 밟으며 돌아오니 멀리 보이는 고성은 희랍의 건물 같고 푸르게 흐르는 물 좌우편에는 무슨 식인지 이상스러운 토벽 문이 있어 그 근처는 절경을 이루어 있다.[39]

―눈은 푹푹 쏟아져 저 먼 산은 흐려지고 가까운 수목은 그 형상이 완연해진다. 거기 고귀한 사슴 떼가 입을 눈 위에 박고 거니는 것은 또한 보기 좋았다.[40]

―북청으로 가서 일행을 만나 혜산진으로 향하였나이다. 후기령(厚岐嶺) 경색은 일폭의 남화이었나이다.[41]

―신갈포(新乫浦)로 압록강 상류를 일주하는 광경은 형언할 수 없이 좋았었나이다.[42]

―늦은 봄 저녁공기는 자못 선선함을 느꼈다. 동문(수원 : 인용자)을 들어서니 높이 보이는 연무대는 옛 활 쏘던 터를 남겨두고 사이로 흰 하늘이 보이는 기둥만 몇 개 달빛에 비취어 보인다. 그 옆으로 자동차 길을 만들어 놓은 것은 과연 연인 동지 Y와 K의 발자취를 기다리고 있다. 그 길을 휘돌아 나서니 나타나는 것이 달빛에 희게 벚꽃이 흐무러지게 피어 있다. 꽃 사이로 방화수류정 화홍문이 보인다. 거기

---

38 나혜석, 「이태리미술기행, 산 마르코」, 『삼천리』, 1935. 2, 『전집』, 656쪽.
39 나혜석, 「파리에서 뉴욕으로, 톨레도」, 『삼천리』, 1934. 7, 『전집』, 627쪽.
40 나혜석, 「태평양 건너서 고국으로, 요세미티」, 『삼천리』, 1934. 9, 『전집』, 641쪽.
41 나혜석, 「이혼고백서」, 『삼천리』, 1934. 9, 『전집』, 470쪽.
42 위의 책, 같은 곳.

에는 사람들의 점심 찌꺼기로 남겨놓은 신문지 조각이 바람에 날리고 있을 뿐 인적은 고요하다.[43]

—홍류동(해인사 : 인용자)은 실로 진외의 선경이다. 바위와 돌, 돌과 바위에 사이와 사이로 유유히 흘러내려 성산정 앞 높은 석대 위에 떨어지는 웅장한 물소리, 무성한 나무, 흉금을 서늘케 하고 머리를 가볍게 한다.[44]

—거기서 나와 북으로 뚫린 좁은 길로 조금 내려가 도랑을 건너 한참 올라간다. 올라가다가 숨을 쉬고 숨을 쉬어 올라가니 낭떠러지에 조그마한 기와집 암자가 있다. 이것이 희랑조사가 기도하던 希朗臺이다. 대 뒤에는 천년이나 된 보기 좋은 소나무가 있어 일견에 남화의 격을 이루고 있다.[45]

—건물(影子殿)의 구조는 현재 조선 목공으로서는 도저히 상상하기 어려운 것이라 하여 각처에서 목공이 와서 도본을 그리어 가는 일이 많다고 한다. 유화의 재료로도 훌륭하다.[46]

—그러고 나서 여관 동북에 있는 국일암을 찾아 갔다. 건설연대는 모르겠으나 상당히 고건물일다. 사람도 그리 없는 듯하여 쓸쓸하였다. 정문 앞에는 고목의 괴목이 있어 역시 유화 재료로 훌륭하였다.[47]

---

43 나혜석, 「독신여성의 정조론」, 『삼천리』, 1935. 10, 『전집』, 372쪽.

44 나혜석, 「해인사의 풍광」, 『삼천리』, 1938. 8, 『전집』, 293쪽. 윤범모는 〈해인사 홍류동〉이라는 그림을 나혜석의 해인사 풍광이라는 글에 인용된 최치원의 시의 분위기와 흡사하다고 하였다. 윤범모, 『화가 나혜석』, 앞의 책, 244쪽.

45 위의 글, 『전집』, 300쪽.

46 위의 글, 301쪽.

47 위의 글, 302쪽.

이상 그림이 전해져오지는 않으나 나혜석의 글이나 기자가 보고 쓴 글에 나오는 그림의 제목[48]과 그에 대한 언급, 그리고 나혜석이 그림구도로 잡아본 글을 모아보았다. 그림은 없으나 제목이 전해지는 것이 11점, 작품 구도를 보여주는 글이 11개, 대략 22점의 그림이 잡혀졌다. 그림 제목을 찾아 나혜석이 쓴 글과 연관을 지어보는 과정에서 가장 그럴듯한 만남이 〈마드리드 풍경〉인 것 같다. 작품 구도를 보이는 글은 나혜석이 어떤 대상을 만났을 때 예술적 감흥을 느껴 유화의 재료로 좋다고 여기는지를 알 수 있게 한다. 드넓은 대지, 거수노목의 삼림, 고운 꽃, 남청색 뜨거운 볕, 빛이 함께 한 청람색 하늘, 웅장한 자연과 물소리, 역사적 의미가 있는 아름다운 고건물, 이런 것들이 나혜석에게 예술적 영감을 주는 것 같다. 나혜석이 후기인상파 화가들이 추구했던 예술을 이야기할 때 썼던 표현대로 위대한 자연 앞에서 예술의 정신을 창조적으로 개체화하려 했던 나혜석, 만상을 응시하여 인생과 같은 값 되는 작품을 낳으려 했던 나혜석을 여기에서 만날 수 있다 하겠다.

조선미전의 나혜석 출품작의 경향을 시기별로 정리한 윤범모에 따르면

---

48 글에서 찾은 11개의 그림 제목을 정리하면 다음과 같다.
〈압천 부근〉(1918) 도쿄 미술학교 졸업 작품
〈신춘〉(1921) 첫 개인전에서 가람 이병기 교수가 가장 감명받은 작품
〈일본영사관〉(1925) 기자 최은희가 안동 집에서 본 그림
〈단풍〉(1925) 기자 최은희가 안동 집에서 본 그림
〈뉴욕 교〉(1933) 영국에서 그린 것
〈정물〉(1933) 일본에서 그린 것(안나원의 논문에 나오는 〈정물〉과 같은 것인지 모른다)
〈나의 여자〉(1933) 노르웨이에서 그린 것
〈마드리드 풍경〉(1933) 스페인에서 그린 것
〈총석정〉(1932) 풍경화로 추정
〈삼선암〉(1931) 풍경화로 추정
〈정물〉(1933)

농촌 실경 시대(1922~23)에는 일하는 여성에 초점을 두었고, 건축물 풍경 시대(1924~26)에는 만주의 고건축 혹은 서양의 고건축에 초점을 두었으며, 다양한 소재의 재차 모색기(1930~32)에는 인물, 건축, 정물, 풍경 등 다양한 소재를 선택하였다고 하는데 글에서 찾아본 작품 구도의 내용과 상당히 근접하고 있다. 그림 제목과 작품 구도는 잃어버린 나혜석 그림의 한 단서로서 나혜석 예술의 실체를 보여주는 중요한 자료라고 생각된다.

3) 나혜석의 글에서 찾아본 빛이 함께한 색채

이제 색채를 살펴보기로 한다. 나혜석의 글에서 찾아볼 수 있는 나혜석의 색채는 어떤 것이 있을까? 이들 색채를 통해서 나혜석의 미술을 느껴볼 수는 없을까? 고흐의 경우처럼 나혜석도 글에서 나혜석 미술의 진정한 표상을 찾아낼 수는 없을까. 우선 단편 「경희」와 「규원」의 묘사를 잠깐 보자.

> 새벽닭이 새날을 고한다. 까맣던 밤이 백색으로 활짝 열린다. 동창의 장지 한 편이 차차 밝아오며 모기장 한 끝으로부터 점점 연두색을 물들인다.[49](「경희」)

> 마루에는 어린애의 기저귀가 두어 개 늘어 놓여 있고 물주전자가 놓여 있으며 물찌끼가 조금씩 남아 있는 공기가 서너 개 널려 있다. 또 거기에는 앵두 씨가 여기저기 떨어져 있고 큰 유리 화 대접에 반도 채 못 담겨 있는 앵두는 물에 젖어 반투명체(半透明體)로 연연하게 곱고 붉은 빛이 광선(光線)에 반사되어 기름 윤이 흐르게 번쩍번쩍한다.[50](「규원」)

---

49 나혜석, 「경희」, 『여자계』, 1918. 3, 『전집』, 115쪽.
50 나혜석, 「규원」, 『신가정』 창간호, 1921, 『전집』, 128쪽.

이 두 묘사에서 두드러지는 것은 광선과 색채의 등장이다. 「경희」에 나오는 묘사는 날이 밝아오는 것을 까만색, 백색, 연두색의 대조적인 색채로 그리고 있다. "모기장 한끝으로부터 점점 연두색을 물들인다."는 묘사는 참으로 신선하다. 연두색이 이처럼 신선하게 느껴지는 것은 빛이 함께하고 있기 때문이다. 모기장 한끝으로부터 연두색을 물들이는 것은 광선이련만 연두색만 눈앞에 클로즈업되는 문장이다. 빛을 받아 점점 연두색을 물들이는 역동성을 지녔기에 연두색은 살아 있다. 까맣던 밤이 백색으로 열린다고 한 표현도 마찬가지이다. 빛이 함께 하고 있는 색채, 즉 색채만이 아니라 광선이 등장하고 있는 것이다.

그런가 하면 갑자기 수십 년 뒤로 물러간 듯 고대소설의 문투로 구여성의 비극을 그린 「규원」의 모두에서도 광선이 함께한 묘사는 생동감의 극치를 이루어 이 글의 필자가 화가라는 것을 실감하게 한다. 앵두는 물에 젖어 반투명체가 되어 있고 그 붉은빛은 광선에 반사되어 기름 윤이 흐르게 번쩍번쩍한다고 묘사하고 있다. 실로 빛의 발견이 아닐 수 없다.

1918년 발표한 나혜석의 시 「광」은 근대의 계몽적인 의미나, 돌아간 약혼자 최승구에 대한 그리움을 상징적으로 표현한 것으로 읽혀왔으나 이 시는 화가 나혜석이 바로 빛의 발견을 노래한 것이다.[51] 이 시 「광」은

---

51 이 논문을 발표한 제11회 나혜석 바로알기 학술대회에서 토론을 맡아준 송명희는 학술대회가 끝난 후 이 시 「광」의 존재를 일깨워주고 토론에서 보인 주장과 달리 나혜석의 미술관이 후기인상파라는 것을 확실히 보여주는 작품이라는 의견도 덧붙여 주었다.

그는 벌써 와서 내 옆에 앉았었으나 나는 눈을 뜨지 못하였다.
아아! 어쩌면 그렇게 잠이 깊이 들었었는지!

그가 왔을 때에는 나는 熟睡 중이었다.
그는 좋은 음악을 내 머리맡에서 불렀었으나

나혜석이 쓴 최초의 시이자, 미술학도 나혜석이 그림에서 빛의 중요성을 깊이 인식하고 쓴 시이다. 빛에게 "아무것도 모르고 자는 나를 깨운 이상에는 내게 불이 일어나도록 뜨겁게 만들라"고 부르짖고 이것은 빛의 사명이자 화가인 나의 직분이다, 라고 다짐한 노래로 그가 빛에 대하여 얼마나 절실하게 느끼고 있었는지 알 수 있게 하며 이 빛은 화자의 머리맡에 와서 좋은 음악을 불렀었다는 대목에서 "색은 음 혹은 음조와 같다. 빛깔이 바로 음조이다."라는 후기인상파의 아포리즘을 충분히 알고 있었음을 증명해주기도 한다.

1933년 여자미술학사를 세운 나혜석은 학사 설립을 알리면서 돌린 취의서에 광과 색의 세계를 강조하고 있다.[52] 학생 모집을 위한 광고에서

나는 조금도 몰랐었다.
이렇게 귀중한 밤을 수없이 그냥 보내었구나.

아아, 왜 진시 그를 보지 못하였는가.
아아, 빛아! 빛아! 정화를 키어라.
언제까지든지 내 옆에 있어다오.
아아, 빛아! 빛아! 마찰을 시켜라
아무것도 모르고 자는 나를 깨운 이상에는
내게 불이 일어나도록 뜨겁게 만들어라.
이것이 깨워준 너의 사명이요
깨인 나의 직분일다
아! 빛아! 내 옆에 있는 빛아!
나혜석, 「光」(밑줄 인용자) 『여자계』, 1918. 3, 『전집』, 197쪽.

52 "광과 색의 세계! 어떻게 많은 신비와 뛰는 생명이 거기만이 있지 않습니까. 갑갑한 것이 거기서 시원해지고 침침하던 것이 거기서 환하여지고 고달프던 것이 거기서 기운을 얻고 아프고 쓰리던 것이 거기서 위로와 평안을 받고 내 맘껏 내 솜씨 내 정신과 내 계획과 내 희망을 형과 선의 상에 군세게 나타내는 미술의 세계를 바라보고서 우리의 눈이 띄어지지 않습니까? 우리의 심장이 벌떡거려지지 않습니까? 더구나 오늘날 우리에게야 이 미의 세계를 내놓고 또 무슨 창조의 만족이 있습니까. 법열의 창일이 있습니까. 더구나 무거운

나혜석은 광과 색의 세계에 "많은 신비와 뛰는 생명이 거기"에만 있으며 여성이 해방되어 할 일이 여성의 잠재력을 발동시켜 미술을 하는 것이라는 논리, 즉 여성해방과 예술을 겸하여 생각하는 세이토(靑鞜)의 사상을 여기에서도 계속 피력하고 있다.

한편 나혜석은 자신의 그림에 대하여 후기인상파적 자연파의 경향[53]이라 하고 자아의 표현과 예술의 본질을 잊지 않으려 한다.[54] 그런가 하면 데생의 중요성을 강조하기도 하였다.[55] 빛과 색채, 자아의 표현, 그리고 데생을 중요시하면서 예술의 본질을 늘 생각하던 후기인상파 지향의 화가 나혜석은 초기에 원색을 즐겨 사용한 것 같다. 선전에 출품하여 입선한

전통과 겹겹의 구속을 한꺼번에 다 끊고 독특하고도 위대한 우리의 잠재력을 활발히 발동시켜서 경이와 개탄과 恐縮의 대박 만인에게 끼칠 방면이 미술의 세계 밖에 또 무슨 터전이 있다고 생각하십니까. (후략)"「여자미술학사－화실의 개방 파리에서 돌아온 나혜석 여사」, 『삼천리』, 1933. 3, 『전집』, 550쪽.

53 "나는 학교 시대부터 교수받는 선생님으로부터 받은 영향상 후기인상파적 자연파적 경향이 많다. 그러므로 형체와 색채와 광선에만 너무 주요시하게 되고 우리가 절실히 요구하는 개인성 즉 순 예술적 기분이 박약하다. 그리하여 나의 그림은 기교에만 조금 진보될 뿐이요, 아무 정신적 진보가 없는 것 같은 것이 자기 자신을 미워할 만치 견딜 수 없이 고로운 것이다." 그리하여 "구도를 생각하고 천후궁을 찾아갔다." 나혜석, 「미전출품 제작 중에」, 『조선일보』, 1926. 5. 20~23, 『전집』, 507~509쪽.

54 "후기인상파의 화가들은 자아의 표현과 예술의 본질을 잊지 아니하였다. 즉 예술의 정신을 창조적으로 개체화하려고 하였다. 그들은 고래로 전해오는 미와 추의 무의식한 것을 알았다. 미추를 초월하여 인정미로 만상을 응시하여 인생과 같은 값되는 작품을 작하려 하였다. 그러므로 그들은 자연이 설명이 아니오, 인격의 표징이오, 감격이었다." 나혜석, 「파리의 모델과 화가생활」, 『삼천리』, 1932. 3, 『전집』, 526, 7쪽.

55 "데생은 윤곽 뿐의 의미가 아니라 칼라 즉 색채 하모니 즉 調子를 겸용한 것이외다. 그러므로 데생을 확실하게 한 모델을 능히 그릴 수 있는 것이 급기 일생의 일이 되고 맙니다." 나혜석, 「이혼고백장」, 『삼천리』, 1934. 8, 『전집』, 452쪽.

〈지나정〉에 대하여 쓴 글을 보면 "지금까지의 원색, 강색보다 간색 침색을 써 보느라고 한"[56]것을 보거나, 이보다 먼저 쓴 글에서 지면의 색과 그림자 색을 좋아한다는 것을 보아 나혜석이 차츰 간색과 침색을 쓰고자했음을 알 수 있다. "김창섭 씨의 〈교회(敎會)의 이로(裏路)〉는 나의 좋아하는 그림 중의 하나이다. 지면의 색과 그림자 색을 매우 즐겨한다."[57] 그런가 하면 세계일주를 다녀온 무렵 나혜석은 청람색을 자주 언급하고 있다(〈마드리드 풍경〉). 귀국해서 쓴 글에서도 그런 경향이 보인다. "대륙적이고도 남성적이고 적극적인 세계 어느 나라에서도 볼 수 없는 자랑할 만한 확실하고 쾌활하고 청명하게 푸른 물감을 쭉 뿌린 듯한 조선의 유월하늘은 다년간 이리저리 유랑생활을 하던 자에게는 한없는 자릿자릿함을 느끼게[58] 한다고 하였다. 유월의 하늘을 표현하는 데 아홉 가지의 형용사를 붙이는 나혜석의 색채는 이번에도 하늘이라는 빛이 함께하고 있다. 그 유월의 하늘빛은 우리의 상상 속에서 찬란하다. 대륙, 남성, 적극, 세계 어느 나라에서도 볼 수 없는, 확실, 쾌활, 청명, 쭉 뿌린 푸른 물감 등은 이 시기 나혜석의 미술세계를 나타내는 키워드로 보인다. 말하자면 원색 → 침색 간색 → 대륙, 남성, 적극, 확실, 쾌활 청명을 섞은 쭉 뿌린 푸른 물감의 순서로 그의 작품의 색채 기조가 변화하여간 것으로 말할 수 있다.

나혜석이 작품 구도로 이어질 만하게 경치를 묘사하면서 색채까지 언급한 주목되는 글에 「4년 전의 일기 중에서」가 있다.

---

56 나혜석, 미전출품제작 중에, 앞의 글, 512쪽. 나혜석이 쓴 수필 「만주의 여름」은 그림 〈지나정〉을 감상하기에 더없이 도움이 되는 글이다. 만주 여름의 묘사가 놀랍다. 『신여성』, 1924. 7, 『전집』, 222쪽.

57 나혜석, 「일 년 만에 본 경성의 잡감」, 『개벽』, 1924. 7, 『전집』, 226쪽.

58 나혜석, 「조선미술전람회 서양화 총평」, 『삼천리』, 1932. 7, 『전집』, 537쪽.

작일 장야현 송정리에서 출발하여 중앙선으로 금조 9시 30분에 나고야(名古屋)에 도착하여 10시에 동해도선 시모노세키(下關)행 열차를 승환하다. 지금까지에 보던 경치와는 딴판이다. 동해도선 경색은 많이 쓰다듬은 것일다. 어여쁘고 아당스럽다. 해면으로 탁 터진 데도 많고 광야에 전전(田畠)도 즐비하다. 그러나 중앙선 좌우측은 이와 반대라 할는지, 판이(判異)라 할는지 경색은 자연대로 있다. 울숙불숙 서 있는 산도 어푸숨 하거니와 아무렇게 흐르는 내(山谷)도 귀엽다. 산이 있고 암이 있고, 천이 들어가고 나오고, 먼저 있고 나중 있고 뒤에 있고 앞에 있어 그것은 말할 수 없는 자연의 미를 떨치고 있다. 나는 웬일인지 이러한 데가 좋다. 무슨 까닭인지 모르나 개천가에 있는 돌은 모두 눈과 같이 희다. 거기에 차차 떠오르는 아침 광선이 비취일 때에 레몬옐로우 가란스로즈 색을 띤 것은 얼마나 아름답고 어여쁜 색이라 할는지 어떻다 형언할 수 없다. 창 옆을 떠날 수 없이 경색에 반광하였다. 어깨를 으쓱으쓱하기도 하였다. 어느 곳에는 뛰어내려가서 한번만 꼭 밟아보고 싶은 곳도 많다.[59]

위 인용문을 보면 나혜석이 일본 중앙선의 경색을 무척 좋아한 것을 볼 수 있다. 경색은 자연대로 있다, 울숙불숙 서 있는 어푸숨한 산, 아무렇게 흐르는 귀여운 내(山谷), 山이 있고 岩이 있고, 川이 들어가고 나오고, 먼저 있고 나중 있고 뒤에 있고 앞에 있는 것이 말할 수 없는 자연의 미를 떨치고 있는 이러한 데가 좋다, 이렇게 중앙선의 경색을 세세히 묘사한 다음 "무슨 까닭인지 모르나 개천가에 있는 돌은 모두 눈과 같이 흰" 데 그 흰 돌들에 "차차 떠오르는 아침 광선이 비취일 때에 레몬옐로우 가란스로즈 색을 띤 것은 얼마나 아름답고 어여쁜 색이라 할는지 어떻다 형언할 수 없다. 창 옆을 떠날 수 없이 경색에 반광하였다."고 한다.

---

59 나혜석, 「4년 전의 일기 중에서」, 『신여자』, 1920. 6, 『전집』, 215쪽.

이 색채에 빛이 함께하고 있는 것을 눈여겨보지 않을 수 없다. 어깨를 으쓱으쓱하기도 하고, 뛰어 내려가서 한 번만 꼭 밟아보고 싶기도 하다고 하였다.

〈금강산 만상정(金剛山 萬相停)〉

이런 정도의 감동이면 그림으로 그리지 않았을 리 없다. 이 글은 나혜석의 50호의 대작이라는 〈삼선암〉(1931)[60]과 〈금강산 만상정〉(1932)을 떠올리게 한다. 〈삼선암〉은 조선미전에서 낙선을 하였고, 〈금강산 만상정〉은 무감사 입선을 하였으나 이때 출품한 나혜석의 작품은 “시들어지는 꽃과 같이 빛도 향기도 없어져간다”는 혹평을 받아 두 작품 다 그다지 좋은 평을 받지는 못하였다. 그러나 그림의 구도가 중앙선에서 본 경색과 비슷한 풍경화이기에 이 회색 도판에 15년 전에 나혜석을 반광시켰던 색채를 올려보고자 한다. 나혜석은 금강산을 일본의 일광(日光) 등 세계적인 경승을 능가하는 절경이라고 말한 바 있는데 일본의 경색을 그리지 않고 금강산의 경색을 그린 데에 나혜석의 민족의식을 읽을 수 있다고 한다면 지나친 해석일까.

---

60 나혜석은 일본 제국미술전람회에서 〈정원〉이 입선을 하였지만 이때 함께 출품한 작품이 〈삼선암〉이다. 그런데 이 작품은 일본 미술계의 관심을 모으지 못했다. 다음해인 1932년 나혜석은 〈금강산 만상정〉을 선전에 출품하여 무감사입선을 하였고 1933년 나혜석은 〈정물〉과 함께 〈삼선암〉을 조선미술전에 출품하겠다고 말하였다. 이 두 작품은 분위기가 비슷할 것 같다. 나혜석, 「나를 잊지 않는 행복」, 『삼천리』, 1931. 11, 『전집』, 434쪽.

우선 하얀 돌에 떠오르는 아침광선이 비쳐 창조한 레몬옐로우, 가란스로즈의 색을 상상해본다. 여기서 레몬옐로우 색은 알 만하지만 가란스로즈가 어떤 색인지 알 수 없어 필자는 일본의 교수에게 도움을 청하였다. 이상경 교수가 현대어로 풀어 쓴 『나혜석 전집』에는[61] 글랜스로즈로 나와 있으나 번쩍이는 장미색이란 좀 어색한 표현 같아서였다. 레몬이 열매이니 가란스도 열매이어야 하지 않을까 싶어 문의를 한 것인데 머루의 currants가 아닐까 하는 답이 왔다.[62] 머루빛 장미색, 이건 정말 어울린다 싶었다. 보랏빛 나는 붉은색이다. 가란스로즈가 해명이 되니 나혜석의 색 두 가지가 분명해졌다. 이 색채에 빛이 함께 하고 있다는 점을 잊어서는 안 되리라. 〈금강산 만상정〉의 하단 전면(前面)을 채우고 있는 바위와 돌은 흑백도판에서 희게 보인다. 그 위에 차차 떠오르는 아침 광선이 비추는 레몬옐로우와 커런츠 로즈를 투명하게 또는 농담의 빛깔로 올려본다. 나혜석이 반광(半狂)하였던 일본 중앙선의 경색을 능가할 금강산의 농담

61 이상경, 『나혜석 전집』, 태학사, 2000, 197쪽.

62 이름을 밝히기를 원치 않은 일본의 Y교수는 currant 외에도 칼라 명으로 cassis rose color(까치밥나무 열매 빛 장미색)가 있음을 알려주었다. 후자가 보다 붉은빛이 도는데 본고에서는 발음이 유사한 currant를 취하며 수고해준 Y교수에게 감사를 드린다. 그런데 이 논문을 읽은 일본 文教대학 에구사 미츠코 교수는 "논문 중에 가란스로즈라는 색깔이 나오는데 저는 바로 'ガランス'(표기는 가란스인데 머리가 탁음이 됩니다)를 떠올렸습니다. 이유는 2가지입니다. ① 대정 8년에 요절한 화가 村山槐多 유고집에 『槐多の歌へる』라는 것이 있는데 有島武郎가 서문을 쓰고, 서평도 발표했습니다. 그 서평에 인용된 槐多의 시 중에 「一本のガランス」라는 자극적인 작품이 있습니다. 젊은 槐多는 세계와 생명 전체를 ガランス 색으로 잡았습니다. ガランス는 불어로 'garance', 일어로 '茜'(아카네)인데 탁한 붉은색, 어두운 붉은색입니다.(*일본말로 아카네 색이라면 주로 석양의 색깔을 말할 때 씁니다. Y교수 注) 색상은 서정자 선생님 이미지에 가깝지만 서양화 세계에서는 잘 알려진 색깔인 것 같습니다."라고 알려왔다. 에구사 교수에게 감사드린다.

(濃淡) 암록(暗綠)의 자연미에 아침광선과 어울린 흰색, 레몬옐로우, 커런츠 로즈의 찬란한 하모니가 열린다. 나혜석이 반광하던 아름다운 경색이다. 이렇게 나혜석의 글을 통해 〈금강산 만상정〉에 빛이 함께하고 있는 색채를 가해보자 살아 있는 그림이 눈앞에 그려졌다.

3. 빛의 화가 나혜석

돈 맥클린의 노래가 있는 동영상 〈빈센트〉의 배경은 불타는 색채의 아름다운 고흐의 그림이다. 고흐의 삶과 나혜석의 삶은 비슷한 점이 많다. "이 세상은 당신처럼 아름다운 사람에게 어울리는 곳이 아니에요." "이제 알 것 같아요, 당신이 무얼 말하려 했는지. 온전하게 살려고 얼마나 고통을 받았는지, 그것으로부터 자유로워지려고 얼마나 애를 썼는지. 그들은 아직도 들으려고 하지 않고, 아마 언제까지나 그러하겠지요. ……"[63] 그러나 우리의 나혜석에게는 그 그림이 없다. 회색빛 도판으로만 남은 것이다.

그리하여 나혜석의 글 속에서 나혜석의 그림 및 빛과 색채를 찾아 문학과 미술 이어 읽기를 시도해보았다. 이 글은 나혜석 예술의 정체성을 확인하기 위한 미술 읽기이자 나혜석의 문학 읽기이기도 하다. 무엇보다도 미술적 시각으로 읽을 때 나혜석의 「경희」가 새롭게 해석이 되었고, "나는 사람이외다."라고 선언했던 유명한 나혜석의 여성해방선언은 『세이

---

63 This world was never meant for one as beautiful as you.…… /Now I think I know/what you tried to say to me/how you suffered for your sanity/how you tried to set them free/They would no listen/They are not listening still /Perhaps they never will.

토(청탑)』의 여성해방사상과 미술적 성향이 짙은 시라카바(白樺)파의 자장 아래 예술을 통해 사람이 되어 서려는 선언에 다름 아니었다는 것을 밝히면서 나혜석 예술의 정체성을 찾아 나서 본 것이다.

나혜석은 도쿄 여자미술학교로 유학을 가서 『세이토』의 사상을 만났다. 예술가를 지망한 나혜석으로서는 감성 넘치는, 그러면서도 지극히 강렬한 언어의 라이초의 글과 요사노의 글에 크게 감명을 받았으며, 그뿐 아니라 시라카바파의 영향도 적지 않게 받았다고 보인다. 예술을 통해 사람이 되어 서려는 나혜석의 사상은 "인형이 아니라 사람이라"는 노라이즘을 한 단계 올라선 것이다. 예술을 통해서 사람이 되려는 매우 독특한 『세이토』의 여성해방사상, 미술적 성향이 짙은 시라카바파의 영향 등은 별고를 필요로 하는 나혜석 예술의 형성에 중요한 영향을 미친 일본의 근대사상이지만[64] 문학과 미술 성향이 짙은 『세이토』와 『시라카바』 등으로부터 영향을 받아 나혜석은 보다 적극적인 자세로 예술과 여성해방을 지향해 갔다고 보인다.

"색은 음 혹은 음조와 같다. 빛깔이 바로 음조이다. 인상파는 빛깔의 변주에 전 생명을 건 것이고, 이는 음악의 구성과 꼭 같다."라고 하는 인상파의 미술관은 단편 「경희」의 주인공 경희의 일견 미숙해 보이는 행동을 새롭게 해석하는 열쇠가 되었고 「경희」의 주인공 경희가 미술학교 유학생임을 밝히는 단서가 되었다. 이로써 나혜석의 문학과 미술의 접점을 확보하고 나혜석이 남긴 수많은 글에서 나혜석 미술을 찾아 읽는 작업을 통해 나혜석 예술의 실체, 또는 정체성을 규명해 나아가고자 하였다.

그리하여 제목으로만 남은 나혜석의 그림 11개를 찾았으며 그 그림을

---

64 구노 오사무 · 쓰루미 슌스케, 『일본 근대사상사』, 심원섭 역, 문학과지성사, 1999, 11~32쪽.

뒷받침하는 기록도 찾아냈다. 또한 나혜석이 그림을 그리고 싶다고 느끼며 잡아본 구도 11개를 찾아냈으며 여기에 나혜석의 문학에서 찾은 나혜석의 '빛이 함께한 색채'로 나혜석의 그림세계에 생명감을 불어넣어보았다. 미흡하나마 나혜석 예술이 지닌 감동의 한 끝을 확인한 느낌이다.

이상 살펴온 나혜석의 미술세계는 첫째, '빛이 함께한 색채'의 세계라는 것이다. 나혜석 자신이 언급한 바도 있으며 문학적 묘사에서도 이 빛이 함께한 색채의 표현이 생동하는 효과를 내고 있음을 확인할 수 있었다. 둘째, 나혜석은 위대한 자연 앞에 섰을 때 예술적 감흥이 크고 이를 화폭에 옮기고자 한다는 것이다. 후기인상파의 화가들이 재래의 미와 추에 대한 무의식을 비판하고 자연을 설명이 아니요, 인격의 표징이자, 감격으로 보았다고 이해하였던 것처럼 나혜석도 풍경화를 즐겨 그리며 그것을 인격의 표징으로, 감격으로 표현하고자 하였다. 셋째, 나혜석은 원색보다 간색, 침색을 쓰는 쪽으로 차츰 변화하다가 대륙, 남성, 적극, 확실, 쾌활, 청명을 섞은 쭉 뿌린 푸른 물감과 같은 색을 즐겨 사용하였다. 이 모든 색채는 언제나 빛이 함께하였다.

넷째, 나혜석은 역사적 의의가 있는 고건축에 관심을 보였다. 고건축에 쌓인 세월과 거기에 담긴 사연에 남다른 관심을 보였다. 선전에서 특선을 한 〈천후궁〉도 천후의 사연을 자세히 적을 만큼 '사람'과 관련을 가진 고건축물에서 예술적 영감을 얻었다.

초기에 쓴 일기의 한 대목에 나오는 흰색에 아침 햇빛을 더한 레몬옐로우, 커런츠 로즈의 색채로 〈금강산 만상정〉에 색채를 올려본 작업은 구도와 색채를 적절히 만나게 해보려는 작업이기도 하고, 나혜석의 민족의식과 예술이 혼연일체가 된 나혜석의 예술혼을 접합해본 것이기도 하다. 위와 같이 정리해 나오면 나혜석 예술의 정체성은 나혜석 자신이 규정하였던 후기인상파적이요, 자연파라는 것이 가장 적절한 표찰로 되돌아오게 된다. 위대한 자연 앞에서 빛이 함께하는 생동하는 색채로 (민족의) 혼을 담아내려고 하였던 나혜석, "차차 떠오르는 아침 광선이 비취일 때에 레몬옐로우 가란스로즈 색을 띤 것은 얼마나 아름답고 어여쁜 색이라 할는지" 모른다며 반광하던 나혜석, "영을 움직이고, 피가 지글지글 끓고, 살이 펄떡펄떡 뛰는" 예술을 지향했던 나혜석 예술혼의 정수에 한 끝이나마 닿았다는 점을 이 글은 보람으로 삼는다. 나혜석의 예술을 한마디로 규정해본다면 '빛의 화가 나혜석'이 되리라고 생각한다.

이러한 나혜석의 예술 탐구가 그의 사람이 되는 길에 어떤 기여를 하였는지? 즉 예술은 그를 진정 해방하였는지? 나혜석의 문학과 미술 이어 읽기는 방법론의 적용에 따라 보다 심화될 수 있으리라고 본다. 예술을 통해 사람이 되고자 했던 그의 발목을 잡은 것은 당시의 젠더담론이었다. 그는 젠더담론을 넘어서는 선택을 했고 그리하여 이루고자 하였던 화가 나혜석의 예술은 설 곳을 잃어갔다. 그러나 나혜석은 그림으로 해서 우리에게 세계로 나아가는 창으로, 존재의 심연으로 향하는 문으로 미래로 통하는 채널로 남을 수 있었다.

제5부

나혜석의 여성비평과 인문정신

선각자 나혜석의 도전과 인문정신

여성비평의 형성과 전개를 중심으로

1. 나혜석의 인문정신, 그 고유명사를 위하여

인문학과 모든 예술은 고유명사라고 한다. 다른 사람의 논리나 세계를 모방하는 것이 아니라 그 자신만의 독자적인 세계를 이룩하기 때문이다. 고유명사의 세계는 "솔직함과 정직함"으로 자신과 세계에 맞서는 인문정신이 있기에 가능하다. 강신주는 김수영의 시를 비평하면서 "솔직함과 정직함은 내가 만난 시인을 포함한 모든 인문정신의 핵심에 놓여 있다. 그렇기 때문에 김수영은 위대했던 것이다."라고 말하고 있다.[1] 이 글은 솔직함과 정직함이라는 덕목은 곧 나혜석의 것이었다는 점에서 나혜석의 여성비평이 성립되기까지 그 도전과 응전을 살펴 나혜석의 오늘을 있게

---

1 인문정신에 대한 정의가 관점에 따라 다를 수 있으나 이 글은 강신주의 저작에 나타난 정의를 따른다. 나혜석의 솔직함과 정직함이 그의 예술과 생애를 꿰뚫어 해명할 수 있는 키워드라고 보았기 때문이다. 강신주, 『철학이 필요한 시간』, 사계절, 2011, 13쪽 ; 『철학vs철학』, 그린비, 2010 ; 『맨 얼굴의 인문학』, 시대의창, 2013 ; 『철학의 시대』, 사계절, 2011 ; 『상처받지 않을 권리』, 프로네시스, 2009 ; 『김수영을 위하여』, 천년의상상, 2012 등.

한 인문정신을 규명해보고자 한다. 나혜석의 위대함은 이 인문정신으로 새로운 진실을 발견하여 공동체가 지키려는 중심을 붕괴시킬 수 있는 힘을 우리에게 보여주려 한 데 있다. 그의 도전과 응전을 살펴나가는 동안에 그의 인문정신을 확인할 수 있다면 나혜석에 따르는 오해와 질시도 불식시킬 수 있을 것이라 기대한다.

여성비평이란 여성해방비평을 이른다. 나혜석은 우리나라 최초로 여성해방의 출구를 찾는 자들에게 길을 안내하는 선각자의 길을 걸어갔다. 전 생애를 여성해방의식을 지니고 사상을 수용하고 자신을 실험도구 삼아 검증하고 기록하는 데 바쳤다. 화가였고 작가였으며 시인이자 비평가였으나 나혜석의 삶과 예술을 떠받치고 있는 사상적 기조는 여성해방사상이었다. 그의 삶이 너무나 극적이었기 때문에 나혜석의 여성비평은 그의 페미니스트 산문 「모된 감상기」와 「이혼고백장」 등에 관심을 보인 반면 파격이나 일탈로 낙인이 된 삶의 면모나 주장과 관련하여 정면으로 논의한 적이 없다. 게다가 나혜석이 도달한 여성비평의 전모는 사실상 정리가 되지 않은 상황이다. 초기에 나혜석은 여성해방에 대한 자신의 생각과 체험을 조리 있게 글로 남겼으나 후기에 이르러서는 여행기, 「이혼고백장」, 수필, 인터뷰 등에 산발적으로 언급하고 있는 데다 그의 발언을 오해하는 경우까지 생겨 나혜석의 여성비평은 나혜석 고유의 사상으로 제자리를 잡지 못했다. 이에 나혜석의 여성비평의 흐름을 연대순으로 정리하면서 그의 사상적 변화와 도달점을 규명함과 아울러 나혜석 고유의 여성비평을 이루는 데 바탕이 된 도전과 응전의 인문정신을 찾아 당당한 나혜석을 만나보려고 한다.

인문정신이란 일체의 초월적 가치에 대해 비판적 거리를 유지하면서 삶에서 마주치는 다양한 타자와 관계하려는 정신을 의미한다.[2] 나혜석이 비판적 거리를 유지하려고 했던 가치는 전근대적 유가적 가치만이 아니었다. 선각자로서 근대의 일본을 체험하는 유학 기간 그는 다양한 타자와의 만남을 통해 새로운 이상과 가치관을 생성해나가게 된다. 이때에도 나혜석은 비판적 거리를 유지하면서 검증을 거쳐서야 자기화하는 합리성을 입지로 하였다. 선각자의 길을 걸어간 나혜석의 혁신적인 사상과 실천은 당시로선 대중 일반에게 받아들여지기 어려운 것이어서 후반기 나혜석의 삶을 역경 속에 빠트렸으나 이제 그는 용감한 선조로서 우리 앞에 설 때가 되었다. 인문정신은 스스로의 삶을 살아내겠다는, 그리고 자신의 삶을 당당하게 표현하겠다는 의지가 아니면 불가능하다.[3] 나혜석을 포함해 1920년대 여성문인에게 덧씌워진 '기질론'은 이들이 보여준 솔직함과 정직함을 오해하게 하는 결과를 가져왔다. 당시의 남성들은 여성문인들에 대해 인격을 무시하는 발언[4]을 하기에 서슴없었다. 김기진, 김동인을 필두로 잡지의 가십이나 기사가 그랬고 나혜석에 대해 호의를 가진 것으로 알려진 염상섭의 소설「해바라기」도 나혜석을 빈정거리기 위해 쓰였다. 나혜석이 세계일주 여행을 다녀와서 '여자가 되었다'라고 한 발언을 지금까지도 혼외연애를 통해 남성의 여자가 되었다는 것으로 그 의미를 축소 이해하는 경우가 대부분이며 이 역시 나혜석에 대한 부정적 인식의 파장 때문일 것이다.[5]

---

2 강신주, 『철학 vs 철학』, 그린비, 2010, 80쪽.

3 위의 책, 290쪽.

4 경박, 무절제, 부도덕, 나쁜 피, 심지어 무지로까지 매도하는 완강한 가부장제 사회의 벽에 부딪쳐, 삶을 던져 발견하고 검증한 소중한 발언들은 묻히고 오해되어왔으며 이는 아직도 끝나지 않은 문제이다.

5 소현숙, "당시 조선일보 기자였던 이명온은 『흘러간 여인상』이란 글에서 나혜석의 이혼고백장을 아무런 의미도 없는 반항에 불과한 것으로, 최린을 고소했던 것을 누워서 침뱉기로 묘사하며 희화화시킨다."「이혼사건을 통해본 나혜석의 여성해방론」, 제5회 나혜석학술심포지엄, 정월나혜석기념사업회, 2002. 4. 27, 발표 논문.

나혜석은 스케치 여행을 많이 다녔다. 나혜석이 당시 여성이라는 한계를 가지고도 여행한 범위는 상식을 뛰어넘는다. 만주 안동현에서 그린 그림은 광범위한 여행을 바탕으로 하고 있음을 보여주고, 도쿄 여자미술학교 재학 중에도 스케치하러 간 이야기가 여러 번 나온다. 「부처간의 문답」에서는 혼자 하얼빈에 다녀온 이야기를 나누고 있으며, 「모된 감상기」에는 결혼 후 석 달 동안에 경성시가를 전부 다 돌아보았다고 쓰고 있다. 이번 전집에 발굴 게재된 시 「중국과 조선의 국경」에서는 신의주에서 만주 압록강을 거쳐 안동현의 산과 풍경을 스펙터클하게 조감하며 수많은 지명이 등장하는 국경을 노래하고 있다. 여행은 세계일주로 이어졌으며 이로 인해 얻은 넓은 견문－다양한 타자와의 만남은 나혜석의 인문정신에 깊이를 더하고 확신과 실천에 나아가는 힘이 되었을 것이다.

나혜석을 100년을 앞선 선각자라 한다. 나혜석 스스로도 자신을 선각자라 일컬었고 선각자의 길을 걸어갔다. 선각자란 무엇인가? 이구열은 『에미는 선각자였느니라』라는 나혜석 평전의 머리말에서 다음과 같이 정의한다. “이 국토와 사회의 격변기에 재빨리 반응하고 뭔가의 확신과 자기 재능을 거기에 적응시켜 혁신적으로 행동하고 주장한 사람을 우리는 선각자라 부른다.”[6] 그러나 이 선각자는 “중도에 너무나 비참하게 파멸했다.” 이상경은 나혜석 평전 『인간으로 살고 싶다 : 영원한 신여성 나혜석』에서 나혜석은 선각자로 살았기에 그리고 여성이었기에 그런 중에서도 (격동의 시대) 훨씬 더 운명과 맞서면서 자기를 세우려다 쓰러져간 영웅적 인물[7]이라고 했다. 두 평전 기술자는 함께 나혜석이 중도에 실패했다

---

6 이구열, 『에미는 선각자였느니라』, 동화출판공사, 1974. 5. 25, 11~12쪽.

7 이상경, 『인간으로 살고 싶다 : 영원한 신여성 나혜석』, 한길사, 2000. 2. 15, 44쪽.

고 말하고 있다. 그는 실패했는지 모른다. 그러나 그가 삶을 던져 이룩한 사상은 살아 있다. 김은실 교수는 지금까지 한국에서 페미니스트들에 의해 재해석되고 있는 나혜석은 근대적 주체이고자 했던 초기 나혜석이라며 후기의 나혜석에 대한 연구가 부족한 점, 이혼 후에 "나는 여자가 되었다."라는 말을 오해해왔음을 지적했다. 나혜석이 여자가 되었다는 발언을 최린과의 혼외연애를 통해 남성의 여자가 되었다는 것으로 대부분 이해했다는 것이다.[8] 이혼 후 그녀가 쓴 글들에서 나타나는 중요한 변화와 주장들이 변명으로, 결기로, 모순으로 비쳐져온 데 대한 신선한 반론이다. 자신의 의지에 따라 살아가려는 사람만이 가로막는 체제의 힘을 뼈저리게 느끼는 법이다. 반면 허용된 자유 속에 안주하는 사람은 체제의 억압을 자각할 수조차 없다.[9]

나혜석은 대단한 논객이었다. 그 자신 "이론 캐기 좋아하는 나"[10]라고 쓰고 있다. 염상섭은 나혜석을 모델로 쓴 소설 「해바라기」에서 주인공을 "이지적 비판력과 명민한 자기 반성력을 가진 영희에게 대하여 사상과 실행 사이에 틈이 번다는 것, 다시 말하면 자기가 믿는 바의 사상대로 실행하지 못한다는 것은 진정으로 양심에 부끄러운 일이요, 일종의 고통이었다."[11]라고 썼는데 그는 나혜석의 지근에서 나혜석의 이론 캐기 좋아하는 습관과 사상과 실천을 일치시키는 습관을 인상적으로 느꼈던 모양이다. 그것을 표출하는 주인공을 '병이다'라고 비판적으로 썼지만 "진정한 시는

---

8 김은실, 「나혜석의 사람-여자에 대해 다시 생각한다」, 제11회 나혜석 바로 알기 심포지엄 발표 논문, 2008. 4. 26, 정월나혜석기념사업회.

9 강신주, 『김수영을 위하여』, 천년의상상, 2012, 21쪽.

10 나혜석, 「다정하고 실질적인 불란서부인」, 서정자 편 · 정월나혜석기념사업회 간행, 『원본 나혜석 전집』, 푸른사상사, 2013, 738쪽. 이하 『전집』이라 표기함.

11 염상섭, 「해바라기」, 『염상섭 중편선 만세전』, 문학과지성사, 2008, 180쪽.

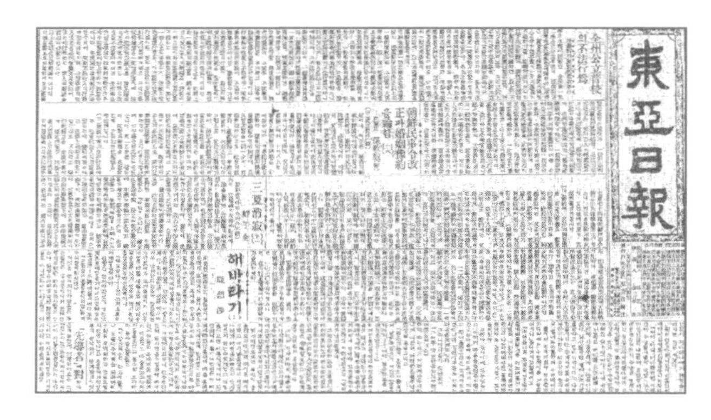

東亞日報

해바라기

염상섭의 「해바라기」 1회가 실린 『동아일보』 1923년 7월 18일자 신문

현실에 대한 비판적 감각, 이상을 꿈꾸는 집요한 이성, 그리고 타인을 감동시킬 수 있는 새로운 표현을 갖추어야만 한다."는 강신주의 말처럼 나혜석은 현실에 대한 비판적 감각, 이상을 꿈꾸는 집요한 이성의 소유자였으며 게다가 타인을 감동시킬 만한 표현력을 갖춘 진정한 논객이었던 것이다. 나혜석은 그리하여 자기와 같은 체험이나 생각을 가진 여성들과 소통하기를 바랐다. 소통이란 무엇인가. 자기와 다른 타자 사이에서 이루어지는 것이 소통이다. 공감하며 연대하기를 바랐으나 역시 그는 100년을 앞선 선각자였기에 남성중심주의에 길들여진 여성 동지로부터 공감을 얻기보다 비난과 외면을 받았다. 거짓된 인문학은 진통제를 주는 데 만족하지만 참다운 인문학적 정신은 우리 삶에 메스를 들이대고 우리의 상처를 치유하려고 노력한다. 소설과 시, 희곡, 수필 등 다양한 장르에 걸쳐 글쓰기를 해온 나혜석이 그 자신 자서전을 쓰고 제목을 붙인다면 어떤 제목이 되었을까. 『인간으로 살고 싶다』[12]일까? 필자는 『나는 여자가 되었다』가 아니었을까 생각해본다. '사람 되기'에서 '여자 되기'까지 그의 여성비평

12 이상경의 나혜석 평전의 제목이다. 이상경은 2009년 3월에 낸 개정판의 제목도 『나는 인간으로 살고 싶다』라고 하였다. 한길사.

의 흐름을 따라 나혜석의 여성비평을 이룬 도전과 응전의 무기, 인문정신을 분석해본다.

2. 선각자 나혜석의 도전과 인문정신

1) 선각자 의식과 사람 되기

삼종지도, 칠거지악, 축첩…… 조선조의 여성이 나도 사람이라고 선언하고 나설 때 모든 전통적 가치관은 부정되어야 할 어떤 것이었다. 이때 신여성 나혜석은 무엇을 새 기준으로 하여 판단하고 행동해야 했을까? 「이상적 부인」은 그렇게 나왔다. 「이상적 부인」은 나혜석이 일본에 유학하면서 접한 근대적 가치관으로 받아들인 신사조와 문화체험의 압축파일이다. 1913년 4월부터 일본에 유학하여 이 글의 쓰인 1914년 11월까지, 2년 동안 새로운 가치관 정립을 위해 나혜석이 얼마나 열의를 가지고 독서, 연극 관람과 사유 등 집중 노력을 했는지 잘 보여주는 글이다. 이 「이상적 부인」에 대한 연구는 아직 미흡하여 일본의 세이토 등 여성해방담론에 치우쳐 있다. 「이

理想的婦人

羅蕙錫孃

먼저理想이라함은何를云함인고、所謂理想이라。即理想의欲望의思想이라。以上을感情的理想이라하면、此所謂理想은靈智的理想이라。然하면理想的婦人이라함婦人은누구인고。過去及現在를通하야、理想的婦人이라할婦人은없다고生覺하는바요。나는아즉婦人의個性에對한研究가없는故이며、또自身의理想은非常히高位에在함이요。革身으로理想을삼은카츄샤、利己로理想을삼은막다、眞의戀愛로理想을삼은노라夫人、宗教的平等主義로理想을삼은스토우夫人、天才的으로理想을삼은라이죠女史、圓滿한家庭의理想을가진요사노女史諸氏와如히、多方面의理想으로活動하는婦人이現在에도不少하도다。나는決코此諸氏의凡事에對하야崇拜할수는없으나、다만現在나의境遇로는最히理想에近하다하야、部分的으로崇拜하는바라。何故오、彼等의一般은運命에支配되여、生長發展即忠實히自身을發展함을恐怖하야、恒常平易한固定的安逸外에、絕對의理想을가지지못한弱者임이라。然하나、우리는此長所의凡事를取得하야、日日히修養된自己의良心으로築出한바、最히理想에近接한新想像으로生長치안이하면안이되겟도다。習慣에依하야道德上婦人、即自己의世俗的本分만完守함을理想이라말할수는없도다。一步를更進하야此以上의準備가有하면、안이될줄노生覺한바요、單히良妻賢母라하야理想을定함도、必取할바이안인가하노라。다만此를主張하는者는現在教育家의商賣的一好策이안인가하노라。男子는夫요父라。良夫賢父의教育法은아즉도듯지못하얏스니、다만女子에限하야附屬物된教育主義라。精神修養上으로도、實로滋味없는말이라。또婦人의溫良柔順으로만理想이라함도、必取할바가안인가하노니、云하면女子를奴隷맨들기爲하야、此主義로婦德의獎勵가必要하엿섯도다。然한中今日의婦人은、長長時間에男子를爲하야만盡務케하는主義로養成된結果、溫良柔順에過度하야其理想은、殆히理非의識別싸지不知하는境遇에至함이라。――然하면如何히하여야各自適한女子가될가。無論知識技藝가必要하다할것도다。何事에當하던지常識으로左右를處理할實力이잇지안이하면안이되겟도다。一定한目的으로有意義하게、自己個性을發揮코저하는自覺을가

十三

15

「이상적 부인」, 『학지광』, 1914. 12.

상적 부인」이 젠더 우선적인 여성해방사상을 논한 글일까? 이 글에서는 시라카바파와 니체 등의 영향도 읽을 수 있다.[13] '압축파일' 「이상적 부인」을 전부 해독할 수 있을 때 나혜석의 연구는 본궤도에 오른다고 필자는 믿고 있다.

나혜석의 「경희」가 페미니즘 소설로 급부상하던 1990년대 초, 나혜석의 여성해방론 연구를 발표하는 여성학회 학술대회에서 라이초 여사가 누구인가 라는 질문에 아무도 답하지 못하던 장면이 뇌리에서 사라지지 않는다. 25년여 전의 일이다. 요사노 여사에 대한 질문에도 마찬가지였다. 이후 세이토의 동인과 그 사상 연구가 신여성 연구와 더불어 뜨거웠다. 나혜석의 「이상적 부인」은 따라서 신여성에게 영향을 미친 일본과 서구사상 영향의 분명한 준거처럼 되었다. 나혜석이 1914년 언급한 노라부인은 1921년에야 조선에 소개된다. 1921년 나혜석은 「인형의 가」나 「노라」라는 노래가사를 썼고, 입센의 희곡 『인형의 집』에 나오는 "나는 사람이 되련다."라는 선언을 가사에서 되풀이 읊었다. 이후 노라에 대한 관심은 다양한 반응으로 나타났고 이 반응은 소개에서 평론까지 남성들이 도맡다시피 하면서 차츰 불량품 노라로 재현되어간다.[14]

나혜석이 「이상적 부인」을 쓴 지 올해로 꼭 100년이다. 나혜석의 「이상적 부인」을 읽어보면 이 글은 여성해방운동과 의도적으로 거리를 두고 있음을 알 수 있다. 압축된 파일이므로 풀어서 읽어볼 필요가 있다.

---

13 서정자, 「나혜석의 문학과 일본 체험」, 『우리문학 속 타자의 복원과 젠더』 소수, 푸른사상사, 2012, 200쪽 이후 참조. 또한 최근 발굴된 나혜석의 글 「영원히 이저주시오」를 보면 나혜석과 일기를 주고받았다는 최승구의 노트에 니체가 언급되어 나온다. 『나혜석연구』 창간호, 나혜석학회, 2012, 12, 30 ; 김학동 편, 『최소월작품집』, 형설출판사, 1982.

14 이승희, 「입센의 번역과 성정치학」, 『여성문학연구』 제12호, 2004. 12, 64쪽.

먼저 理想이라 험은 何를 운험인고, 所謂 理想이라 즉 理想의 欲望의 思想이라. 以上을 感情的 理想이라 허면, 此 所謂 理想은 靈智的 理想이라.[15]

이 첫 문장을 읽을 때 언제나 전율을 느끼게 되는데 그것은 군소리 없이 단번에 주제로 압박해 들어가는 글쓰기 때문이다. 나혜석은 이상에 대해 일차 정의를 시도한다. 욕망의 사상으로서 이상은 감정적 이상이요, (진정한 의미의) 이상이란 영지적 이상을 말한다고 이상을 두 부면으로 나눈다. 그리고 영지적인 이상적 부인이라면 누구겠는가 묻는다. 이때 영지적(靈智的) 이상이란 용어는 이 글의 끝에 '신비상 내적 광명의 이상적 부인' 이라고 쓰고 있음을 미루어 '신비상 내적 광명' 의 이상이라 이해하면 무리가 없을 듯하다. 나혜석은 문득 질문을 현실에서 이상적 부인의 유무에 돌려 단호하게 "과거 급 현재를 통하야, 이상적 부인이라 헐 부인은 읍다" 라고 말한다. 그 이유는 부인의 개성에 대한 충분한 연구가 없기 때문이라는 것이다.

이때 제시한 개성에 대해서 나혜석은 역시 설명이 없다. 이상이라는 용어에 대한 정의나 설명이 간략하였던 것처럼 이 개성이라는 용어 역시 설명 없이 쓰이는 것으로 보아 당시에 일반화된 용어 중 하나일 것이다.[16] 여성의 개성에 대해 충분한 연구가 없다면 이상적 부인이 누구라고 이야기할 수 없다는 말인데, 뒤의 문장에 쓰인 경우로 미루어 이해해보면 이 '개성'은 '재능'과 비슷한 뜻으로 풀이하면 될 듯하다. 나혜석이 이상으로 생각하는 여성은 재능을 발휘하여 자기실현에 나아가는 여성이기 때문이

15 나혜석, 「이상적 부인」, 『전집』, 363쪽.

16 앞의 영지적 이상이라는 용어와 마찬가지로 이 '개성'이라는 용어 역시 시라카바 예술론에 등장하는 용어로 보아야 할 듯하나 이는 별고를 요한다.

일본의 여성 문예잡지 『세이토』

다. 여성의 개성을 발휘할 분야에 대해 연구가 없고 그 현실을 알지 못해 이상적 부인을 누구라고 아직 말할 수 없으며 동시에 "자신의 이상은 비상헌 고위에 재하기 때문"에 이상적 부인을 누구라고 지칭해 말할 수 없다고 말한다. 짧은 비평의 도입 단락에 해당하는 이 몇 개의 문장에서 나혜석은 당시 뜨는 여성들, 또는 화제의 주인공들이 나의 이상적 여성이 아니라고 먼저 말하고 있는 셈이다. 이들이 신여성이자 이상적 여성인 듯이 회자되었던 모양이다.

이어 나혜석은 요즘 새롭게 부각되는 여성들을 나열한다. 혁신을 이상으로 삼은 카츄샤, 이기로 이상을 삼은 막다, 진의 연애로 이상을 삼은 노라 부인, 종교적 평등주의로 이상을 삼은 스토우 부인, 천재적으로 이상을 삼은 라이죠(히라츠카 라이초) 여사, 원만한 가정의 이상을 가진 요사노 여사가 그것이다. 등장한 이름들이 세 가지로 나뉜다. 첫째는 소설이나 연극의 주인공 이름(카츄샤, 막다, 노라)이며 둘째는 여성작가 이름(스토우), 셋째는 일본의 여성 문예잡지 『세이토』를 창간하고 이를 통해 활동하는 현역 여성해방운동가(라이죠, 요사노)들이다. 이 이름들을 통해 나혜석의 동선을 그려보자면 그는 제국극장에서 상연한 입센의 〈인형의 가〉, 톨스토이의 〈부활〉, 주더만의 〈고향〉 등의 연극을 관람했고, 아마도 이광수 번안, 신문관 판의 『검둥의 설음』을 읽었으며, 『세이토』 동인들의 강연회에 참석하고[17] 그들의 책을 구해 읽었다. 이들은 곧 일제 식민지 조선의 딸인

17 도쿄 『여자미술대학백년사』를 보면 1913년에 세이토 동인들이 학교에 와서

나혜석에게 처음 도전해온 여성들이었다. 나혜석은 이들의 도전에 대해 다음과 같이 응전한다.

나혜석은 이들이 지닌 조건에 모두 동의하는 것은 아니나, 현재 자기의 경우로는 가장 이상에 가까운 여성임을 인정하며 그러므로 부분적으로 숭배한다, (다음이 중요한데) 이들을 전적으로 이상적 부인이라고 하지 않는 이유는 이들이 약자이기 때문이라는 것이다. 나혜석의 눈에는 이 여성들도 운명에 지배되어 충실히 자신을 발전시키는 것을 두려워하여, 쉽고 안이한 행태를 보일 뿐 절대의 이상을 가지지 못한 자, 라고 본 것이다. 그러나 나혜석은 이들의 장점을 취하여 이상에 근접한 이상적 부인을 그려나가겠다고 한다. 그야말로 당시의 통념이나 사회현상을 향해 강력한 도전을 하고 있는 셈이다.

나혜석은 이어서 여성들로 하여금 약자가 되게 하는 잘못된 교육정책을 비판한다. 양처현모주의의 교육정책과, 부덕이라는 이름의 온양유순을 목적으로 하는 여성교육 현실이 여성들을 이비의 식별조차 제대로 하지 못하게 만든다고 날카롭게 지적한다. 양처현모주의는 당시 국가교육정책이었으므로 나혜석은 일본 정부당국을 향하여 정면으로 공격을 하고 있는 셈이다. 민족이든 인류이든 국가든 간에 기성의 어느 공동체를 더 중시하는 순간 개개인은 공동체가 부여하는 삶의 규칙, 즉 관습의 노예가 되어버린다.[18] 나혜석은 앞에서 거론한 작품 주인공이나 작가 및 여성운동가 문인들 누구를 두고 이러한 주장을 하고 있는지는 밝히지 않았으나 라이초 여사나 요사노 여사까지 함께 거리를 두고 있는 점은 주목된다.

이 글에서 나혜석이 제시한 이상적 부인은 자기실현을 하는 여성일 뿐

강연을 했다고 한다. 『원본 나혜석 전집』 화보 참조.

18 강신주, 『김수영을 위하여』, 천년의상상, 2012, 227쪽.

만 아니라 시대의 선각자, 곧 현실 사회의 지도자일 수 있어야 하며, 내적 광명의 이상적 부인 즉 인격으로나 영적으로 완성된 부인이라야 한다고 했다. 그야말로 그 이상이 지극히 높은 곳에 있다 하지 않을 수 없다. 나혜석 자신은 현재 '극렬헌 욕망으로 영자도 보이지 안이허는 엇더한 길을 향하야 무한헌 고통과 싸호며' '지시헌 예술'에 노력코자 한다며 글을 맺는다. 나혜석의 이상은 노라의 가출 정도에 있지 않았던 것이다. 예술을 통해 개성을 발휘하여 자기실현을 이루며 시대를 앞서가는 선각자로, 내적 광명의 이상적 여성이 되고자 무한한 고통과 싸워 나가겠다고 다짐하고 있다. 요약적으로 살펴보았듯이 「이상적 부인」은 단순히 여성해방을 열망하는 글에 그치고 있지 않다. 식민지 현실을 살아가는 선각자로서 시대적 사명감을 가지고 식민지 여성교육 정책을 비판하는 도전적 글을 쓴 것이다. 식민지 수도에서 2년간 공부한 그의 생각이 이와 같았다.

3년 후 나혜석은 "사람이 되어야겠다."는 주장을 한다. 선각자, 내적 광명의 여성을 이야기하던 나혜석이 보다 실제에 근접한 "사람 되기"의 목표를 내놓는다. 「이상적 부인」을 발표한 후 나혜석은 귀향했다가 결혼하라는 부친의 강요를 거부하고, 학비를 벌기 위해 보통학교 교원으로 1년간 근무했다. 1915년 11월 도쿄의 학교로 복학했으나 12월에 부친이 사망한 데 이어 1916년 초 약혼자 최승구가 병사하는 상사를 잇달아 겪는다. 정신적 충격이 매우 컸다는데 1917년에야 많은 글이 발표된다.[19] 3월과 7월에 『학지광』에 「잡감」과 「잡감-K언니에게 여함」과 단편소설 「부부」를 썼고, 이어 1918년에 단편소설 「경희」와 시 「광」, 다시 단편소설 「회

19 집중적 글쓰기를 통해 나혜석은 차츰 상처의 치유를 하게 된 듯하다. 이해 12월 도쿄 조선인교회에서 기독교 세례도 받는다.

생한 손녀에게」를 쓴다. 그림도 그리는 한편으로[20] 글쓰기에 몰입하는 모습이다. 「잡감－K언니에게 여함」에서 나혜석은 조선 여자도 사람이 될 욕심을 가져야겠다고 말한다. 그 근거로 나혜석은 여성 지위의 변화를 서양을 중심으로 약술한 뒤 기독교의 영향으로 여성이 남성과 대등한 지위를 갖게 되었다고 성경을 인용한 다음 루소의 "나는 학자와 장군을 만드는 것보다 먼저 사람을 만들겠다."는 말을 거론한다. 사람이 되어야겠다고 하는 나혜석의 주장과 그 논리적 근거가 분명히 나오는 첫 글이다. 「이상적 부인」에서 노라를 언급하였지만 사람이 되어야 하겠다는 주장의 근거를 루소에서 찾아 제시하고 있는 나혜석을 눈여겨보지 않을 수 없다. 나혜석은 「인형의 가」, 「노라」의 가사를 썼지만 이후 어디에서도 노라나 엘렌 케이를 거론하지 않기 때문이다. 『신여자』에 일본의 세이토나 그 구성원들의 이름을 한 번도 쓰지 않는 것과 함께 나혜석과 김일엽의 '생각'을 유념하게 된다. 나혜석은 여자이니 여자가 무엇인지 알아야 하겠다고도 했지만 여자가 무엇인지 알고자 하는 생각은 사람이 되겠다는 생각의 하위에 놓았다.

단편소설 「경희」에서는 "경희도 사람이다. 그다음에는 여자다. 그러면 여자라는 것보다 먼저 사람이다."라는 언급, "지금은 계집애도 사람이라 해요. 사람인 이상에는 못할 것이 없다고 해요. 사내와 같이 돈도 벌 수 있고, 사내와 같이 벼슬도 할 수 있어요. 사내 하는 것은 무엇이든지 하는 세상이에요." "여자라는 것보다 먼저 사람이다."라고 말하는 대목에 주목한다. 글을 쓰면서 발광이라는 단어를 쓸 만큼 혼란했던 나혜석의 지성이 회복된 듯 차차 「이상적 부인」에서 보인 선각자 나혜석의 도전정신이 되

20 『여자계』 2호의 전영택의 글에 '사생상(寫生箱)을 든 나혜석양'이라는 언급이 있다.

살아나고 있다. 나혜석은 1921년 시「인형의 가」나「노라」에서 이렇게 노래했다.

> 나는 안다 억제할 수 없는/내 마음에서/온통을 다 헐어 맛보이는/진정 사람을 제하고는/
> 내 몸이 값없는 것을/내 이제 깨도다
>
> —「인형의 가」

> 나는 사람이랴네/남편의 아내되기 전에/자식의 어미되기 전에/첫째로 사람이 되려네//나는 사람이로세/…(중략)…/아아 소녀들이어/깨어서 뒤를 따라오라/일어나 힘을 발하여라/새날의 광명이 비쳤네
>
> —「노라」[21]

구속이 이미 끊어졌으며 자유의 길이 열렸고 천부의 힘은 넘친다고 하였다. 앞에서도 언급했지만 노라적인 생각을 갖고 있었는지 모르나 나혜석은 이들과 비판적인 거리를 두고 있었던 것은 역시 잊어서는 안 되겠다. 이러한 관념적 낙관은「이상적 부인」이 쓰인 1914년부터 1920년 결혼을 하기까지 사람이 되겠다는 슬로건으로 여성해방까지 아우른다.

나혜석이 김우영과 결혼을 하고 신혼여행을 최승구의 무덤으로 간 것은 이 '사람이 되련다'라는 의식과 밀접한 관련이 있다.『여자계』2호에는 김우영의「여자계를 축하야」가 실렸는데 이 글에는 이 노라의 가사와 방불한 문장이 나온다.

> 20세기 활무대에 조선민족이 약출코저 하면 정신상 물질상 다대의 준비가 없지 못하겠지요마는 그중 근본적문제는 조선민족도 사람이

---

21 나혜석,『전집』, 251, 257쪽.

란 자각을 가지고 사람다운 생활을 해야 하겠다는 이상을 추구하는데 있다 합내다. 우리 여자계에도 무슨 운동이 필요하다하면 먼저 여자도 사람이란 근본관념을 가져야 하겠다 합네다. 모(母)인 사람보담 사람인 모, 처인 사람보담 사람인 처, 자매인 사람보담 사람인 자매, 여식인 사람보단 사람인 여식이란 자각을 가진 여자가 지도도 하고 권위도 받아야 할 줄 압니다. …(후략)…

—1918. 1. 15, 於洛陽 김우영

「경희」에 나오는 '여자도 사람이다'라는 주장과 김우영의 축사, 그리고 1921년의 시「노라」가 매우 비슷하다. 말하자면 나혜석과 김우영은 '여자도 사람이다'라는 명제에 동의하고 있는 것이다. 나혜석을 남자인 자기와 전혀 동격으로 대우하는 김우영의 모습이 눈에 보이는 듯하다. 그런 사이였기에 나혜석은 김우영에게 최승구의 무덤에 가서 비를 세우도록 제안을 할 수 있었고 김우영은 선뜻 그 요구를 들어줄 수 있었던 것이다. 김우영의 의사에 관계없이 나혜석의 파격적 행동으로만 회자되어온 점은 시정되어야 한다. 염상섭은 1954년「해바라기」를「신혼기」로 개제하여 상당한 부분을 수정 발표하면서 김우영이 나혜석의 생각에 수긍하는 모습을 개연성 있게 보완하였다.

나혜석의 도전정신은「경희」의 결혼 거부와 이를 놓고 고민하는 모습에도 나타나 있지만「회생한 손녀에게」에 상징적으로 나타낸 애국 저항의식에 나타나 있고 1920년 발표한「4년 전의 일기 중에서」에서 기차에서 만난 일인을 묘사하는 대목에서도 나타나 있다. 남성작가들이 일제에 저항하는 글 한 줄을 쓰지 못하는 상황에서 나혜석은 소설에서, 수필에서 당당하게 일제에 저항하는 소설과 수필을 쓴 것이다. 나혜석의 솔직함과 정직함, 그리고 자신이 썼듯이 이비(理非)를 식별하여 옳다고 느낀 그대로 글을 쓰는 인문정신의 소유자 나혜석의 도전정신을 확인할 수 있다.

2) 여성에 눈뜨기와 차별의 발견

나혜석의 「모된 감상기」는 결혼, 임신, 분만 등을 겪으면서 그 감상을 쓴 글이다. 그런데 이 글에서 나혜석은 결혼이 자신이 상상하던 것과 너무도 동떨어진 것임을 겪고 "공상도 분수가 있지!" 하고 한탄하는 것으로 글을 시작한다.

> 정직히 고백하면 내가 전에 생각하든 바와 지금 당하는 사실 중에 모순되는 일이 한두 가지가 아니나 어느 틈에 내가 처가 되고 모가 되었나 생각하면 확실히 꿈속 일이다. 내가 때때로 말하는 "공상도 분수가 있지!" 하는 간단한 경탄어가 만 2개년 간 사회에 대한 가정에 대한 다소의 쓴 맛 단 맛을 본 나머지의 말이다.[22]

나혜석은 결혼 전에 자신이 여성에 대해 생각했던 것은 공상이었다, 결혼해 살아보니 여성의 실제는 공상과 달랐다고 말하고 있다. 여성의 성장은 결혼 또는 그에 준하는 체험에서 시작된다. 나혜석도 예외가 아니었다. '여자도 사람이다'라는 명제야말로 추구해야 할 궁극의 목표라 확신하던 나혜석은 결혼 후 예상외의 상황에 마주친다. 나혜석이 처음 삶의 실제에 맞부딪친 것은 바로 생활이었다. 그가 생각했던 스위트 홈에는 반찬 걱정, 옷 걱정, 쌀 걱정, 나무 걱정, 하인 다루기, 접객, 친척과의 관계, 등 주부가 해야 할 일이 산적해 있었다.[23] '여자도 사람이다'라는 공상적 명제가 끼어들 틈이 없는 여성의 현실이 버티고 있었다. 만일 나혜석에게 돈과 가사노동을 대신해주는 하인의 존재가 없었다면 그의 여성해

---

22 나혜석, 「모된 감상기」, 『전집』, 433쪽 이후.

23 나혜석, 『전집』, 434쪽.

방사상은 크게 달라졌으리라. 결혼생활의 실제에서 만난 ‘불합리한 생활’은 그에게 「생활개량에 대한 여자의 부르짖음」을 쓰게 했으나 나혜석의 생활개량의 원칙은 강한 자요, 우자요, 이기적인 남자들이 가사노동을 ‘취미’로 즐겨 참여하게 하면 해결된다는 매우 안이한 것에 그친다. 그리고 여성들이 우선 사람이라는 자각이 필요하다는 논리여서 나혜석의 공상적 사상은 실제로는 별로 바뀌지 않은 것을 확인할 수 있다. 단편 「경희」에서 김치 담그고, 아궁이에 불을 때고, 빨래하러 간 시월이를 대신하여 올케와 저녁을 짓는 경희의 건실한 생활이 그의 결혼생활에서 보다 진지한 성찰로 이어지지 못한 것은 아쉬운 일이다. 세계일주를 다녀온 다음 다시 조선 현실의 적응에 실패하여 이혼에까지 이른 나혜석은 “조선인의 생활로 들어서려면 농촌생활의 정도부터 살아볼 필요가 절실히 있었다. 내게 농촌생활이 얼마나 필요하였었는지.”[24]라고 자조하고 있는데 삶의 현장에 좀 더 그의 관심이 머물지 못한 것은 안타깝다. 이 시기 나혜석에게는 임신과 함께 이러한 생활의 문제들이 자신이 해야 할 일을 가로막는 장애물 정도로만 인식되었다. “예술이

母된感想記

羅蕙錫

「모된 감상기」, 『동명』, 1923. 1. 1~21.

24 나혜석, 「아아, 자유의 파리가 그리워」, 『전집』, 490쪽.

무엇이며 어떠한 것이 인생인지 조선 사람은 어떻게 해야 하겠고 조선 여자는 이리 해야만 하겠다는 것을 이 모든 일이 결코 타인에게 미룰 것이 아니다 내가 꼭 해야 할 일이"라고 생각하는 나혜석에게는 견디기 어려운 일이었다.[25] 임신이 확실해지자 그는 도쿄에 가서 두 달 동안 재충전을 하고 온다. 선각자 나혜석은 공부하여 그림을 그리는 일, 이 일이 여성문제 성찰보다 화급했던 것이다.

그러나 체험의 힘은 큰 것이어서 임신, 분만, 수유 기간 겪은 충격과 고통은 나혜석의 여성문제 인식에 한 깨우침을 주게 된다. 「모된 감상기」는 결혼 이후 달라진 자기에 대해 쓰고 임신으로 겪은 내면의 갈등과 이어진 분만, 그리고 수유 기간 동안 수면부족으로 고통을 당하며 아들 선호의 숨겨진 의미와 모성애를 다시 생각하는 여성 체험을 쓴 기록이자 여성성장의 기록이 되었다. 나혜석의 정직함과 솔직함의 인문정신이 낳은 귀중한 페미니스트 산문이다. 1년간 지속된 수면부족의 고통이 얼마나 컸던지 「모된 감상기」는 200자 원고지 100장의 길이로 장장 이어졌다. 이 글을 분석해보면 1장과 2장은 40여 장에 걸쳐 결혼 후 심신이 침착해지며 마음에 드는 그림을 수십 점이나 그리는 등 순조로운 생활이었으나 임신을 하자 이를 받아들이기까지 얼마나 격심한 갈등을 겪었는지를 썼다. 글의 거의 반에 가까운 것이 임신 사실을 수긍하지 못하는 부적응의 기록이다. 모 될 생각은 해보지 않았기에 기쁘기는커녕 분만기가 다가올수록 괴롭다. 선각자가 이상이나 예술 등 정신적 세계와 상관없이 구여성과 똑같은 육체적 역할을 감당해야 한다는 사실을 받아들이기 어려웠을 것이다. 3장에 이르러 모 될 자격이 있는지 회의하고, 자기 그림 그리기를 하

---

25 나혜석, 『전집』, 436쪽. 자신에게 주어진 사명이라고 생각하는 이 네 가지 문제에 대한 추구는 1920년에 이미 이렇게 확립되어 있었다.

지 못할 걱정에 심지어는 '타태'라는 극단적인 생각까지 한다. 막상 겪은 분만의 고통은 12장 길이의 시로 쓴 것이 거의 모두다. 1921년 5월 산욕 중 스케치북에 진통 체험을 기록한 것으로 기억이 생생할 때 써놓는 프로 의식의 소산이다. 4장은 수유를 시작하면서 겪은 불면으로 "자식이란 모체의 살점을 떼어가는 악마"라 표현한 장이다. 불면의 고통을 역시 시로 쓰고, 불면의 고통 중에 딸과 아들의 차별이 순수하지 못한 부모의 계산된 사랑에서 근원한 것을 추리해낸다.

그러니까 모성애가 본능이 아니라는 깨달음은 이 부모의 사랑 분석 다음에 등장한다. 분만의 고통과 수유, 그리고 불면증으로 극도로 쇠약해진 나혜석은 이렇듯 고생을 하며 아이를 낳는 세상의 모든 어머니가 불쌍하다고 생각한다. 그럼에도 딸을 낳았다고 축첩하고 야수처럼 멸시하에 살아야 하는 조선 여자의 현실이 이해가 되지 않는다. 그러나 드디어 나혜석이 주먹을 쥐고 벌떡 일어앉을 만큼 크게 깨달은 것이 있었다. 부모가 왜 자식을 사랑하는지, 그리고 왜 아들을 낳지 않고 딸을 낳았느냐고 하는지 그 의미를 비로소 깨달은 것이다. 이 깨달음을 가진 이후에 그 유명한 모성애에 대한 나혜석의 체험을 통한 증언이 나온다.

> 부모가 자식을 사랑하는 것은 솟아오르는 정이라고들 한다. 그러면 아들이나 딸이나 평등으로 사랑할 것이다. 어찌하야 한 부모의 자식에게 대하야 출생 시부터 사랑의 차별이 생기고 조건이 생기고 요구가 생길까. 아들이니 귀엽고 딸이니 천하며 여자보다 남자를 약자보다 강자를 패자보다 우자를 이런 절대적 타산이 생기는 것이 웬일인가. …(중략)… 나는 지금까지 항상 부모의 사랑을 절대로 찬미하야 왓다. 연인의 사랑 친구의 사랑은 절대의 보수적인 반면에 부모의 사랑만은 영원무궁한 절대의 무보수적 사랑이라 하얏다. …(중략)… 그들은 자식인 우리들에게 절대 효를 요구하야 보은하라 명령한다. …(중

략)… 이러케 사랑의 분량과 보수의 분량이 늘 평행하거나 어떠한 때는 돌이어 보수편에 중한 적이 잇섯다. 이러케 우애나 연애에 다시 비할 수 업는 절대의 보수적 사랑이오 악독한 사랑이엇다. …(중략)… 나는 다시 부모의 사랑을 원치 안는다. 일즉이 부모를 여윈 것은 내몸이 자유로 해방된 것이오.[26]

이 정직한 영혼은 사랑을 거래로 만든 소위 효라는 것과 아들 선호라는 것의 의미를 처음으로 깨닫고 분노한다. 임신과 분만을 통해 '여성'을 발견했다면 아들 선호의 근본을 따져본 것은 가장 순수하다고 믿었던 부모의 사랑이 자식으로부터 받을 보수를 생각해 '차별'로 이어진 것을 발견하게 했다. 성차별은 그야말로 사회구조에서 발원하였던 것이다. 나혜석은 분노에 차서 이러한 보수(報酬)적 부모의 사랑은 '악독한 사랑'이 아닐 수 없지 않으냐고, 이러한 부모의 사랑은 원치 않는다고 부르짖는다. 정직함으로 날카로운 그의 지성은 모성애도 타고난 것이 아니며 아이를 기르는 동안에 차츰 생겨난다는 것을 관찰하고 솔직하게 기록한다.

세인들은 항용 모친의 애라는 것은 처음부터 모된자 마음 속에 구비하야 잇는 것 가티 말하나 나는 도무지 그러케 생각이 들지 안는다. 혹 잇다하면 제2차부터 모될 때에야 잇슬 수 잇다. 즉 경험과 시간을 경하여야만 잇는 듯 십다. 속담에 "자식은 내리 사랑이다" 하는 말에 진리가 잇는 듯 십다. 그 말을 처음 한 사람은 혹시 나와가튼 감정으로 한 말이 아닌가 십다. 최초부터 구비하야 잇는 것이 아니라 적어도 5, 6삭간의 장시간을 두고 포육할 동안 영아의 심신에는 기묘한 변천이 생기어 그 천사의 평화한 웃음으로 모심을 자아낼 때 이는 나의 혈육으로 된 것이오 내 정신에서 생한 것이라 의식할 순간에 비롯오 자

---

26 나혜석, 「모된 감상기」, 『전집』, 449쪽.

릿자릿한 모된 처음 사랑을 늣기지 안흘 수 업다. …(중략)… 환언하면 천성으로 구비한 사랑이 아니라 포육할 시간 중에서 발하는 단련성이 아닐가 십다.[27]

이 선언이 100여 년 전에 쓰였다는 것은 실로 믿어지지 않는 일이다. 효가 천하지윤리의 대본이던 시절이고, 부모의 권위가 절대적이던 시절이기에 감히 부모의 사랑을 이기적이라, 악독한 사랑이라 말할 수 없었다. 악독한 사랑이라는 용어에 나혜석이 지나치다 생각한 이도 있을 것이다. 그러나 아들 손주를 기대한 나머지 새로 태어난 손녀를 밟아 죽이고 대신 어디서 구한 남의 남자아이를 그 자리에 대신 가져다 놓는 악독한 시아버지의 이야기를 쓴 소설『달의 제단』[28]의 예가 있거니와 죽으라고 갓난아기를 윗목에 밀어놓는 딸 많이 낳은 집 이야기는 오늘날까지도 너무나 흔한 이야기가 아니던가. 어찌 악독한 사랑이 아니랴. 그러나 감히 그 용어를 입 밖에 낼 수 없었을 뿐이었다. 나혜석과 같은 용기가 아니면 말할 수 없는 진실이다. 나혜석은 남녀의 차별이라는 점을 너무나 당연하게 여겨오던 시절, 남아선호사상을 진지하게 다시 생각하고 이런 숨긴 음모를 정면으로 폭로한다. 자신의 의지에 따라 살아가려는 사람만이 가로막는 체제의 힘을 뼈저리게 느끼는 법이다. 반면 허용된 자유 속에 안주하는 사람은 체제의 억압을 자각할 수조차 없다. …(중략)… 그래서 자신만의 것을 창조하고 표현하려는 인문정신은 억압과 검열에 민감할 수밖에 없다.[29] 모 된 감상 역시 자신의 체험을 정직하게 쓴 것이다. 남녀

---

27 위의 글, 450쪽.

28 심윤경,『달의 제단』, 서정자,『우리문학 속 타자의 복원과 젠더』, 푸른사상사, 2012, 57쪽 참조.

29 강신주,『김수영을 위하여』, 앞의 책, 21쪽.

차별의 근원을 분석한 그는 이어 '당돌하나마' 세상 사람들은 항용 '모친의 애'라는 것은 천성으로 구비한 것으로 생각하지만 자식을 먹여 기르는 동안에 생기는 후천성이 아닌가 싶다고 다시 '아무도 말하지 않은 진실'을 말한다. 그렇다면 자식은 왜 낳는가. 나혜석은 묻고 다음과 같이 답한다. 자식의 의미는 단수에 있지 않고 복수에 있다, 자신이 실행하려다 못한 이상을 자식에게 나누어 실현을 하기 위해서이기도 하고 길러가는 동안에 모성애가 생기기 때문이기도 하다는 것이다.

결혼은 나혜석에게 여성이라는 것에 눈뜨게 하고, 임신과 출산, 수유의 뜻밖의 고통은 성차별을 발견하는 놀라운 체험을 갖게 했다. 그러나 「생활을 개량하려는 여자의 부르짖음」에서 보듯이 그의 여성해방사상은 아직도 관념적인 데에서 크게 나아가지는 못했다. 그러나 그림 그리기에 집중하면서도 나혜석은 안둥에서 야학을 열기도 하고 황옥사건에 도움을 주는 등 초기의 식민지 지식인으로서의 기개를 이어갔다.

3) 여자 되기와 차이의 발견

구미여행에서 돌아와 첫 인터뷰를 하는 자리에서 나혜석은 "참 이번에 보고서 여자의 힘이 강하고 약자가 안인 것을 확신하였"다고 말한다. 이 인터뷰를 할 때 나혜석은 넷째 아이를 출산한 지 한 달여밖에 되지 않았고, 세계일주에서 돌아온 지 불과 4개월 남짓 된 참이어서 세계일주 중의 자유롭고 솔직발랄한 나혜석이 그대로 느껴지는 인터뷰다. 「이상적 부인」에서 지적했던 약자 여성이 실은 모든 여성에 대한 나혜석의 인식이었다는 것을 말해주는 중요한 대목이기도 하다. 전에는 모든 여성뿐만 아니라 자기 스스로도 중성같이 생각했다는 발언까지 나오게 된다. 서양, 곧 구미에 가서 여성들을 만나보니 그들은 여성이면서도 사람으로 살고 있더라는 것이다. 나혜석이 조선이나 일본에서 만난 여성은 양처현모주의나 온양유순의 부덕에 갇혀 자기를 버리고 남자의 노예와 같이 사는, 인간이 아닌 존재들뿐이었는데 구미의 여성들은 여성 그 자체의 '약점'이 강점이 되어 당당하게 살고 있었다. 이 생각은 이어서 쓴 글에서 계속 피력된다. 1932년의 「아아, 자유의 파리가 그리워」, 1934년의 「이혼고백서」, 「이혼고백장」, 1935년의 「구미여성을 보고 반도여성에게」에 똑같이 반복해 쓰고 있어 나혜석의 여성에 대한 인식이 구미여행 이후 확실히 달라졌다는 것이 확인된다. "나를 정말 여자로 만드러 준 곳도 파리다."라는 표현이 혼외연애에 대한 것만이 아님을 알 수 있다.[30] 나혜석은 여성과 남성의 '차이'를 인식하고 여성도 여성 자체로 설 수 있는 가능성을 보고 돌아온 것이다. 최린과의 연애사건으로 이혼의 소용돌이에서 헤어나올 수 없는 궁지에 몰리면서도, 이혼 이후 삶의 기반을 마련하지 못하고 방랑을 하면서도 '나는 여자가 되었다'는 생각에는 변함이 없었음을 보여주고 있다.

> ① "우리가 여긔서는 여자란 나부터도 할 수 업는 약자로만 생각되더니 거긔 가서 보니 정치 경제 기타 모든 방면에 여자의 세력이 퍽은 만습듸다. 특히 외교상에 잇서서는 남모르게 그 내면적 활동력이 굉장합듸다. 우리 조선 여자들도 그리하여야 되겟다고 생각하얏습니다."[31]

> ② 나는 여성인 것을 확실히 깨다랏다. (지금까지는 중성 갓햇든 것

---

30 나혜석은 1935년 「신생활에 들면서」, 『삼천리』, 1935. 2(『전집』, 538쪽)에서 "가자 파리로 살너가지 말고 죽으러 가자. 나를 죽인 곳은 파리다. 나를 정말 여성으로 만드러 준 곳도 파리다. 나는 파리로 가 죽으랸다."라고 써서 이 대목을 주목한 이상경, 김경일 등 나혜석 연구자들에게 혼외연애를 통해 여성이 된 것으로 오해하게 했다. 김은실, 앞의 논문 같은 곳.

31 「구미만유하고 온 여류화가－나혜석씨와 문답기」, 『별건곤』, 1929. 8, 『전집』, 567쪽.

이) 그러고 여성은 위대한 것이오 행복된 자인 것을 깨다럿다. 모든 물정이 이 여성의 지배 안에 잇는 것을 보앗고 알앗다. 그리하야 나는 큰 것이 존귀한 동시에 적은 것이 갑잇난 것으로 보고 십고 나뿐 아니라 이것을 모든 조선사람이 알앗스면 십흐다.[32]

③ 구미 여자의 지위는 엇더한가. 구미의 일반정신은 클 것보다 적은 것을 존중히 역입니다. 강한 것보다 약한 거슬 앗겨줍니다. 어느 회합에든지 여자 업시는 중심점이 업고 기분이 조화되지 못합니다. 일 사회에 주인이오 일가정에 여왕이오 일개인의 주체이외다. 그거슨 소위 크고 강한 여자가 옹호함으로뿐 아니라 여자 자체가 그만치 위대한 매력을 가짐이요, 신비성을 가진 거십니다. 그러므로 새삼스러이 평등 자유를 요구할 거시아니라 본래 평등 자유가 구존해 잇는 거시외다. 우리 동양여자는 오직 그것을 자각치 못할 것 뿐이외다. 우리 여성의 힘은 위대한 거시외다. 문명해지면 해질사록 그 문명을 지배할 자는 오직 우리 여성들이외다.[33]

④ 여성을 보통 약자라 하나 결국 강자이며 여성을 적다하나 위대한 거슨 여성이외다. 행복은 모든 것을 지배할 수 잇는 그 능력에 잇난 거시외다. 가정을 지배하고 그 남편을 지배하고 자식을 지배한 나머지에 사회까지 지배하소서, 최후승리는 여자에게 잇난 것 아닌가.[34]

⑤ 직업부인은 남편의 구미에 맛는 음식을 식하고 얼골 체격에 맛는 의복 모자 외투를 해입고 쓰나니 사랑의 보금자리 스윗홈에 섬섬옥수의 지나간 자최가 가지 안은 바가 업다. 상점 회사 은행 정거장 식당 호텔 취인소를 가보라 참새갓고 앵무갓고 공작갓흔 여자들이 날새게 거동하고 잇지 안인가

32 나혜석, 「아아, 자유의 파리가 그리워」, 『삼천리』, 1932. 1, 『전집』, 486쪽.
33 나혜석, 「이혼고백장」, 『삼천리』, 1934. 8, 『전집』, 502쪽.
34 나혜석, 「이혼고백서(속)」, 『삼천리』, 1934. 9, 『전집』, 525쪽.

의회를 가보라 대의석에는 머리가 흰 부인 노대의사가 척 척 드러와 안지안나.

여황으로부터 대신, 공사석에 여자가 참석 아니한 곳이 업지 안이한가.

요컨대 실력으로는 체험 많은 노부인을 쓰나 구미에는 대개 젊은 여성, 입분 여성, 돈 잇는 여성의 세상이다. 사회가 복잡하고 동정이 움지기는 세상이다. 음침하고 이론을 조와하는 즉 공상적인 학자의 부인도 필요하거니와 보편적으로 다소 무식하더라도 명랑하고 실질적 여자로 요구하나니 여성은 임이 남성이 가지지 못한 매력을 가젓다. (중략) 여하튼 그들은 인생관이 서고 처세술이 서 있다. 사람인 거슬 자각하엿고 여성인 것을 의식하였다. 이것을 우리는 배호자는 것이오, 흉내 내자는 것이다.

가시덤불속의 장미화, 너는 언제나 빗나는 꼿이 되려나. 그러나 타임은 간다. 그 타임은 모든 변화를 가지고 온다. 그 타임은 미구에 너의게 자각과 의식의 실행을 웅켜주리라. 아니 지금 진행 중에 잇다. 선진인 구미여성이여 우리는 그대를 존경하는 동시에 우리의 지위를 찾고저 하노라.[35]

예문이 다소 길지만 나혜석이 구미여행 중에 바뀐 여성인식을 살펴보기 위해 한데 모아보았다. 나혜석의 여성의식은 크게 진보한 것이다. 나혜석의 여성비평의식은 ① 여성은 약자가 아니다 ② 나는 지금까지는 중성 같았으나 여성인 것을 확실히 깨달았다. ③ 여성성 자체가 그만큼 위대한 매력과 신비를 가졌다. ④ 행복은 모든 것을 지배할 수 있는 그 능력에 있는 것이다. 가정을 지배하고 그 남편을 지배하고 자식을 지배한 나머지에 사회까지 지배하라, 최후승리는 여자에게 있는 것 아닌가. ⑤ 여성은 이미 남성이 가지지 못한 매력을 가졌다. …(중략)… 여하튼 그들(구

35 나혜석, 「구미여성을 보고 반도여성의게」, 『삼천리』, 1935. 6, 『전집』, 398쪽.

미여성)은 인생관이 서고 처세술이 서 있다. 사람인 것을 자각하였고 여성인 것을 의식하였다. 이것을 우리는 배우자는 것이요, 흉내 내자는 것이다……. 이렇게 자신의 변화된 여성의식에 대해서 일관되게 기록하고 있다.

그러나 1929년부터 1935년의 나혜석의 상황은 그야말로 날개 없는 추락이었다. 무엇보다 최린과의 파리에서의 연애가 조선에서는 치명적 스캔들이 되어 강제이혼으로 이어졌고, 나혜석은 빈손으로 쫓겨나 재기를 위해 피나는 노력을 하였으나 병과 궁핍의 막다른 궁지에까지 몰리고 만다. 그의 말처럼 "너무 비참한 운명은 왕왕 약한 사람으로 하여금 반역케 하여"[36] 「이혼고백장」을 써서 김우영과의 부부생활과 최린과의 관계 등 자신의 삶을 적나라하게 공개하고, 최린을 걸어 정조유린죄로 고소하기에 이른다.[37] "나는 거의 재기할 기분이 업슬만치 때리고 욕하고 저주함을 밧게 되었습니다. 그러나 나는 필경은 갓흔 운명의 줄에 얼키어 업서질 지라도 필사의 쟁투에 끌니고 애태우고 고로워하면서 재기하랴합니다."[38] 이런 상황에서도 나혜석은 "최후승리는 여자에게 잇난 것 아닌가"라고 쓴 것이다. 「이혼고백장」에서도 최린과의 관계를 솔직히 시인하고 "구미일반남녀부부 사이에 이러한 공공연한 비밀이 잇는 거슬 보고 또 잇난 거시 당연한 일이오 …(중략)… 가장 진보된 사람에게 맛당히 잇서야 만할 감정이라고 생각한다."라고 자신의 생각을 정직하게 써서 "성교 중심주의적인 사랑에 매몰되어 있는"[39] 조선 사회에 충격을 던진다. 예나

---

36 나혜석, 「이혼고백서(속)」, 『삼천리』, 1934. 9, 『전집』, 524쪽.

37 이때도 '평양의 한 소부'라는 이름으로 나혜석의 「이혼고백장」에 대해 비판하는 글이 『신가정』에 실렸으나 이때 나혜석은 아무런 대응을 하지 않는다.

38 나혜석, 「이혼고백서(속)」, 『삼천리』, 1934. 9, 『전집』, 524쪽.

39 강신주, 『김수영을 위하여』, 앞의 책, 109쪽.

지금이나 우리 사회는 순결을 강조하는 가부장적 유습이 강한 만큼 사랑의 완성에서 성교가 하나의 척도로 기능한다.[40] 남자의 외도는 논외로 용납이 되지만 결혼한 여자의 외도는 용납이 되지 않는다. 그들은 자신의 욕망을 긍정했다가는 살아남기도 힘든 사회에 살고 있었던 것이다.[41] 김수영조차도 그러해서 백주 대낮에 아내를 우산대로 내려치는 시 「죄와 벌」을 썼다. 아내를 때리는 것을 누가 보았을까 하면서도 두고 온 지우산을 아까워하는, 페미니스트들이 보면 '기절초풍할' 시를 쓰지 않던가.

정조와 목숨을 맞바꾸라고 말해온 사회에서 성과 사랑의 자유를 주장하는 나혜석의 정조론은 받아들여질 수 없었다. 1930년대는 사랑이 곧 도덕이라는 엘렌 케이의 신도덕이 모성론에 국한하여 받아들여지던 반동의 시대였다.[42] 나혜석의 삶을 보면 일본 유학 시 엘렌 케이와 입센의 사상에 크게 영향을 받은 것이 분명하다. 여자도 사람으로 살아야 한다고 주장해온 나혜석, 이 사상에 공감해준(다고 믿은) 남편이었기에 자신의 행동이 '있을 수 있는' 일이라고 여긴 것은 이미 일본 유학 시 형성된 신 도덕이었다. 김일엽이 나혜석의 부부는 결혼 시 이러한 성적 자유를 피차 용납하기로 한 바 있다고 한 것을 보더라도 당시의 분위기를 짐작할 수 있다. 나혜석이 변했던 것이 아니라 김우영이 남성들의 압박을 견디지 못하고 구도덕으로 후퇴하고 만 데 비극이 비롯되었던 것이라고 할 수 있다. 이것은 최린에게도 해당되는 것이어서 조선으로 돌아온 그들은 조선

---

40 위의 책, 94쪽.

41 강신주, 『철학이 필요한 시간』, 앞의 책, 127쪽.

42 서정자, 백신애가 사회주의 여성해방사상을 이해한 자리에서 엘렌 케이의 모성론으로 선회하는 것을 사명에 각성한 것으로 쓰고 있는 것이 그 한 예다. 『근대여성소설연구』, 1999, 국학자료원, 205~206쪽 ; 구인모, 「한일근대문학과 엘렌 케이」, 『여성문학연구』 12호, 여성문학학회, 2004. 12, 94쪽 이후.

의 남자가 되어 나혜석 홀로 돌에 맞아 기필코 죽어야 했다.

강신주에 의하면 탁월한 인문정신을 가진 시인들이 대부분 연애의 달인이라고 한다.[43] 나혜석은 구미유기에서 영화감상 후 소감을 예외적으로 길게 삽입했다.

> (활동사진(영화)은) 백인과 토인 추장의 딸과 혼인하야 사는 거시엇다. 그들은 이러케 말한다. 연애는 신의 불꽃이다. 모든 거슬 미화하고 정화한다. 산문적인 우리에게 시를 준다. 대지에 草芽를 듯게 하는 밤이슬이다. 사람 혼에 맥박을 듯게 한다. 인생에게 빗을 빗초이고 희망을 준다. 연애를 체험한 사람이 아니면 참인생의 속을 드려다 보앗다고 할 수 업다. 그 사람 자신이 인생을 존귀하게 살 수 업다. 아마 진의 사랑은 영뿐 아니오 육뿐만 도 아니라 영육 사이에 잇서 신과 인간상에 왕래하는 거시다.[44]

나혜석이 구미여행에 나선 것은 "내의 그림은 기교에만 조곰식 진보될 뿐이오 아모 정신적 진보가 업는 것 가튼 것이 자기자신을 미워할만치 견댈수업시 고로운 것이"[45]었기 때문이었다. 최린과의 연애에서 나혜석은 그가 찾아 헤매던 전신 세청한 행복을 깨닫는 "예술적 기분"[46]을 찾았던 것 같다. 미국의 활동사진에서 이 예술적 기분을 다시 느낀 나혜석은 구미여행기의 그 백과사전적 나열식의 기술에 이 감상을 예외적으로 길게 삽입했다. 그러나 예술가 나혜석을 이해할 조선이 아니었다. "가공할 거슨 천재의 싹을 분질너 놋는 거시외다. 그럼으로 조선사회에는 금후

---

43 강신주, 『김수영을 위하여』, 앞의 책, 109쪽.

44 나혜석, 「구미유기 속(태평양 건너서 고국으로)」, 『전집』, 687쪽.

45 나혜석, 「미전 출품 제작 중에」, 『전집』, 557쪽.

46 나혜석, 「이혼고백서(속)」, 『전집』, 523쪽.

로는 제일선에 나서 활동하는 사람도 필요하거니와 제2선 제3선에 처하야 유망한 청년으로 역경에 처하엿슬 때 그 길을 틔워주는 원조자가 잇서야 할 거시오 사물의 원인 동기를 심찰하야 쓸대없는 도덕과 법률로서 재판하야 큰 죄인을 맨들지안는 이해자가 잇서야 할 거십니다."[47] 나혜석은 이렇게 호소해보기도 했다.

자신의 생각과 체험에 정직했던 나혜석은 '정조는 취미다'라는 혁신적인 주장을 한다. 남성연대의 무시무시한 세상(나혜석은 사람, 돈, 세상, 이 세 가지가 무섭다고 했다)과 남성중심주의에 매몰되어 있는 여성들의 뭇매 속에서도 사건이 일단락된 다음 나혜석은 「신생활에 들면서」에서 자신이 파리에서 솔직히 성과 사랑에 유혹을 받았다는 글을 쓴다.[48] 이 내용이 최린 고소장의 강제, 협박에 의해 정조유린을 당했다는 내용과 전혀 다른 점을 보더라도 고소장의 내용은 고소를 위한 변호사의 '작문'임을 알 수 있다.[49] 나혜석이 자신의 사랑과 결혼, 그리고 신도덕 아래 가졌던 불륜, 그리고 그로 인해 겪은 고난을 정직하게 우리 앞에 보여줌으로써 우리는 고착된 공동체의 중심을 붕괴시키는 힘이 어디서 나올 수 있는지를 목도한다. 그것은 바로 정직함과 솔직함의 인문정신이다.

나혜석은 메아리 없는 '활동'을 지속하면서 구미의 여성운동 상황을 쓴 「영미부인참정권운동자 회견기」와 미혼모 보호시설 「윤돈(倫敦) 구세

47 나혜석, 「이혼고백서(속)」, 『전집』, 526쪽.

48 나혜석, 「신생활에 들면서」, 『삼천리』, 1935. 2, "나는 확실이 유혹을 밧앗섯고 나는 확실히 호기심을 가젓섯다. 우리는 황무한 형극에 길가에서 생각지안은 장미화를 발견한 거시엇다. 芳香과 蜜蜂중에 황홀하엿든 거시다. 그 결과는 여하하든지 나의 진보 과정상 감수하지 안으면 아니되엇다." 『전집』, 530쪽.

49 정규웅은 평전 기술에서 최린 고소장을 읽고 난 나혜석이 "좀 심하지 않아?" 라고 말하는 대목을 넣었다. 나혜석이 사실이 아닌 부분이 있다며 소완규 변호사와 이야기하는 장면이다. 정규웅, 『나혜석 평전 — 내 무덤에 꽃 한 송이 꽂아주오』, 중앙M&B, 2003, 259쪽.

2세대 영미부인참정권운동가 에멀리 팽크헐스트. 1세대는 훳드 부인이다.

군탁아소를 심방하고」를 쓴다. 나혜석이 계속해서 여성비평에 해당하는 글을 쓰고 있다는 것은 주목할 점이다. 우미영은 이 시기 여성이 쓴 해외여행기를 중심으로 서양 체험을 통한 신여성의 자기 구성 방식을 살피면서 그들이 왜 식민지 조국의 현실보다 여성문제에 더 관심을 보였는지를 다음과 같이 짚어낸다.

> 그들은 여행을 통해 조선의 식민지적 현실을 절감하기에 앞서 조선에서 여성으로 살아간다는 것의 의미를 먼저 깨닫게 된다. 이는 조선의 가부장적 현실이 조선의 식민 상황보다 더 우위에서 여성들을 억압하고 있다는 의미이기도 하다.[50)]

「영미부인참정권운동자 회견기」는 나혜석이 단편소설「경희」에서 이상적 여성으로 거론했던 훳드 부인(Mrs. Fawcett)이 창시한 영미 부인참정권 운동단체의 3세대 후예를 만나 인터뷰한 글이다. 나혜석으로서는 상당한 감개가 있을 듯하나 그런 느낌은 전혀 쓰지 않는 등 인터뷰어로서 균형감각을 잃지 않는다. 나혜석은 참정권 운동의 역사와 시위 방식 등을 자세히 묻고 "내가 조선에 여권운동자 시조가 될지 어찌 압니까?"라면서 시위 때 둘렀던 어깨띠를 얻어 간직한다. 이 참정권 운동자와 나혜석의 대담은 답변하는 여성이 논리적이라기보다 감정적인 언어로 답변을 하고

50 우미영,「서양체험을 통한 신여성의 자기구성방식」,『여성문학연구』12호 여성문학학회, 2004. 12, 151쪽.

있어 대조적이다. 참정권 운동의 원인을 "남자가 반성치 않고 혼자 잘났다고 하는 까닭이지요. …(중략)… 우리같이 꾀 있고 영리한 여자가 저 어리석은 남자가 맨들어 논 법률로 만족할 수 잇스랴 하고 이러난 거시 여성운동의 시초지요."라고 말하는 식이다. 나혜석은 남자가 여자보다 사실 우승(優勝)한 것 아닙니까 라고 직언을 날려본다. 그 여성은 여자가 꾀가 있고 강해서 남편이 결국 아내의 뜻에 따르는 것을 예로 들어 답한다. 자식과의 관계도 자식들도 어려서는 어머니를 크게 생각하나 결혼하면 남편이 어머니가 되고 아내가 어머니가 된다는 식으로 여성이 매사에 중심이 된 현실을 설명한다.

> "영국도 남녀차별이 심하지오"
> "네, 그랫서요. 전에는 딸을 식혀 아들의 옷을 빨나 하엿스나 지금은 그러치 아니해요 전에는 안해가 남편의 것을 다 하엿스나 지금은 할 수 잇는대로 자기가 다들 합니다."[51]

가사노동을 남녀가 서로 나누어 하고 있다는 대답이다. 자식을 기르는 데는 아버지보다 어머니가 더 책임감 있게 기르는 현실과 이혼의 원인은 주로 경제 문제와 외도에 있다는 것, 여성임금에 차별이 있었으나 지금은 차별이 없어졌으며, 투표권 역시 남자 21세 여자 31세에서 그해부터(1928) 여자도 남자와 동년으로 되었다 등 영국의 선진적 여성 현실을 썼으나 당시 조선에서 보자면 꿈같은 일이어서 글에 대한 반향은 없었다. "기혼여자에게도 있을 쾌락과 고적이 독신여성에게도 있으나 나이 젊어서는 물론 독신이 낫다."고 말하는 참정권 운동의 그녀를 쓰면서도 나혜

---

51 나혜석, 「영미부인참정권운동자 회견기」, 『삼천리』, 1936. 1, 『전집』, 401쪽.

석은 리포터로서의 객관성을 끝내 유지한다. 이 글에 나타난 영국 여성의 해방된 자유로운 현실은 나혜석이 장차 조선에서도 이루어지리라고 보고 쓴 글이다. 앞의 예문 ⑤에 나왔듯이 나혜석이 구미의 여성을 존경하며 우리의 지위를 찾고자 한다는 말이 이를 증명한다. 나혜석에게 일본의 여성 현실은 조선과 대동소이하다 느꼈던 것 같고 구미에 가서야 해방된 여성의 모습을 처음으로 목격하였기에 서슴없이 수긍한 것으로 보인다.

「윤돈 구세군탁아소를 심방하고」는 도쿄의 구세군 대좌 야마무로 군페이(山室軍平) 씨의 딸이 탁아소의 간사로 있다는 말을 듣고 일부러 찾아가 본 르포기사다. 탁아소는 단순한 탁아시설이 아니라 미혼모와 그 아기의 피난처 내지는 보호시설로 여성 인권을 위한 시설이다. 나혜석이 특별히 관심을 가진 이유와 열의를 느껴볼 수 있다. 이 르포는 탁아소 사업 내용, 경영을 자세히 취재하고 시설을 둘러보고 쓴 글이다. 조선에도 미구에 이런 시설이 생길 것이라 한 나혜석은 미혼모 시설 운영을 위해 파는 상품을 주머니 사정으로 넉넉히 사주지 못해 안타까워하는 마음을 씀으로써 이 사업에 전적으로 공감하고 있다. 1930년 나혜석은 그의 주의를 묻고 사상상 영향을 받은 이를 묻는 설문에 ① 답을 피합니다 하고 ② 장차 좋은 시기(時機) 있으면 여성운동에 나서려 합니다, 라고 답했는데 나혜석의 여성운동 구상에는 이러한 미혼모 탁아시설도 들어 있었을 것이다.

1930년 같은 해 기자를 만나서는 결혼이 잘못되었을 경우라도 이혼이 쉽지 않으니 3, 4년 동안 살아보고 결혼을 하거나 헤어지는 구라파의 시험결혼을 도입하는 것도 좋으리라고 말한다. 이혼을 강권받고 있는 상황에서도 나혜석은 굽힘이 없이 이런 발언을 했다. 자신의 이혼 후 '정조는 취미다' 라는 발언[52]으로 급진주의자로 일컬어지고, 비판을 받는 것을 알

52 나혜석, 「신생활에 들면서」, "정조는 도덕도 법률도 아모것도 아니오 오직 취

면서도 프랑스 부부의 생활을 보면서 "구라파인의 생활은 전혀 성적인 생활이라고 볼 수 있다. ……이들의 내면을 보면 별별 비밀이 다 잇겟지만 외면만은 일부일부주의로 서로 사랑하고 앳기는 거슨 사실이다. 아모려도 자유스러운 곳에 참 사랑이 잇는 듯싶다."라고 해서 자신의 정조론을 굽히지 않은 나혜석, 자신의 사상에 정직한 나혜석이야말로 진정한 인문정신의 소유자라고 하지 않을 수 없다. 나혜석의 이 시기 여성비평은 차이의 논리 위에서 새롭게 여성을 세워보려는 나혜석의 모습으로 정리할 수 있다.

3. 선각자 나혜석의 인문정신 — 결론을 대신하여

나혜석의 여성비평은 '여자 되기와 차이의 발견'에서 멈춘다. 건강이 원인이기도 하였을 것이고 지면을 얻지 못한 탓이기도 했을 듯, 더 이상의 글을 만나지 못하기 때문이다. 건강이 좋지 못하다는 소식은 이혼 무렵부터 나오기 시작했는데 그동안 쓰인 글을 보면 문장 어디도 허술한 곳이 없으며 활달하여 막힘이 없다. 1938년 마지막 실린 「해인사의 풍광」도

미다. 밥 먹고 십흘 때 밥 먹고 떡 먹고 십흘 때 떡 먹는 거와가치 임의용지로 할 거시오 결코 마음의 구속을 밧을 거시 아니다. …(중략)… 그러므로 우리 해방은 정조의 해방부터 할 거시니 좀 더 정조가 극도로 문란해 가지고 다시 정조를 고수하는 자가 잇서야 한다"(『전집』, 533쪽). 이상경은 나혜석의 정조론이 매우 혁신적인 발언이며 관념적으로 구성된 '보편'의 허구성을 드러낸 '해체'로서 반세기의 시대를 선취한 것이라고 하였다. 『인간으로 살고 싶다』, 앞의 책, 423~425쪽.

나혜석의 여성비평으로 「독신여성의 정조론」(1935), 「영이냐 육이냐 영육이 합한 연애라야한다」(1937) 등을 더 들 수 있다.

난숙의 경지에 이른 듯 문장이 극도로 아름답고 정연하다. 떨리는 손으로 어찌 이렇게 글을 쓸 수 있는가. 이후 나혜석의 타계까지 그동안 찾은 약 10여 년의 행적을 보면 그는 늘 글을 쓰거나 그림을 그리고 있었다. 유고도 꽤 남아 있었다고 하니 잃어버린 원고에 훌륭한 비평 등 명문의 글이 담겼으리라 여겨져 아쉽기 짝이 없다. 나혜석과 가까웠던 염상섭의 글 「해바라기」에도 최승구와 나눈 글의 내용이 나오는데(이 글의 내용 역시 나혜석이 염상섭에게 직접 들려주었을 가능성이 높다.) 주인공은 비석을 세우면서 그동안 간직했던 수지 뭉치를 꺼내 태운다. 이 수지 속에는 "수삼이(최승구 역)와 동경에서 마지막으로 이별한 후에 매일 서로 교환하던 일기도 함께 섞여 있었다. 그중에는 훌륭한 감상문도 있었다."[53]고 한다. 이 초기의 글들이 남았더라면 얼마나 나혜석의 문학은 더욱 풍성하였을까. 또한 한국전쟁으로 잃어버린 유고들을 찾는다면 그의 문학세계는 얼마나 더 빛날 수 있을까.

나혜석은 「이상적 부인」에서 예술을 통해 개성을 발휘하여 자기실현을 이루며 시대를 앞서가는 선각자로, 내적 광명의 이상적 여성이 되고자 무한한 고통과 싸워나가겠다고 했다. 여성비평의 흐름만을 살펴보더라도 나혜석의 이 다짐은 생애 동안 지켜지고 있었음을 알 수 있다. 나혜석에게 따라다니는 '기승스러움', '결기' '자만심' 따위 언어는 나혜석을 내면적 기질로 풀어나가는 자세다. 예술은 생활의 자디잔 일들에 휩쓸려도 이루기 어렵지만 내면의 기질에 함몰되어도 가능하지 않다고 한다. 예술을 한다는 것은 곧 자기 성찰의 작업이기 때문이다. "무반성적인 내가 성찰적이고 실천적인 나로 거듭날 수 있"는 것이 예술의 의미다. 그러려면

53 염상섭, 「해바라기」, 앞의 책, 272쪽.

외부사태나 자기 자신 그 어느 것에도 매몰되지 않아야 한다.[54] 나혜석은 자기성찰을 쉬지 않았다. 죽음 앞에서 그는 "자기를 참으로 살렸는지 아니하였는지" 보았다고 했다. 자기를 참으로 살릴 때(살렸다고 생각했을 때)는 죽음이 무섭지 않았다고까지 말했다.[55]

> 사람은 자기 내심의 자기도 모르는 정말 자기를 가지고 잇습니다. 보이지도 알지도 못하는 자기를 찾아내는 거시 사람 일생의 일거립니다. 즉 자아발견이외다. (중략)사람의 행복은 부를 득한 때도 아니오, 일흠을 엇은 때도 아니오 엇던 일에 일념이 되엇을 때외다. 일념이 된 순간에 사람은 전신 세청한 행복을 깨닫습니다. 즉 예술적 기분을 깨닷는 때외다.[56]

김주연 교수는 인문학의 기본 성격을 '반성'(self-reflection) 혹은 '성찰'이라는 말로 요약하는 것은 오래된 전통이며, 이보다 더 적절한 용어는 없어 보인다고 하였다.[57] 나혜석이 예술을 통해서 궁극적으로 구하고 있었던 것이 자기성찰이었다는 말, 자기 내면의 기질에 매몰되어 실패한 인생을 산 것으로 오해되어온 나혜석은 실은 죽음 앞에서까지 자기를 살렸는지를 살폈다는 말 앞에서 바로잡히지 않으면 안 된다. 여성을 성찰적 존재로 생각하고 싶어 하지 않는 세력들로부터 얼마나 오해받아온 삶이며 존재였던가. 그러나 이 '외부사태'에도 매몰되지 않고 자기를 정시하여 예술로 승화시키려고 하였다. 그는 타인을 원망하기 전에 자기를 반성

---

54 강신주, 『김수영을 위하여』, 앞의 책, 66쪽.
55 나혜석, 「이혼고백서(속)」, 『전집』, 522쪽.
56 나혜석, 「이혼고백서(속)」, 『전집』, 523쪽.
57 김주연, 「인문학의 낭만성과 생산성」, 『사라진 낭만의 아이러니』, 서강대학교 출판부, 2013, 38쪽.

하고 싶다고도 했다. 그는 이어서 이렇게 결론을 짓는다.

> 인생은 고통 그거실는지 모릅니다. 고통은 인생의 사실이외다. 인생의 운명은 고통이외다. 일생을 두고 고통을 깁히 맛보는데 잇습니다. 그리하야 이 고통을 명확히 사람에게 알니우는대 잇습니다. 범인은 고통의 지배를 밧고 천재는 죽음을 가지고 고통을 익여내어 영광과 권위를 취해낼만한 살 방침을 차립니다. 이난 고통과 쾌락 이상 자기에게 사명이 잇난 까닭이외다. 그리하야 최후는 고통이상의 것을 맨들고 맙니다.[58]

정직하고 솔직하다는 것은 고통을 일시불로 겪어내는 것이다.[59] 정직하고 솔직한 나혜석에게 고통은 예정된 것이었다. 그 고통을 감수하며 자기성찰을 하며 나혜석은 도전과 응전을 계속했다. 놀랍지 않은가. 인생의 운명은 고통을 깊이 맛보는 데 있다, 그리고 그 고통을 명확히 사람들에게 알리는 것이 사명이라는 나혜석의 고백은 인문정신 그 자체가 아닌가. 고통을 두려워하지 않고 도전과 응전에 임해온 그 자신의 인생관을 말하는 것이다. 범인은 고통의 지배를 받으나 천재는 죽음을 가지고 고통을 이겨내며 필경은 고통 이상의 것을 만들고 말 것이라는 확신, 그는 진정한 인문정신의 소유자였다. 나혜석의 고난과 고통은 그의 실패를 말하는 것이 아니라 그가 추구한 인문정신의 예정된 결과였던 것이다.

여성이라는 존재가 인간이하로 비쳐지는 시대에 태어났기에 그는 여자도 사람이다, 라는 '사람 되기'를 삶의 일차적 목표로 삼아 여자의 자각을 이끌어내고자 했다. 나혜석의 도전은 여자를 이비의 식별조차 못하도

---

58 나혜석, 「이혼고백서(속)」, 『전집』, 523쪽.
59 강신주, 『철학이 필요한 시간』, 앞의 책, 16쪽.

록 가르치는 여자 교육제도의 비판에서 시작되었다. 남/녀가 우/열로 고정된 전통 논리에 저항하며 남자가 하는 일을 여자도 할 수 있다는 '사람'의 범주에 여자를 대입하려고 했던 이 생각이 공상에 지나지 않았다는 것을 깨우친 것은 여성 체험을 겪고 나서였다. 임신과 분만, 수유의 체험은 자신이 여성이라는 사실을 발견하는 계기가 되게 했고, 엄청난 고통의 대가를 치르며 아이를 낳고 기르지만 남아선호사상 앞에서 이 고통은 아무런 의미도 없다는 것, 순수한 부모의 사랑 따위는 없다는 것을 깨닫는다. 남녀차별의 근원을 발견한다. 그러나 진정한 여자의 발견은 구미의 여성들의 삶과 마주치고 난 뒤에 이루어진다. 구미의 해방된 여자를 만난 나혜석은 사람이 아니라고 생각했던 여성, 약자라고 생각했던 여성이 실은 강자라는 사실을 목도하고 여성은 남성에 못 미치는 존재, 열등한 인간이 아니라 단지 남자와 '차이'가 있을 뿐이라는 사실을 발견한다. 그리고 그 차이는 오히려 남성을 능가하는 힘마저 지녀서 "최후의 승리는 여자에게 있다", 구미의 여성들이 가진 지위를 시간이 지나면 조선의 여성들도 누리게 될 것이다, 이는 문명의 진보와 더불어 되돌릴 수 없는 사실이라는 확신을 지니게 된다.

이러한 도전적 여성비평 의식은 결혼이라는 제도적 보호 안에 있을 때에는 충돌이 없었으나 이혼으로 제도권 밖에 서게 되었을 때 설 자리가 없게 된다. 예술로 재기하려는 나혜석의 도전은 실패하고 그럼에도 불구하고 나혜석은 자신의 여성해방 비평 의식을 바꾸지 않는다. 여성비평의 논리, 그것은 생의 마지막까지 나혜석이 놓지 않던 명제였음을 박화성이 증언하고 있다. 현재 나혜석에 대한 증언 중 가장 마지막일 이 증언에서 나혜석은 여성의 한을 풀어주기 위해서 '오래오래' 살면서 많이 써달라고 부탁을 한다.

1948년 겨울이었다. 그날에야말로 아침부터 눈보라가 잠시도 멎지 않고 기세를 부리더니 저녁나절에야 잠시 뜸한 때를 타서 나혜석 여사가 나를 찾아온 것이다. 방에 들어오자마자 여사는 내 손을 잡고 "모쪼록 건투하세요. 다 풀지 못한 우리들의 한을 풀어주기 위해서라도 오래오래 살면서 많이 써주셔야죠." 하였다. 처음으로 상면한 그의 부탁이 너무도 절절하여 나도 그의 손을 되잡으며 찬찬히 그를 살펴보았다.[60]

이 글은 솔직함과 정직함이라는 덕목은 곧 나혜석의 것이었다는 점에서 나혜석의 여성비평이 성립되기까지 그 도전과 응전을 살펴 나혜석의 오늘을 있게 한 인문정신을 규명해보고자 쓰였다. 나혜석의 위대함은 이 인문정신으로 새로운 진실을 발견하여 공동체가 지키려는 부당한 중심을 향하여 도전하고 응전하는 실전을 온몸으로 보여준 데 있다. 나혜석은 우리나라 최초로 여성해방의 출구를 찾는 자들에게 길을 안내하는 선각자의 길을 걸어갔다. 전 생애를 여성해방 의식을 지니고 사상을 수용하고 자신을 실험도구 삼아 검증하고 기록하는 데 바쳤다. 화가였고 작가였으며 시인이자 비평가였으나 나혜석의 삶과 예술을 떠받치고 있는 사상적 기조는 여성해방사상이었다. 그의 삶이 너무나 극적이었기 때문에 나혜석의 여성비평은 그의 페미니스트 산문「모된 감상기」와「이혼고백장」 등에 관심을 보인 반면 파격이나 일탈로 낙인이 된 삶의 면모나 주장과 관

60 박화성,「남기고 싶은 이야기들」,『나의 삶과 문학의 여적』, 한라문화, 2005, 59쪽. 나혜석과 박화성의 만남이 어떻게 이루어졌는지 알 수 없다. 축측할 수 있는 근거는 그해 7월17일 제헌국회는 대한민국의 헌법을 제정한다. 이 시기에 맞추어 박화성은 단편소설「광풍속에서」를『동아일보』에 발표한다. 이 소설 속에 나혜석 작사의 노래「노라」가 나오는데 나혜석은 이 글을 보았을 것 같고 그리하여 박화성을 찾아보기로 마음먹었다가 드디어 찾아가 만났던 것으로 생각해볼 수도 있다.

련하여 정면으로 논의한 적이 없다. 게다가 나혜석이 도달한 여성비평의 전모는 사실상 정리가 되어 있지 않다. 초기에 나혜석은 여성해방에 대한 자신의 생각과 체험을 조리 있게 글로 남겼으나 후기에 이르러서는 여행기, 이혼고백장, 수필, 인터뷰 등에 산발적으로 언급하고 있는 데다 그의 발언을 오해하는 경우까지 생겨 나혜석의 여성비평은 나혜석 고유의 사상으로 제자리를 잡지 못했다. 이에 나혜석의 여성비평의 흐름을 연대순으로 정리하면서 그의 사상적 변화와 도달점을 규명함과 아울러 나혜석 고유의 여성비평을 이루는 데 바탕이 된 도전과 응전의 인문정신을 찾아 당당한 나혜석을 찾아보았다. 서동욱은 "바울의 작업은 인문정신이 인간의 삶에 어떻게 개입해야 하는지 가르쳐준다. 이는 절망, 무기력, 타성, 두려움이 발목을 잡을 때마다 망치를 꺼내들고 삶을, 그러므로 역사를 수리하라는 가르침이다."라고 『싸우는 인문학』에서 말했다.[61] 나혜석의 도전과 응전, 그로부터 100여 년이 지났지만 우리는 나혜석이 도달한 인문정신의 근처에도 이르지 못한 것 같다. 그리하여 우리는 나혜석을 선각자라 부른다. 나혜석은 한 번뿐인 자신의 삶을 타인의 흉내를 내지 않고 자신의 고유한 삶으로 살아냈다. 이 글은 그러한 나혜석의 고유명사를 위하여 쓰였다.

---

61 서동욱 기획, 『싸우는 인문학』, 반비, 2013, 212쪽.

제6부

나혜석과 주변인물

나혜석과 일엽 김원주

나혜석과의 관련을 따라 살펴본 김일엽의 생애와 사상

1. 김일엽 ·『신여자』· 그의 사상 다시 읽기

이 글은 "나혜석과 그의 시대 — 그 주변인물들"이라는 주제의 학술대회 발제문으로 김일엽[1]의『신여자』와 사상 연구를 목적으로 쓰인다. 나혜석의 주변인물로서 김일엽을 연구하게 되었으므로 나혜석과 사상적 관련을 짚어가며 김일엽론을 쓰기로 한다. 일단 이 두 사람의 사상적 관련을 따라가려고 하는 이유는 1910년대 선구 여성으로서 그 삶의 유사성 때문이다.[2] 출신성분이 다름에도 유사한 삶의 궤적을 보였다면 반드시 원인이 있을 것이고, 또 유사함 속에도 어떤 차이가 개재하였을 것이다. 두 사람의 삶의 궤적의 그 유사성에도 불구하고 그들 굴곡진 삶은 각자의 자

---

1 이옥수 편저,『한국근세여성사화 상』, 규문각, 1985, 306, 307쪽. 이광수가 일본에 유학 중일 때 허영숙의 부탁으로 김원주가 연서를 대신 써주었는데 춘원은 그 편지에 크게 감동하여 김원주의 호를 일엽으로 지어주었다고 한다.

2 김명순도 이 유사성의 범주에 포함되나 본고에서는 김일엽과 나혜석의 경우로 논의를 한정한다.

질에 그 원인을 돌리고 100여 년이 지나도록 동질성의 원인을 구명하거나 차이를 보려고 하지 않았다. 김명순, 나혜석, 김일엽은 아직도 불로우 세일상품처럼 하나로 엮인 채 논의된다. 그들은 아직도 각자 한 개인으로 서지 못했다. 이 글은 일단 김일엽, 나혜석 두 사람의 유사성에서 출발한다. 그들의 유사한 사상적 관련 양상을 좇으며 동시대를 살며 그들이 진정으로 고민하고 싸워 얻으려고 한 것이 무엇인지 알아보고자 한다. 짧은 논문이 감당하기 어려운 범위이지만 유사한 삶의 궤적을 걷게 된 내력의 일단이라도 밝힐 수 있다면 소득이 될 것이다.

본고가 두 사람의 삶의 유사성에서 주목한 부분은 첫째, 구한말에 태어나 신교육을 받고 일본에 유학, 여성해방 등 신사상을 수용하여 자신들의 삶에 적용하는 데 어느 시대의 여성보다 과감하였던 점, 둘째, 여성해방사상 수용의 통로로서 일본 유학 체험을 점검해보는 데 기본이라 할 김일엽의 일본 유학 시기가 1918년이 아니라 1915년에서 1918년까지였다는 확실한 자료가 출현함으로써 두 사람의 사상을 논의할 수 있게 된 점(지금까지는 김일엽의 이화학당 졸업을 1918년으로 보아왔기에 1918년 3월에 귀국한 나혜석과의 일본에서의 만남이 불가능했을 것, 또 이해 초여름에 있은 김일엽의 결혼 등, 이 시기의 김일엽의 전기적 사실은 앞뒤가 잘 맞지 않았다), 셋째, 기독교 신앙을 지녔다가 불교로 선회해가는 비슷한 삶의 궤적 등이다. 김일엽의 불교에의 귀의는『신여자』폐간 이후로 보고 있는 것이 통설이나 본고가 처음으로『신여자』의 편집고문인 양우촌의 존재를 주목한 결과 김일엽의 불교에의 경도는 좀 더 이른 시기가 될 수 있으며 따라서 양우촌은 김일엽을 불교로 이끈 장본인일 수도 있다.

지금까지 김일엽과 나혜석이 같은 시기 일본 유학 체험을 가졌다는 점에서 두 사람의 삶과 사상을 일본의 여성해방담론과 비교하는 연구가 적잖이 이루어졌다. 동시에 나혜석은 그의 생애나 예술에 관한 연구가 적잖이 쌓였다. 이에 비하여 김일엽에 대해서는 연구가 부분적으로 이루어져 김일엽이 발간한 최초의 여성해방잡지 『신여자』만 해도 기초적 연구부터 너무나 미흡한 현실이다. 양우촌과 방정환 등 남성들의 편집 참여가 김일엽의 사상과 『신여자』에 영향을 미쳤으리라는 연구 시각은 아직까지 없었던 것 같다. 우촌 양건식은 일찍이 불교계의 기관지나 잡지를 무대로 활동하였을 뿐 아니라 소설을 썼고 입센의 『노라』를 최초로 언급한 중국문학 번역자였다.[3] 우촌 양건식(양백화)과 함께 『신여자』 편집을 실질적으로 주도한 방정환도 편집 및 사상적인 면에서 『신여자』에 적지 않은 영향을 미쳤다고 보인다. 김일엽은 일본 유학

『신여자』 창간호 표지

3 우촌 양건식이 진종혁이라든가 방정환과 동일인이라는 주장은 근거가 없다. 유광열은 방정환과 함께 추천한 양백화가 중국문학 전공자라고 신원을 분명히 하고 있으며(유광열, 「그 길고 긴 수도의 세월, 김일엽」, 『실화로 엮은 한국여성 30년』(주부생활 창간 10주년 기념 특별부록), 1975. 4, 217쪽) 양우촌은 『신여자』의 편집고문으로 창간호부터 내내 판권란 위쪽에 이름이 올라있는 유일한 남성으로 『신여자』 창간호에 양백화라는 필명으로 글을 게재하였고, 김일엽은 「나는 가오」에서 깍듯이 우촌 선생님이라고 존대를 하고 있다. 방정환은 김일엽보다 세 살이 아래여서 선생님이라고 부를 수 없다. 우촌은 양건식의 많은 아호 중 하나인 듯하며 그의 아호는 이외에도 白華, 菊如, 蘆下山人 등 여럿이 있는데(김복순, 『1910년대 한국문학과 근대성』, 소명출판, 1999, 104쪽 참조) 입센의 『노라』를 번역 출판하면서 양우촌은 양백화라는 필명을 썼으며 김일엽은 이 책에 발문을 썼다. 우촌과 양백화, 양건식은 동일인이라고 보는 것이 본고의 주장이나 계속 관련 자료를 찾도록 한다.

중 수용한 여성해방사상으로 여성잡지를 창간하지만 3 · 1운동 실패에 이은 조선 사회의 변동 속에서 김일엽식 여성해방론을 다시 세우지 않으면 안 될 상황에 놓인다. 이때 양우촌, 방정환이 청탑 회원과 함께 김일엽의 입론에 도움을 주게 되었다고 보인다.

김일엽이 급진적 여성해방사상인 신정조론을 주장하고 실천한 장본인이라는 고정관념을 가지고 『신여자』를 볼 때 그 사상의 온건함이나 남성우월주의에 순응적인 면까지 보임으로써 『신여자』 여성해방사상에 의혹을 보이는 지적도 있어왔으나, 김일엽과 『신여자』에 대한 새로운 해석을 제공할 단서들은 김일엽의 『신여자』와 그 사상이 범연치 않은 논리임을 깨달아 우리에게 다시 보기를 요구한다.

이외에도 김일엽의 사상을 나혜석과 관련하여 그 양상을 살펴보고자 할 때 김일엽의 전기적 연구가 부족해 아직 밝혀지지 않은 대목이 적지 않은 문제가 있다. 『신여자』 폐간은 4호의 기사가 원인이 되어 풍속괴란으로 총독부로부터 발간 금지당한 것이 계기가 되었는데 이 자료는 박정애와 이노우에 가즈에에 의해 언급이 되었으나 아직도 공론화되지 않아 최근까지도 폐간은 이노익과의 이혼 때문이라는 것이 정설로 되어 있다. 김일엽 연구가 그 사상적 측면이나 문학 연구에서 본격화하지 않은 아쉬움이 있는 중, 최근 그의 사상적 변모 과정과 자아탐구의 의미를 문학사적으로 평가해야 한다는 시각이 나타나 연구가 진일보한 느낌이다. 방민호 교수는 김일엽 문학[4]은 남성 중심적으로 이해되어온 한국 현대문학사를 새롭게 이해하고 서술하는 데 있어서 빼놓을 수 없는 중요성을 지닌

---

4 김일엽 문학은 전집과 선집의 형태로 출간되어 있다. 위의 유문집 외에 김상배편, 『김일엽－잿빛적삼에 사랑을 묻고』(솔뫼, 1982)와 김우영 편, 『김일엽 선집』(현대문학, 2012) 등이 있다.

작가라고까지 평가하고 있다.[5] 그는 1920년대 그의 작품뿐만이 아니라 불교로 귀의하는 1930년대의 작품과 입산할 때 만공선사로부터 집필금지 계를 받은 이후 30여 년 동안 산문을 나서지 않고 절필했다가 1962년에 이르러 출간한 『청춘을 불사르고』[6]를 중심한 김일엽의 불교문학에 주목을 하고 여성해방이라는 문제에 봉착하면서 이것에 대한 해답을 구해 나가는 과정에서 불교를 선택하여 한국문학의 핵심적 과제, 자유와 해방의 질문에 대한 답을 보여준 작가로 평가할 수 있다는 것이다. 『청춘을 불사르고』는 "오랜 세월에 걸쳐 수련을 쌓은 김일엽의 성숙하고도 풍부한 논리가 물이 넘칠 듯한 형태로 기술되어 있다, 이 수필집은 『어느 수도인의 회상』, 『행복과 불행의 갈피에서』 등과 더불어 김일엽의 사상을 보여주는 후기 문학의 결정판"이라고까지 말한다.[7]

김일엽 문학에 대한 새로운 시각의 출현에 이어 김일엽의 생애와 문학에 대한 정밀한 천착도 최근에 이루어졌다. 야마시타 영애 교수는 한국의 신문과 잡지 등 관련 자료를 광범하게 참고해 김일엽의 생애를 재구성하고 그의 사상을 살폈는데 가장 중요한 이화학당 졸업연도를 1915년으로 밝힌 것은 큰 소득 중의 하나이다.[8] 김일엽의 사상적 형성기인 1차 일본 유학기를 가늠해볼 이화학당의 졸업연도를 새로 밝혀낸 것은 김일엽 연구에 획기적인 대목이라 하겠다. 현재 김일엽의 일본 1차 유학이나 입산

---

5 방민호, 「김일엽 문학의 사상적 변모과정과 불교선택의 의미」, 『한국현대문학연구』 20호, 2006, 357쪽 ; 김우영, 「김일엽 문학과 자아의 의미」, 서울대학교 석사학위 논문, 2008.

6 김일엽, 『청춘을 불사르고』, 문선각, 1962.

7 방민호, 앞의 글, 394쪽.

8 야마시타 영애, 「식민지하 조선의 '신여성' – 김일엽의 생애와 사상」, 하야카와 노리요 외, 『동아시아 국민국가 형성과 젠더 – 여성표상을 중심으로』, 이은주 역, 소명출판, 2009, 206쪽 이후.

후 30년의 승려 생활 연구는 백지 상태다. 동시에 『신여자』에 실린 무기명이나 필명의 작품이 김일엽의 것인지 작품 고증도 시급히 해결해야 할 한 숙제이며 김일엽의 작품집도 겹치기로 작품이 실리면서 약간의 차이가 나타나는 문제 등 텍스트 확정 작업도 병행해야 한다.

김일엽과 나혜석은 제도적 결혼을 받아들여 결혼생활을 거쳐 이혼을 한다. 나혜석이 이혼하기까지 그 과정이나 내용은 잘 알려져 있으나 김일엽의 경우는 전혀 알려진 바 없다. 이명온의 증언[9]이 유일할 뿐이다. 김일엽은 『신여자』 창간 시 남편 이노익의 재정 지원을 받았다. 여성으로만 조직된 신여자사라고 표방했지만 내면으로는 이처럼 남성들이 포진해 있었던 것이 신여자사이다. 이들 남성들과 김일엽의 관계를 명쾌하게 알아볼 길은 없으나 나혜석과의 관계에서 이 글은 뭔가 '단서'를 보아냈다. 이는 『신여자』의 폐간이나 김일엽의 이혼, 또는 김일엽의 사상적 변모와도 관련이 있을 듯하다.

이 글은 먼저 『신여자』의 사상과 나혜석을 살피고, 다음 결혼과 이혼 · 정조론 · 불교 귀의까지의 사상을 살핀 다음 김일엽의 불교사상에서 나혜석의 불교적 신앙의 실제를 짐작함으로써 두 사람의 사상적 관련을 마무리한다. 김일엽의 생애를 재구성하는 작업을 피할 수 없어 적지 않은 지면이 김일엽에 할애될 것이다. 유사한 삶의 궤적을 걸은 두 사람의 사상적 관련과 그 차이를 밝혀나가는 동안 묶이어 비난의 대상이 되었던 그들의 숨겨진 목소리가 조금이라도 밝혀진다면 다행이겠다.

---

9 이명온, 『흘러간 여인상』, 인간사, 1956 ; 『잿빛적삼에 사랑을 묻고』, 앞의 책 소수, 12~13쪽,

2. 김일엽의 생애와 사상

1) 『신여자』의 사상과 나혜석

김일엽과 나혜석은 『신여자』[10]에서 처음 나란히 등장한다. 두 사람은 『신여자』 이전에 이미 만난 지인이라는 증거다. 이들이 어떻게 알았으며 어떻게 만났는지는 알려진 기록이 없다. 그러나 굳이 짐작해본다면 김일엽의 이화학당 동기 박충애[11]가 중간 역할을 했을 것 같다. 수원 출신으로 나혜석과 삼일여학교 동창인 박충애는 이화학당 기숙사에서 함께 생활하며 김일엽에게 진명여학교의 동갑짜리 나혜석에 대해 이야기하였을 것이고 함께 만나기도 하였을 것이다. 그러므로 나혜석과 진명여학교 동창인 허영숙과도 만나게 되었으리라 생각된다. 또한 유명했던 이화학당의 이문회[12]를 통해서 만남의 계기를 가졌을 수도 있다.[13] 나혜석은 『신여자』 창간 예비모임이라 할 청탑회에 참가했고 『신여자』에 만화와 글을 기

---

10 유진월, "『신여자』는 여성 계몽이라는 간행의도가 명확한 잡지라는 점에서 주목할 만하다. 더욱이 페미니즘 의식을 명확하게 견지한 여성에 의해 발간된 한국 최초의 여성잡지라 할 수 있다." 「김일엽의 『신여자』 출간과 그 의의」, 『비교문화연구』 5호, 2002, 71쪽.

11 박충애(박승호)는 최승만의 부인으로 『동아일보』 기자를 지냈으며 한국전쟁 시 납북되었다. 이화백년사 편찬위원회 편, 『이화백년사』 졸업생 명부에 김일엽과 함께 이름이 있어 추정해본 것이다(이화여자대학교, 1994, 153쪽).

12 이문회(以文會) : 이화학당 학생들이 모여 순수하게 지적, 사회적, 능력개발을 목적으로 한 일종의 문학서클. 1907년에 조직된 이래 일주일에 한 번씩 정규모임을 가지며 주제를 정하여 토론을 하고 연설, 시 발표, 연극 발표, 피아노 독주, 독창 발표 등을 하였다. 1년에 한 번씩 일반에게 공개하는 집회를 열어 대외적으로도 큰 인기를 끌었다. 『이화백년사』, 위의 책, 146쪽.

13 김일엽, 『청춘을 불사르고』나 「진리를 모릅니다」를 보면 나혜석이나 허영숙과 가까이 지낸 사실이 쓰여 있다. 문선각, 1962.

고했다. 총 4호 중 2호와 4호에 나혜석의 원고가 실렸는데 4호에는 만화와 글 두 가지가 동시에 실렸다. 『신여자』에 나타난 김일엽의 사상과 『신여자』에 실린 나혜석의 만화와 글을 중심으로 사상적 관련 양상을 살펴보기로 한다.

김일엽 연구에서 1차 일본 유학 시기[14]를 언제로 보느냐는 문제는 『신여자』 발간의 주체가 누군가 가늠하는 일과도 관련된다. 이노익과 결혼한 후 『신여자』를 발간하면서 재정적 도움뿐만 아니라 발간 계기부터 이노익의 제안으로(합의하여?) 시작한 것으로 보아야 할 것인지, 아니면 김일엽의 잡지 창간 의지가 먼저 있고, 결혼이나 잡지 창간 추진이 그 뒤에 이루어진 것인지는 이 졸업 시기가 좌우한다. 김일엽의 1차 유학이 1915년에서 1918년 사이에 이루어졌다고 볼 때 김일엽이 일본에서 도쿄 에이와학교(英和學校)에 다니면서[15] 나혜석 · 허영숙 등과 교유하며, 『세이토』와 여성해방사상 등 신사상을 접하고 귀국한 후 『신여자』 발간을 기획하고, 이를 위해 이화학당의 지원을 확보하는 한편[16], 나이 많고 장애가 있으나 재정 능력이 있는 이노익과 결혼해 도움을 받게 되었다고 보는 것이 개연

---

14 김일엽은 1920년 『신여자』 발간 금지를 당한 후 일본으로 2차 유학을 간다.

15 박화성에 의하면 『여자계』 창간호(1917. 7?)에 김일엽의 수필이 실려 있었다고 한다.

16 김영덕, 「한국근대여성과 문학」, 『한국여성사』 II, 이화여자대학교 출판부 1972, 373쪽. 근대 초기 여성문학을 가장 먼저 정리한 바 있는 김영덕 이화여대 교수는 "이화학당에서 자금을 댄 『신여자』"라고 증언하였으며 김일엽이 이화학당 예과를 졸업했을 때가 스물한 살이며, 동대문부인병원 간호원 강습을 수료하고 일본으로 유학하여 영어공부를 하였다, 고 썼다. 1896년생인 김일엽이 중학과의 다른 이름인 예과 졸업이 스물한 살이라 했으니 한국나이로 친다면 1915년 졸업이 맞는 것 같다. 김영덕 교수의 증언이 신빙성이 있는 듯해 인용한다. 『이화백년사』(이화여자대학교 출판부, 1994, 152쪽)에 의하면 당시 중학과 졸업생들은 졸업 후 기독교 계통 사립소학교 교사로 가거나 간호원 양성소로 갔다.

성이 있다.

『신여자』를 발간하기 전에 김일엽이 만든 청탑회의 회원은 박인덕, 신줄리아, 김활란이었고 나혜석과 전유덕은 때때로 참석할 경우가 있었으나 청탑회의 정회원은 아니었다.[17] 김일엽은 『신여자』 창간호 「편집인들이 여쭙는 말씀」에서 이화학당을 "조선 여자해방의 선구자"라고 하였다.[18] 주 1회씩 만나면서 새로운 사상, 새로운 문학에 대해 토론하였는데 박인덕 · 신줄리아는 서대문 감옥에서 출옥한 직후였고 이들은 김활란과 함께 일본이 아니라 미국으로 유학할 계획에 있었다. 일본에서 공부한 나혜석과 전유덕이 이 청탑회의 정회원이 아니었다는 것은 유념해야 할 점이다. 또한 재정 지원을 한 이화학당의 교시(校是)나 김일엽의 남편 이노익의 의견도 무시할 수 없었을 것 역시 감안하고 『신여자』를 보아야 할 것이다. 남성이 전횡할 수 없는 여성만의 공간으로 신여자사를 운영하고 만천하의 여성들의 호응을 기대하고자 하였으나 재정 지원을 맡은 남편의 간섭을 지원에 그치도록 하기 위해서는 상당한 노력이 필요했으리라 짐작하기 어렵지 않다. 『신여자』의 사상은 그러므로 김일엽이 일본의 여성해방 잡지 『세이토』와 그 운동에서 자극을 받아 창간을 했더라도 재정 지원을 받은 이화대학과 남편 이노익, 일본 유학을 하지 않은 청탑회 회원들의 토론을 거침으로써 일본의 『세이토』의 여성해방사상이나 운동적 성격을 직접 반영하는 잡지가 될 수는 없었을 것이라는 말이다. 3 · 1운동의 실패와 그 여파가 아직 계속되고 있는 데다, 출옥한 지 얼마 되지 않은 항일지사들이 모였으니, '신여자'라고 해도 민족의식을 무시하고 급진적인 '신여자'만을 표방할 수 없었을 것이다. 그야말로 내셔널리즘과 젠

---

17 유광열, 「그 길고 긴 수도의 세월, 김일엽」, 앞의 책, 215쪽.

18 김일엽, 「편집인들이 엿줍난 말삼」, 『신여자』 제1호, 신여자사, 1920. 3, 64쪽.

『신여자』 창간호 판권란. "우리 신여자사는 가끔 와주시는 양우촌(양건식) 선생 외에는 전부 우리 여자로 조직되어 사무를 보고 있습니다."

더를 고민하는 상황에 놓인 것이다.

그런 탓인지 김일엽은 창간호 「편집인들이 여쭙는 말씀」에서 "미약한 여자의 몸으로 이만 것이라도 만들기에 너무도 막막하여 어찌할까 하기를 한두 번이 아니었습니다."라고 고백하고 있다.[19] "1호 편집 중 여러 어른의 간곡한 동정으로 많이 도와주셔서 머리를 조아 깊이 감사하기를 마지않습니다."라고도 썼는데 이 '어른'이 앞장에서 언급한 편집고문 양우촌(양건식, 양백화)과 편집을 도와준 방정환 등이다. 양우촌과 방정환은 종교인이자 잡지 편집을 하는 언론인이며 소설을 쓰고 평론을 쓰는 등 공통점이 있으나 양우촌은 1889년생이며[20] 방정환은 1899년생으로 10년의 나이차에 불교와 천도교로 종교가 달랐다. 유광렬은 양우촌을 '우리'(방정환과 자기)가 추천했으며 인쇄나 사무적인 일을 맡았다고[21]하였지만 양우촌은 한성관립(외국어)학교를 졸업하고 중국 유학을 다녀온 선구 지식인으로 실력으로나 지사적 풍모로나 녹록치 않은 인물이었다. 김복순의 연구에 따르면 그의 지적 수준이나 업적은 1910년대 한국문학을 대표하는 정도이다. 『신여자』 창간호부터 내내 편집고문 양우촌 선생 한 분 외에는

19 김일엽, 앞의 글. 이하 인용문은 현대문으로.

20 김복순, 「1910년대 신지식층의 단편소설과 문학이념」, 『1910년대 한국문학과 근대성』, 소명출판, 1999, 104쪽.

21 유광렬, 앞의 책. 217쪽.

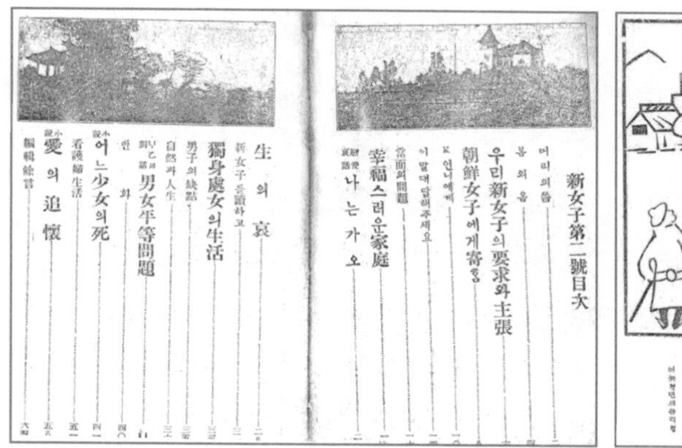

新女子第二號目次
머리의 말
봄의 옴
우리新女子의要求와主張
朝鮮女子에게寄함
K언니에게
이말대답해주세요
當面의問題
幸福스러운家庭
哀話 戀愛 나는 가오
生의 哀
新女子를讀하고
獨身處女의生活
男子의缺點
自然과人生
男女平等問題
한 화 四〇
小說 어느少女의死 四一
看護婦生活 五一
小說 愛의追懷 五六
編輯餘言

『신여자』 2호 40쪽에 실린 만평의 필자명이 없다.

전부 우리 여자로 조직되어 사무를 보고 있다고 광고하고 있으나 편집실무는 방정환이 거의 담당한 듯 보인다. 잡지에는 양우촌의 이름만이 편집고문으로 기재되고 방정환의 이름은 나오지 않은 사실은 당시 양우촌의 인지도와 김일엽의 양우촌에 대한 신뢰를 짐작할 수 있는 점이다. 양우촌은 불교사상가만이 아니라 입센의 『인형의 가』를 최초로 번역 출판하도록 세계문학적 안목도 갖추었다. 『신여자』의 편집고문으로 김일엽과 만나, 문학, 종교와 여성해방사상에 이르기까지 다방면으로 고문 역할을 했을 확률이 높다.

한편 나혜석이 『신여자』에 기고한 만화를 보면 신여자를 보며 관심과 비난을 함께 보내는 조선 사회의 이중적 시선을 그린 만평 〈저것이 무엇인고〉와 가사를 하는 틈에 『신여자』를 위해 생각하고 원고를 쓰는 슈퍼우먼 김일엽을 그린 네 개의 패널, 두 편이다. 나혜석이 보인 『신여자』에 대한 호의에 비해 『신여자』 편집자는 나혜석의 만화를 신통치 않게 대접을 한다. 창간호에 보내온 만화 〈저것이 무엇인고〉는 제판(이 늦어진?) 관계로 실리지 못했고 2호에 실릴 때는 나혜석 필, 또는 작이라는 작가 이름을 밝히지 않은 채 실었다(목차에서도 '만화' 라고만 쓰고 작가 이름을 쓰지 않음). 4호의 만화는 목차에서 빠진 채 실렸다. 그림이나 작가에 대한 이런 소홀한 대접은 『신여자』 편집자의 의도인지 실수인지 주목할 필요가 있다.

『신여자』는 1920년 3월 10일 창간호가 나오고 2호 4월 25일, 3호 5월 31일, 4호 6월 20일로 날짜는 변동이 있어도 매월 빠짐없이 나왔는데 6월 20일 4호를 낸 다음 예고 없이 중단되고 말았다. 지금까지 『신여자』 중단은 김일엽의 이혼으로 남편으로부터의 재정 지원이 끊긴 데서 그 이유를 찾았다.[22] 그러나 김일엽과 이노익의 이혼은 1921년 일본으로 건너간 후에야 이루어졌다. 이노익은 갑작스런 이혼 통고에 놀라, 공부하러 건너간[23] 미국으로부터 급거 일본으로 건너와서 김일엽의 이혼 고집에 통탄을 하였다고 한다.[24] 박정애의 논문을 인용하면 『신여자』는 총독부가 김원주의 주장을 현모양처주의에 대한 도전으로 파악한 결과 '발간 금지' 처분을 했다.[25] 4호에 실린 「청상의 생활」 때문인데 「청상의 생활」은 조혼에 과부가 된 여자가 규방에 갇혀 살다 우연히 한 번 본 동서의 오라비,

---

22 유진월, 「김일엽의 『신여자』 출간과 그 의의」, 『비교문화연구』 5호, 2002, 76쪽.

23 「리노익씨 본 항에 안착」, 『신한민보』, 1921. 4. 21.

24 유광열, 앞의 책, 218쪽.

25 박정애, 「1910~20년대 여자일본유학생연구」, 숙명여자대학교 석사학위 논문, 1999, 56쪽.

이노우에 가즈에도 「조선 '신여성'의 연애관과 결혼관의 변화」에서 이 사실을 언급했다. 문옥표 외, 『신여성』, 청년사, 2003, 171쪽.

"우리 조선 여자 독서계를 위하여 새로운 생명샘이 될 만한 신여자 제4호 6월호는 당국의 긔휘에 저촉된다 하여 전부 압수되었다 하더라." 「신여자 압수」, 『매일신보』, 1920. 7. 22, 3쪽.

"부인잡지 신여자 제4호는 풍속괴란의 염려가 있는 기사가 있다 하여 작이십일에 발매 반포의 처분을 당하였다더라." 「신여자 4호 필화, 풍속괴란의 혐의로」, 『동아일보』, 1920. 7. 22.

즉 사돈네 총각을 사랑하여 괴로워하는 이야기다. 이 정도의 풍속괴란 주제의 글을 '반현모양처론'에 해당한다고 보아 국가에서 단속을 했다는 점은 지금까지 별로 알려지지 않은 사실이며 박유미에 의하면 1913년 일본 문부성은 반현모양처론 단속 정책을 펴 『요미우리신문』과 『주오코론』은 부인문제 신사조에 대한 관헌의 단속 정책을 비판하거나 특집으로 구성했다.[26] 『신여자』 제4호 발매 금지 및 압수 사실도 마찬가지다.

한편 잡지 『신여자』가 한 번의 발매 금지 및 압수 처분을 받았다 하여 폐간을 하고 만 것은 납득하기 어려운 일이다. 4호의 「편집실에서」에는 "래호에는 조금 생각함이 있어 특별호를 내기로 했습니다."라는 다음호 편집계획까지 예고한 상황이었다.[27] 재정 지원에서 그 원인을 찾는 견해도 그래서 수긍이 간다. 이화학당의 교시는 기독교 전파다. 김일엽은 『신여자』 창간호에 기독교 비판의 소설 「계시」를 실었듯이 기독교에 관한 기사는 전 4호 중 두어 개 정도만 실렸다. 남편 이노익은 잡지를 직접 팔러 나서는 등 적극적인 지원을 하였으나 1921년 두 사람이 이혼을 하는 걸 보아 그 관계도 그리 매끄럽지 못했다고 보인다. 재정 지원 두 곳 모두와 불안한 관계였다고 할 만하다. 한편 사 내부에도 변화가 있었다. 『신여자』 제작에 큰 역할을 맡아주던 방정환이 빠지고[28] 박인덕 · 김활란 · 신줄리

---

26 박유미, 「세이또의 여성담론연구」, 충남대학교 박사학위 논문, 2009, 29쪽.

27 「예고」, 4호 출간이 늦어진 것이 주간 김원주의 시부상 때문임을 밝히고 "來5호는 특별히 부인 문제에 가장 권위 있는 북구 유명한 문호의 세계적 작품을 번역하야 소개하기로 하얏사오니 기대려주심을 바라옵나이다."라고 했다. 입센의 『노라』를 번역하여 실을 예정이었던 것 같으며 이 번역은 1921년 『매일신문』에 양백화 · 박계강 공역으로 연재된다. 『신여자』, 제4호 57쪽 상단 박스.

28 일찍이 손병희의 셋째 딸과 결혼한 방정환은 (『신여자』에 관여하면서?) 신줄리아와 사랑하는 사이가 되었으나 맺어질 수 없어 『개벽』 창간을 위한 준비라는 핑계로 도일하고, 신줄리아 역시 미국으로 유학을 떠났다고 한다. 내이

아 모두 도미하거나 또는 그 준비 중이었다. 『신여자』 편집에 차질이 빚어지자 "발매 금지 및 회수" 조치를 당한 사건을 계기로 김일엽 역시 남편과 일본으로 '공부하러' 떠날 수밖에 없게 된 듯하다. 게다가 투고 등 여성 독자들의 호응이 없었던 점도 폐간의 한 원인이라고 생각한다.

『신여자』의 인적 구성은 김일엽을 중심으로 이화학당의 인물이 주를 이루었고, 내면으로는 양우촌, 방정환의 영향이 적지 않은 형태였으므로 『신여자』의 사상은 수입한 여성해방사상에서 그치지 않고 조선 사회 현실을 반영하려고 노력한 흔적이 역력하다. 유광렬에 의하면 청탑회 모임에서는 엘렌 케이의 자유연애, 자유혼인, 자유이혼이며 헨리크 입센의 『인형의 집』 등이 논의되었다고 하는데[29] 『신여자』에는 이 이름들이 단 한 차례도 나오지 않는다.[30] 『신여자』는 발행인이자 주간인 김일엽의 권두언 외에 표지 및 권두에 시가 실려 있거나 발간 선언문 같은 것도 실려 있다.

버 캐스트 인물한국사 방정환 편.

29 유광렬, 앞의 책, 같은 곳.

30 심사(心史)라는 필명의 「당면의 문제」에는 "우리는 청탑이외다."라며 서구의 엘리엇, 브론테, 오스틴, 스토우와 메레지코프스키, 브라우닝, 스타엘 등의 청탑 문인(여성해방 문인을 일컬음－인용자)을 거론하였으나 그 흔한 엘렌 케이나 노라, 히라츠카 라이초의 이름이 한 자도 나오지 않는 것은 『신여자』의 정체성을 웅변으로 말해주는 것일 듯하다. 『신여자』의 '청탑'은 일본의 『세이토(청탑)』의 뒤를 직접적으로 잇고 있지 않으며 이런 탈식민주의의 시각이 『신여자』 여성해방사상의 특색이라 하겠다. 이화학당의 지원을 받는 『신여자』 창간호에 학당장 아펜젤러의 축사(영문으로 수록 번역 첨부) 외에도 미국 여성교육의 어머니 메례 라욘 여사전이 소개된다든가, 2호에는 미국의 여성시인 버지니아 리 웰치의 기고문이 실려 있고, 여성의 경제적 독립을 주장하기도 하나 이는 오히려 일본의 여성해방론에서 벗어나려는 노력으로 비쳐진다.

박용옥도 「1920년대 신여성연구－『신여자』와 『신여성』을 중심으로」에서 이 점을 지적하고 있다. 박용옥 편, 『여성』, 국학자료원, 2001, 144쪽.

이런 글들을 김일엽의 글로 보아왔으나 이 글들은 대부분 방정환의 글로 밝혀지고 있다.[31] 무기명 또는 필명으로 실린 방정환의 글은 그 수를 헤이기 어려울 정도여서 『신여자』 연구에 신중을 요구한다. 우선 각호의 권두언은 김일엽의 문체가 틀림없고 김일엽은 편집후기에서 이 권두언에 대해 언급을 하곤 해서 김일엽의 글임을 확신할 수 있다. 『신여자』의 사상은 김일엽의 권두 논설에 압축되어 드러나 있다.

> 개조!
> 이것은 5년간, 참혹한 포탄 중에서 신음하던 인류의 부르짖음이요,
> 해방!
> 이것은 누천년 암암한 방중에 갇혀 있던 우리 여자의 부르짖음입니다.
> …(중략)… 죽음의 산, 피의 바다를 이루는 전쟁이 하늘의 뜻을 어기는 비인도라면 다 같은 인생으로 움직이고 일할 우리를 무리로 노예시하고 임의로 약한 자라 하여 오직 주방에 감금함도 이 역 하늘의 뜻을 어기는 비인도인 것입니다.
> …(중략)…
> 무엇, 무엇 할 것 없이 통틀어 사회를 개조하여야 하겠습니다. 사회를 개조하려면 먼저 사회의 원소인 가정을 개조하여야겠고, 가정을 개조하려면 가정의 주인이 될 여자가 먼저 해방이 되어야 할 것은 물론입니다.

---

31 염희경, 「새로 찾은 방정환 자료 풀어야 할 과제들」, 『아동청소년문학연구』 10, 2012. 6. 이외 본고 필자의 조사에 따름. 이 부분은 고를 달리해야 할 것. 이 시가 실리던 표지의 박스에 그림 백합이 그려지는 것은 3호와 4호인데 이 그림 역시 방정환의 솜씨라고 보이며 2호 뒤표지의 만화 역시 방정환의 작일 가능성이 높다. 방정환은 고희동에게 서양화를 배운 적이 있으며 풍자만화나 잡지의 도안도 했다고 한다. 방정환은 물망초 백합화 월계 등 꽃 이름을 필명으로 하여 글을 많이 썼으며 꽃 전설 이야기를 『신여자』 3호에 싣기도 했다.

…(중략)…

우리는 동등이란 헛 문서를 찾으려 함도 아니고 여존이란 헛 글자를 쓰려는 것도 아닙니다. 다만 사회를 위하여 일하기 위하여 해방을 얻기 위하여 남보다 나은 사회를 만들기 위하여 일하는 데 조금이라도 공헌하는 바가 있을까 하여 나온 것이 우리 신여자입니다.[32]

「창간사」의 죽음의 산, 피의 바다를 이루는 전쟁과 노예시하여 주방에 감금한 여성을 대조적으로 본 극단적 비유에서 『신여자』의 비장한 출발을 느낄 수는 있으나 "동등이란 헛 문서를 찾으려 함도 아니고 여존이란 헛 글자를 쓰려는 것도 아니"라는 대목에서 지금까지의 여성해방사상과 거리를 두려는 김일엽의 의중이 드러난다. "다만 사회를 위하여 일하기 위하여 해방을 얻기 위하여 남보다 나은 사회를 만들기 위하여 일하는 데 조금이라도 공헌하는 바가 있을까 하여 나온 것이 우리 신여자"라는 데 이르러서는 '해방'이라는 단어에 주목하게 된다. 첫머리에서 '개조'에 이어 '해방'을 부르짖으면서 이것은 누천년 암암한 방중에 갇혀 있던 우리 여자의 부르짖음이며 '다 같은 인생으로 움직이고 일할 우리를 무리로 노예시하고 임의로 약자라 하여 오직 주방에 감금함'이 전쟁에 버금갈 비 인도라 했다. 그러나 이 '해방'은 '남녀동등, 여존'에 그치는 것이 아니라고 말하고 있는 것이다. 『신여자』는 단지 여성해방만을 추구하는 것이 아니요, 사회를 위해 일하겠으며 해방은 세계적인 조류이기도 하다는 말이다. "개조!, 개조! 이 부르짖음은 전 세계의 끝으로부터 끝까지 높으며 크게 넘쳐납니다." 『신여자』 창간사에서 눈에 띄는 것이 바로 이 세계적 안목에로의 확장된 스케일이다. 이 창간사는 30행 900자의 짧은 글로서 김일엽의 사상이 압축되어 있다. 여자 개인의 권익만을 위해서 해방을 부르짖는 것이 아니

---

32 「창간사」, 『신여자』 1호, 1920. 3, 2쪽.

라 사회에 기여하기 위해 여성해방이 필요하다는 선언이다.

김일엽은 이어서 「신여자의 사회에 대한 책임을 논함」을 써서 총론에 이은 각론 성격의 실천사항을 제시한다. 여자해방은 사회의 속박에서 벗어나 대자유역(大自由域)에 이르고 어느 평등역(平等域)에 도달하고자 하는 것이며 제1차 세계대전이 종식된 후 세계적으로 해방을 절규함이 우심한 이때 "우리도 감히 이 해방의 의미를 더 철저히 하고 또 그 색채를 더 농후히 할 필요와 의무를 깊이 느끼고 본지의 이름을 『신여자』라 명명하여 써 천하동지제사에 많은 동정을 구하고자 한다."고 전제한 다음 신여자의 사회개조의 책임을 논한다. 신여자의 책임은 여자 지위 문제, 가정 문제, 아동 양육, 남녀의 동등권 및 그 대우, 과부의 처분 및 보호와 정조 문제, 독신여자와 그의 대우, 결혼 문제 등 기타에 지하기까지 하자에 불문하고 개조사업의 범위와 책임에 속하지 않음이 없다, 그중 우리 조선 여자 사회에는 이 문제보다 먼저 해야 할 일로 "여자계의 품위를 향상하고 교육을 보급"함을 들었다. 이 사업을 성공시키기 위해 현상 타파와 해방 개조를 해야 하며 이는 남녀를 불문하고 어느 나라나 공명하는 이상과 신사조라고 하였다. 세계 속의 조선을 거듭 강조하는 문장이 주목된다. 그는 신여자의 사회에 대한 이 책임을 이행하기 위해 근신하고 주의할 사항으로 소극적, 적극적 두 가지 방법을 구체적으로 제시한다.

> 소극적 방면 1. 부허 사치치 말 일, 2. 자존치 말 일
>
> 적극적 방면 1. 근검할 일, 1, 품행이 단정할 일, 2. 남자에게 승순할 일, 2. 배운 바를 실시에 응용할 일

김일엽은 이 지극히 평범한 일의 실행 여부가 신여자 사회의 암흑과 광명의 분기점이라 하였다. 이 대목을 들어 『신여자』 사상이 가부장주의

옹호라고 지적을 하나 신여자로의 개조를 위해 김일엽은 젠더 수행성 방법으로 이러한 선택을 하고 있다고 보인다. 그러나 소극적 방법 중 자존치 말 일에 "신교육을 수(受)한 여자 중 과대의 자존이 고(高)하여 남자에게 비소(誹笑)를 당하나니 금후에 우리는 더욱 주의하여 온양공검으로 우리의 표방을 삼을 일"이라고 설명을 하고 적극적 방면에서 품행이 단정할 일에서는 "만약 신여자 중 일인이라도 품행이 부정한 인이 유하면 사회에서는 차죄를 신여자 전체에 가하여 여자교육 반대론자의 호 구실(口實)을 작할 것이라" 특히 경계하고 있는 것은 당시 조선 사회의 신여성에 대한 시선을 짐작케 한다.

창간호의 김일엽의 논설에서 여성해방을 개조, 해방의 세계 신사조의 하나로 위치시키고 있는 점, 일본『세이토』의 여성해방론을 언급하고 있지 않은 점, 남자에게 승순할 일 등 젠더 수행성의 태도를 보이는 점 등을 그 특징으로 들 수 있다. 이런 요소들은 김일엽의『신여자』가 뜻밖에도 온건한 양상을 보여 급진적인 논설이 주를 이룰 것이라는 선입견을 무색하게 만드는 것[33]이라는 평가를 낳게 했다. 그러나 세계 사조의 흐름 위에서 해방의 의미를 다시 보고 있는 김일엽의 여성해방론은 탈식민주의를 위한 반제 논리로 아나키즘 논리를 수용한 진일보한 여성해방론으로 자리매김이 필요하리라고 본다. 여기에 양우촌의 영향이 있었다고 보인다.

2호의「머리에 씀」을 보면 여자를 약자라 무지자라 하지 말라, 남자는 타협하라, 여자는 자각하라, 고 하였고,「우리 신여자의 요구와 주장」이라는 논설에서 "세계는 바야흐로 개조가 되려 하고 새 문명의 서광은 훤하게 비쳐오며 해방의 새벽 종소리는 우리의 장야몽을 깨우친다. …… 인습적 구각을 깨트리고 우리 여자가 인격적으로 각성하여 완전한 자기

33 유진월,『신여자연구』, 푸른사상사, 2006, 30, 31쪽. 방민호 논문에서 재인용.

발전을 수행코자 ……『신여자』는 남성우월주의 남자중심주의를 비판하고…… 평등의 자유, 평등의 권리, 평등의 의무, 평등의 노작, 평등의 향락 중에서 자기발전을 수행하여 최선한 생활로 영코저 한다."[34]고 창간호의 주장을 다시 반복 강조한다. 세계대전이 끝난 후 개조의 물결이 휩쓸던 세계적 조류를 말하며, '유치한 우리 여자 사회'라고 해서 남성의 전횡이 우심한 조선의 여성 현실을 직시하고자 한다.

제3호의 논설 「여자의 자각」에서는 도덕과 법률, 교육 모두 여자는 제외하고 남자측만 보고 의논을 세웠기에 여자는 남자의 노예로 경계(제?), 권리, 정신, 신체의 억제를 받아 무책임, 무교육, 무직업의 존재가 되었다, 그러므로 여자에게 독립자영의 정신으로 책임을 자각케 할 것이라 하였다. "우리 현금 조선 사회는 과도시대로 구이상을 잃고 신이상을 얻지 못하여 혼돈한 상태"에 있다고 하면서 "여자는 자각하여 교육과 직업과 책임으로 우리의 길을 우리가 개척하여 남자의 기반을 벗어나서 참 의미의 사람 노릇을 하여야 하겠다." 하였다. 한편으로 여권을 신장하고 동시에 여성은 자각하여 조선의 문화를 개척함이 신여자의 할 일이라는 주장은 창간호 주장의 강조이다. 제4호의 논설 「먼저 현상을 타파하라」의 논지는 민본주의를 기조로 한 사회개조의 소리는 사면팔방에서 일어난다, 개조라는 의미는 자기 또는 자기 생활환경을 변화케 함이다, 자기 생의 요구가 만족하기까지 현상을 타파하는 것이 필요하니 여자는 될 수 있는 대로 과거와 절연하고 묵은 이상을 박멸하여 새 여자로 개조하여야 한다. 외(外)로는 남자의 전제적 편견이 있고 내(內)로는 각성한 여자에 이단적 반감을 가진 다수의 중년여자에 우리 각성한 여자는 이를 적으로 대해야 한다고 하면서도 반항적이거나 파괴적으로 하지 말고 교육과

---

34 「우리 신여자의 요구와 주장」, 『신여자』 제2호, 1920. 4, 7쪽.

지적 · 도의적 방법으로 하되 제일 급무는 자기의 개조요, 자기의 개조는 현상 타파라고 하였다. 전제적 편견의 남자만이 아니라 각성한 '신여자'에 이단적 반감을 갖는 중년여자를 신여자가 '적'으로 대해야 할 존재로 '지적'한 점은 주목된다.

위에서 양우촌을 유광렬과 방정환이 김일엽에게 추천하여 『신여자』의 인쇄와 사무를 맡게 하였다고 인용하였지만 양우촌의 사상이 김일엽에 영향을 주었을 가능성에 대해 잠시 살펴본다. 여성해방 전문잡지를 기획한 김일엽의 주변에는 3 · 1운동으로 감옥에 갔다가 출옥한 인사들이 있었고, 3 · 1운동의 실패는 민족의식을 일깨워 김일엽의 여성해방사상은 내셔널리즘과 부딪치게 되었을 것이다. 이때 양우촌과의 만남은 김일엽에게 서광을 비추는 듯했을 것 같다. 양우촌은 "일본제국주의의 강점하에 있는 조선의 현하 상태를 벗어나기 위한 수단으로서 불교를 제시하고, 불교를 재해석함으로써 불교가 어떤 철학, 어떤 세계관보다도 우위에 있음을 입증하고 이를 통해 식민지 조선의 현하 상태를 타파할 수 있는 이론적 틀을" 만들었다. 말하자면 불교가 반제국주의 이론을 감당할 수 있다고 본 것이다. 식민지 상태를 벗어나자면 제국주의의 논리이자 당시 계몽운동의 사상적 기반이었던 사회진화론을 극복해야 하는데 이를 극복하기 위해 아나키즘과 상호부조론이 수용된 것은 유명한 사실이다. 그런데 식민지 조선에서는 불교가 아나키즘의 역할을 수행하도록 이 이념 틀을 양건식이 마련하였다[35]는 것이다. 김복순은 이러한 양건식의 노력은 높이 평가해야 마땅하다고 보았다. 더구나 양건식은 「호적을 중심으로 한 중국의 문학혁명」이라는 글에서 입센과 노라를 한국 최초로 언급한 인물이다.[36] 양건식과 김일엽은 의기가 투합한 듯 입센의 〈노라〉 공연을 기획하

35 김복순, 앞의 책, 112쪽.

『노라』 표지와 악보. 이 노래는 2015년 4월 17일 문학의 집 서울에서 열린 〈음악이 있는 문학마당 156—그립습니다 나혜석 작가〉에서 소프라노 이지영 씨에 의해 수십 년 만에 불렸다.

기도 하였던 모양이다.[37] 이 기획은 『신여자』가 의뢰하여 1921년 『매일신보』에 『인형의 가』 번역 연재로 이어지고 1922년 6월 『노라』의 번역 출간으로 이어진다.[38] 탈식민주의와 내셔널리즘 극복의 새로운 여성해방론, 이것은 김일엽과 양우촌의 합작품일 가능성이 높다.

나혜석의 만화 〈저것이 무엇인고〉, 〈김일엽 선생의 가정생활〉 두 작품과 글 「4년 전의 일기 중에서」를 보면 기차에서 일녀를 보면서 혐오 내지 비판하는 대목이 있기는 하지만 내셔널리즘이라든가 탈식민주의 의식보다는 김우영과의 연애 이야기가 주다. 나혜석도 오빠인 아나키스트 나경석의 영향으로 아나키스트 잡지 『공제』 등에 〈조조〉, 〈개척자〉 등의 목판화를 발표한 바 있으며 3 · 1운동에 관련되었다는 혐의로 옥고를 치르기도 했다. 최근 연구는 그가 아나카페미니스트의 계보에 든다고 보고 있

---

36 류진희, 「한국근대의 입센 수용양상과 그 의미－1920년대 『인형의 가』를 중심으로」, 성균관대학교 석사학위 논문, 2004, 30, 31쪽.

37 김일엽, 「발문」, 입센, 『노라』, 양백화 역, 영창서관, 1922.

38 위의 책.

다.[39] 그러므로 김일엽이 나혜석과 새로운 세계사조에 대해 함께 논의하고 행동을 같이 할 만한데 그런 흔적은 보이지 않는다. 오히려 거리를 두는 느낌이 든다. 앞에서 나혜석의 만화가 2호에 실릴 때 나혜석의 이름이 표기되지 않은 것을 이야기하였는데 이때 나혜석은 결혼하여 최승구의 무덤으로 신혼여행을 다녀옴으로 해서 화제의 주인공이 되었다. 『신여자』 2호 발간 날짜는 4월 25일이고 나혜석의 결혼 날짜는 4월 10일이었다. 김일엽이 「신여자의 사회에 대한 책임을 논함」에서 "신교육을 수(受)한 여자 중 과대의 자존이 고(高)하여 남자에게 비소(誹笑)를 당하나니"라는 조항에 위배되었다고 판단하였던 것은 아닌가, 또는 우연의 일치인가 생각해보게 된다. 4호의 만화도 그 사건으로 목차에서 빠지고 나혜석의 글을 맨 끝에 게재하게 된 것인가. 그러나 이때 김일엽은 남편을 의식하여 그렇게 한 것은 아니었을까, 생각할 여지가 없지 않다. 〈김일엽 선생의 가정생활〉이라는 만화를 번역소설 「어머니의 보석」 삽화로 처리하면서 목차에 넣지 않은 것은 이노익의 의견에 따른 것은 아니었을까. 이로 볼 때 이노익은 보이지 않게 김일엽을 억압하고 압박하였을 것으로 생각된다. 이노익으로부터 '해방'이 되자 김일엽은 양백화에게 『매일신보』에 『인형의 가』를 번역 연재하게 했고(1921년 1월 16일부터 4월 3일까지), 신문에 연재될 때 나혜석에게 시 「인형의 가」를 쓰게 하였던 사실(김영환 곡), 양백화 역으로 단행본이 출간될 때 다시 「노라」라는 노래가사를 쓰게 해 백우용으로 하여금 작곡을 하게 하였던 것을 볼지라도 나혜석에 대한 홀대는 김일엽의 뜻이 아니었음에 틀림없다.

『신여자』 4호(6월)가 발매 금지되면서 폐간으로 이어진 뒤 김일엽은 11

---

39 김복순, 「'조선적 특수'의 제 방법과 아나카페미니즘의 신여성 계보－나혜석의 경우」, 『나혜석연구』 창간호, 나혜석학회, 2012. 12. 30.

월에 고학생 갈톱회 주최로 열린 남녀연합토론회[40]에서 「세계사조와 조선 여자」라는 제목으로 강연을 했는데 이 강연에서 세계 여성해방운동사를 개관하고 당시 중국, 일본의 여성해방운동의 현황을 소개한 내용이 충실하고, 조선적 현실은 그것과는 다른 측면이 있다는 것까지 생각하고 있었다.[41] 또한 1921년 『매일신보』에 양건식 · 박계강 합역으로 입센의 희곡 『인형의 가』가 연재될 때 이 번역이 신여자사가 위촉해 이루어진 것, 작년에 연극으로 공연할 계획도 있었다는 증언은 김일엽이 온건한 주장의 한편으로 여성해방사상의 전파에 적극적이었음을 알 수 있다. 이때 김일엽은 도쿄에 있었으며 이혼을 하였고, 오타 세이조와 사이에 아들을 낳고 있었다.[42]

2) 이혼 · 정조론 · 불교 귀의

김일엽[43]의 생애에서 기억해야 할 점은 기독교 신앙의 가정에서 자란

---

40 김일엽이 1920년 11월 6일 하오에 고학생 갈톱회 주최로 열린 남녀연합토론회에서 「세계사조와 조선 여자」라는 제목으로 강연을 했는데 그는 세계여성해방운동사를 개관하고 동양의 중국과 일본의 여자계를 소개하였다. 일본 부인사회의 여성운동의 선진성을 인정하면서 현하 일본 부인사회가 (1) 삼종지도를 벗어나 독신생활을 (2) 남녀평등교육을 (3) 폐창운동을 주장하고 있다고 소개하였다. 이 세 가지 중 김일엽이 출간한 『신여자』가 편집 이슈로 삼은 것은 '독신생활 권장' '여자교육론'이며 폐창운동에 대해서는 다루지 않았다. 김일엽의 여성해방사상의 지식이 그 시야가 넓고 빈틈없었음을 증명하는 강연원고이다. 이상경, 「『남녀연합토론집 – 부 여사 강연』과 김일엽의 여성론」, 『여성문학연구』 10호, 2003, 356~363쪽.

41 이상경, 위의 글 348쪽.

42 김태신, 『라훌라의 사모곡』, 한길사, 1991.

43 김일엽은 1896년 6월 9일(음력 4월 28일) 평안남도 용강군 삼화면 덕동리에서 아버지 김용겸과 어머니 이마대 사이에서 장녀로 태어났다. 선대는 개성에서 세력깨나 누렸으나 집안이 기울어 평안도로 이주했으며 그 고을에선 가장 지체 높은 양반으로 통했으나 가난했다. 아버지 김용겸은 향교의 향

것과 일찍 사랑하는 가족들의 죽음을 겪어야 했던 일이다. 어머니는 김일엽을 남의 열 아들 부럽지 않게 세상에 뛰어나서 큰 사람이 되게 해주십사 기도하였고, 딸에게 대학까지 보내주마, 약속을 했다. 아버지도 딸을 끔찍이 아꼈는데 그 가족을 10대에 모두 잃은 것이다. 그에 의하면 이화학당 재학시절 이미 기독교에 대해 회의를 느끼고 무종교 상태였다. 그의 처녀 단편 「계시」에도 샤머니즘적 기도 생활에 회의하는 내용이 담겨 있으나 기독교에 회의하게 되는 구체적인 체험은 제시되고 있지 않다. 아버지의 신앙은 범사에 감사하라는 것이었다. 무종교 상태에다 가족을 다 잃은 그에게 아버지의 신앙은 어리석게 느껴졌는지 모른다.

그의 생애에서 첫째로 부딪치는 의문이 이노익과의 결혼과 이혼이다.

장을 지냈고 목사가 되었다. 조실부모한 아버지 김용겸은 14세에 초혼을 했었으나 22세에 상처를 해 김일엽은 재취로 온 어머니가 6년 만에 낳은 딸이었다. 김일엽은 7세 때에 여동생을 보았으며 그 뒤로도 동생이 태어났다. 8세에 구세학교에 다녔으나 "국문은 배운 기억이 없"고 진남포로 이사를 가서 11세에 삼숭보통학교에 입학하여 비로소 기독교에 대한 정식교육을 받았다. 그 무렵 아버지는 목사가 되어 있었다. 5대 독자인 아버지는 박애정신과 희생정신이 매우 강한 독실한 크리스천으로 김일엽은 아버지를 성자적인 경지에 다다른 분이었다고 쓰고 있다. 12세에 동생의 죽음을 겪고 비애의 참담한 체험을 시로 썼다. 「동생의 죽음」은 최남선의 「해에게서 소년에게」 보다 먼저 쓰인 시라고 한다. 보습과로 진학해서는 영어를 배웠다. 14세에 어머니가 폐결핵과 산후가 좋지 않아 세상을 떠났다. 동생들도 모두 세상을 떠 김일엽은 목사의 외동딸이 되어 서울 이화학당에 진학하였다. "수도원 같은" 기숙사에서 생활했으며 아버지와도 17세에 사별하여 이화학당을 졸업한 때 김일엽은 천애의 고아로 남는다. 계모와 계모의 소생으로 동생이 있었으나 이 동생 역시 죽은 듯하다. 계모가 데리고 온 아들이 정일형 씨다. 외할머니의 도움으로 일본 유학을 하게 되는데 일본 유학을 떠나기 전에 소학교 교사를 지내고 동대문부인병원 간호원 강습을 수료했다. 일본으로 건너가 영화학교(청산학원 전신)에서 수학했고, 1933년 덕숭산 수덕사 견성암에 입산수도, 1971년 1월 28일 입적했다, 세수 76세, 법령 43세. 이상 「진리를 모릅니다」 등 참고하여 작성.

김일엽의 결혼관을 짐작해볼 에피소드로 파혼 사건이 있다.

> 나는 허영심으로 어떤 재산 있는 청년과 약혼한 일이 있었는데, 무슨 사정으로 파혼을 당했다. 하지만 그 청년에게서 내 생전에 처음 많은 돈을 얻어가지고 하라다(平田), 미쯔꼬시(三越) 등 큰 상점으로 사고 싶은 물건을 사려고 뒤지고 다니다가 나의 욕구되는 물건과 그 대금과의 수지는 너무도 큰 차이가 생기는 것을 보고 아무리 많은 돈을 가져봐도 결국 돈의 갈증만 점점 심해질 것을 깨닫고 창자를 위로할 만한 음식과 한서(寒暑)를 피할 옷만 있으면 그만이라는 생각으로 가난의 고도 느끼지 않게 되었다.[44]

이때는 그의 아버지가 생존해 있을 때로 파혼이 된 김일엽의 뺨을 쓰다듬으며 "더 좋은 혼처 자리가 생길 지 누가 알아. 맘 상할 것 없어."라며 위로해주었다고 되어 있다.[45] 김일엽은 이 이야기에서 돈에 대해 대오각성한 계기를 말해주고 있지만 이 에피소드는 실은 그의 결혼에 대한 생각을 보여주는 것이다. '어떤 재산 있는 청년'과 약혼을 했다가 파혼을 당했다는 것인데 그것이 허영심이었다고는 하지만 '더 좋은 혼처 자리'가 생길지 누가 아느냐는 아버지의 말에서도 느껴지듯이 '재산 있는 청년'이 좋은 혼처로 이야기되고 있는 점에 대해서 김일엽은 별로 거부감을 보이지 않고 있다.

이노익은 1914년 6월에 미국 웨슬리언대학을 졸업하고 1915년경부터 연희전문학교에서 화학 교수로 재직하고 있었다.[46] 이노익은 이때 나이

---

44 김일엽, 「진리를 모릅니다」, 김상배 편, 앞의 책, 43쪽.

45 이 사건을 오타 세이조와의 것으로 오인한 논문이 있어 아버지 생존 시이니 이화학당 재학 시임을 분명히 하고자 이 대목을 인용한다.

46 「리씨 대학 득업」, 『신한민보』, 1914. 5. 28.

가 40이었고 신체장애가 있었으며 재혼에 20세의 아들이 있었다. 이런 조건의 남자와 22세 처녀의 결혼이란 누가 보아도 기우는 결혼이다. 김일엽은 남편의 결격 조건을 수용하는 대신 활동의 자유를 얻고자 기대했다고 본다.[47] 1차 일본 유학에서 여성 문예잡지 『세이토』를 대한 김일엽은 문학에 뜻을 둔 그로서 여성들의 문학작품을 실으며 동시에 여성해방을 표방하는 평론 활동이 가능한 잡지가 조선에도 있었으면 하는 꿈을 꾸었을 법하다.

귀국하자 그의 성품대로 곧 계획을 세우고 추진하는 중 이노익과의 결혼 이야기가 나왔다면 '재산 있는 청년'은 아니더라도 그에게 도움을 줄 수 있는 조건을 갖춘 것으로 판단하고 결혼을 승낙하지 않았을까 짐작해 본다. 이는 단순히 그가 사고무친의 자신의 존재가 '외로워서'[48] 내린 감상적인 결단은 아니다. 그의 글이나 생애를 살펴보면 김일엽은 결코 감상적인 기질이 아니다. 그리고 그런 자신의 결혼을 '자미있는 가정을 이루어 큰 근심 없이'[49] 살고 있다고 어머니의 무덤을 찾아, 보고를 한다. 그는 결혼생활 그 자체보다 『신여자』의 주간이 되고 소설을 쓰는 문인으로 사는 자신의 지금이 남의 열 아들 부럽지 않은 딸이 되었다고 생각한 것이 아닐까 싶다. 요컨대 이노익과의 결혼과 이혼은 그에게 어떤 정신적 충격을 주는 일이었다기보다(남편의 장애로) 그의 현실적 결혼관에 의한

---

47 김일엽의 소설 「희생」을 보면 사랑하는 남자와 결혼을 할 수 없는 상황에 임신을 한 영숙이 다른 남자와 결혼하여 사랑하는 남자의 아이를 보호하기로 한다. 주인공은 결혼에 이용할 남자는 '몇 사람이나' 있으며 그중에는 자신이 아이를 배었거나 낳거나 상관없이 한 번의 미소면 마음대로 하게 될 사람이 있다고 말하고 있다. 『조선일보』, 1929. 1. 1~4. 5. 김우영 편, 『김일엽 문학선집』, 현대문학, 2012, 193쪽.

48 방민호, 앞의 글, 360쪽.

49 원쥬, 「어머니의 무덤」, 『신여자』 창간호, 1920. 3, 24쪽.

것이었을 뿐이라고 생각된다. 김일엽의 친구인 나혜석도 재혼인 김우영에게 그림 그리는 것을 방해하지 마시오, 시어머니와 전실 딸과는 별거케 하여 주시오 등 조건을 제시하고 결혼을 했다. 이로 볼 때 김일엽과 나혜석은 모두 결혼에 대해 매우 계산적이었으며 현실적이었다고 할 수 있다.

불교로 귀의하는 회심(conversion , 回心) 또는 발심에 이르기까지는 좀 더 기다려야 했다. 『신여자』의 중단 이후 일본으로 '공부하러' 떠나기까지 김일엽 부부는 별 문제가 없어 보였다.[50] 그렇기에 이혼 통고를 받은 이노익이 그처럼 낙심을 한 것일 터이다. 그러나 앞의 '『신여자』와 나혜석'에서 살폈듯이 이노익의 가부장적 간섭은 김일엽에게 이혼을 결심하게 했고 이후 '사랑'을 강조하는 정조론을 강조하게 했다고 본다. 이때 이미 오타 세이조와 사랑하는 사이가 되었는데 김일엽이 이혼을 해도 오타 도켄 명문의 장남인 세이조와는 부모의 반대로 결혼은 불가능했다. 이노익과의 결혼과 이혼, 오타 세이조와 만남과 헤어짐, 그리고 곧 이은 임노월과의 만남…… 불과 5년여 사이에 세 사람의 남자와 만나고 헤어진다. 그뿐 아니다. 백성욱을 만나 사랑을 하며 그로부터 절연의 편지 한 장으로 실연을 당한 후 『동아일보』 국기열 기자와도 동거를 하고, 다시 하윤실과 결혼을 한다. 이로써 김일엽은 『신여자』 폐간 후의 10여 년을 분방한 자유연애주의자가 되어 신정조론의 실천자, 그런 점에서 급진주의자로 살게 된다.

이노익과의 이혼이나 나머지 남자들과 동거, 결혼, 또 이혼을 하는 분방한 삶은 그의 「나의 정조관」[51]에서 "벌써 시대에 뒤떨어진 감이 없지 않

---

50 「리노익씨 본 항에 안착」, 『신한민보』, 1921.4.21.

51 김일엽, 「나의 정조관」, 『조선일보』, 1927. 1. 8. 김일엽은 이 글에서 "정조란 상대자에 대한 타율적 도덕관념이 아니고 그에 대한 감정과 상상력의 최고 조화한 정열인 고로 사랑을 떠나서는 정조의 존재를 타 일방에서 구할 수 없는 본능적의 감정이라는 것입니다." "연애는 그리 쉽게 성립되는 것이 아니"

지만 '입센'이니 '엘렌 케이'의 사상을 공명하게 됩니다."라고 덧붙인 것으로 미루어 1910년대 일본에서 풍미한 여성해방사상의 영향인 것만은 분명해 보인다.

1914년에 히라츠카 라이초로부터 세이토사의 경영, 편집 발행 등 모든 권리를 양도받은 이토 노에는 여성문제를 사회화하면서 '정조 · 낙태 · 폐창 문제' 논쟁으로 세간의 화제를 불러일으킨다. 이 세 가지 문제는 사랑과 연애에 대한 이상이 공통으로 자리 잡고 있다. 여성해방에 앞장섰던 여성들은 이 연애결혼 이데올로기를 적극적으로 수용한다. 남성들의 연애관은 정신적인 남녀관계를 강조하여 플라토닉 러브가 강조되면서 정신적인 사랑이 존중되었으나 다이쇼기에 와서 여성해방사상과의 조우로 연애지상주의는 가부장제로부터 해방을 자유연애결혼에서 찾게 된다. 여기에는 스웨덴의 여성해방사상가 엘렌 케이의 영향이 지대했다. 엘렌 케이의 사상을 기저로 한 구리야가와 하쿠손(廚川白村)의 『근대의 연애관』은 출간되자 한 해에 수십 판을 찍었다고 하며, 연애결혼 이데올로기를 수용할 사회적 분위기가 형성되어갔다.

한편 처녀 및 정조 논쟁이 있었는데 이때 처녀의 현대적 개념이 정립되었다.[52] 이 시기, 다이쇼기의 정조 논쟁과 연애결혼 이데올로기를 수용하게 된 것이 김일엽, 나혜석, 김명순의 삶을 규율하고 조선에서는 이를 스캔들화하여 세 여성문인은 선구자로서 희생이 되었다. 김일엽만이 불문

므로 "과거에 몇 사람의 이성과 관계가 있었다 하더라도 새 생활을 창조할 만한 정신을 가진 남녀로서 과거를 일절 자기 기억에서 써버리고 단순하고 깨끗한 사랑을 새 상대자에게 바칠 수가 있다 하면 그 남녀야말로 이지러지지 않은 정조를 가진 남녀라 할 수 있"다고 하였다. 김우영 편, 『김일엽 선집』 앞의 책, 306, 309쪽.

52 이상 박유미, 「세이또의 여성담론연구」, 충남대학교 박사학위 논문, 2009 참조.

에 귀의함으로써 도덕적 단죄에서 도피할 수 있었던 셈이다. 1910년대 일본에서 받은 영향이 1920년대 후반 김일엽 나혜석의 이혼 후 삶에 적용되어 나타나고 있으며 「처녀 비처녀의 관념을 양기하라」[53]고 김일엽은 잡지사가 요청한 설문에 답하였고 나혜석의 '정조는 취미다'라고[54] 이혼 후 신생활에 들면서 썼다. 결혼 전에 가졌던 혁신적 정조론을 이혼 후에 펼치고 있는 것이다. 이혼이 두 사람에게 영향을 미쳐, '자유로운 글쓰기'가 이루어졌다고 본다. 이에 대해서는 이노우에 가즈에의 지적이 참고가 된다.

> 김일엽의 정조는 남녀의 결혼 여부에 상관없이 생겨나는 감정이었으며, 그 근저에 상대에 대한 연애의식, 즉 사랑이 있었다. 나혜석은 정조가 취미라고 잘라 말한다. 그리고 종래 여성에게만 강요되던 정조관념을 전면 부정하고 여성의 해방, 즉 인간의 해방은 정조의 해방에서 시작된다고 말한다. 이 정조관은 일련의 사건이 일단락되고 파리유학을 결심하고 조선을 떠나기로 결심한 직후인 1935년 2월에 발표되었다. 모든 것을 잃고 실의에 빠져 있던 때였던 만큼 여성에게만 강요되던 정조의 이중성에 대한 비판의 소리도 그만큼 날카로웠던 것이라고 생각된다.[55]

1923년 즈음부터 불교에 관심을 가져오던[56] 김일엽은 1928년 백성욱

---

53 김일엽, 「처녀 비처녀의 관념을 양기하라」, 『삼천리』, 1932. 2.

54 나혜석, 「신생활에 들면서」, 『삼천리』, 1935. 2, 서정자 편, 『원본 정월 라혜석 전집』, 푸른사상사, 2001, 482쪽.

55 이노우에 가즈에(井上和枝), 「조선 '신여성'의 연애관과 결혼관의 변혁」, 문옥표 외, 『신여성』, 청년사, 2003, 184쪽.

56 연보에는 1923년 9월 충남 예산 덕숭산 수덕사에서 만공선사의 법문을 듣고 크게 발심하였다고 한다. 제8회 작고 여성문인 세미나 자료집, 한국여성문학인회, 2003. 4. 26. 그러나 앞에서 언급한 바와 같이 양우촌과의 만남에도 불교가 개재했을 수 있다. 양우촌은 1912년 각황사 포교당에서 찬조연설을

이 불교일보사 사장으로 취임했을 때 그를 찾아가 만나게 되었다. 이해는 김일엽이 삭발하며 선학원에서 수계를 한 해이다. 솔직한 김일엽의 글에 나타난 바로는 아버지 김용겸에 필적할 사랑을 느낀 것은 백성욱[57]이 처음으로 보인다. 7, 8개월 사귀다 백성욱의 절연장으로 하루아침에 실연을 당한 김일엽은 지금까지 그 어떤 남자에게서 받은 것보다도 큰 충격에 빠진다. 언제나 김일엽 쪽에서 이별을 통고하는 방식이었다가 절연장을 받고 헤어져 동일성에 상처를 받은 그런 정도가 아닌 듯하다. 그로부터 김일엽은 불문에 귀의할 발심을 보다 적극적으로 하게 된다.

나혜석의 경우도 그러했다. 불교에 관심을 보인 것은 1930년대 초반부터였다. 그러나 불교에 귀의하는 회심에 이르기는 김우영에 대한 분노가 계기가 되었다고 본다.[58] 이때의 심경을 나혜석은 딸에게 쓰는 편지에서 "나는 오직 분하고 절통하다."고 표현했다. 나혜석은 쓴 글의 어디에서도 분노의 문자를 쓴 적이 없었다. 「이혼고백장」에도 '부끄럽다'는 말을 되풀이 했을 뿐이었으며 분풀이라는 말은 최린을 고소할 때 변호사에게

하는 것으로 처음 그 활동이 드러난다(류진희, 앞의 논문, 같은 곳).

57 백성욱은 1897년 서울 연지동에서 윤기(潤基)의 장남으로 태어나 조실부모하고 고모의 손에 자라났다. 승려 · 교육가 · 정치가로 1910년 봉국사(奉國寺)에서 최하옹(崔荷翁)을 은사로 하여 득도하였다. 1919년 경성불교중앙학림(京城佛敎中央學林)을 졸업하였고, 1920년 프랑스 파리의 보배고등학교에 입학하여 독일어 등을 공부한 뒤, 1922년 독일의 벌츠불룩대학 철학과에 입학하여 1925년 철학박사 학위를 취득한 뒤 귀국, 불교지 등에 많은 논문을 발표하다가 1928년 중앙불교전문학교 교수로 취임하였다. 내무부 장관, 부통령 출마. 1953년 8월 동국대학교 총장에 취임하였고, 동국대학교 대학원에서 『금강삼매경론(金剛三昧經論)』, 『보장론(寶藏論)』, 『화엄경(華嚴經)』 등을 강의하였다. 1981년, 태어난 날인 8월 19일에 입적하였다. 『한국민족문화대백과』.

58 서정자, 「편지를 계기로 다시 본다 – 나혜석의 암흑기, 그 분노의 수사학」, 『여기』 17호, 2013년 여름호 ; 『나혜석, 한국문화사를 거닐다』, 푸른사상사, 2015, 소수.

썼던 말이다. 그런 나혜석이 분노했으며 이후 나혜석은 불교에 귀의하여 다른 글과 글쓰기 방식이 크게 다른「해인사의 풍광」을 쓰게 된다.[59]

김일엽은 1928년 만공선사가 주석(住錫)하고 있는 금강산 마하연에 입산, 서봉암에서 이성혜 비구니를 은사로 삭발했다. 7월 15일 표훈사 신림암에서 하안거(夏安居), 10월 15일에는 서울 선학원에서 만공선사에게 득도 수계를 받았다. 1929년 강원도 준양군 장양면 내금강 마하실 선원에서 계속 수도생활 정진, 1931년 상경하여 만공스님 법하 안거, 1933년 9월 충남 예산군 덕산면 소재 덕숭산 수덕사로 만공스님을 따라 이거(移居), 견성암에 주석(住錫), 만공선사로부터 도엽(道葉) 비구니라는 인가를 받았다. 이후 27년간 견성암 비구니 대중의 입승(立繩)을 지내며 그 기간 동안에 찾아온 수천 수만의 대중에게 설법하였다.[60] 나혜석의 후반기를 언급할 때 반드시 김일엽과 관련하여 말하게 된다. 김일엽이 입산수도하는 수덕사에 나혜석이 찾아왔고, 한때는 삭발위승이 되고자 하였으며 수덕여관에 꽤 오래 머물렀기 때문이다. 불교 귀의의 시기나 계기가 달랐다는 정도의 논의가 되었는데 나혜석의 불교사상은 김일엽의 불교사상에서 찾아보는 것으로 대신할밖에 없다.「해인사의 풍광」이후 나혜석의 글을 찾아볼 수 없기 때문이다.

3)『청춘을 불사르고』의 사상

나혜석의「해인사의 풍광」은 해인사에서 몇 개월을 지내며 보고 들은 이야기와 체험을 바탕으로 해인사를 자세히 리포트한 글이다. 이 수필은 나혜석의 어느 글과도 다르다. 지금까지 써왔던 방식, 즉 자신의 체험을

---

59 이상, 위의 논문.

60 한국여성문학인회 작고문인 세미나 김일엽 편, 앞의 자료집 연보에 따름.

바탕에 깔고 지향해야 할 방향이며 예술과 사상을 말하는 그런 계몽적 형식이 아니고, 해인사라고 하는 법보종찰을 소개하면서 불교 전체를 조감하듯 종교적 보고문을 만든 것이다. 「해인사의 풍광」의 문자는 기행문을 가차(假借)한 나혜석의 분노의 수사학이다.

이 글에서도 나혜석은 세계일주 여행 시 미국에서 보았던 사실과 해인사의 그것을 비교하는 언급을 하거나 구미 체험을 언급하기도 한다. 그러나 다른 글쓰기 같으면 이런 이야기가 전면에 등장하고 이야기의 전개도 나혜석이 주도하는 글쓰기를 하였을 텐데 이 「해인사의 풍광」에서는 이런 나혜석 개인 이야기는 전체 이야기 속에 묻혀버린다. 이에서 나혜석이 '자기'를 글 속에 함축시키는 새로운 기법을 구사하고 있음을 볼 것이다. 나혜석은 오직 '종소리'에서만 잠깐 감정을 드러냈을 뿐, 자기를 죽이고 객관적인 시선을 흩트리지 않는다. 소제목 '종소리'에서 나혜석은 "무심하다. 그러나 저 종소리 내 수심을 돕는도다."라고 쓰고 밀레의 〈만종〉 생각이 아니 날 수 없다고 했을 뿐 더 이상 토를 달지 않았다. 나혜석이 이 글에서 쓴 '무심하다' 의 의미는 김일엽의 『청춘을 불사르고』를 읽어보는 것이 도움이 될 것 같다.

일본에서 귀국한 후, 1933년 수덕사 견성암에 입산할 때까지 김일엽은 아현보통학교에서 교직에 종사했다든가, 종단의 기관지 월간 불교사 기자로 일했다는 기록이 있으며 『불교』지 문예란을 담당하면서 시, 소설, 수필 등을 『불교』지만이 아니라 『조선일보』 『동아일보』 『문예시대』 『삼천리』 『신동아』 『신여성』 『동명』 『동광』 『신가정』 등에 발표, 김일엽 전반기 말에 왕성한 작품 활동을 한다. 김일엽 전반기 문학의 시 「나의 노래」를 김현자 교수는 김일엽 시의 주제의식과 지향성을 가장 적실하게 보여준다고 했다.[61] 이 시는 현실에서의 불화와 대립을 포용하고 초극하면서 우주적이고 초월적인 세계로 나아가고자 하는 시인 의식의 지향성을 보여준다는 것이다. 불교문학 활동을 하면서 김일엽은 재가승 하윤실과 결혼해서 그로부터 불교에 대해 배워 생활과 신앙생활을 겸하려 한다. 그러나 그것은 불가능하고 안이한 생각이었음을 깨닫자 하윤실과 이혼한 후 입산하여 용맹정진을 하게 된다.

『청춘을 불사르고』는 B씨에게 보내는 편지 3통, R씨에게 1통, C씨에게 부치는 글 1통 등 대부분 편지체로 쓰인 책인데 B씨는 백성욱, R씨는 임노월, C씨는 최남선이다. 각 편지의 길이는 일정하지 않다. 긴 것은 약 400장, 짧은 것은 수십 장의 길이이다. 각 편지는 30여 년 불도를 닦아 이룬 김일엽의 사상이 바탕이 되어 있으니 그 깊이가 수월치 않다.

먼저 B씨에게 보낸 제1신은『청춘을 불사르고』의 프롤로그에 해당하며 이 책을 쓰게 된 계기와 입산하게 된 계기, 그리하여 드디어 도달한 김일엽의 사상의 높이까지 압축되어 쓰여 있다. 이 서신만으로도 김일엽의 『청춘을 불사르고』에서 김일엽이 말하고자 한 사상을 대략 알 수 있다. 백성욱과의 만남과 헤어짐, 그로 비롯된 번뇌와 그로부터 벗어나기까지의 과정을 줄거리로 하여 드디어 참 나를 발견함으로써 사랑의 배신에서 오는 고통을 극복하여 믿음의 승리에 이르는 과정을 담았다. 400장 100여 페이지가 넘는 편지글이 중간 제목 하나 세우거나 장으로 나뉨이 없이 물처럼 흐른다.[62]

편지는 백성욱으로부터 실연당한 것을 감춤이 없이 드러내고, 평생에 이렇게 비애를 느껴본 적이 없었다, 고백한다. 구원의 길이란 '나'를 찾아 자유인이 되는 그 길임을 발견하고, 나를 찾는 법, 그것을 발견해서

---

61 김현자, 「김일엽 시의 자의식과 구도의 글쓰기」, 『한국시학연구』 9호, 2003, 48쪽.

62 김일엽, 「청춘을 불사르고 – B씨에게 제1신」, 『청춘을 불사르고』, 문선각, 1962, 9쪽 이후.

쓰게 되어야 내 정신으로 사는 인간이 되는 것을 알게 된다. 김일엽은 불교 진리를 찾아나가면서 기독교와 늘 비교하여 기독교의 교리는 불교 교리의 부분이라는 것을 강조한다.[63] 육체는 정신이 만들고 버리고 하는 것이므로 육체적 생사는 정신의 임의대로 되는 것을 알고, 편안한 마음으로 "이제 당신은 나를 버려도 좋습니다."[64]라고 말한다. 이제는 그의 애인도 동지도 될 자격이 이루어졌다는 자신이 생긴 때문이다. 김일엽은 만나고 떠남은 둘이 아님을 알았다. 그와 자신은 변함이 없고 이별이 있지 않은 '임'의 자리를 본래 여의지 않았던 것을 알았다한다. 실연(失戀)의 비애를 느끼던 것은 자아배반의 자학적 슬픔에 불과하였던 것이다. "아아! 한 생각 돌리게 한 당신에게 나는 어떻게 보은을 해야 하오리까." 그에 대한 원망은 감사로 바뀐다. 사랑의 배신과 상쇄되고도 멀리 남는 진리를 몰랐던 지난날을 청산하고 오히려 보은할 완전한 인간이 되기 위하여 미래세가 다하고 남도록 정진과 노력의 쌍수적 길, 곧 인생의 정로(正路)로 정로로만 매진할 것을 다짐한다. 나뿐만 아니라 남을 구제하기 위해서다.

『청춘을 불사르고』에 나온 「무심을 배우는 길 – 피엉긴 가슴을 안고 사는 R씨에게」는 임노월에게 보내는 편지다. 여기에서는 김일엽 '무심'을 배우는 길을 임노월에게 보내는 편지에서 가르치고 있으므로 이 무심에서 나혜석의 무심을 이해해보기로 한다. R과의 1, 2년에 불과한 로맨스는 29년 전 끝났으나 우연히 보게 된 임노월의 임을 그리는 시 「갈대」와 역시 우연히 견성암 비구니가 탁발하다 만난 임노월로부터 보내온 명함

---

63 이 부분은 양우촌이 불교와 야소교를 비교하여 불교의 우위를 밝혀낸 방식을 떠올리게 하나 양우촌의 글과 직접 비교하지 못한 터라 구체적으로는 언급하지 못한다. 김복순, 앞의 책 양건식 부분 참조.

64 김일엽, 『청춘을 불사르고』, 105쪽.

에 쓴 소식을 대하고 김일엽은 예전의 그 일로 편지를 쓰는 것이 아니라 친소와 이해를 떠나서 뉘게나 다 알려주려는 그 원력(願力), 불교의 진리인 무심을 배우는 길을 알려주고자 편지를 쓴다고 전제한다. 대승불교인 김일엽의 신앙은 언제나 중생의 제도에 구경적 목적을 둔다.

김일엽에 의하면 무심은 배우는 것이라기보다 인간 본연의 마음으로서 맛이 없으며 외로움이 끊어지고 요구하는 마음이 없어진 '무심' 그것이 일체의 요구(의 답을)를 얻을 원천이다. 유심이라는 유한적인 그 마음만 버리면 일체 요소인 '무심' 곧 무한대의 마음이 얻어진다. '무심'은 내 맘, 남의 맘, 이 맘, 저 맘, 없는 맘, 있는 맘을 단일화시킨 일체 존재의 창조주요, 만능적 자아이다.

내 혼인데 내 맘대로 안 되는 것은 내 혼이 아니라는 것을 증명한다. 그러니 참 혼인 '무심'이 내 것이다. 이 마음은 천변만화하므로 세상의 모든 현상이 변화 과정의 되풀이로서 믿을 수 없을 뿐만 아니라 마음이라고 생각하는 마음은 참 마음이 아니기 때문에 무심을 찾으라는 것이다. 이 '무'는 '유'의 대상이 아니고 '유'의 본질이요, 일체의 '무'로서 이 '무'를 요득(了得)한 혼이라야 환경에 휩쓸리지 않고 감정에 팔리지 않게 된다. 그리하여 애타는 심사가 고요히 쉬게 된다. …(중략)… 평화는 나 자체이다. 그러므로 외계에서 얻으려고 헤맬 것이 없다. …(중략)… 이 세상에서도 사랑에 신성(神聖)이란 말은 많이 붙이지만 이 신성이란 만공-일체화 곧 합치-의 세계가 이루어지는 것으로서 사랑이나 정이나 또는 신심, 효심, 애국심, 인류애, 자비심, 악심으로나 나의 일체 정신의 한데 뭉침, 곧 정신통일 또는 우주단일화인 무심(無心) 그 자리로서 거기서 피어난 정화(精華)가 곧 인격의 완성화이다. 시간의 영원과 요소의 일체인 유심의 창조주인 그 무심을 나머지 없이 채취하면 거기에는 희망의 성취도 있고 임의로 창작적 생활도 하게도 된다. …(중략)… 무심만 얻으면 유심인 현실

전체는 내 것이 된다.[65]

나혜석은 이 '무심'을 배워 실천하려고 하였던 것 같다. 무심을 배워 실천함으로써 분노도 극복하고 자식들에 대한 안타까운 그리움을 이기고 예술에의 성취까지 꿈꾸었을 듯하다. 이후 나혜석의 글을 대할 수 없으니 나혜석의 내면이 어떻게 발전했는지 알 수 없으나 승려가 되지 않은 그는 김일엽과는 다른 방향에서 그의 삶을 계속 발전시키고 있었는지도 모른다.[66]

---

65 본 논문 발표의 토론에서 '불교에서는 자아를 허망한 것으로 보고 몰아와 망아의 경지를 추구하는 것, 즉 자신의 에고가 사라진 무아의 상태가 가장 이상적인 것으로 여겨 자신의 고유한 주체적 삶을 주장하는 일은 바람직하지 못하며 불교의 수행과정은 개인의 내면을 들여다볼 수는 있지만 개인주체는 허망한 것이라 보는데 이 점은 개인, 개인주의가 부정되는 것이 아닌가, 만약 그렇다면 불가로의 귀의는 조선의 근대가 개인의 탄생이라는 이념적 차원을 허락할 만한 정신적 조건을 갖추지 못했거나 개인성을 지키려는 개인의 역량이 부족했던 것이 아닌가 해석해야 하는 것이 아니냐'는 질의가 있었다. 발표자가 이해하기에는 김일엽의 주장은 개인이라든가 심지어 허망이라는 것까지 모든 개념을 우주로 확산하고 또 심화하는 광대무변의 그것으로 자아와 타자를 가르는 경계를 허물어 자아를 타자에게 개방, 일체성을 회복함으로써 참된 해방과 구원을 주장했다고 보는 것으로 이해되었다. 불교가 근대에서 감당할 수 있는 능력이나 한계에 대해서는 앞으로 깊은 통찰을 필요로 하는 과제라고 생각한다.

66 서정자, 「편지를 계기로 다시 본다－나혜석의 암흑기, 그 분노의 수사학」, 앞의 글, 타계하던 해 1948년 겨울 박화성의 집으로 찾아간 나혜석은 박화성의 손을 잡고 "모쪼록 건투하세요. 다 풀지 못한 우리들의 한을 풀어주기 위해서라도 오래오래 살면서 많이 써주셔야죠."라고 말했다고 한다. 나혜석은 암흑기 동안에도 여성억압의 문제를 계속 생각하고 있었다는 반증이다. '무심'을 배워 마음을 다스리면서도 평생을 두고 해결할 일로 여성해방을 놓지 않았음을 볼 것이다.

3. 마무리하며 — 남은 문제들

나혜석과의 사상적 관련을 따라 김일엽의 생애와 사상을 살펴보았다. 이 과정에서 김일엽은 『신여자』를 중심으로만 보아도 연구해야 할 과제가 너무도 많다는 것, 그럴 만한 가치가 있다는 것을 재인식한 것과 연애와 결혼관, 정조론도 유사한 점 외에 차이가 보였다는 것을 부분적으로나마 밝힌 것이 작은 소득이다.

지금까지 김일엽과 나혜석이 같은 시기 일본 유학 체험을 가졌다는 점에서 두 사람의 삶과 사상을 일본의 여성해방담론과 비교하는 연구가 적잖이 이루어졌다. 그러나 김일엽과 『신여자』를 다시 본 결과 이와 같은 단순 비교가 매우 위험함을 알 수 있었다. 발간 과정에 참여한 인적 구성에 주목하고 양우촌과 방정환 등 남성들의 편집 참여가 김일엽의 사상과 『신여자』에 미친 영향 등의 고찰은 『신여자』 연구의 문제제기로서 의의가 있었다고 본다. 특히 우촌 양건식이 불교계의 기관지나 잡지를 무대로 활동하였고 소설을 썼으며 입센의 『노라』를 최초로 언급한 중국문학 번역자로서 『신여자』뿐 아니라 김일엽의 사상적 고문 역할을 하였으리라는 점을 밝힌 것은 본고의 성과로서 특히 중요한 부분이다 우촌 양건식(양백화)과 함께 『신여자』 편집을 실질적으로 주도한 방정환도 편집 및 사상적인 면에서 『신여자』에 적지 않은 영향을 미쳤다고 보았으나 지면 관계로 논의를 생략한 것은 아쉽다. 『신여자』와 관련하여 양우촌과 방정환의 역할 및 그 의의에 대한 연구는 앞으로 본격적으로 연구해야 할 부분이며 매우 흥미롭기도 한 대목이다.

이 글은 김일엽은 일본 유학 중 수용한 여성해방사상으로 여성잡지를 창간하지만 3 · 1운동 실패에 이은 조선 사회의 변동 속에서 김일엽식 여성해방론을 다시 세웠고 이때 양우촌, 방정환이 청탑 회원과 함께 김일엽의 입론에 도움을 주었다고 보았다. 김일엽이 급진적 여성해방사상인 신정조론을 주장하고 실천한 장본인이라는 고정관념을 가지고 『신여자』를 볼 때 그 사상의 온건함이나 남성우월주의에 순응적인 면까지 보임으로써 『신여자』 여성해방사상을 저평가하는 지적도 있어왔으나, 김일엽과 『신여자』에 대한 새로운 해석을 제공할 단서들은 우리에게 김일엽의 『신여자』와 그 사상을 다시 보기를 요구한다.

이외에도 『신여자』 폐간은 4호의 기사가 원인이 되어 풍속괴란으로 총독부로부터 발간 금지당한 것이 계기가 되었는데 이 폐간 전후의 내면 풍경과 함께 『신여자』에 기고한 나혜석의 만화와 글이 편집상에서 뜻밖의 홀대를 받은 사실을 발견하여 이 사실과 김일엽의 남편 이노익과 『신여자』의 관계를 구명해본 것 역시 한 소득이 아닐 수 없다. 이 일로 미루어 김일엽의 이혼 이유의 일단을 추정해볼 수 있었으며 김일엽의 정조론에서 '사랑'이 강조되는 것과도 연관 지어볼 수 있었다. 김일엽과 나혜석은 이혼 체험 이후 각각 급진적 정조론을 발표한다. 그 사상의 저변에 엘렌 케이 등 1910년대 일본에서 수용한 여성해방사상이 있었음은 유사성이나 김일엽이 '사랑'을 조건으로 제시한 것이 나혜석과 다른 점이다.

방민호 교수는 김일엽이 임노월을 만나면서 신개인주의를 받아들이는 것을 중요하게 보았으나 본고에서는 거기까지 탐색을 하지 못한 것 역시 남은 문제이다. 김일엽과 나혜석이 여성해방이라는 문제에 봉착하면서 이것에 대한 해답을 구해나가는 과정에서 불교를 선택하는 과정은 우리 한국문학의 핵심적 과제, 자유와 해방의 질문에 대한 답으로 일단 주목하였다. 김일엽은 입산수도하여 자유와 해방을 불교의 진리로 승화시켰으며 나혜석은 끝까지 여성문제의 추구를 포기하지 않은 차이가 있다. 이 글은 「나혜석과 그의 시대 — 주변인물들」을 주제로 한 학술대회 발표문으로 쓰인 데다 김일엽의 생애와 사상 등에 실증적 연구가 일천하여 김일엽의 생애 쪽에 많은 지면이 할애되었다.

뿌리 뽑힌 여성과 관대한 사회

『수잔 브링크의 아리랑』, 『화혼 판위량』 그리고 나혜석

1. 디아스포라를 선택한 여성들

인문학자 최진석에 의하면 예술가는 "없던 길을 만들어가는 사람"이다. 없던 길을 만들기 위해서는 '지성(知性)'이 들어가야 한다. 지성의 눈으로 생각하고 창조하는 것이 바로 철학이고, 그렇게 사회를 톺아보는 것을 '철학적 시선'을 갖춘다고 표현한다. 나혜석의 문학과 예술은 일차적으로 페미니즘의 시각이 바탕을 이룬다. 그의 예술에는 철학적 시선이 갖추어져 있었다는 말이다. 그러나 그가 어떤 사상을 받아들여 생각하고 창조해나간 예술의 궤적에는 일반인들의 눈으로 볼 때 상식을 넘어선 지점이 있고, 이 지점에 이르러 사람들은 납득하지 못하고 그의 행동을 비판했다. 지혜롭고 논리적인 그가 왜 한편으로는 불륜을 사랑으로(「이혼고백장」) 고백하면서 다른 한편으로 정조유린죄를 물어 법에 고발하였는가. 이에 대한 의문에서 디아스포라를 선택한 여성들－뿌리 뽑힌 여성들을 비교하여 그 답을 얻어 보았다.

그동안 나혜석을 평가할 때 비교할 만한 적절한 대상이 없었다. 김일

엽과 김명순은 나혜석과 나란히 묶여 논의되었으나 나혜석을 이해하는 데 크게 도움이 되었다고 보이지 않는다. 이는 이광수와의 비교도 마찬가지다. 지난 7월 우연히 판위량을 만났고 또한 우연히 수잔 브링크를 만났다. 판위량은 중국 선양의 성박물관(省博物館) 전시실, 특별전에서 만났으며 수잔 브링크는 최진실이 주연을 맡은 영화 〈수잔 브링크의 아리랑〉(1991)이 TV 주말극장으로 방영되어 만났다. 나혜석과 비교할 만한 판위량은 스난(石楠)의 『화혼 판위량』(북폴리오, 2004)이 번역(김윤진 옮김) 출판되어 있어 그의 삶과 예술을 이해하는 데 도움을 받을 수 있었다. 예술에 대한 이해를 갖춘 필자 스난은 판위량의 삶과 예술을 쓴 이 책으로 청명문학상을 받았다. 수잔 브링크는 유우제가 『수잔 브링크의 아리랑』(도서출판 보고, 1990)이라는 영화와 같은 제목의 책을 써서 보다 자세히 알 수 있었다. MBC TV의 〈인간시대〉가 현지에서 취재한 실화에다 수잔 브링크 자신의 기록을 참조하여 쓴 글이어서 내용에 신빙성이 갔다. 두 여성의 생애사라 할 이 책이 보여주는 감명은 꽤 오래갔다. 판위량은 물론 나혜석과 비교해보고 싶은 근대 여성이었으니 관심을 갖지 않을 수 없었고, 수잔 브링크는 그가 양어머니로부터 학대를 받고 자살을 기도하기까지 하는 입양의 고통이 주로 다루어졌지만 입양 전후의 사정과 스웨덴에서 미혼모로 살아간 삶이 중요한 증언으로 주목되었다. 스웨덴은 우리가 1920년대 수입한 여성해방이론 중 가장 큰 영향을 보인 엘렌 케이 사상을 낳은 나라다. 모성 보호와 여성의 복지가 그 어느 나라보다도 앞서 있다고 알려진 나라였기에 그의 삶 곳곳에 엿보이는 제도들에 눈길이 가지 않을 수 없었던 것이다. 수잔 브링크, 판위량, 나혜석, 이 세 사람의 생애사에서 나는 하나의 고리를 찾아냈다. 그것은 디아스포라였다. 디아스포라를 꿈꾸지 않을 수 없었던 근대의 뿌리 뽑힌 여성들의 선택! 이 세 여성은 모두 디아스포라와 관련되어 있다.

자문을 맡고 있는 어느 모임에서 그동안 연구한 결과 보고서를 검토하는 중, 나혜석에 대한 소개가 나혜석 연구가 붐을 이루기 이전에 스캔들의 주인공으로서 알려진 것을 주로 하여 쓰인 것을 보았다. 그동안 문학사나 미술사, 독립운동사,

일대화혼 판위량의 그림세계 포스터

여성사 여러 면에 걸쳐 나혜석이 남긴 뚜렷한 공적이 밝혀졌건만 이런 정도만으로 나혜석에 씌워진 스캔들을 불식시키기엔 역부족이었던 모양이다. 대소 인물사전과 한국학, 또는 백과사전을 검토하여 수정에 나서야 할 필요를 느낀 한편으로 미진한 연구 또한 보완해야 할 필요를 절감했다.

이 글은 일차적으로 나혜석과 판위량의 생애사를 검토하여 동시대를 살았던 두 여성의 삶이 각각 어떻게 같고 또는 엇갈렸는지 개인과 사회적 상황 등을 비교하여 나혜석의 후반기 삶을 이해하는 하나의 단서를 도출하고자 한다. 디아스포라! 여성에게 씌워진 질곡을 벗어나려면 여성은 이 땅을 떠나지 않으면 안 되었다. 그런데 나혜석은 파리로 가자!고 부르짖으면서도 파리로 떠나지 못했다. 나혜석의 불행은 바로 디아스포라의 삶을 꿈꾸었지만 과감하게 선택하여 떠나지 못한 데 있었다! 그 원인은 무엇인지, 판위량의 삶과 대조하며 찾아보기로 한다. 같은 시기의 작가이자 시인인 김명순이 조선을 떠나 일본으로 건너가기까지의 과정을 살펴보면 그에게 퍼부어진 비난과 굴욕은 극심하여 해방 후에도 일본에 남기를 선택하였던 것을 알 수 있다.[1]

---

1 서정자, 「축출 배제의 고리와 대항서사 – 디아스포라관점에서 본 김명순 문

판위량의 자화상

앞서 언급했듯이 판위량을 만난 것은 지난 7월, 나혜석학회가 두 번째 나혜석 학술답사차 중국에 갔을 때였다. 다롄과 뤼순을 거쳐 단둥과 선양, 하얼빈을 거치는 코스였는데 선양에서 우연히 판위량의 특별전을 보게 되었다. 여행이란 이런 예상치 않은 만남에 그 묘미가 있는지 모른다. 랴오닝성박물관에서 중국현대회화의 1대 특별전이 열리고 있었다. 중국 현대회화사의 첫 장에 여성화가가 등장(중국의 현대회화 1대화가)하고 있다는 점이 놀라웠다. 그림을 보았고 영화, 연보 등을 통해 그의 삶을 엿보았는데 놀라워라 그는 나혜석보다 단 1년 앞에 태어났고, 그림 공부를 했고, 파리에 유학을 했다. 유화와 수채화로 꽃을 그렸고 풍경을 그렸으며 여성의 누드를 그렸다. 작품의 숫자가 대단히 많았고 다양했다. 역사의 동일성이라는 말도 있지만 나혜석과 너무나 흡사한 그의 삶의 궤적에 전율을 느끼지 않을 수 없었다. 나는 그의 여러 장의 자화상 앞에서 발을 멈췄다. 판위량은 푸른색 중국의 전통 원피스 치파오를 입고 앞머리를 가지런히 자르고 특유의 눈썹을 실같이 그린 모습으로 정면을 바라보고 있었다(그는 자화상을 아주 많이 그렸다). 나혜석이 남긴 〈자화상〉(또는 〈여인초상〉)으로 알려진 그림이 생각났다. 그 그림의 주인공의 시선은 정면을 향하고 있지 않다.

거의 같은 시기에 중국과 조선에서 태어난 두 여자, 운명처럼 그림을 그린다. 미술학교를 졸업하고 화가가 되었다. 그리고 파리로 유학을 다녀오며 중국과 조선에서 각각 조국에 봉사하고자 한다. 그러나 판위량은 중

학」, 『세계한국어문학』 제4집, 2010. 10. 30, 13쪽 이후.

국을 떠나지 않을 수 없게 된다. 중국을 떠나 파리로 가서 그림에 전력을 기울이며 83세에 타계하기까지 쉼 없이 작품 제작에 힘써 프랑스 현대미술관에 그의 작품이 소장되는 영광을 누린다. 나혜석과 판위량, 이들의 삶을 비교해보면서 나는 나혜석이 처했던 실로 불리한 상황에 주목하지 않을 수 없었다. 1920년대의 중국과 조선, 그리고 1970년대의 한국과 스웨덴, 100년, 50년 전 여성 현실의 지형을 살펴보며 그것의 밀접한 관련에 전율한다. 그들은 디아스포라를 선택했다.

2. 판위량의 극적인 생애

판위량은 그의 생에서 몇 차례 운명을 좌우할 중요한 선택을 한다. 아름다운 운하를 등에 진 양저우 모자장수의 둘째딸로 태어났으나(1895) 어린 시절 언니도 아버지도 그리고 어머니까지 차례로 잃는 불운을 맞는다. 아편중독자 외삼촌에 맡겨졌다가 14세에 우후항 청루에 창기로 팔린 그는 1913년 처음 나간 술자리에서 개혁사상을 지닌 새로 온 세관의 감독 판찬화를 만난다. 판찬화가 위량에게 관심을 보이자 우후항 상인동업조합 마회장은 위량을 판찬화 감독의 관저로 보낸다. 판찬화는 위량을 돌려보내며 다음날 우후항의 명승고적을 안내해달라고 한다. 다음 날 나들이에서 돌아와 위량을 다시 돌려보내려 할 때 그의 첫 번째 운명적 선택이 이루어진다. 판감독도 무서웠지만 청루로 돌아가는 순간(판찬화를 유혹하는 데 실패하여) 자신은 불량배에게 던져져 짓밟히고 말 것을 알기에 자기를 돌려보내지 말라고 무릎을 꿇고 애원을 한다. 감히 있을 수 없는 용기였다. 위량의 처지에 동정을 한 판찬화가 위량을 마침내 소실로 받아들임으로써 위량은 창기의 신분에서 벗어나 새 삶을 찾을 전환점을 마련한다.

위량은 글자도 몰랐으나 찬화가 가르쳐준 「애련설」의 글귀를 외워 연꽃 그림을 그리고 화제(畵題)까지 씀으로써 찬화의 감동을 사고 그는 위량을 상하이로 보내 공부할 길을 열어준다. 이웃의 상하이미술대 교수이자 화가 홍야선생이 그리는 그림을 어깨 너머로 보고 익힌 위량의 그림솜씨는 홍야선생의 감탄을 얻게 되고 그의 재능은 출신성분의 장애에도 불구하고 마침내 상하이미술학교 입학허가를 받게 된다. 홍야선생은 물론이고 미술학교교장 류하이쑤(劉海粟)와 서양화과 주임교수 왕지위앤(王濟遠)은 이후 평생에 걸쳐 판위량을 지도자로서 도와준다. 이때 중국은 아직 전근대적 사상이 지배하는 시기로서 기생 신분이나 소실은 노예나 다름없었다. 그럼에도 출신성분이나 여성이라는 제약을 넘어 위량의 재능을 발견하고 이를 키우는 데 서슴지 않은 스승들의 예술적 열정이 돋보인다. 지적해두어야 할 것은 나혜석이 미술 공부를 하러 일본 유학을 떠나고 돌아오는 같은 시기 그때에 조선에는 미술학교가 없었으며 당연히 나혜석의 재능을 인정하고 길러줄 화가도 스승도 없었다는 사실이다. 1921년 나혜석이 연 개인전은 조선 최초의 서양화 전시회였다. 이 전시회를 도와주거나 지도할 스승이 국내에 없었다는 사실은 중국의 당시와 비교할 때 엄청난 차이가 아닐 수 없다. 상하이미술학교 교장이자 스승인 류하이쑤는 위량에게 사회의 이해가 없어 누드화를 그릴 수 없는 중국을 떠나 유럽에 유학을 가도록 권한다. 또한 서양화의 기법과 묘사의 기초를 중국화에 접목하도록 충고한 것도 그였다. 조선의 경우 이러한 지도를 할 어른이 없었고 학교도 기회도 없었던 것과 비교된다. 이때 위량은 아이를 잉태한 사실을 알게 되고 찬화를 설득해 낙태를 한다. 유럽으로 유학을 가는 그의 앞에 가로놓인 장애에 대한 담대한 선택이었다. 아이는 태어나자 소실의 자식이고 창기 신분이었던 엄마의 아이라는 낙인을 평생 벗을

수 없으리라 생각한 것이다,

> 아이를 세상의 비아냥거림으로부터 보호할 수 있는 방법은 오직 엄마가 피땀 흘려 사회에서 독립된 인격체로 인정받는 것이었다.

이 선택은 실은 판위량이 화가로 성공하는 데 거의 결정적인 것이었다. 소실 판위량의 너그러운 반려자 판찬화는 끝내 낙태에 동의하고, 위량이 중국 정부의 유학 장려금을 받아 파리로 떠날 수 있게 해준다. 유학 장려금……. 중국은 아직 그의 국민에게 유학 장려금을 줄 여력이 있었다! 프랑스에 건너간 판위량은 1921년 불어를 연수하는 리용의 국립대학에 입학했다가 우수한 소묘 성적 덕분에 한 달 만에 리용국립미술학교로 입학한다. 위량은 이어 1923년 파리국립미술학원에 입학해서 공부하고 1925년에는 이태리 로마국립미술학원에 입학하여 그림을 배우는 한편 조각을 배웠으며 약 8년 만인 1928년 귀국한다. 모교 상하이미술대학 대학원 주임 겸 지도교사로 초빙된 것도 로마에서 만난 스승 류하이쑤의 도움이었다.

그러나 귀국 후 판위량의 잇따른 개인전과 그림에 대한 호평은 동료들의 시기를 불러일으켰고 기생 신분은 위량을 공격하는 빌미를 주어 이에 분노한 그는 사표를 내고 난징의 중앙미술학교 교수로 직장을 옮긴다. 난징은 전국에서 일고 있는 항일운동 대신 재산을 불리는 데 혈안이 된 기회주의자들로 가득했다. 항일의 불씨는 전무했다. 이때 4대도시대학생대표들이 난징에 와 난징의 애국지사와 지식인들이 분연히 일어나는 계기가 되었다. 판위량의 제자 천위첸이 변경학생전람회를 개최하였는데 이때 판위량이 전시회의 개관사를 통해 이전의 전시회는 작품 수준이 떨어졌음에도 부와 명성을 얻으려는 예술인들의 탐욕을 전시한 데 반해 국가

위망에 관심을 갖고 항일구국의 정신으로 그린 이 전시회가 난징에서는 처음이며 이 전시회를 개최한 천이첸은 우리 모두의 귀감이라고 천명한다. 이로 인해 판위량은 난징에서 제거해야 할 인물이 되고 다섯 번째 열린 개인전은 힘의 운율에서 소리 없는 시의를 표현했다는 호평에도 불구하고 그날 밤 전시회장이 쑥밭이 되고 그림들이 갈가리 찢긴다. 그리고 역시 "기생의 오입쟁이에 대한 송가"라는 쪽지를 붙였다.

거기에 더하여 판위량은 판찬화의 본처 둥청으로부터도 자기 앞에 와서 무릎을 꿇으라는 명령을 받는다. 소실은 본처의 노예인 것이었다. 대학교수이고 화가였어도 본처에게는 한갓 소실에 불과하여 판찬화는 아내로부터 끝없는 항의와 악다구니를 받는다. 판위량은 찬화를 더 괴롭히지 않기 위해, 사회에서도 가정에서도 설 땅이 없는 중국을 떠나 다시 파리로 가기로 결심한다. 1937년이었다. 이때 중국은 일본과의 전쟁과 2차 국공합작 등으로 국난의 위기에 싸여 있었지만 1977년 타계하기까지 파리 등지에서 40여 년을 보내게 되는 판위량에게는 어떤 의미에서 혼란기의 중국을 피해 유럽에서 안전한 생활을 했다고도 할 수 있다. 파리도 나치의 군홧발에 점령되었지만 판위량은 기아에 시달리기는 했으나 생명을 위협받는 처지는 아니었다. 판찬화는 위량이 돌아오기를 기다렸지만 위량은 결국 돌아가지 못했다. 해방된 중국이라고 하였지만 조국에서 오는 편지는 그 진의를 짐작하기 어렵게 애매하였다. 중국과 파리는 너무나 멀었으며 판찬화가 죽은 것도 위량은 7년 만에야 알게 된다.

개인전을 열어주겠다는 사람이 있어도 위량은 선뜻 나서지 않고 작품 제작에 더욱 몰두하여 다시 돌아온 지 20여 년 만인 1958년, 드디어 파리에서 첫 개인전을 열어 판위량은 대성공을 거둔다. 출품작은 본인 소장으로 값을 매기지 않은 작품 외에는 모두 팔렸다. 파리시가 16점을 사들였고, 국가 교육부, 시립 동방미술관이 모두 구매했다. 파리국립현대미술관에 조각 〈쩡다첸 두상〉과 〈목욕 후〉가 전시되었다. 신문과 예술 관련 간행물이 모두 앞다투어 평론을 실었다. 판위량은 마침내 평생을 추구해온 이상이 현실화되는 것을 보았다. 판위량의 성공은 앞서 언급한 대로 삶의 전환점을 이룰 과감한 선택에 힘입었다. 결국 그는 자신의 출신을 조롱함으로써 작품까지 비하하고 평등한 인격과 존엄을 갖춘 인간이 되는 길을 막은 중국을 떠나는 디아스포라의 삶을 택하여 그 꿈을 이룬 것이다. 나혜석과 판위량을 비교하기 전에 수잔 브링크의 생애를 잠시 살펴보겠다.

3. 수잔 브링크와 그 어머니

1989년 11월 20일과 27일에 MBC TV에 방송된 〈인간시대〉는 스웨덴으로 입양되어간 실제 인물 수잔 브링크(한국 이름 신유숙)를 취재한 것이다. 이 방송 내용과 수잔이 쓴 글을 바탕으로 한 유우제 작 『수잔 브링크의 아리랑』은 주목되는 사실 하나를 알려준다. 어머니의 바람(願)이 그것이다. 수잔이 한국을 떠난 것은 1966년 가을, 그의 나이 네 살 때였고 친어머니를 찾던 18세 무렵 수잔이 받아든 입양 소견서에는 다음과 같은 사실들이 적혀 있었다.

> 성명 : 신유숙　　생년월일 : 1963년 12월 20일 생
> 친부 : 사망　　친모 : 이옥수
>
> 신유숙은 1남 4녀 중 막내로서 친부모는 6 · 25 때 부산에서 결혼했음. 인쇄소 직공이었던 친부가 1965년 한강에서 수영 중 심장마비로 익사하여 친모는 삯바느질로 연명하다 막내인 신유숙을 입양기관에 데려와 입양 의뢰함.

영화 〈수잔 브링크의 아리랑〉 포스터

상담원 소견 : 친모는 친딸처럼 키우며 교육을 시켜줄 양부모를 원함. 신유숙은 건강하고 예쁜 아이이며 영리해서 좋은 가정을 만나면 훌륭하게 성장할 것으로 판단됨.

위의 정보 중에서 상담원의 소견 "친모는 친딸처럼 키우며 교육을 시켜줄 양부모를 원함"이라는 말은 으레 쓰는 평범한 말일 수 있다. 작가는 어머니인 이옥수가 어린 막내딸을 공항으로 데리고 가는 장면에서 다음과 같이 대화하는 것을 적고 있다. 안 가겠다, 떼를 쓰는 아이에게 어머니는 "우리 유숙이…… 공부도 많이 하고 이담에 훌륭한 사람이 되려면…… 가야 해." "왜 언니들은 안 가는데 나 혼자만 가야 해?" "그건 유숙이가 언니들보다 예쁘고…… 똑똑하기 때문이야." 이 대목은 수잔 브링크의 생모가 단순히 가난해서 막내딸을 입양하려고 했던 것이 아니었음을 비치고 있다.

이에 더해서 공항에서 모녀를 기다리고 있던 아동복지회 최여사는 딸을 보내며 못내 안타까워하는 어머니에게 "……아무튼지 조금두 걱정할게 없어요. 이 앤 거기가면 잘 먹구 잘 입구 대학까지 일사천리루다 공부시킬 수 있다구요."라고 대학까지 공부시킬 수 있다는 말을 내세운다. 이에 어머니 이옥수는 최여사에게 고맙다고 말하는 것이다.

신유숙이 낯선 땅 스웨덴에서 수잔 브링크로 성장하는 동안 아시아계 외모로 인한 소외와 양모로부터 받은 심한 학대는 자살을 시도할 만큼 극심했으며 무엇보다 자기정체성을 찾지 못한 갈등과 외로움은 그를 극도

수잔 브링크

로 괴롭혔다. 이 다큐멘터리는 해외입양아가 겪는 고통을 절절히 드러내면서 고아 수출의 나라 한국의 치부를 적나라하게 고발했다. 자기의 사랑하는 딸이 먼 이국에서 겪을 혼란이나 고생을 그 어머니는 몰랐던 것일까? 아들 하나에 딸 넷은 남편이라는 기둥을 잃은 홀몸의 여성으로서 감당하기 어려운 식구였다. 어머니는 식구를 줄여볼 생각을 했을 것이다. 1960년대, 가난한 집의 딸들이 가는 곳이란 도시 가정의 아이보기나 남의집살이 식모였다. 학교도 보내지 못하고, 결국은 남의집살이로 보내게 될는지 모르는 딸 중에서 가장 예쁘고 똑똑한 막내딸을 잘 먹고 잘 입을 뿐 아니라 학교도 마음껏 다닐 수 있다는 서양-스웨덴으로 입양해 보내기로 결심하는 것은 그리 이해하기 어려운 일이 아니다. 위에서 인용했듯이 언니들보다 예쁘고 똑똑하였기에 어머니는 이 딸에게 입양의 기회를 주었는지도 모른다.

한걸음 더 나아가서 그 어머니는 자신이 하지 못한 공부를 딸에게는 꼭 시키고 싶었는지도 모른다. 여성에게도 문이 열린 근대교육을 아마도 어머니는 제대로 받지 못했을 것이다. 자신이 이루지 못한 꿈을 딸이 이루기를 바라는 것은 세상 어머니들의 바람이 아니던가. 아마도 아동복지회 최여사는 어머니 이옥수에게 스웨덴이라는 나라가 얼마나 복지가 잘 되어 있는지를 누누이 설명했을 것이다. "일사천리루다 대학까지" 공부할 수 있는 나라라는 점은 어머니 이옥수에게는 여성이 꿈을 실현할 수 있는, 더할 나위 없는 좋은 조건으로 비쳤을 것이다. 더구나 6 · 25전쟁을 치른 한국과 한국인은 전후 밀가루며 구호물자며 무제한으로 퍼부어주던 코크고 눈 파란 사람들이 사는 나라에 대해 거의 절대적인 친밀감을 지니고 있었다.

『수잔 브링크의 아리랑』은 최여사의 말이 거짓이 아님을 역력히 보여주고 있다. 비록 구박을 받는 입장이긴 하였어도 훌륭한 주거와 양변기와 목욕시설이 갖추어진 화장실, 식사 역시도 그 질이 한국의 그것과는 비교도 할 수 없었던 것이다. 무엇보다 수잔은 학교에 다녔으며 18세 독립할 수 있는 나이가 되자 학교 기숙사로 옮겨 자유로운 생활을 누린다. 이 자유는 그로 하여금 미혼모가 되게 한다, 친구들 모두 낙태를 하라고 이구동성으로 말했지만 가족에 대한 갈증은 아이를 낳기로 결심하게 한다. 독립하여 학교 기숙사에 들어간다든가, 졸업한 다음 기숙사를 나와 집을 구할 때 은행의 대출을 받아 해결하는 등 경제적 어려움이 없지는 않으나 그것이 그의 삶에 걸림돌이 되는 일이 한 번도 없다는 것을 우리는 읽을 수 있다. 미혼모가 되었을 때 "국가에서 보조해주는 돈"으로 생활했고, 아이가 두 살이 되자 탁아소에 맡기고 스스로 생활비를 번다. 식품점의 점원, 초등학교의 미술보조선생 등이 그가 했던 일이었다. 친구 에리까의 배신으로 또다시 자살을 기도했으나 미수에 그친 그는 신앙에 의지해 새로운 삶을 계획하여 웁살라대학에 들어간다.

> 스웨덴 대학은 모두 공립이기 때문에 등록금이 면제되어 있었다. 그리고 여름방학을 제외한 학기 동안에는 정부에서 학생들을 위해 생활비를 대여해주는 제도가 마련되어 있었다. 수잔에게는 미혼모를 위해 국가에서 매달 일정액의 복지연금이 나오고 있었기 때문에 넉넉하지는 않지만 그런대로 생활을 해나가는 데 어려움은 없는 편이었다. 다만 정부의 연금이 중지되는 여름방학 동안에는 스스로 일해서 생활비를 충당해 나가야만 했다. (253쪽)

수잔 브링크의 삶을 통해서 우리는 스웨덴의 복지제도를 엿볼 수 있다. 입양을 알선한 최여사가 자신 있게 “일사천리루다 대학까지 공부할 수 있는 나라”라고 말할 수 있었던 근거가 이것이었다. 수잔의 입양 생활 취재 내용이 고국의 TV에 방송되자 친어머니가 연락하여 수잔은 드디어 한국에 오게 되고 어머니와 형제를 만난다. 수잔은 스스로 버림받은 기분에 한때는 원망했던 적도 있었지만 나이가 들면서 어머니의 심정을 이해하게 되었다고 한다. 아버지의 갑작스런 죽음, 가난한 살림이었지만 어머니는 다섯 자식 중의 하나라도 잘되기를 간절히 바란 나머지 친자식처럼 키워주며 대학 공부까지 시켜줄 양부모를 원했을 것, 어머니는 사랑하는 자식이 굶주림과 무지 속에서 어렵게 살아가는 것보다는 입양을 택하는 편이 그래도 나을 것이라고 스스로 판단했으리라……. 수잔 브링크의 어머니는 딸의 장래를 위해 디아스포라의 삶을 선택한 것이다. 사랑하는 막내딸에게 그 외의 어떤 더 나은 출구도 없다고 생각했던 것이다. 디아스포라의 선택, 이는 판위량의 그것과 크게 다르지 않다. 가난한 딸에게 어머니가 해줄 수 있는 최선의 방책이었던 것이다.

4. 나혜석의 마지막 카드

1934년 8월, 『삼천리』에 실린 나혜석의 「이혼고백장」은 이어 9월호에 실린 「이혼고백서」와 함께 엄청난 파장을 일으켰다. 세계일주를 다녀온 특권을 채 누리기 전에 불어 닥친 이혼의 소용돌이 4, 5년은 나혜석에게 조선에서 더 이상 견디기 어렵다는 판단을 하게 했다. 이혼 이후, 조선미전에 입상하고 일본 제전에 입선하는 영광이 있었으나 그림으로 생계를 유지하거나 화가로서 활동을 계속하기에는 여건이 너무나 열악했다. 아니 아무런 여건도 주어지지 않았다고 해야 옳을 것이다. 8월과 9월에 「이

나혜석의 자화상

혼고백장」을 발표함과 함께 터뜨린 최린에 대한 정조유린 위자료 청구소송(9월)은 이를테면 나혜석의 마지막 카드였다. 조선에서 더 이상 버티기 어려우니 최린으로부터 위자료를 받아 파리로 떠날 생각이었던 것으로 보인다. 소 취하로 수천 원을 받은 나혜석이 쓴 「신생활에 들면서」를 보면 39세의 나혜석은 디아스포라를 꿈꾼다. 판위량이 다시 파리로 떠난 나이는 42세였다.

"나는 가겠다" "어디로?" "서양으로" "무엇하러?" "공부하러" 이런 대화로 시작하는 「신생활에 들면서」에서 나혜석은 공부하러 서양으로 가겠다, 나이가 많더라도 공부를 할 수 있다는 주장을 편다. 그러나 강한 체하고 친구에게 반박하며 서구로 떠나겠다고 했지만 막상 친구가 떠나자 가슴속에 공허를 느낀다. 이때 그가 '신생활'을 계획한 것은 최린으로부터 받은 돈이 있었기 때문임은 두말할 나위가 없다. 돈만 있으면 파리로 갈 수 있을 것 같았던 처음 생각과 달리 막상 떠나려고 하는 때 그는 망설인다. 「신생활에 들면서」는 이 망설임에 대하여 자신의 현실을 다시 한 번 점검하고, 결국 떠나지 않을 수 없다는 결론을 도출하는 글이다.

그가 조선을 떠나려는 이유는 ① 이혼 사건 이후 나는 조선에 있지 못할 사람으로 자타 간에 공인하는 바이었고 ② 사회상으로 배척을 받을 뿐 아니라 그림을 팔아먹기 어렵게 됐으며 취직도 어려워 생활안정이 잡히지 못한 것, ③ 형제친척이 나를 보기 싫어하는 한편 불쌍히 여기고 애처로이 생각하는 것, ④ 지인들이 내 행동을 유심히 보고 내 태도를 여겨보는 것이 괴롭기 때문이다.

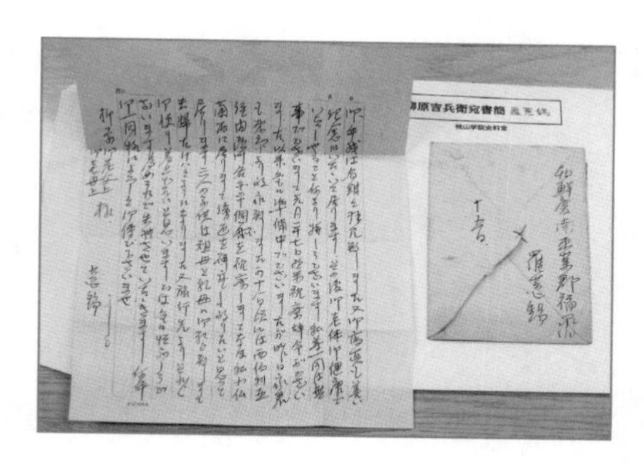

나혜석의 편지

그러나 이보다 살을 에는 듯, 뼈를 긁어내는 듯한 고통—종종 우편으로 배달부가 전해주는 딸 아들의 편지—은 그의 탈조선을 망설이게 한다. 떠나야 하는 이유가 명백한데도 자식들에 대한 연민은 그의 발목을 잡는다고 썼다.

나혜석은 이어 '유혹', '독신자', '정조', '자식들', '나는 어떤 사람이 될까', '내 일생', '어디로 갈까', '무엇을 할까' 등 소제목 아래 자신의 생각을 적어본다. 이러한 글들은 조선을 떠나지 않을 수는 없는 것일까, 모색해본 글 같기도 하다.

그의 신생활 계획에는 예술이 끼어들 틈이 거의 없어 보인다. 그는 세계일주를 떠나면서 자신이 가진 네 가지 의문을 풀기 위해 이태리나 프랑스 화계를 동경하고 구미 여자의 생활이 알고 싶었다고 했다. 그 의문 중의 하나가 그림의 요점이 무엇인가였다. 나혜석은 세계일주를 떠나기 전, 1925년 제4회 조선미전에 〈낭랑묘〉를 출품하여 3등에 입상했고, 1926년 제5회 조선미전에 출품한 〈천후궁〉이 특선을 했다. 이때 기자와 한 인터뷰와 작품 제작의 고민을 쓴 그의 글 「미전 출품 제작 중에」에서 자신의 그림에 만족하지 못한다는 것, 기교만 조금씩 진보할 뿐 아무 정신적 진보가 없는 것이 견딜 수 없이 괴롭다고 했다. 그는 그림을 그리고 나서 남편과 화생이나 집안사람들에게 보아달라고 하면 다만 좋다고 할 뿐이라고도 했다. 외지고 적적한 곳(안동)에 사니 남의 그림을 볼 기회도 없었고, 그의 그림의 진보를 위해 조언이나 지도를 해줄 스승이 없었다. 인터뷰를 보면 나혜석은 여자미술학교를 졸업할 때 출품한 작품이 수십 명 일본 여자 가운데 뛰어나 지도교사는 '장래를 길이 축복했다'는데 졸업하고 귀국한 이후 그의 미술활동에는 이렇다 하게 지도할 스승이 없어 집안 식구에게 비평을 부탁하고 있는 안타까운 대목이다. 이 점은 판위량과 비교되는 점이라 앞에서 지적한 바 있다. 그리하여 그는 파리에 가서 본격적인 그림 공부를 할 것인가, 여러 나라를 돌아볼 것인가 고민하다가 여러 나라의 미술관을 다니며 좋은 그림을 많이 보는 것을 택했다. 세계 여러 나라를 둘러보고 싶은 호기심이 그림을 그리려는 열정을 덮어버렸던 것이다. 그래서일까? '그는 어디로 갈까' 항목에서 파리로 가자고 마음을 다지며 "아니 고국산천을 떠나서 그 비애 고적을 어찌할까?" "아니, 갔다가 또 빈손으로 오면 다시 방황할 것 아닌가." "아니 모성애의 책임은 어찌할까?" 자문한다. 여기서 주목되는 것은 '갔다가 또 빈손으로 오면' 이라는 말이다. 그는 세계일주 여행 중에 파리에서 잠깐 그림 공부를 하였으나 '빈손으로' 돌아왔다고 생각하고 있는 것이다. 귀국 인터뷰에서도 "별로 공부한 것은 없고 그저 구경만 하고 온 셈"이라고 한 나혜석은 다시 파리로 떠나기 전에 상당히 망설이고 고민하고 있다. 건강도 좋지 않았다. 그리고 결론을 내린다. "나는 이것(소 취하로 받은 돈)을 가지고 파리로 가련다. 살러 가지 않고 죽으러" 그러나 죽으러 가겠다는 말은 그림에 성공하고 돌아오겠다는 다짐의 반어적 표현이다. 그는 마지막까지 삶에 대해 포기를 하지 않는다. "……그러나 모른다/제비에게는/아직 따뜻한 기운이 있고/숨 쉬는 소리가 들린다/다시 중천에 떠오를/활력과 용기와/인내와 노력이/다시 있을지/뉘 능히 알 리가 있으랴."

최린과의 불륜으로 이혼을 당한 후 4, 5년은 그로서는 견디기 어려운 나날이었다. 누군가가 한 사람이 살기 위해서는 건강, 경제적 안정, 자기를 인정해주는 한 사람이 필요하다고 했는데 이때 나혜석에게는 이 세 가지가 다 없었다. 그러므로 나혜석은 「이혼고백장」「이혼고백서」를 발표하면서 최린을 걸어 정조유린 위자료 청구소송을 하는 마지막 카드를 던졌다. 얼마의 돈을 받아 조선을 떠날 생각이었다. 디아스포라의 삶을 꿈꾼 것이다. 「신생활에 들면서」는 이때의 나혜석의 내면을 보여주는 글이다. 파리로 떠나겠다 결심을 하였으나 나혜석은 파리로 떠나는 대신 고향 수원으로 내려갔다. 복약으로 정양한 후 다시 사회에 나가 일하겠다는 서한을 돌렸다. 그의 파리행을 붙잡은 것은 건강이었을까? 자식에 대한 살을 에고 뼈를 긁는 모성애 때문이었을까. 판위량이 파리 유학을 떠날 때 자식을 낳지 않으려 낙태를 한 것과 비교된다. 디아스포라의 삶을 택할 수도 있었고, 끝내 그림에 매달릴 수 있었던 것은 자식이 딸리지 않았기 때문이었다고 말할 수도 있다.

5. 뿌리 뽑힌 여성과 관대한 사회

안타깝게도 수잔 브링크는 2009년 5월에 46세를 일기로 타계한다. 지난 2014년 9월의 한 신문은 수잔 브링크의 후예라 할 만한 입양아의 이야기를 전했다. 「노르웨이 이방인에서 배우로 성공, 한국 입양아 모나 그린」이라는 제목이었다. 모나 그린 역시 20대 중반까지 입양아의 방황을 겪었다. 그는 미국으로 건너가서 보모 일을 하면서 TV미디어 학교를 다녀 자신의 재능을 알게 된다. 노르웨이에 돌아와 TV 제작사와 비디오업체에 고정출연을 하고 전국적으로 방송되는 TV 연속극에도 출연하여 자신감을 갖게 됨으로써 지금까지 자신을 괴롭히던 알 수 없는 억압으로부터 벗어난다. 1999년 노르웨이-아메리칸 협회로부터 장학금을 받아 미국 LA로 유학을 가 드라마 전공으로 학위를 받기도 한다. 인터뷰 당시 모나 그린은 자신의 체험을 바탕으로 〈동쪽으로의 여행〉이라는 연극을 무대에 올려 공연 중이었다. 한국에서 버림받고 좌절을 겪었지만 이방인에 관대한 사회에서 자신의 재능을 발견, 활발하게 활동을 하고 있는 입양아 이야기는 디아스포라를 선택한 여성들을 생각하게 했다. 어려서 고아가 된 뒤 외삼촌에게서 자라다가 기생으로 팔린 판위량, 기생 출신이라는 주홍글씨는 중국 사회로부터 평등한 인격적 대우를 받지 못하게 한다. 더구나 소실은 본처의 노예가 되어야 하는 끔찍한 제도 때문에 더 이상 중국에 머물 수가 없어 디아스포라의 삶을 선택했다. 자유는 프랑스의 전통이며 프랑스는 인종, 종교 등에 가장 관대한 나라로 알려져 있다(현재 프랑스의 문화부 장관은 한국 입양아 출신이다). 그렇기에 그의 과거를 문제삼지 않는 그곳에서 그는 화가로 성공하고 소원하던 조국에 기여를 하게 된다.

우리는 『수잔 브링크의 아리랑』이라는 실화에서 1960년대 남편을 잃은 어머니가 굶주림과 무지로 살아야 할 딸에게 대학교육까지 받을 수 있는 스웨덴 입양의 기회를 선택하는 현장을 지켜보았다. 스웨덴은 엘렌 케이의 나라로서 그 어느 나라보다 먼저 모성보호 사상을 받아들인 역시 관대한 사회이다. 비록 입양아로서 고통을 겪기는 하였으나 미혼모 수잔 브링크가 국가로부터 혜택을 받아 아이를 기르며 대학교육을 받는 것을 우리는 볼 수 있었다. 제도와 도덕에 희생되어 정신이나 육체가 찢기는 고통을 겪어야 했던 뿌리 뽑힌 여성에게 관대한 사회는 나혜석이 꿈꾼 나라이기도 하다. 아마도 건강과 자식 때문에 포기했을 파리로의 디아스포라행을 나혜석이 만일 선택했다면 나혜석의 후기는 실패가 아니라 성공이 될 수도 있었을 것이며 아직까지도 스캔들의 주인공으로 조롱을 받는 수모도 겪지 않았을 것이다. 판위량과 비교할 때 국내에 미술을 이해하고 지도할 스승이 없었으며 미술학교도 없었다는 것, 그야말로 개척자의 위치에 있는 나혜석이 폐쇄적인 사회에서 자기 방어에 지친 나머지 마지막 카드를 던지지 않을 수 없었던 것을 우리는 정시해야 한다.

모나 그린을 취재한 기자는 다시 10월의 칼럼[2]에서 모나 그린과 박노자를 언급하며 "과연 한국 사회는 우리와 다른 사람을 충분히 받아들일 준비가 돼 있을까?" 묻는다. 냉소와 야유가 판치는 한국 사회에 두 사람은 또 다른 질문을 던진다고 했다. "부조리한 가치와 습관에 물들어버린 한국 사회보다는 노르웨이에서의 이방인적 삶이 더 인간답고 행복하지 않을까."라고. 거의 80년 전에 나혜석이 했을 말을 오늘날 다시 들으면서 나혜석의 그 이후 불행한 삶이 가슴 아프게 다가온다. 디아스포라를 권하는 나라, 이는 오늘날의 한국에 아직도 유효하다는 것인가.

---

2 박재현 칼럼, 「이방인 삶 즐기는 '두 한국인'」, 『중앙선데이』, 2014. 10. 5.

第7부

나혜석이 남긴 마지막 말

편지를 계기로 다시 본다

나혜석의 암흑기, 그 분노의 수사학

1. 들어가며

나혜석 관련 연구와 저술이 평전을 비롯해 쏟아지듯 나온 것은 정월나혜석기념사업회가 나혜석 바로알기 심포지엄을 열기 시작한 것이 계기가 되었다고 해도 지나치다 하지 못할 것이다. 1999년은 나혜석학술대회가 처음 열린 해이자 여성문학학회가 본격적으로 활동을 하기 시작한 해(전해에 발족, 이해에 저널 출간)로서 한국 여성 문학사에 길이 기억될 해이다. 이때부터 활발해진 나혜석 연구와 저술들은 나혜석의 생애와 예술을 세상에 '바로' 알리는 데 크게 기여하였다. 페미니즘, 여성중심주의, 포스트모더니즘, 탈식민주의, 신여성 담론, 근대성 담론, 젠더 정치학 등 방법적 탐색도 다양하게 이루어져 나혜석이라는 기호가 우리의 근대에 함의하는 의의가 얼마나 큰지 충분히 부각시켜오고 있다. 한편 나혜석의 작품에 대해서는 생산에 비해 몇 점 전해지지 않은 그림을 비롯하여, 글 외에 편지와 증언 등 새 자료가 발굴되어 나혜석 예술의 새 면모가 밝혀지기를 기대하는 바람 역시 간절하다. 그런 가운데 이번 나혜석의 수필「영원히 잊어주시오」와 한글 편지를 비롯하여 일본어로 쓰인 편지와 사진이 발굴 공개된 것은 나혜석 연구의 활성화를 위해 퍽 고무적인 일이다.[1)]

최근 발굴된 나혜석의 한글 편지는 나혜석의 분노를 생생하게 전한다. "나열(羅悅)아, 오래간만에 네 수서(手書) 보니 반가운 중에 눈물이 난다. 아모려나 네 삼남매(三男妹) 잘 있고 서모(庶母)에게 정 붙여 사는 모양이니 다행(多幸)하나 나는 오직 분하고 절통할 따름이다."(밑줄 인용자) 이 편지를 쓴 시기는 추정하건대 대략 1937년 무렵으로 보인다. 이 시기라면 「이혼고백장」 사건과 최린 고소 사건으로 한바탕 분풀이[2)]를 한 다음이니 어지간히 분노가 잦아들었을 터인데 분노가 아직 너무도 절절하다. 새삼스러울 정도로 분노의 강도가 높다. 편지에 나타난 나혜석의 분노는 이유를 두 가지로 생각해볼 수 있다. 이혼 이후 걸어온 영욕의 길에서도 다하지 못한 분노가 아직 계속 남았던 것이거나, 또는 이 시기 돌아간 시어머니 빈소에 찾아갔다가 쫓겨난 일로 새삼스레 분노가 끓어오른 상태였거나 두 가지 중 하나가 아닐까 싶은 것이다. 편지는 이어 "나는 어느 때 어떻게 죽을지 모르니"라고 죽음을 이야기하고 유언처럼 일부러 맡긴 궤짝을 찾아 가라고 한다. 분노의 강도에 어울리는 사연이다. 불과 몇 개의

---

1 나혜석 관련 자료 발굴 소개, 모모야마 학원 사료실 야나기하라 기치베 기증 자료 중 편지 엽서 6통, 딸 나열에게 보낸 한글 편지 1통, 나혜석 미공개 수필「영원히 이저주시오」,『월간매신』,『나혜석연구』창간호, 나혜석학회, 2012. 12. 30.

2 "그런대 내 사건 하나 맛하주랴오" "무슨 사건" "C에게 분푸리 좀 하게". 나혜석,「이성간의 우정론－아름다운 남매의 기」,『삼천리』1935. 6, 서정자 편,『(원본)정월 라혜석 전집』, 국학자료원, 2001, 279쪽(이하『전집』으로 표기). 한편 나혜석은 1935년 1월 한 인터뷰에서 "자기희생을 하야까지 결혼 생활로 만들어 가고 싶은 맘은 예전에도 지금도 없습니다. 나의 한 가지 희망만은 인간으로 자유스럽고 그리고 나의 마음껏 예술의 창작으로 정진해보고 싶을 뿐입니다. 그리고 요전 사건으로 세상에서 욕도 많았다지요. 다시 생각해보면 나의 잘못이었어요. 웃은 일입니다."『중앙』, 1935. 1,『전집』, 718쪽.

문장이지만 이 편지에는 참으로 많은 것이 담겨 있는 듯하다. 나혜석은 1937년 네 편의 글을 『삼천리』에 싣고 있는데, 1938년에는 예년과 달리 8월에 이르러서야 지금까지와는 전혀 다른 종교적 기행수필 「해인사의 풍광」 한 편만을 발표하였다. 이후 나혜석의 글을 찾아볼 수 없기에 1937년경 한글 편지에 쓰인 나혜석의 분노가 어떻게 풀렸는지, 또는 포기를 하였는지 알 수 없다.

나혜석의 암흑기란 그의 글이나 그림을 볼 수 없는 1938년부터 타계한 1948년까지를 편의상 명명해본 것이다. 분노(忿怒, anger)는 자신의 욕구 실현이 저지당하거나 어떤 일을 강요당했을 때 이에 저항하기 위해 생기는 부정적인 정서 상태이다.[3] 분노는 그런 점에서 삶이나 예술을 새 국면으로 추동하는 힘으로 작용할 수 있다. 나혜석의 이 분노는 어떻게 작용하였을까? 암흑기의 나혜석은 계속 글을 쓰고 있었다고 전해진다. 그는 무슨 생각을 하고 어떤 글을 썼을까. 발표는 하지 않았을지라도 글을 계속 쓰고 있었다면 그 내용은 어떤 것일까. 이것을 짐작할 수 있다면 그의 생애를 둔 추구와 지향점을 우리는 분명히 할 수도 있을 것이다. 평전의 작가는 암흑기의 나혜석의 흔적을 추적하여 병과 가난, 고적에 처한 나혜석을 재구성하고 있거나, 쓰고 있는 원고의 내용 일부를 전해주기도 했다. 이러한 증언과 함께 새로 발견한 작가 박화성의 기록을 더하여 37년 분노의 수사학을 보인 나혜석의 목소리를 좀 더 뚜렷이 해보고자 한

---

3 목표 획득을 저해하는 장애물이 무엇인지 의식할 때 분노는 더 잘 유발되고 그 장애물에 대하여 공격적인 행동으로 표현되기 쉽다. 분노의 표출은 가볍게는 인상을 쓰거나 짜증을 내는 수준에서, 격분하는 수준의 강한 흥분 상태에 이르기까지 다양한 감정 상태로 나타날 수 있다. 발 구르기나 폭력과 같은 표현적 운동, 심폐운동의 증가와 같은 생리적 반응 등의 형태로도 나타날 수 있다. 국립특수교육원, 『특수교육학용어사전』, 도서출판 하우, 2009.

다. 암흑기 나혜석의 목소리를 분명히 하는 작업은 나혜석의 예술 세계에 대미를 찍는, 결코 작지 않은 의의를 지닐 수 있다.

2. 나혜석의 편지와 분노의 수사학

딸 나열에게 쓴 나혜석의 편지 전문은 다음과 같다.

> 나열(羅悅)아.
>
> 오래간만에 네 수서(手書) 보니 반가운 중에 눈물이 난다.
>
> 아무려나 네 삼남매(三男妹) 잘 있고 서모(庶母)에게 정 붙여 사는 모양이니 다행(多幸)하나 나는 오직 분하고 절통할 따름이다. 내 생활(生活)은 그림을 그려 팔아서 근근 연명할 따름이다 나는 어느 때 어떻게 죽을지 모르니 오직 부탁할 것은 너 주려고 물건(物件) 넣은 궤짝을 수원읍(水原邑) 지야정(池野町) 사(四)○○ 번지(番地) 안영호씨(安暎護氏) 집에 맡겨놓았스니 명심하였다가 후일(後日) 찾아 갖도록 하여라 일개월(一個月)에 한 번씩 편지하여라. 네 사진(寫眞) 보니 반갑다. 금춘(今春)에 박은 사진 일 매(一枚) 보낸다. 이만.
>
> 모(母) 평서(平書)
>
> 유원씨(柳原氏)에게는 네가 가게 되거든 편지해주마.

"오래간만에 네 수서 보니 반가운 중에 눈물이 난다."라고 한 것을 보면 딸과 편지를 자주 주고받은 것 같지는 않으며 뒤에 일 개월에 한 번씩 편지하라고 당부를 한 것을 보아도 그런 듯하다. 편지나마 자주 보지 못하니 자녀를 그리는 어미는 편지를 받고 눈물이 솟는다. 그러나 편지는 감상 따위는 눈 씻고 찾아보아도 없는 간결체다. "네 삼남매 잘 있고"라고 한 것은 1935년 첫아들 선이 병으로 목숨을 잃은 것을 알고 있음을 나타낸다. 김진 · 이연택이 쓴 『그땐 그 길이 왜 그리 좁았던고』(2009)를 보면 선이 죽은 후에 자녀들이 할머니와 숙부 댁을 떠나 광주로 가서 아버지와 함께 살게 되었다고 하며, 알려진 바와 달리 김우영과 신정숙 사이에서는 아이가 없었다고 한다. "내 생활은 그림을 그려 팔아서 근근 연명할 따름이다."는 나혜석의 현실을 말해준다. 아마도 수천 원 가졌다던 돈도 수원에 거처를 마련하고 전시회를 위해 물감, 화구 등 그림 재료 사고 표구하는 데 거의 다 쓰인 상황인지 모른다. "나는 어느 때 어떻게 죽을지 모르니"라고 한 것에서는 여전히 건강이 좋지 않음이 나타난다.

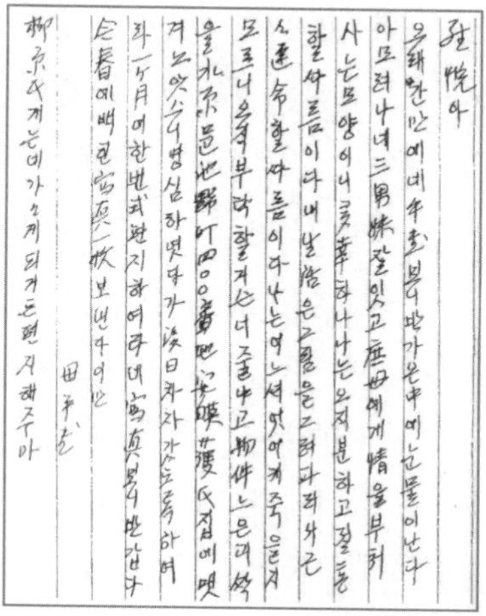
羅悅아
오래간만에 네手書 보니 반가운中에 눈물이난다
아모려나 너三男妹 잘잇고 庶母에게 情을부쳐
사는모양이니 幸이나 나는오직 분하고 절통
할따름이다 내生活은 그림을 그려파라서 근근
延命할따름이다 나는어느때 어떠케 죽을지
모르니 오죽부탁할것은 너줄中古物件 느은대箱
을水原邑北水町00番地 安暎護氏 집에 맛
겨노앗스니 명심하엿다가 後日차자가도록하여
라 一ヶ月에 한번式 편지하여라 네寫眞보니 반갑다
今春에 백힌 寫眞一枚 보낸다 이만
母平書
柳原氏게는 네가 가게되거든 편지해주마

1930년대 후반 딸 나열에게 보낸 편지

딸에게 주려고 안영호 씨에게 맡긴 궤짝에는 아마도 나혜석의 그림이 들어 있지 않았을까 싶다. 나혜석은 1935년 10월 24일부터 2주간 서울 진고개 조선관 전시장에서 소품전을 열었는데 200여 점을 전시했으나 전시회는 실패였다고 하니 팔리지 않은 그림 중 일부를 나열에게 주고자 하였는지 모른다. 수원의 안영호 씨는 누구인지 연구자들이 아직 확인하지 못한 상태다. 나혜석은 딸의 사진을 보니 반갑다며 금년 봄에 찍은 자신의 사진을 보낸다고 하였다. 평서(平書)란 무사한 소식이란 뜻으로 편지 형식에 쓰이는 용어이다. "유원씨(柳原氏)에게는 네가 가게 되거든 편지해주마."라고 한 것은 나열이 일본 유학을 앞두고 있어서 야나기하라의 도움이 필요하다면 편지를 해주겠다는 말이다. 야나기하라는 일본으로 유학하는 여학생들에게 장학금을 주어 돕는 일을 하였다. 나열이 일본 유학을 하려는 시기였다는 점에서 편지가 쓰인 시기를 1937년으로 추정한 것이다. 김우영은 나열을 유학 보낼 만큼 여유가 있는 것은 아니었으나 유학을 보냈다고 한다.[4] 아버지의 형편을 안 나열은 그래서 장학금을 받을 수 있는지를 어머니에게 물었는지도 모른다.

이번에 발굴 공개된 일본 오사카 모모야마학원 사료실의 야나기하라 기치베 기증본 중 나혜석 관련 자료를 보면 나혜석의 그림 〈천후궁(天后宮)〉을 야나기하라 청하동이 소장하였다며 기념엽서를 발행한 것이 있다.[5] 나혜석의 그림, 그것도 제전이나 선전에 입상한 수준의 그림이 거의 전해지지 않아 안타까운 중에 〈천후궁〉이 일본에 소장되어 있을 가능성이 높아져 이 엽서는 특히 관심을 모았다. 나혜석의 그림 〈천후궁〉 야나기하라 청하당 소장 기념엽서는 "제5회 조선미술전람회 무감사 특선 안동현 나혜석씨 화, 야나기하라 청하동(柳原靑霞洞) 소장"이라는 제목이 그림 옆과 아래에 쓰이고 나혜석의 그림 〈천후궁〉의 사진이 인쇄되어 있다. 다시 엽서 왼쪽에는 "나혜석 씨는 안동(안둥)현 부영사 김우영 씨 부인으로 나라여자고등사범재학 김숙배녀의 숙모가 됩니다."라는 소개말이 쓰여 있다.

이 '부기'는 야나기하라가 나혜석의 그림을 사게 된 계기와 의미를 보여준다. 나혜석의 그림을 산 것은 단지 그림을 소장하기 위해서만이라기보다 일제의 관리인 "안동현 부영사 김우영 씨의 부인"이기에 그림을 사서 소장했다는 의미가 없지 않았다고 보이기 때문이다. 야나기하라 기치베는 독실한 크리스천으로 사회봉사를 실천한 인물이기도 하지만 궁극적으로 일본 제국에 봉사하는 것을 목표로 조선인 여자 유학생 등을 돕는 사

---

4 김진 · 이연택, 『그땐 그 길이 왜 그리 좁았던고』, 해누리, 2009, 49쪽.

5 『나혜석연구』, 앞의 책, 249쪽.

업을 했던 것이다.[6] 조선 여자 유학생들도 거의가 최우등으로 졸업한 학생들이 장학생으로 뽑혔다. 김우영의 자서전『회고』를 보면 김우영이 만주에서 근무하는 동안 조선 독립운동을 돕다가 발각된 것을 경찰이 알고도 묵인해준 이야기가 나오는데[7] 정규웅도『나혜석 평전』에서 나혜석이 조선미전에 응모하는 것부터가 일제 총독부의 문화예술 정책에 순응하는 자세라는 것을 일본인에게 인식시키자는 것이었고, 이 생각은 독립운동을 도운 일이 발각됐을 때 이를 가볍게 하는 요소로 작용하였다고 보았다.[8]

이번에 공개된 나혜석의 편지 중 1931년 11월 29일자 편지에는 야나기하라에게 제전에 입선한 그림 〈정원〉을 300원에 사달라는 내용이 쓰여 있다.[9] 1933년 인터뷰에서 나혜석은 이때 그림 판 돈이 약 1,400원 가량 손에 들어왔으며 작품 〈파리〉를 300원에 팔았다고 말한 바 있다.[10] 이 인터뷰는 작품 〈정원〉을 〈파리〉로 잘못 쓰고 있으나 이 편지에 나오는 그림 값과 같음에 눈길이 간다. 그림 〈정원〉도 〈천후궁〉과 함께 야나기하라 청하당에 소장되어 있거나 일본 어느 곳에 소장되어 있을 가능성을 보여주는 중요한 편지이다. 두 작품 모두 선전과 제전 등 권위 있는 전시회에 입상한 작품이기에 팔렸을 것이지만 김우영의 후광도 작품이 팔리는 데 적지 않은 영향을 미쳤을 것이라는 점을 생각하면 1935년의 소품전은 이러

---

6 야나기하라 기치베(1858~1945)는 1891년 성공회 성데모테교회에서 세례를 받은 독실한 크리스천으로 염색공장 운영으로 부자가 되었다. 1923년부터 조선인 일본 여자 유학생 지원 사업을 하여 조선의 많은 여학생이 야나기하라의 후원금을 받고 유학을 하였다. 야나기하라 기치베에 대한 자세한 사항은 박선미,『근대 여성 제국을 거쳐 조선으로 회유하다』, 창비, 2007, 제5장 참조.

7 김우영,『회고』, 신생공론사, 1954, 81쪽.

8 정규웅,『나혜석 평전』, 중앙M&B, 2003, 126쪽.

9 『나혜석연구』, 앞의 책, 249쪽, 240~245쪽.

10 나혜석 인터뷰,「여자 미술학사」,『삼천리』, 1933. 3,『전집』, 550쪽.

한 후광도 없고 이혼 사건과 정조유린죄로 최린을 고소하여 사회의 여론이 극히 나빠진 상황에서 열린 것이니 잘 팔릴 리 없었을 것이다. 이마동이 쓴 1935년 12월 여성 화단 평에서는 나혜석 전시회의 그림이 이미 보잘것이 없는 것이 되어버렸다고 냉소적 반응을 보였다.[11]

나혜석이 발표한 글에서 자신의 분노에 대해 말한 것은 의외에도 없다. 「이혼고백장」이 분노로 쓰인 글일 듯싶지만 그렇지 않다. 나혜석은 「이혼고백장」, 「이혼고백서」에서 도리어 부끄럽다는 말을 여러 번 되풀이 쓰고 있다.

> 나이 사십 오십에 가까웠고 전문 교육을 받았고 남들의 용이히 할 수 없는 구미만유를 하였고 또 후배를 지도할 만한 처지에 있어서 그 인격을 통일치 못하고 그 생활을 통일치 못한 것은 두 사람 자신은 물론 부끄러워할 뿐 아니라 일반 사회에 대하여서도 면목이 없으며 부끄럽고 사죄하는 바이다.[12]

「이혼고백장」의 첫 문장에서 나혜석은 부끄럽다는 말을 두 번이나 거듭 쓰고 있다. 이어 자신의 심경을 비탄, 통곡, 초조, 번민으로 표현하고 있을 뿐 억울하다든가 분하다든가 하는 용어는 결코 쓰고 있지 않다. 오히려 자신이 "세상에 모든 신용을 잃고 공분비난(公憤批難)을 받으며 부모 인척의 버림을 받고 옛 좋은 친구를 잃"었다고 썼다. 나혜석은 "공허한 자실 상태에(서) 정지하고 서서 한 번 더 자세히 내성할 필요가 있다고 생각하"며 스스로 비통한 각오의 앞에 서 있다고 했다. 구미만유의 목적으로 내걸었던 네 가지의 문제에 해결 방안을 다소 마련했으나 이를 실천

11 이구열, 『에미는 선각자였느니라』, 동화출판공사, 1974, 273쪽.

12 나혜석, 「이혼고백장」, 『삼천리』, 1934. 8, 『전집』, 446쪽.

할 수 없는 결과를 낳았으니 부끄럽다는 말을 한 번 더 쓴 나혜석은 「이혼고백서」 말미에 "천만번 생각해도 우리 처지로 우리 인격을 통일치 못하고 우리 생활을 통일치 못한 것은 부끄러운 일입니다."라고 다시 부끄럽다는 말을 쓰며 마무리를 지었다.

나혜석이 분노의 문자를 쓴 것은 최린을 고소할 때다. 소완규 변호사에게 고소를 부탁하면서 "분풀이를 위해서"라고 말하고 있으며, 받은 위자료를 "분풀이 값으로 받은" 것이라고 표현하고 있다. 최린과의 관계는 이런 정도에서 끝이 났다고 보며, 나열에게 보내는 편지에 새삼스레 묵은 감정을 불러내 "나는 오직 분하고 절통할 따름이다."라고 쓰지는 않았을 것으로 보인다. 앞장에서 언급한 시모 작고 소식을 듣고 장례에 갔다가 수모를 당한 이야기의 출처는 김일엽이 쓴 글이다. 그때 나혜석은 김일엽을 찾아와 머리를 깎겠다고 했다는 것이다.

> 참으로 무상한 세월이었다. 김씨 어머니가 유언하기를, "어떤 어머니에게나 어린것들에게는 어미밖에 없으니, 나 죽은 다음에는 제어미를 도로 데려다가 아이들을 기르게 하라"고 간절히 부탁했다. 하지만 그렇게도 위하고 사랑하던 아내가 이제 와서는 그렇게도 보기가 싫었던지 나씨가 상청에 온 것을 보고 "그 여인이 상제 노릇을 한다면 나는 상청에 나오지도 않겠다"고 호통치는 바람에 나씨는 그만 붙들어 대는 이에게 밀려나게 되었다.[13]

김우영의 글을 참고하면 모친상을 당했을 때 부고도 하지 않았는데 누군가 신문에 광고를 했던지 서울 등 여기저기서 문상을 많이 왔다고 했다. 나혜석도 신문에서 보고 동래까지 찾아갔는지 모르나 시집의 일가친

---

13 김일엽, 『당신은 나에게 무엇이 되었삽기에』, 인물연구소, 1975, 118쪽.

척이 모여 있고 아마도 아이들도 보는 앞에서 쫓겨났을 터이니 그 수모를 견디기 어려웠을 것이다. 이때 상청에서 당한 수모로 인한 분노를 편지에 썼다고 보는 것이 개연성이 있는데 편지의 수신자인 나열은 나혜석의 분노의 원인을 충분히 알고 있었던 듯 이에 대한 나혜석의 설명이 생략되어 있다. 김진 교수는 "누님이 광주에서 학교에 다닐 때"[14] 이 편지를 받은 것이라고 썼으나 할머니의 타계 시 어떤 일이 있었는지는 그의 책에서도 언급을 하지 않았다. 이때 나혜석은 수덕사를 찾아와 견성암의 김일엽에게 중이 되고 싶다며 안내와 소개자가 되어달라고 했다. 「이혼고백장」을 공개하고 '분풀이'로 최린을 걸어 고소 사건을 벌이기는 했으나 나혜석의 의식 속에서는 김우영에 대한 선량한 남편으로서의 이미지가 아직 남아 있었고, 그 바탕에는 시어머니에 대한 신뢰가 크게 작용했을 것으로 보인다. 이 사건을 계기로 나혜석은 결정적인 상처를 입었다고 보인다.

나혜석은 암흑기에도 쉼 없이 글을 쓰고 있었다. 발표는 하지 않았을지라도 끊임없이 썼다는 원고에는 이 분노와 관련한, 혹은 그 해소에 해당하는 수사학이 담기지 않았을까. 암흑기의 나혜석에 대해서는 적지 않은 증언이 있으나 그가 글을 쓰고 있었다는 기록으로 박인경의 것이 있다. 1947년 안양 경성보육원(나중에 양로원과 합침)[15]에서 자원봉사를 했는데 거기에 나혜석 씨가 있다는 소문이 들려 찾아가 만났다.

> 지금 자기가 일기 같은 것을 쓰고 있는데 손이 떨려서 마음대로 되지 않으니 정서(正書)를 해주지 않겠느냐더군요. 그 자리에서 승낙하고 정서를 해드렸던 기억이 납니다. 파리 생활이라든지 여러 가지 추억을 쓴

14 서정자, 「모모야마 학원 사료실 야나기하라 기치베 기증 자료 해제」, 『나혜석 연구』, 앞의 책, 225쪽.

15 이구열, 앞의 책, 283쪽.

것이었는데, 젊었을 때의 사상적인 주장 같은 것은 없었습니다.[16]

김태신의 기록[17]에 의하면 그림도 그리고 있었다고 한다. 암흑기에 나혜석은 한 곳에 오래 있지 못하고 여기저기 돌아다닌 것으로 나온다. 나혜석의 조카이자 오빠 나경석의 장녀인 나영균 교수의 증언에 의하면 "(나혜석은) 번번이 절에서 빠져나와 세상 사람들에게 자신의 불가피했던 상황을 이해시키고자 노력하곤" 했다.[18] 그리고 그가 쓴 원고와 그림이 다락에 있었는데 원고가 쌓인 높이가 50센티미터는 되었다고 한다. 6 · 25전쟁 때 피난을 다녀오니 전부 없어졌다는데 그는 무슨 말을 하려 했던 것일까.

3.「해인사의 풍광」 다시 보기

그가 남긴 마지막 글「해인사의 풍광」[19]은 나혜석이 불교에 상당히 심취해 있음을 보여주는 글이다. 이미 1933년부터 불교에 대한 관심을 보인 나혜석은[20] 수덕사에도 있지 못할 상황이 되어 해인사로 향하는데[21]

---

16 이응노 · 박인경 · 도미야마 다에코,『이응노－서울 · 파리 · 도쿄』, 이원혜 역, 삼성미술문화재단, 1994, 87, 88쪽. 이상경,『인간으로 살고 싶다 : 영원한 신여성 나혜석』, 한길사, 2000, 474쪽에서 재인용.

17 김태신,『라훌라의 사모곡』상 · 하, 한길사, 1991.

18「이야기 여성사－해방 후 영어교육 이끌어간 첫세대 영문학자 나영균씨」,『여성신문』1995. 12. 15.

19 나혜석,「해인사의 풍광」,『삼천리』1938. 8,『전집』, 293쪽.

20 나혜석,「화가로 어머니로－나의 10년간 생활」,『삼천리』1933. 1,『전집』, 445쪽. 이 글 마지막에 사홍서원이 인용되어 있다.

21 소설가 정형의 집필 리포트「불우했던 천재화가 나혜석의 인물 모델을 찾아

이미 승려 복장을 한 나혜석의 모습이 사진으로 남아 있다. 1934년 8월의 「애화 총석정 해변」에서는 자기가 낳은 아들이 다 죽고 없는데 남편이 축첩하여 아들을 낳자 낙심하고 죽어버리려던 어떤 여인을 해변에서 만나 며칠이나마 함께 정을 나누며 지낸 이야기가 나온다. 이 여인이 전보를 받고 다시 집으로 돌아갈 때 나혜석은 "가서 마음을 붙여 살고 예배당에 나다니며 예수나 믿으시오." 하고 불교가 아닌 기독교를 믿으라고 말해 보낸다.[22] 그의 내면에 기독교에 대한 신앙심이 아직 남아 있다는 증거일까. 나혜석은 기독교가 지니는 생명의 진리도 부정하지 않으면서 불법의 가르침을 받아들여 번뇌로부터 해탈을 꾀하였음에 틀림없다. 어쨌든 불교를 받아들임으로써 마음에 치유를 얻는 경우를 구혜영의 소설에서 그 예를 들어 나혜석에 잠깐 적용을 해보자.

구혜영의 단편 「화가의 아내」의 주인공 '나' 승애는 화가의 아내로서 괴벽을 지닌 남편과 사느라고 20여 년을 찌들대로 찌든 채 살던 중, 경허스님의 말씀을 듣고 크게 깨달아 번뇌로부터 해탈을 하게 된다.

> "부인, 이 세상의 현실적 번뇌는 모두 인간과 인간의 관계에서 비롯됩니다. 그러나 그 관계에서 오는 어떠한 번뇌라 할지라도 불법(佛法)의 세계에서 본다면 그저 덧없고 허망한 일이지요. 상심하지 마세요."
>
> 나는 내가 만신창이가 되어 있는 번뇌가 한낱 덧없고 허망한 일이라는 한마디에 나도 모르게 끌려들었어요. 무언지는 모르지만 내가

서」를 참조한 윤범모에 의하면, 나혜석이 수덕사에 맡겼던 그림을 팔아 500원을 간월암 복원 불사에 시주한 이야기와 저간의 사정을 모르는 나혜석을 따르는 청년이 수덕사를 고소한 사건. 나혜석의 그림을 임의로 처분하여 그림 대금을 횡령했다고 법정에 고소했다가 나중에 취하했다 하며, 이로 인해 나혜석이 수덕사를 떠나게 되었다 한다. 윤범모, 『첫사랑 무덤으로 신혼여행을 가다』, 다할미디어, 2007, 235쪽 참조.

22 나혜석, 「애화 총석정 해변」, 『월간매신』 1934. 8, 『전집』, 267쪽.

> 새로이 솟아오를 별세계 소식을 전해 들은 것 같은, 막연하나마 그런 느낌이 들었어요. 새까만 숯덩이가 되도록 속을 태우는 번뇌에서 벗어날 길만 있다면 그것이 한낱 덧없는 것으로 여겨지게만 된다면 난 무슨 일이라도 서슴지 않을 것 같았어요.[23)]

그리하여 주인공은 부처의 마음을 지니고 남편을 보게 됨으로써 원망과 저주의 번뇌로부터 벗어나는 해탈을 체험하여 고뇌로부터 해방된다. 나혜석도 이혼 등 상처를 치유하는 데 불교가 도움이 되었던 것 같다. 특히 시모의 상청에서 당한 뜨거운 분노로부터 벗어나기 위해서는 불교에 귀의하여 마음을 다스리는 데서 꽤 도움을 받았던 것 같다. 그러나 나혜석은 승복은 입었을망정 승려로 입산을 하지는 않았다.

「해인사의 풍광」은 해인사에서 몇 개월을 지내며 보고 들은 이야기와 체험을 바탕으로 해인사를 자세히 리포트하고 있다. 이 수필은 지금까지 쓴 나혜석의 어느 글과도 다르다. 자신의 체험을 바탕에 깔고 그 위에 지향해야 할 방향이며 예술과 사상을 말하는 그런 계몽적 형식이 아니고, 해인사라고 하는 법보종찰을 소개하면서 불교 전체를 조감하듯 종교적 보고문을 만든 것이다.

「해인사의 풍광」의 첫머리에는 최치원의 「가야산 홍류동」 시가 인용되어 나온다.

> 狂奔疊名喉重巒 물은 미친 듯이 첩첩이 쌓인 바위를 치며 산을 울리어
> 人語難分咫尺間 사람들이 하는 말을 지척에서도 분간하기 어렵네
> 常恐是非聲到耳 시비하는 소리가 귀에 들릴까 늘 두려워

---

23 구혜영, 「화가의 아내」, 『상아의 꿈』, 서음출판사, 1977, 379쪽.

故敎流水盡聾山 흐르는 물길로 산을 완전히 에워싸게 했네[24]

이 시는 곧 나혜석의 마음이었던 듯, 시비하는 소리 귀에 들릴까 늘 두려워 미친 듯이 흐르는 물길의 소리로 이를 막고자 물길로 산을 에워싸게 했다는 메시지는 나혜석의 마음을 움직였을 것이다. 이야말로 나혜석의 심경이 아닌가. 홍류동에는 이 시가 새겨진 입구 우편 석벽과 좌편 계변의 고운 선생의 농산정, 그 앞에는 고운 선생 둔세지라고 새긴 석비가 있으며 좌편 높이 선생의 사당이 있어 명승지라고는 하나, 글을 보면 이 글의 주제인 해인사까지 홍류동에서도 5리나 더 걸어가서, 그러니까 농산정 옥수동 두 정자를 거쳐야 해인사 지정 여관인 홍도여관에 도착해 여장을 풀 수 있다. 그런데 이 글의 도입부를 최치원의 홍류동 시로 잡은 것에는 필자 나혜석의 의도가 있었다고 본다. 「해인사의 풍광」의 문자는 기행문을 가차(假借)한 나혜석의 분노의 수사학이다.

당시 홍도여관의 주인은 열렬한 그림 애호가였다고 한다.[25] 나혜석이 해인사로 오게 된 연고를 추적해볼 수 있는 단서다. "반찬이나 대우가 놀라웠"다. 이 글에서 나혜석은 지팡이를 짚은 상태이기는 해도 상당히 건강한 상태였다. 5리나 되는 길을 걸어 해인사 입구 여관까지 오고 있고, 해인사 구경도 걸어서 샅샅이 하고 있으며 암자 구경이나 가야산 등산도 일행 11인과 함께 할 정도였다.

> 다리를 즐즐 끌고 오는 자 나는 선생에게 지팡이 한 끝을 쥐이고 끌려오니 우스운 소리 잘하는 Y가 "거기다 눈만 감았으면 되었소" 하여 일동은 웃었다.[26]

---

24 한시 번역 윤범모, 앞의 책, 224쪽 참고.
25 김태신, 『라훌라의 사모곡』 상, 한길사, 1991, 192쪽.

이 글에서도 나혜석은 세계일주 여행 시 미국에서 보았던 사실과 해인사의 그것을 비교하는 언급을 하거나 구미 체험을 언급하기도 한다. '여관 생활'을 쓰면서 산중 생활이 퍽 심심하였던지 미국 요세미티 산속에서 묵은 옛날을 연상한다. 요세미티 여관은 인도식 건물과 장치였으며 산중에서 지내도 심심치 않을 장식과 오락 기관, 댄스 파티, 경마회 등이 있었다고 썼다. 이런 여관은 언제 그렇게 되나 계몽성 발언도 한다. 또 암자 구경을 갔던 일행 중에는 구미에 갔다 온 사람이 세 사람이나 있어 구라파 풍속 이야기가 흥미 있었다고 한다. 요세미티 경관 이야기나 구라파 풍속 이야기를 나누는 일 등은 다른 글쓰기 같으면 전면에 등장하고 이야기의 전개도 나혜석이 주도하는 글쓰기를 하였을 텐데 이 「해인사의 풍광」에서는 이런 나혜석 개인의 이야기는 전체 이야기 속에 묻혀버린다. 이에서 나혜석이 자기를 글 속에 함축시키는 새로운 기법을 구사하고 있음을 볼 것이다.

나혜석은 절의 건물과 보물, 예불과 승려의 생활을 자세히 조사하여 정리해놓았다. 나혜석이 불교에 그만큼 관심이 있었다는 예증이다. 특히 승려의 생활은 불교를 선종 교종으로 나누어 설명하면서 참선에 대해 자세히 관찰하였다. 삼계 대성인 석가모니의 법 도량에서 청정한 몸으로 길들이는 승려 생활이란 참으로 신성한 가운데서 인천(人天)의 대법기를 이루는 곳으로서 가히 부러워하지 아니할 수 없다고 글을 맺은 것을 보면 불법의 세계에 상당히 깊이 심취해 들어가 있다고 보인다. 주목되는 것은 그의 글쓰기의 방식도 바뀐 점이다. 나혜석은 오직 '종소리'에서만 잠깐 감정을 드러냈을 뿐, 자기를 죽이고 객관적인 시선을 흩뜨리지 않는다. 법보종찰을 잘 쓰기 위해 전력을 기울이다시피 한 것 같다. 조사하고 정리하기

---

26 나혜석, 「해인사의 풍광」, 앞의 책, 304쪽.

그리 쉽지 않았을 것이다. 해인사의 주요 역사가 거의 요약 정리되어 있고 글의 길이가 200자 원고지로 90장에 가깝다. 역작 기행 수필이다. 「해인사의 풍광」은 단지 많은 나혜석의 수필 중 하나에서 그치는 것이 아니라 나혜석의 한 변모를 보여주는 중요한 글이다. '종소리' 에서 나혜석은,

> 황혼의 종소리, 새벽 종소리, 우거진 숲 사이로 은은히 들려올 때 자연 머리가 숙여지고 새벽잠이 깨인다. 무심하다. 저 종소리 어찌 그리 처량한지 내 수심을 돕는도다. 부지불각 중에 밀레의 〈만종(晩鐘)〉 생각이 아니 날 수 없다. (밑줄 필자).

나혜석은 "무심하다. 그러나 저 종소리 내 수심을 돕는도다."라고 쓰고 밀레의 〈만종〉 생각이 아니 날 수 없다고 했을 뿐 더 이상 토를 달지 않았다. 처량한 종소리에 온갖 수심이 들고 일어났으련만 간결하다. 이 문장에서 갑자기 "무심하다"가 왜 끼어들었을까? 불쑥 쓰인 "무심하다"는 종소리가 무심하다는 뜻인지 나혜석의 마음이 무심하다는 것인지 들여다볼수록 이 네 글자가 심상치 않다. 나혜석의 변화에 주목을 하지 않을 수 없다. 앞에서도 말했듯이 나혜석의 '자기'가 전면에 나오지 않는 이 글은 이전에 「나를 잊지 않는 행복」이라든가, 이혼 후 소감에서 사람은 자기 내심에서 자기도 모르는 정말 자기를 가지고 있다며 이 "보이지도 알지도 못하는 자기를 찾아내는 것이 사람의 일생의 일거리"[27]라고 말했던 나혜석의 다른 글과는 크게 달라진 것이다. 「해인사의 풍광」의 문자는 기행문을 가차(假借)한 나혜석의 분노의 수사학이자 분노를 다스린 수사학이다.

『삼천리』가 아직 『대동아』로 바뀌기 전이나[28] 이후 더 이상 실린 글이

---

27 나혜석, 「이혼고백서」, 『전집』, 473쪽.

28 『삼천리』가 『대동아』로 제호가 바뀐 것은 1942년 5월호부터이다.

없는 것은 시기적으로 파시즘화해가는 일제의 편집 지침에 자유주의는 설자리가 없어지기도 했을 것이며 더구나 이 시기부터 일어로 글쓰기가 강요되었으니 나혜석 역시 일어로 글쓰기를 거부하여 더 이상 글을 발표하지 않았다고 보아야 한다.[29] 그는 아직 건강했다.

4. 나혜석의 암흑기와 박화성의 증언

나혜석의 평전 필자들이 나혜석의 암흑기를 정리한 부분을 보면 적지 않은 자료를 찾아 성실하게 정리하여 감동을 준다. 그러나 나혜석에 대해 모은 증언들은 거의가 나혜석의 초라하고 병든 모습을 전하고 있으며 그러므로 암흑기 나혜석은 주목할 만하지 못하다고 결론을 내기 쉽다. 나혜석과의 만남을 아름답게 기억하며 기록한 박인경조차도 그가 쓴 글들은 파리 생활이라든지 여러 가지 추억을 쓴 것이었는데, 젊었을 때의 사상적인 주장 같은 것은 없었다고 했다. 그가 병들었던 것도 사실이고, 외모가 초라해진 것도 사실일 것이다. 정처가 없이 떠돌았으니 섭취하는 음식이며 의복을, 제때에 취하거나 갈아입을 수 있었겠으며 화가이니 캔버스며 그림도구들을 맡겼다 찾았다 하기 얼마나 고생스러웠으랴. 집이 없이 그 엄청난 삶을 끌어간 것만도 대단한 것이라고 평가하고 싶다. 나혜석의 암흑기를 다시 볼 필요가 있다.

「해인사의 풍광」 분석에서 보듯이 나혜석은 충격적 수모를 당한 후에 글쓰기가 달라졌다. 김태신의 글에서 보듯이 나혜석은 수덕여관에서 그림

---

29 1938년 12월에 김말봉도 『동아일보』에 연재하던 장편 『밀림』 하편 연재를 중단했고, 박화성도 1937년 「호박」을 끝으로 해방까지 붓을 놓는다. 그들은 일어로 글쓰기를 거부했다고 말했는데 나혜석은 그렇게 '말할' 기회가 없었다.

을 그렸으며 그림물감 등 화구를 빌리러 온 김태신에게 이를 선물로 줄 정도로 여유도 있었다. 간월암 중창 복원 불사 때엔 500원이라는 거금을 기부하기도 했다니 아직 건강과 결기가 남은 나혜석의 면모를 볼 수도 있다.

박화성의 증언은 1947년 박인경의 증언에 이은 것으로 1948년 나혜석이 사망한 해에 나온 증언이다. 박화성의 집으로 나혜석이 찾아왔다. 박화성은 서울과 일본 유학 시기를 빼고는 거의 목포에서 살면서 작품 활동을 한 작가이다. 남편 천독근의 사업을 위해 집을 마련한 박화성은 자녀가 서울의 대학과 중학교에 들어가게 되자 서울 집에 자주 올라오게 된다. 1977년(12. 1~12. 30) 『중앙일보』 「남기고 싶은 이야기들」에서 박화성은 다음과 같이 증언하고 있다.

> 여성인 탓으로 『조선문단』 여자부록의 차지만 되던 정월 나혜석, 일엽 김원주, 탄실 김명순, 춘강 전유덕 등의 활동도 큰 역할을 했는데 특별히 정월 나혜석 씨는 내 집에까지 와서 대화를 나눈 일이 있어 추모의 감회가 크다. 그로부터 22년(『조선문단』 1926. 1, 여자부록－필자 주)이 흘러간 1948년 겨울이었다. 그날에야말로 아침부터 눈보라가 잠시도 멎지 않고 기세를 부리더니 저녁 나절에야 잠시 뜸한 때를 타서 나혜석 여사가 나를 찾아온 것이다. 방에 들어오자마자 여사는 내 손을 잡고 "모쪼록 건투하세요. 다 풀지 못한 우리들의 한을 풀어주기 위해서라도 오래오래 살면서 많이 써주셔야죠" 하였다. 처음으로 상면한 그의 부탁이 너무도 절절하여 나도 그의 손을 되잡으며 찬찬히 그를 살펴보았다.
>
> 젊은 시절에는 풍문으로나 사진으로나 그는 재기와 활기가 있는 예술가임에 틀림없었고 그의 글에서도 영롱한 총명을 감득할 수 있었는데, 모진 풍상이 얼마나 그를 학대하였으면 저렇게도 변하였을까 싶게 활기와 패기라고는 그의 모습 어디에서라도 볼 수 없었고 간절하게 말하는 음성조차에도 힘이 들어 있지 않아서 참으로 처량한 심사를 금하지 못하였다. 최초이며 최후이던 단 한 번의 상봉이었지만 이

날까지 그 장면과 그 음성을 잊지 못하는 것은 그에게서 무한히 솟구칠 능력이 무참히도 여사의 별세와 함께 묻혀버린 것이 너무나 아쉽고 애달프게 여겨지는 까닭이다.[30]

1948년 겨울은 나혜석이 사망한 해요, 돌아간 계절이다. 박화성은 이 증언에서 날씨와 함께 나혜석이 남긴 마지막 말을 고맙게도 기록을 해두었다. 일기를 쓰는 박화성은 소설 속에서도 정확한 날짜를 구사하는 것으로 유명한데 이 글에서 날짜를 표기하지는 않았으나 연도는 확실한 것으로 믿어도 될 것이다. 지금까지 나온 나혜석의 암흑기 증언 중 가장 나중이며, 마지막 증언이다. 나혜석이 박화성의 집을 어떻게 알고 찾아왔는지 알 수 없다. 당시 박화성의 문명은 대단했으므로 해방 후 서울에 거처를 마련하였다는 소식이 어느 매체엔가 실렸을 것이다. 박화성의 자서전에 따르면 부군인 천독근 씨의 (사업이 잘되어서) 일이 많은 중, 다른 회사의 지점을 내느라고 황금정(을지로) 2정목(2가)에 사무실을 냈으므로 삼판동(후암동)에 집 한 채를 마련했다고 한다. 1946년 일이다. 이해 말 박화성은 후암동에서 사간동으로 이사를 했으므로 사간동으로 찾아왔을 듯하다.[31] 이전에 한 번도 만난 적이 없건만 나혜석은 박화성을 찾아왔다. 대단한 일이 아닐 수 없다. 나혜석은 후배들의 활동에도 관심을 갖고 있었던 것이라고 보아야 할 것이다. 후진 중 가장 실력을 인정받고 있었던 박화성을 찾아와 "모쪼록 건투하세요. 다 풀지 못한 우리들의 한을 풀어주기 위해서라도 오래오래 살면서 많이 써주셔야죠"라고 말을 남긴 것은 대단한 의미가 있다고 보인다. 비록 그가 동정을 바라고 박화성을 찾

---

30 박화성, 「남기고 싶은 이야기들」, 『나의 삶과 문학의 여적』, 한라문화, 2005, 59쪽.

31 전에 발표된 논문에서 박화성의 집을 후암동으로 적은 것은 사간동으로 바로잡는다.

아왔더라도 그가 남긴 말은 암흑기의 나혜석의 생각을 총합한 것으로 보아도 될 것이다. 그만큼 의미 있는 말이었다. 『삼천리』에 많은 글을 썼지만 1932년의 최정희로부터는 "과거에 선배라고 할 수 있는 김명순, 김일엽 씨 등이 있었다고 할지라도 현금에 있어서 객관적으로 검토해보건대 찬성할 수 없는 공적과 결과를 지었음을 유감으로 생각한다."[32]는 비판을 받았는데 이는 당시 여성들의 일반적 생각이었다. 이명온의 『흘러간 여인상』은 이러한 부정적 의식의 대표적 예라 할 것이다.[33] 반면 박화성은 『조선중앙일보』에 연재한 장편 『북국의 여명』을 통해 1920년대의 신여성들의 성 개방 의식과 당시 주의자들의 콜론타이즘 등을 취급하여 성 개방 의식을 이해하려고 노력하는 주인공을 그린 바 있다.

박화성은 이후 그의 수필 여기저기에서 나혜석의 탁월한 문학적 자질에 대해 증언을 남김으로써 나혜석의 처녀작이 「부부」라는 것을 밝힐 수 있게 해주었다.[34] 박화성은 나혜석과의 만남에 대해 최초이며 최후이던 단 한 번의 상봉이었지만 이날까지 그 장면과 그 음성을 잊지 못하는 것은 그에게서 무한히 솟구칠 능력이 무참히도 여사의 별세와 함께 묻혀버린 것이 너무나 아쉽고 애달프게 여겨지기 때문이라고 했는데 박화성의

---

32 최정희, 「신흥여성의 기관지 발행」, 『동광』 1932. 1. 서정자, 『한국근대여성소설연구』, 국학자료원, 1999, 20쪽에서 재인용. .

33 이명온은 1911년생으로 일본 동양문화학원 양화과를 중퇴하고 매일신보와 조선일보 기자를 지냈다. 강경애와 같은 나이이니 세대적으로 나혜석의 바로 뒤를 잇는 미술학도이자 문인이면서도 나혜석의 예술이나 여성해방 의식에 대한 이해가 전혀 없었다. 나혜석론을 쓰면서 참고한 자료가 전무했다. 만주사변, 대동아전쟁, 한국전쟁을 치른 1955년 당시에는 신문이며 잡지 등 자료를 찾아 글을 쓴다는 것은 꿈도 못 꿀 시대였음을 감안하여 이해해야 하리라. 하지만 아쉽기 짝이 없는 글이 『흘러간 여인상』이다.

34 서정자, 「나혜석의 처녀작 부부에 대하여」, 『여성문학연구』 창간호, 한국여성문학학회, 1999, 307쪽. 서정자, 『한국여성소설과 비평』, 푸른사상사, 2001, 소수.

이 말은 진정이었던 것이다. 당시 이화여대 영문과 학생이었던 따님 김승해 씨가 나혜석의 방문을 기억하는지 여쭈어보시도록 며느님 이규희 선생에게 부탁을 드렸더니 곧 답이 왔다. 김승해(85세) 씨는 만일 보았다면 젊은 시절이라 기억에 있을 것인데 전혀 기억에 없다는 것이었다.[35]

나혜석이 박화성에게 남긴 말은 '다 풀지 못한 우리들의 한'을 써달라는 것이었다. 이는 분노의 수사학을 계속해달라는 말이 아닌가? 50센티미터 높이로 쌓인 원고지에는 나혜석의 '다 풀지 못한 우리들의 한'이 쓰였을 것이다. 감상적 추억담만이 아니었을 것이라는 추정을 가능케 하는 증언이다. 나혜석의 암흑기, 나혜석은 언덕에서 구르는 수레가 붙잡을 새 없이 굴러내리듯이[36] 추락해간 것이 아니라 해탈의 경지에서 새로운 세계를 탐색해갔는지도 모른다. 후배 작가 박화성을 찾아와 마지막으로 남긴 말은 그런 점에서 매우 뜻깊은 것이었다. "모쪼록 건투하세요. 다 풀지 못한 우리들의 한을 풀어주기 위해서라도 오래오래 살면서 많이 써주셔야죠." 나혜석은 그림과 글쓰기와 자신의 삶 모두를 바쳐 여성들의 한을 풀어주기 위해 싸웠다. 그의 암흑기는 다시 보아야 할 나혜석 연구의 보고(寶庫)이다.

5. 마무리하며

나혜석 연구는 1999년 정월나혜석기념사업회의 학술대회가 시작되면서 15여 년 동안 장족의 발전을 해온 감이 있다. 그러나 나혜석의 그림이 새로 발굴되어 우리 눈앞에 나혜석의 미술 세계가 펼쳐진다면 얼마나 빛

---

35 2013년 4월 19일 이규희 선생과 통화.

36 김진 · 이연택, 앞의 책.

날 것인가. 우리 미술계에서 나혜석만큼 그림을 많이 제작한 화가가 없다고 한다. 그럼에도 현재 전해지는 나혜석의 그림 숫자는 제작한 숫자에 비해 너무나 영성(零星)하다. 도덕적 파멸의 주인공이 그린 그림이라 없애버렸을까. 이구열이 말했듯, "조선 사회의 도덕적 형벌이 이토록 가혹하였"다.[37] 일본의 야나기하라 기치베의 소장 자료 공개는 나혜석 그림도 소장했을 가능성을 보여주어 기대감을 갖는 중에 유족의 도움으로 나혜석의 한글 편지도 만나볼 수 있게 되었다. 1937년 무렵 쓰였다고 추정된 이 편지 한 장에서 필자는 생생한 나혜석의 목소리를 들었다. 「이혼고백서」를 쓰면서도 분노를 내놓지 못했던 그가 '분하고 절통하다'고 쓴 것이다. 이 글은 이 분노의 수사를 추적하면서 나혜석의 암흑기 실낱 같은 목소리를 확성(擴聲)하여 들어본 것이다. 나혜석의 마지막 음성인 박화성의 기록을 찾은 것도 나혜석의 목소리를 찾는 데 결정적인 도움을 주었다.

'자기'를 찾는 일을 일생의 일로 여기던 나혜석이 '자기'를 숨기며 쓴 나혜석의 「해인사의 풍광」에서 분노의 수사학이자 분노를 다스린 수사학을 찾아보았으며 그런 점에서 나혜석 문학에서 기행 수필 「해인사의 풍광」이 차지하는 중요성을 부각해보았다. 분노라는 암흑 속에서 나혜석의 자기는 성숙해갔으며 그것은 글쓰기의 변모로 나타났다. 무거운 화구를 끌고 삶의 언덕을 오르던 나혜석은 고난 속에서 새로운 문학을 낳고 있었다. 아마도 박인경이 보았던 원고와 50센티미터가 될 만큼 쌓였던 원고에는 지금까지와는 다른 글이 쓰였으리라고 믿어진다. 그러나 여성해방을 향한 그의 방향성만은 변함이 없었으리라는 것을 박화성에게 남긴 말에서 우리는 확인한다. 나혜석이 온몸으로 이룩한 최대의 업적이자 아름다운 대미가 아닐 수 없다.

---

37 이구열, 앞의 책, 283쪽.

제8부

나혜석과 일본 체험

도쿄 심포지엄 참가기

「식민지기 조선 문학자의 일본 체험에 관한 종합적 연구」

1. 나혜석을 주제로 대화하다

지난 2006년부터 일본 니가타현립대학의 하타노 세츠코(波田野節子) 교수가 이끄는 일본학술진흥회 과학연구비 보조연구「식민지기 조선 문학자의 일본 체험에 관한 종합적 연구」프로젝트에 박화성 관련 협력 교수로 참여해왔다. 2006년 연세대에서 있은 첫 세미나에 이어 2007년 니가타 여자단기대(현 니가타현립대)에서 열린 프레 심포지엄에서 하타노 교수가 나혜석에 대해 관심을 보이면서 에구사 교수의 논문[1]을 소개하였다. 하타노 교수는 이광수를 중심으로 한국문학을 연구하는 일본인 교수로『무정』을 일어로 번역하여 출간하였고, 한국어로 저서『무정을 읽다』를 출간하기도 한 일본의 대표적 한국문학 연구자로 이번 프로젝트의 대표연구자이다. 그는 이광수 제2차 유학 시기 연구를 위해 나혜석에 대해

1　에구사 미츠코(江種滿子),「1910年代の日韓文學の交点－「白樺」·「青鞜」と羅蕙錫－」文學部紀要20－2, 文教大學 文學部, 2007. 3, 별쇄본.

조사하면서 나혜석에 대해 꼭 알아야 했다고 하였다. 2008년 10월 30일부터 11월 2일까지 나흘 동안 열린 도쿄 심포지엄에서 에구사 교수와 나혜석을 주제로 대담을 하게 된 것은 말하자면 예상외로 주어진 주제였다고 할 수 있다. 논문으로는「나혜석의 문학과 미술 이어 읽기」[2]를 마친 참이기는 하였으나 대담에 나서기는 준비가 부족하다 싶어 망설여졌으나 나혜석의 일본에서의 체험이 그의 연구에서 중요하다는 것을 절실히 느낀 참이었기 때문에 여러 가지 질문도 할 겸 에구사 교수와의 대담을 수락하였다.

에구사 미츠코 교수는 일본문학 전공 원로교수로 젠더 시각으로 일본문학을 연구해왔으며 최근, 저서『나의 신체, 나의 언어』를 출간하여 학계로부터 주목을 받고 있었다. 대담을 위한 연구업적 자료 교환은 하타노 세츠코 교수가 번역팀을 가동하여 해결하여주었고, 이 과정에서 예상외의 소득이 있었다. 에구사 교수가 나의 논문을 읽고 나혜석의 색채 중 가란스로즈를 찾아 해명해준 것이다. 나혜석의「4년 전의 일기 중에서」에 나오는 색채 가란스로즈를 커런츠 로즈로 해석을 하였는데 에구사 교수가 가란스로즈는 붉은 보랏빛으로 村山槐多라는 화가가 즐겨 사용한 색채어이자 불어라는 것을 알려준 것이다. 나혜석 연구에 중요한 한 대목을 풀어주어서 대단히 고마웠다. 이런 준비 과정에서 에구사 미츠코 교수가 미술과 문학에 깊은 소양을 지녔다는 것을 알게 되었다. 에구사 교수와의 대담이 기대되었다. 에구사 미츠코 교수의 인적사항[3]과 하타노 교수가

2 서정자,「나혜석의 문학과 미술 이어 읽기」,『현대소설연구』38호, 2008. 8.

3 江種滿子(에구사 미츠코) 文教大學 文學部 教授, 廣島縣生 お茶の水女子大學國文教科, 東京 教育大學大學院博士課程 修了. 日本近現代文學專攻・女性學 文學博士. 編著書『女が讀む日本近代文學－フェミニズム批評の試み』(共編著), 1992.『青鞜』を讀む』(共著) 1998.『大庭みな子の世界－アラスカ・廣

구상한 대담 기획은 다음과 같다.

> 나혜석이란 인간과 문학이 어떻게 형성되었을까?
> 거기서 일본 유학이 어떻게 개입했을까?
> 그것을 나혜석 담론(소설, 잡감)을 통해서 밝힌다.
>
> 0. 問題의 發端:羅蕙錫의「理想的婦人」과「경희」의 만남
> 1세기 후의 日本에서 1세기 후의 韓國에서
> 1. 羅蕙錫이 留學한 1910년대 −1910년대 한국과 일본은 어떤 시대였을까? 日本 1910년대 대정 데모크라시 白樺 青鞜 宮本百合子 自我伸長 個性 女性의 天才 自由戀愛 自由結婚 良妻賢母 母性
> 韓國 1910년대 * * *
> 2. 留學과 自己形成 — 무엇을 배우냐? 그 당시 유학이란 어떤 것이었을까?
> 3. 사람이고, 여성이고, 조선 사람인 근거를 어디서 찾으려고 했을까?

이 기획은 나혜석이 일본 유학할 당시 시대와 문화적 배경을 짚어보고 나혜석 문학과 관련하여 그 영향 관계를 살펴보는 것이 초점이라고 하겠다. 에구사 교수는 젠더 시각으로 1910년대 일본문학과 나혜석의 교점을 조명하고 있어서 이미 나혜석의 문학에 미친 일본의 대정 데모크라시의 문화적 영향에 대하여 확신을 갖고 있는 터였다. 나로서는 나혜석이 '빛의 화가'라는 예술적 정체성을 밝히면서 나혜석의 일본 유학 시절의 체험을 규명해야 할 필요성을 절실히 느끼고 있었던 시점이었다.

대담이 있기 전날 저녁 도쿄 YMCA호텔에서 만난 에구사 교수는 나혜

島・新潟』2001.『わたしの身体 私の言葉−−ジェンダーで讀む日本近代文學』2004ほか.

석의 문학에 대하여 격찬을 아끼지 않았다. 세이토 회원 등 수많은 일본 여성작가의 작품들이 낭만적이고 예술성이 높은 데 반해 나혜석의 작품이 계몽주의적이라는 나의 의견에 대해서 나혜석의 소설은 일본 여성의 소설에 비할 수 없이 완벽한 구성을 가진 훌륭한 작품임을 거듭 언급하여 오히려 내가 놀랄 정도였다. 에구사 교수가 말하는 단편 「경희」의 탁월한 점은 공간 구성에 있다고 한다. 그러면서 에구사 교수는 단편 「경희」에 나오는 한국의 가옥 구조를 매우 궁금해하였다. 사랑, 뒷방, 툇마루, 안방, 다락, 마루, 마당 등 우리가 너무 익숙하여 주목하지 않았던 공간이 에구사 교수에게는 이해하기 어려운 공간 구조이기는 하나 소설 구조에 중요한 역할을 하고 있는 점을 높이 샀다. 村山槐多의 화집을 가지고 와서 직접 가란스로즈 색채로 그린 그림을 보여주기도 하였는데 핏빛에 가까운 보랏빛의 가란스로즈는 매우 인상적이었다. 나혜석과 같은 해에 태어나 18세인 1914년에 화가로 데뷔한 村山槐多, 1919년 2월 24세로 병몰한 시인이자 화가인 村山槐多를 나혜석이 알았던 것은 아닐까 생각되었다.[4]

대화를 통해 이날 밤 내가 만들어본 질문지는 대담 속에 나오므로 생략한다(권말 부록 참조). 질문은 자연히 나혜석의 일본 체험에 대해 궁금한 부분을 내가 질문하는 형식이 되고 에구사 교수가 답하게 되었다.

2. 나혜석의 동경 유학과 근대

가란스로즈는 나혜석이 1916년이거나 1917년에 쓴 일기 「4년 전의 일

4 에구사 미츠코 교수가 밝혀준 가란스로즈 설명은 앞의 논문, 「나혜석의 문학과 미술 사이」 각주에 수정되어 실렸음.

기 중에서」에 나오는 색깔이다. 나혜석은 일본의 나가노 송정리에서 출발하여 중앙선을 갈아타고 올 때 아침을 맞았던가 창밖의 떠오르는 아침 광선에 비친 경색이 아름다워 반광할 만큼 경탄을 한다. 가란스로즈라는 색채에서 보듯이 나혜석의 용어에 당시 일본의 문화적 배경의 관련을 볼 수 있음에 앞으로 나혜석 연구가 어떻게 더해져야 할지 알 수 있겠다. 나혜석을 보다 깊이 읽는 것은 "서구 사회를 중심으로 전개되어왔던 여성문제 인식의 틀을 넘어서는 것으로 개별 사회들에서 나타나는 여성문제의 다양한 성격을 이해하고 이론적으로 구명하려고 하는 보다 주체적인 문제를 반영하는"[5] 것이다. 논의의 발전을 위해서는 아시아 각국 여성들의 행동, 사상, 언설들에 관한 구체적이고 경험적인 연구가 축적될 필요가 있으며, 또한 여성들의 삶을 규정하였던 정치적, 사회적, 문화적으로 상이한 조건들이 명확히 규명될 필요가 있다.

나혜석의 단편 「경희」를 발굴하기 이전부터 따지자면 나의 나혜석 연구는 20년을 훌쩍 뛰어넘었다. 처음 나혜석을 읽었을 때 느끼던 당혹감을 잊을 수 없다. 「이상적 부인」에 나오는 카츄사, 막다, 노라 부인, 스토우 부인, 라이초 여사, 요사노 여사 이 여섯 여성은 일차로 만난 벽이었다. 카츄사나 노라 부인, 스토우 부인은 알 만하였지만 막다도, 라이초 여사도 요사노 여사도 누구인지 알 수 없었기 때문이다. 그로부터 20여 년이 지난 지금엔 히라츠카 라이초와 요사노 아키코[6]는 여성 연구자라면 모르는 사람이 없을 정도로 유명하고 상당히 깊이 소개되어 있을 뿐 아

---

5 문옥표, 편저자 서문, 「한국과 일본의 신여성 비교를 위한 시론」, 『신여성』, 청년사, 2003, 6쪽.

6 서경식, 『교양, 모든 것은 시작』에 요사노 아키코의 남편 요사노 텟칸이 명성황후 시해계획에 관여했다는 혐의를 받고 있다는 것이 나온다. 노마드북스, 2007, 157쪽.

니라 그들의 세이토 운동에 대해서도 많이 알려졌다. 그러나 세이토를 통해서 나혜석이 영향받은 구체적인 사례나 연구는 아직 본격적으로 이루어지지 않았다. 그것은 세이토만이 아니라 『시라카바(白樺)』, 『묘조(明星)』 등 당시의 문화운동을 주도한 잡지와 인물들이 나혜석에게 어떻게 영향을 주었는지도 연구가 되어 있지 않다. 이 연구를 위해서는 당시의 잡지 전반을 살펴보아야 하고 武者小路實篤, 志賀直哉, 有島武郎 등의 사상과 문학을 본격적으로 탐색하지 않으면 안 된다. 2008년 11월 2일 도쿄 YMCA호텔 2층 세미나실에서 있은 대담에서 에구사 교수의 첫 질문은 나혜석의 「이상적 부인」에 나오는 욕망이 무엇을 의미하는가, 이었다.

> 먼저 理想이라 힘은 何를 云힘인고, 所謂 理想이라. 즉 理想의 慾望의 思想이라. 以上을 感情的 理想이라 허면, 차 所謂 理想은 靈智的 理想이라. 然허면 理想的 婦人이라 헐 婦人은 누구인고.

「理想的 婦人」의 첫 문장에 나오는 '이상'과 '욕망'은 다시 살펴보면 이해하기 어려운 대목이다. 이 이상의 욕망의 사상을 감정적 이상이라고 한 나혜석은 영지적 이상을 곧 이상이라고 말하고 있다. 즉 욕망의 사상이라고 말한 이가 누군가 있고 그 욕망의 사상은 감정적 이상이라고 말한 것이다. 그런데 나혜석은 이 글의 마지막에서 "그럼으로, 나는 現在에 自己 一身上의 劇烈헌 欲望으로, 影子도 보이지 안이허는 엇더한 길을 향하야 無限헌 苦痛과 싸호며, 指示헌 藝術에 努力허고저 허노라."라고 하면서 욕망이라는 말을 다시 쓰고 있다. 앞의 욕망과 뒤의 욕망은 한자에서 차이가 있다. 그러나 사전을 보면 두 단어 함께 '부족을 느껴 무엇을 가지거나 누리고자 탐함. 또는 그런 마음'으로 뜻은 다르지 않다. 앞에서 영지적 이상을 중심으로 이상적 부인을 논한 나혜석은 욕망으로 예술에 노력하겠다고 글을 맺고 있는 것이다. 말하자면 감정적 이상에 충실하겠다는 말로 읽히고 있다. 여기에서 '욕망'이란 단어를 질문한 에구사 교수의 의도가 일본문학과의 교점을 시사한 것임을 눈치챌 수 있었다. 대담에서 에구사 교수가 해석한 나혜석의 '이상적 부인'은 무엇인가 욕망의 사상을 가지고 살아가는 여성이다.

이렇게 보아오면 靈智라는 단어도 우리가 항용 쓰는 단어가 아니며 카츄사 앞에 수식된 '혁신으로 이상을 삼은'이라든가, 막다 앞에 '이기로 이상을 삼은', 그리고 노라에게 '진의 연애로 이상을 삼은' 등으로 자신의 관점을 보인 점에도 주목을 하지 않을 수 없다. 이는 나혜석이 이들을 어떻게 만났는지를 알려주는 기호이기 때문이다.『일본여성사』를 참고한 윤혜원 교수의 글을 보면 이때 坪内逍遙가 주재한 문예협회는 입센의 〈인형의 집〉을 공연하였고 이어 제3회 공연으로 헤르만 주더만의 〈고향〉을 공연했는데[7] 아마도 이 공연을 나혜석이 관람했을 가능성이 높다. 이 공연의 내용을 알아보면 나혜석이 붙인 수사를 이해할 수 있을는지 모른다.

1910년대 한국 유학생은 남학생이 386명이고 여학생이 34명으로 총학생 수의 8.1%라고 조사 분석한 박선미의 여자 유학생 의식 분석은 역시 나혜석의 글에 크게 의존하고 있다. 일본에서 이 글을 쓴 박선미도「이상적 부인」이 '신사조'의 영향을 받았음을 확신하였으나 신사조의 구체적인 내용을 언급하지 않고 있으며「이상적 부인」을 주목한 윤범모 교수도 위의 여섯 인물에 대한 보편적 규명에 머물고 있다. 사학자인 윤혜원 교수가 宮城肇의『일본여성사』나 일본의 高群逸技『여성의 역사』에 의존해, 한·일 개화기 여성을 비교한 수준에 머물고 있는 것이 오늘의 현실이다. 대정 데모크라시의 문학과 미술 등을 탐구하여 나혜석과 이광수 등 우리

---

7 윤혜원,「한일 개화기 여성의 비교연구」,『아시아여성연구』14집, 1975. 12, 108쪽.

신문학사 초기의 일본 유학 체험과 그 영향을 따져보는 것은 문학과 미술에 전문가 수준의 소양을 갖춘 학자의 접근이 이루어져야 만 명확해질 것이다. 쓰루미 슌스케와 구노 오사무의『일본 근대 사상사』를 번역한 심원섭의「1910년대 일본 유학생 시인들의 대정기 사상 체험」[8]을 보면 시라카바파의 사상이 일본 유학생의 문학에 영향을 미친 것이 분명하고 나혜석에게도 그렇지 않았을까, 또한 욕망이라는 기호도 그 틀에서 이해할 수 있을 것같이도 보인다.[9]

3. 정월(晶月)의 사상과 예술

에구사 교수가 이어 제시한 초기 나혜석 문학의 기호는 신비와 개성이다. 이 역시 대정기 사상의 영향이라는 것이다. 나혜석의 글에서 등장하는 光, 雷, 暴風雨, 庭 등 자연 가운데 인간이 있는 것을 주목하였다. 1910년대 일본의 미술 문학 평론 각서(覺書)를 요약 메모하여 온 에구사 교수의 설명에 따르면『시라카바』의 동인들은 부잣집 도련님들이어서 유럽으로부터 체계적으로 미술을 유입하였다고 한다. 우키요에를 로댕에게 직접 보내고 답례로 로댕의 조각이 보내지는 식이었으며 잡지『시라카바』에는 사진판으로 새로운 그림들이 계속 소개되었고, 현역 화가들의 편

---

8 심원섭,『한일 문학의 관계론적 연구』, 국학자료원, 1998, 67쪽부터.

9 심원섭은 일본 유학 시기에 쓰인 최소월, 김여제, 주요한의 작품들이 당시의 시대적 정황과 맞지 않는 낙관적 전망과 어려운 시어와 논리구조를 지녔으며 대정기 일본이라는 특수한 지적 공간에서 창작되었다는 점 등에 주목하고 당대의 지식인들과 더불어 공유하고 있던 세계관을 규명해보고 있다. 나혜석의 약혼자였던 최소월이 시라카바파 신봉자였다는 것은 주목할 일이다. 위의 책, 같은 곳.

지들이 몇 번이나 소개되었다. 시라카바파는 후기인상파가 중심이었고, 『묘조』는 구로다 세이키가 협력한 잡지이고 화가들의 작품이 소개되어 있다. 두 잡지의 차이는 일본의 대응 방식의 차이이다, 등 당시의 문화적 배경에 대한 설명이 도움이 되었다.

에구사 교수는 나혜석의 「모된 감상기」가 일본에서는 그 유례를 찾아볼 수 없는 글이라고 일본의 영향을 받지 않은 글임을 분명히 했다. 일본에서는 「모된 감상기」와 같은 글은 전연 없다는 것이다. 단편 「경희」가 일본의 여성작가와 다른 독특한 작품이라는 평가와 아울러 일본 체험과 관련해서 유념해야 할 대목이다. 나혜석의 문학과 일본 체험을 고구하면 나혜석의 독특한 예술세계 역시 뚜렷하여질 것으로 보였다.

대담은 약 두 시간 계속되었으나 통역을 두고 하는 대담이다 보니 충분히 대화를 나누지 못한 아쉬움이 있었다. 다만 대정기 문화적 체험이 나혜석의 사상 형성에 영향을 미쳤다는 데 공감하고 이에 대한 연구의 필요성을 절실하게 느낀 것을 소득으로 삼고자 한다. 에구사 교수의 나혜석의 자료에 대한 성실한 섭렵과 비평은 나혜석 연구에 새로운 자극이 될 것으로 본다. 주로 묻고 답을 듣는 형식이 된 것은 나혜석의 일본 체험에 필자가 모르는 부분이 너무 많았던 탓이다. 대담의 자세한 내용은 곧 출간되는 연구서에 번역 자료와 함께 실려 나올 예정이다. 정리된 자료를 참고하면 좋을 것 같다(이 책의 권말 논문 참조).

「이상적 부인」이라는 용어 역시도 어떻게 형성이 되었는지 밝혀보고 싶은 점인데 『학지광』에는 이런 글이 실려 있다.

> 여자 친목회의 출생. 김숙경 김정화 김필례 최숙자 제씨의 발기로 4월 3일에 부인회를 김정식씨 댁에 개최하고 일회를 조직하얏는데 명칭은 여자 친목회라 하고 회장은 김필례양이 피선되얏다더라. 친목

뿐 아니라 여자계의 광명이 되야 엘렌 케이의 이른바 이상적 부인의 생을 창조하기를 간절히 바라노라[10] (밑줄 인용자)

나혜석의 하숙 자리엔 도시락 가게 '히마와리(해바라기)'가 서 있는데 주인이 알고 지은 이름 같다.

엘렌 케이의 영향은 나혜석의 현모양처주의에 대한 비판에서 감지할 수 있으며 이 역시 세이토에서 히라츠카 라이초와 요사노 아키코가 벌인 모성 논쟁과 관련이 있을 것이지만 이상적 부인이라는 용어가 엘렌 케이와 관련이 있는 듯이 쓰인 위의 인용은 나혜석의 일본 체험 연구에서 엘렌 케이 역시 깊이 탐구하여야 할 것을 제시하고 있다.

대담이 있던 전날 참가자들은 도쿄 문학 산책을 하였다. 하타노 세츠코 교수와 와타나베 나오키 교수의 철저한 준비로 참가 교수들은 안내하는 대로 이광수 · 홍명희가 재학했던 대성중학을 비롯하여 청년회관 자리, 나혜석과 염상섭의 하숙, 이상이 입원했던 병원, 김광섭 하숙, 김정한 · 양주동 · 김광섭 · 조영출 · 이병도의 하숙과 학지광사 자리, 최승구의 하숙, 이인직의 조선요리점 등 지금은 크게 달라진 곳이나마 그 주소를 찾아 답사하였다. 이때 나혜석과 염상섭의 하숙 주소가 겹치는 곳이 있었다. 그 자리에 지금은 도시락 체인점이 들어서 있는데 그 가게 이름이 히마와리, 즉 해바라기다. 나는 그동안 나혜석을 모델로 한 염상섭의 소설 「해바라기」가 왜 「신혼기」로 개제가 되었는지 그 이유를 알지 못했

---

10 『학지광』, 1915. 5, 64쪽, 소식란.

었는데 일본에 가서야 깨달았다. 히라츠카 라이초가 『세이토』를 발간하면서 "원시 여성은 태양이었다"라는 유명한 글을 쓰는데 바로 이 히라츠카의 선언에 공감한 나혜석이 그의 호를 세 개의 태양(三日月), 즉 晶月로 표기한 것을 깨달았고, 염상섭은 이 해를 따라가는 신여성들을 야유하여 소설 제목을 「해바라기」라고 했다는 것을 깨달은 것이다. 하숙터가 해바라기라는 가게가 되었다는 것은 역사의 아이러니가 아닐 수 없다.

4. 나혜석 연구의 새 방향

대담을 마치고 나혜석의 초기 산문들의 가치가 새삼 소중하여 이에 대한 연구가 계속 이루어지지 않으면 안 된다고 생각하고 있다. 이 시기 나혜석의 일본 체험을 깊이 연구하여 나혜석의 사상 형성을 구명하면 나혜석의 예술과 삶이 보다 잘 해명될 수 있으리라고 생각한다. 「잡감」 1, 2는 이러한 일본 체험에 나혜석이라는 주체가 반응한 내용이다. 「이상적 부인」에서 아직 개성에 대한 충분한 연구가 없다고 고백한 나혜석은 3년 후 「잡감」에서 자신의 의견을 뚜렷이 제시한다. 나혜석의 일본 체험 연구에서 빼지 못할 주체로서 나혜석의 육성이다. 나혜석의 그림이 거의 유실된 오늘날 나혜석의 문학작품들은 더욱 소중한 자료이다.

일본에서 한국문학을 연구하는 일본인 학자와 교수들의 성실함과 노력은 말할 수 없는 감동을 주었다. 이번 문부성의 연구비 지원은 한국문학 연구로서 처음 지원받은 것이라고 한다.[11] 그 혜택 속에 협력 교수로

---

11 김응교, 「원본 실증주의와 주변인 문학」, 숙명여자대학교 국어국문학과 · 숙명어문학회 · 한국어문화연구소 주최, 숙명여대 국문과 창과 60주년 기념 및 세계한국어문학회 창립학술대회 "국제화 시대의 한국어문학" 주제발표논문

참여할 수 있었던 행운을 거듭 고맙게 생각하며 나혜석 연구를 함께 할 교수를 만난 것에도 감사하는 마음이다. 일본에서 한국문학을 전공으로 택하는 후진이 없어져 한국문학 연구 계승이 어려워졌다는 말을 들으니 안타까웠으며 한국에서 이들 연구자들에게 지원해줄 길은 없는 것일까 고민해야 할 때라고 생각하였다. 나혜석 대담을 비롯한 종합 연구결과가 오는 5월께 한국에서 단행본으로 출간된다고 하니 책을 참고할 수 있을 것이다.[12] (대담 내용 권말 참조)

자료집, 2008. 11. 8, 67쪽 부터.

12 [과제번호: 18320060] 식민지기 조선 문학자의 일본 체험에 관한 종합적 연구－2006년~2008년도 과학연구비보조금 기반연구 B 2009년 5월 연구대표자 : 波田野節子(県立新潟大學), 청운출판사, 2009.

에구사 미츠코(江種滿子) 교수와의 대담

대담자 : 에구사 미츠코(文教大學), 서정자(草堂大學)

사회 : 하타노 세츠코(新潟県立大學)

통역 : 신은주(新潟國際情報大學), 야마다 요시코(新潟県立大學)

장소 : 在日本 한국YMCA

날짜 : 2008년 11월 2일 10 : 00~12 : 00

하타노 : 지금부터 대담을 시작하겠습니다. 오늘은 10시부터 12시까지 2시간에 걸쳐 한국 초당대학의 서정자(徐正子) 선생님과 일본 분쿄대학(文京大學)의 에구사 미츠코(江種滿子) 선생님을 모시고 나혜석(羅蕙錫)의 1910년대 일본 체험에 대해서 이야기를 나누겠습니다. 두 선생님께서는 사전에 필요한 자료를 작성하여 이 자리를 위해서 준비를 해주셨습니다. 오늘 대담이 기대됩니다. 미리 서정자 선생님께서 대담안(對談案)을 작성해주셨습니다. 이 대담안의 1번, 두 선생님께서 처음에 어떻게 나혜석을 만나게 되었는지 그리고 자신이 나혜석에 대해 어떤 감정을, 인상을 가지고 있는가에 대해 이야기를 시작하도록 하겠습니다. 어느 분께서 먼저 말씀해주시겠습니까? 먼저 서정

자 선생님께서 만남, 그리고 인상에 대해서 말씀해주십시오.

서정자 : 제가 나혜석을 만나게 된 것은 1988년입니다. 1910년대 한국에는 세 여성작가가 있었는데, 나혜석과 김명순과 김일엽입니다. 이들은 출신성분이 각각 다릅니다. 나혜석은 양반집 딸이고 김일엽은 기독교 목사의 딸입니다. 김명순은 부잣집 첩의 딸입니다. 그럼에도 불구하고 이들은 비슷한 인생을 살았고, 똑같은 파멸의 인생을 살게 됩니다. 한국에서는 이 세 사람을 스캔들의 주인공으로 기억하고 완전히 매장해왔습니다. 그 출신성분이 다른데, 왜 똑같은 길을 갔을까 의문을 갖고, 자료를 찾아보았습니다. 그랬더니 1910년대에 나혜석이 쓴 소설「경희」와「회생한 손녀에게」를 찾았습니다. 그것을 학회에 보고하여 굉장히 화제를 모았습니다. 그로부터 나혜석은 저와 인연을 맺게 되었습니다.

하타노 : 다음으로 에구사 선생님께서 말씀해주십시오.

에구사 : 10년 전쯤 한국에서 온 유학생이 미야모토 유리코(宮本百合子)라는 일본 근대 여성작가와 나혜석을 비교하여 연구하고 싶다고 말했습니다. 나혜석과 미야모토는 세 살이 차이가 나는데, 아주 비슷한 경험을 했습니다. 부잣집에 태어나서 조숙한 문학적 재능을 가지고 태어나서 유학 체험이 있고, 이혼을 했습니다. 단, 두 사람의 마지막 종결 부분이 다릅니다. 그 유학생의 졸업논문을 통해서 한국에 나혜석이라는 작가가 있다는 것을 알았습니다. 그 유학생은 졸업논문을 마치고 대학원에 진학을 해서 계속 공부를 했습니다. 그리고 또 하나가 2006년 여름, 한국에 있는 한국외국어대학교에서 한국일본문학회라는 것이 열렸습니다. 시라카바(白樺)파를 중심으로 한 심포지엄이었습니다. 그때 그 학회에서 일본 측 연구자로서 강연을 했습니다. 그때 제가 나혜석이 있었던 1920년대 일본 사회의 문화 환경에 대해

서 발표를 했습니다. 이를 계기로 제 자신이 한국, 조선의 문학에 대해서 관심을 가지게 되었습니다.

하타노 : 두 분 선생님께서는 나혜석과 만나 어떤 인상을 받으셨습니까? 간단하게 말씀해주시겠습니까?

서정자 : 그보다 먼저 제가 쓴 논문을 보시고 코멘트를 해주셔서 새로운 사실을 알게 해주신 것에 대해서 감사를 드립니다. 나혜석에 대한 제 첫인상은 그가 페미니즘 소설을 썼다는 것입니다. 저는 그 점에 대해서 가장 큰 충격을 받았습니다. 그리고 최초로 여성 지식인 주인공, 일본 유학 여학생이 주인공인 소설이 쓰였다는 것, 이것은 한국 현대문학사의 첫 페이지를 장식하는 소설이라고 생각했습니다. 그뿐 아니라 한국 신문학사에서 근대소설적 양식을 완벽하게 갖춘 소설이라는 점에서도 놀랐습니다.

하타노 : 에구사 선생님, 말씀 부탁드립니다.

에구사 : 나혜석 작품을 처음 읽은 것은 「경희」입니다. 그리고 「이상적 부인」, 말기 소설 「현숙」을 접했습니다. 무엇보다도 감동을 받은 것은 「경희」를 처음 읽었을 때 구성이 뛰어나다는 점이었습니다. 그리고 주장이 확실하다는 것이었습니다. 그런 주장을 문학작품으로 완성해서 성공시킨 작가는 일본 작가 중에는 없는 게 아닌가 생각합니다. 미야모토 유리코라는 작가가 있긴 합니다만, 히구치 이치요(樋口一葉), 다무라 도시코(田村俊子)라는 작가가 있습니다만, 요사노 아키코(与謝野晶子)도 기반이 시 쪽이기 때문에 역시 비교하기는 어려울 것 같습니다. 대단한 힘을 가진 여성작가구나 하는 인상을 받았습니다.

하타노 : 감사합니다. 다음으로 에구사 선생님께서 나혜석이 왔을 때 1910년대 일본 상황에 대해서 말씀해주십시오.

에구사 : 조금 길어질지도 모르겠습니다.

하타노 : 자료가 있으니 그것을 보면서 들으시면 되겠습니다.

에구사 : 서정자 교수님으로부터 미리 그 당시 1910년대 일본의 미술계가 어떤 상황이었나 하는 것을 질문을 받았습니다, 바로 1910년 전후부터 미술뿐 아니라 문학세계에 커다란 대전환을 맞이한 시기다, 이렇게 말씀드릴 수 있습니다. 나혜석은 유화를 배우러 일본에 온 걸로 알고 있습니다. 따라서 일본의 미술계의 변화를 아주 민감하게 받아들였을 것이라고 저는 생각합니다. 제가 미리 준비한 메모입니다만, 여러분 가지고 계십니다. 빨간 글씨로 나와 있는 부분은 앞 사람과 새로 등장한 세력 사이에서 대립이 일어난 것을 나타내고 있습니다. 미술 그리고 문학 · 평론 두 종류가 있습니다. 위쪽은 미술입니다. 1909년 빨간 글씨로 나와 있는 부분입니다만, 그 당시 젊은 화가였던 야마와키 신토쿠(山脇信徳)의 〈정거장의 아침(停車場の朝)〉이라는 작품이 문전(文展)에서 수상을 했습니다. 문전은 아시다시피 문부성이 힘을 기울이고 있는 전시회입니다. 그리고 그 후 1911년 2년 후에 야마와키 신토쿠의 개인전이 화랑 로칸도(琅玕洞)에서 열렸습니다. 가타카나로 쓰여 있는데, 원래 한자가 있습니다만 잘 나오지 않아서 가타카나로 표기했습니다. 이 화랑은 다카무라 코타로(高村光太郎)가 가지고 있던 화랑입니다. 1909년에 〈정거장의 아침〉으로 등장한 야마와키입니다만 2년 후에 코타로가 경영하는 개인전을 열었던 점에서도 알 수 있듯이 다카무라는 야마와키를 지지했습니다. 어떤 점이 전 미술계와 대립하는 부분이었냐 하면 야마와키의 그림은 빛과 자연에 대한 표현이 주관적인 것이었습니다. 이 주관적인 것에 대해서 긍정적이냐 부정적이냐가 대립점입니다. 제가 이러한 대립을 둘러싸고 가장 중요한 평론이라고 생각하는 것은 다카무라 코타로의 「녹색의 태양(緑色の太陽)」입니다. 그리고 또 한 가지 있는데요,

무샤노코지 사네아츠(武者小路實篤)의「자기를 위해 그리고 그 밖에 대하여(自己の爲及び其他について)」입니다. 이 두 논문의 내용을 가장 간략하게 정리한 부분이 맨 위에 메모해놓은 부분입니다. 야마와키의 그림을 둘러싸고 벌어진 논쟁을 미술사에서는 '회화의 약속'이라고 부릅니다. 회화의 약속을 야마와키는 지키지 않는다는 것입니다. 표현을 달리하면 외광파입니다. 외광파는 즉 구로다 세이키(黑田淸輝)를 중심으로 하는 인상파입니다. 당시 구로다의 인상파는 소위 말하는 전기인상파가 되겠습니다. 모네나 마네이지요. 그에 대해서 일본에서는 후기인상파라고 부르는 네오앙크레니즘입니다. 아시다시피 둘 다 빛을 중시하는 겁니다. 구로다 중심의 인상파에서 중요시하는 것은 그려진 세계가 객관성이 있느냐 하는 것입니다. 그에 대해서 후기인상파는 화가 자신의 주관을 절대시하는 경향이 아주 강합니다. 이런 두 개의 흐름이 아주 첨예한 대립을 하게 됩니다. 이런 논쟁의 계기가 된 것이 야마와키의 〈정거장의 아침〉입니다. 몇 년 후에는 구로다 중심의 하쿠바카이(白馬會)라는 것이 해산을 하게 됩니다. 미술에 대해서는 이 정도로 마치겠습니다. 한 가지『세이토(靑鞜)』와『시라카바(白樺)』를 중심으로 한 언어의 세계에 대해서 언급하겠습니다. 1911년『세이토』가 창간이 됩니다. 1년 전인 1910년에는『시라카바』가 창간됩니다. 같은 시기에『미타분가쿠(三田文學)』,『신시초(新思潮)』등 새로운 젊은 작가 들이 중심이 된 동인지들이 많이 만들어집니다. 미술계에서 보인 표현자의 주관을 중시하는 경향이『세이토』에서도 문학의 장에서 그대로 보여졌다고 생각합니다. 대표적인 글로 히라츠카 라이초(平塚らいてう)의「원시 여성은 태양이었다(元始女性は太陽であった)」, 요사노 아키코의「부질없는 말(そぞろごと)」, 라이초의「고원의 가을(高原の秋)」이라는 글이 있습니다.『세이토』는 여성들만의 그룹이었습니다만 여성 자신들의 자유로운 행동의 가능성을 확인할 수 있게 됩니다. 예를 들면 밑부분에 빨간 글씨로 나와 있습니다만, 1912년 후반기, 오타케 고마치(尾竹紅吉)가 고시키노사케(五色の酒) 사건을 일으키고, 요시하라(吉原) 유곽에 여자들끼리 놀러 갔습니다. 이런 사실들이 신문기자에게 들통이 나서 『세이토』의 여자들이 비판을 받습니다. 그렇게 비판을 받은 점이 제가 볼 때는 『세이토』의 여성들이 아주 멋있었다고 생각합니다. 『세이토』에서는 비판을 받은 그 다음 해 1913년 1월호, 2월호에 이것에 대해 반론을 하는 움직임을 보입니다. 『세이토』에 대한 비판은 한마디로 하면 새로이 등장하는 여자들에 대한 비판이라고 말할 수 있습니다. 『세이토』의 사람들은 라이초를 중심으로 해서 "우리들은 새로운 여성들입니다."라는 주장을 확실히 내놓게 됩니다. 『세이토』 지상을 통해서 「새로운 여자 그 밖의 부인 문제에 관하여(新しい女其他婦人問題に就て)」라는 논문을 발표하게 됩니다. 여기서 『세이토』의 여성들은 세상 일반이 가지고 있는 여자에 대한 인식에 대해서 본격적으로 싸워나가게 됩니다. 이러한 움직임은 한마디로 말씀드리면 '여성의 삶 그 자체를 개인으로서의 삶으로 살아가겠다'라는 것입니다. 지금까지 말씀드린 바대로 화가를 지향했던 나혜석이 일본의 미술계, 문학계, 평론계가 대전환기를 맞이한 시기에 유학했던 것입니다. 나혜석은 이런 새로운 주장에 아주 크게 공감을 하고 있습니다. 나혜석이 유학한 시기가 5년 빨랐어도 5년 늦었어도 이러한 멋진 경험은 못했을 거라고 생각합니다. 이상입니다만, 선생님 쪽에서 확인하고 싶은 것이 있으시면 말씀해주십시오.

서정자 : 네, 말씀 아주 잘 들었습니다. 제가 궁금한 것을 말씀해주셔서 대단히 감사합니다. 저로서는 『세이토』와 『시라카바』 잡지를 보고 싶

은데, 자료도 구하지 못했고, 그래서 아직 보지 못해서 궁금한 것이 많습니다. 특히 궁금한 것은 『시라카바』의 기획 특집들, 로댕의 특집이라든지, 서구 미술의 유입 경로 이것이 알고 싶고, 그리고 『세이토』를 통해서도 여성작가들의 문학 경향이라든지 여성해방사상이라든지 이런 것들이 많이 알고 싶습니다. 나혜석이 화가 지망이었기 때문에 『시라카바』에 대해서 관심을 많이 가졌을 것 같고 또 『세이토』를 통해서 여성해방과 여성문학에 대해서 많은 관심을 가졌으리라고 생각합니다.

에구사 : 『시라카바』도 『세이토』도 가져올까 생각하고, 준비를 하긴 했는데, 무거워서 가지고 오지 못했습니다. 미리 말씀해주셨다면 무거워도 가져왔을 텐데 아쉽습니다. 아시다시피 『시라카바』는 미술 분야와 문학 분야 양쪽을 다 다루고 있는데요, 서양회화 부분에서는 체계적인 유입이 처음으로 『시라카바』 잡지를 통해서 소개되었다고 말씀드릴 수 있습니다.

서정자 : 네, 감사합니다.

에구사 : 『시라카바』 동인들은 부잣집 도련님들입니다. 예를 들면 이 사람들은 일본의 우키요에(浮世繪)를 로댕에게 직접 보냅니다. 그 답례로 로댕이 조각을 보내옵니다. 일본에 로댕의 작품이 제일 먼저 유입된 것은 이때입니다. 그리고 『시라카바』 잡지 지상에는 사진판으로 그 당시의 새로운 그림들이 계속해서 소개가 됩니다. 현역으로 활동하고 있는 서양화가들의 편지가 몇 번이나 소개됩니다. 앞에서 말씀드렸듯이 시라카바파는 후기인상파가 중심입니다. 『시라카바』에 앞서 『묘조(明星)』라는 잡지가 있습니다. 이것은 요사노 텟칸(与謝野鐵幹), 요사노 아키코가 중심이 되어서 10년 전에 만든 잡지입니다. 이 『묘조』는 좀 전에 말씀드린 구로다 세이키가 협력을 하고 있는 잡지

입니다. 『묘조』를 통해서도 그 당시 인상파 화가들의 작품들이 많이 소개되어 있습니다. 『묘조』 시대와 『시라카바』의 차이를 확실히 알 수 있는 것은, 일본의 대응 방식의 차이이겠습니다만, 차이가 가장 두드러지게 나타나는 것은 여성의 누드입니다. 누드에 대해서 『묘조』 시대에는 엄격한 검열이 있었습니다. 소묘에서 여성의 누드가 그려지는 것, 조각을 소묘한 것입니다. 그것을 실은 것으로 『묘조』는 그 당시 발매 금지를 당합니다. 『시라카바』 잡지에 실린 그림들을 보면 위험한 것이 아닌가 생각되는 것이 아주 많이 있습니다만, 발매 금지를 받은 적은 한 번도 없습니다. 여담입니다.

서정자 : 한 가지만 물어보면, 나혜석처럼 그림도 그리고 글도 쓴 분이 일본에 있습니까?

에구사 : 여성 말이지요? 있기는 합니다만, 그림이든 글이든 하는 사람이 있긴 있습니다마는, 그렇게 높이 평가할 만한 작가는 없습니다. 제가 사실 나혜석의 그림은 많이 보질 못했습니다. 그림에 대해서는 구체적인 말씀을 드리기가 어렵습니다.

서정자 : 네, 감사합니다.

하타노 : 지금까지 에구사 선생님께서 말씀해주셨습니다. 선생님께서는 나혜석이 유학했던 1910년대, 그 시기가 5년 늦었어도, 5년 빨랐어도 이런 경험들은 못했을 것이라고 하셨습니다. 에구사 선생님은 논문에 나혜석은 이런 시기에 일본에 내려섰다고 쓰고 계십니다만, 이 시기가 어떤 상황이었는지 매우 자세하게 말씀해주셨습니다. 그러면 이제 나혜석의 작품에 대해서 이야기를 시작하겠습니다.

일본에서 받은 영향이 느껴지는 부분

하타노 : 서정자 선생님께서 질문을 하셨는데, 나혜석의 에세이「이상적 부인」,「잡감 1」,「잡감 2」그리고「경희」에 일본에서 받은 영향이 있지 않을까 하고 선생님 느낀 부분을 알고 싶다고 하셨습니다. 4번, 5번입니다.

서정자 : 그럼 선생님께서 먼저 말씀해주시고, 그 다음에 하겠습니다.

에구사 : 네, 먼저 말씀드리겠습니다.「이상적 부인」을 보면 1910년대가 아주 강하게 반영되어 있다고 생각합니다.「잡감 1」,「잡감 2」를 보면 이상적 부인에 비하면 그렇게 현저하지는 않다고 생각합니다.「잡감 1」,「잡감 2」에는 조선인이라는 인식이 확실히 드러납니다. 자료의 오른쪽을 봐주십시오, 중간부분을 보면 초기 나혜석의 텍스트, 문학 · 평론이 있습니다.「이상적 부인」은 문제의식이 뚜렷한 짧은 에세이입니다. "이상이란 무엇인가?" 스스로 던진 질문에 대해서 대답을 나혜석은 준비하고 있습니다. 아주 놀라운 대답을 제시하고 있습니다. "이상이란 욕망의 사상이다."라고 대답하고 있습니다. 제가 보기에는 이상이라는 단어와 욕망이라는 단어를 직결시킨 부분이 인상적이었습니다. 그리고 이어서 "감정적 이상", "영지적 이상"이라는 말도 쓰고 있습니다. "영지적 이상"은 원문에도 그렇게 되어 있습니까?

서정자 : 원문에도 그렇게 되어 있습니다. 한자로.

에구사 : 한자로 되어 있습니까? 아, 알겠습니다. 이 욕망이라는 말, 영지라고 하는 말이 구체적으로 어떤 것일까 하는 것을 서정자 선생님께 여쭤보고 싶습니다만, 제목인「이상적 부인」, '이상적 부인'이 무엇인가 욕망의 사상을 가지고 살아가는 여성 그것이 나혜석이 내린 결론이라고 생각합니다만.

서정자 : 예, 맞습니다. 그런데 여기서 욕망이라고 하는 것은 뭔가 추구한다 비커밍(becoming)하고 싶다 뭐 이런 것으로 저는 이해했습니다.

에구사 : 이 욕망이라고 하는 것이 무엇에 의해서 뒷받침되는가 생각해 보면, 여성 한 사람 한 사람의 개성이 아닐까 합니다.

서정자 : 본문에도 개성이 나오네요.

에구사 : 이것도 한자로 써 있습니까?

서정자 : 네, "개성에 대한 충분한 연구가 없는"이라고.

에구사 :실제로 개성이 있는 여성이 쓰여 있고 제가 재미있게 느낀 것은 그런 사람들이 소설 속의 주인공이기도 하고 혹은 실재하는 여성이기도 합니다. 그 당시 많이 읽었던 작품들, 톨스토이의 『부활』의 주인공 카츄사, 헤르만 주더만의 『고향』의 주인공 막다, 그리고 입센이 쓴 『인형의 집』의 노라 등도 등장합니다. 좀 뒤로 가면 히라츠카 라이초, 요사노 아키코 등도 언급하고 있습니다. 이렇게 예로 들고 있는 인물들처럼 실제로 개성적인 여성이 되기 위해서는 어떻게 해야 하나에 대해서 나혜석은 문제 삼고 있습니다. 나혜석이 가장 강하게 주장하고 있는 점은 '현모양처'라고 하는 가치관이 여성의 개성을 죽이는 것이다, 라는 것입니다. 나혜석이 질문을 던지고 있는 것은 현모양처의 교육은 하면서 반대로 양부현부의 교육은 하고 있지 않지 않느냐 하는 것입니다. 이런 현모양처를 이상으로 삼고 있는 앞선 세대에 대해서 나혜석은 확실히 대립하면서 그렇지 않다고 반대의 주장을 펼치고 있습니다. 이 개성을 살려서 살아가기 위해서는 지식과 기예(기술과 예술)가 필요하다고 주장하고 있습니다. 이 부분에서 제 마음에 와 닿는 부분은 나혜석의 「이상적 부인」 결론 부분입니다. 개성을 가지고 여자가 자립적으로 살기 위해서는 "신비적 내적 광명이 있는 이상적 부인을 지향하지 않으면 안 된다."라고 나혜석은 말을 하고 있

습니다. 이것도 한자로 쓰여 있습니다. 나혜석의 글을 읽고 키워드로 생각되는 것은 욕망, 신비, 개성이고, 그리고 쓰여 있지는 않지만 지식과 기예입니다. 그런데 여기서 이 신비, 지식, 기예라는 말은 히라츠카 라이초가『세이토』를 통해서 주장한 세이토파의 주장과 일치합니다. 욕망이라고 하는 부분은 앞에서 말씀드린 무샤노코지 사네아츠의「자기를 위해 그리고 그 밖에 대하여」라는 논문에서 볼 수 있듯이 무샤노코지는 '인간의 삶에 가장 중요한 것은 욕망이다'라는 말을 했습니다. 그런 점에서 보면 라이초와 세이토파와 시라카바파의 무샤노코지의 영향을 읽어낼 수 있습니다. 이러한 경향은 나혜석에게만 보이는 것은 아니지 않을까 이런 생각이 듭니다. 당시 조선에서 온 많은 유학생들이 이런 사상에 공감을 했던 것이 아닐까 생각하는데 어떻습니까?

서정자 :「이상적 부인」은 제가 처음 읽었을 때부터 굉장히 이해하기 어려운 글이었습니다. 현모양처 교육이 부당하다는 것은 이해할 수 있었습니다만, 라이초, 요사노 아키코, 막다, 카츄사 등등의 여성들이 어떤 인물인지 파악하는 데 꽤 시간이 걸렸습니다. 또한 영지, 신비, 이상, 개성 이런 용어는 굉장히 한국에서는 생소한 것이었습니다. 그래서 선생님의 논문을 보고 이것이 무샤노코지와 라이초와 엘렌 케이 사상과 관련된 전문용어라는 것을 알게 되었습니다. 그런 점에서 감사하게 생각합니다. 아울러 일본으로 유입된 여성해방사상과 그 경로가 궁금합니다. 언제 어떤 사상이 어떻게 일본으로 들어왔는지 궁금합니다.

하타노 : 이 문제는 너무나 중요한 것인데, 문제가 매우 큽니다. 실은 서정자 선생님께서 꼭 알고 싶으시다고 쓰셨습니다만, 시간 문제가 있고 해서 이 문제에 대해 논의를 하면, 후반부의 논의를 못하게 됩니

다. 죄송합니다. 지금까지 「이상적 부인」에 대해서 에구사 선생님께서 일본의 시라카바파나 『세이토』를 빼고 이해하기는 어렵다고 말씀하셨습니다. 서정자 선생님께서 읽으실 때도 어렵게 느끼셨다는 것을 알 수 있었습니다. 이번에는 소설 「경희」를 읽으시고 '이 부분은 일본의 사상이 들어 있는 것이 아닐까?' 하고 느끼신 부분에 대해서 듣고 싶습니다.

에구사 : 「경희」의 주인공은 일본에 유학을 하고 있습니다, 여름방학이 되어서 고향에 돌아왔습니다. 집에서 경희의 올케가 손으로 버선을 깁고 있습니다. 경희는 올케와 대조적으로 미싱을 사용하고 있습니다, 오라버니의 저고리를 깁고 있습니다, 미싱은 당시로서는 최신의 기계입니다. 당시 일본에서도 미싱을 사용하는 여성은 아주 적었다고 생각합니다. 당시 국산(일본산) 미싱은 나온 적이 없었습니다. 아마 싱거미싱이었을 것이라고 생각합니다, 이런 점은 경희가 일본에서 생활한 적이 있다는 것, 일본 체험이 바로 경희 자신의 삶 속에 깊이 파고들어 있다는 것을 상징하는 것으로 보입니다. 「경희」를 단적으로 정리하면, 공부를 하고 있는 지식인 여성의 결혼 문제입니다. 아버지는 무슨 일이 있어도 결혼을 시키려고 합니다. 아주 좋은 혼담이 들어오고 있습니다. 그 혼담을 경희는 받아들일 것인가 어떻게 해야 할 것인가 고민을 하고 있습니다만, 결국은 받아들이지 않습니다. 제가 보기에는 경희가 아버지에게 결혼을 안 하겠다고 말한 뒤에 고뇌하는 모습이 아주 감동적으로 그려져 있다고 생각합니다. 소설의 마지막 부분에, 작가로서의 나혜석과 화가로서의 나혜석의 모습이 훌륭하게 그려져 있습니다. 아버지에게 혼담을 거절하고 나서 경희는 캄캄하고 조그만 골방 속에 들어가서 고민을 합니다. 엉엉 울기도 하고 머리를 벽에 부딪치기도 하면서 고민합니다. 보통 다른 여자

들처럼 평범하게 결혼해서 아이도 많이 낳고 그렇게 사는 게 좋지 않을까, 그렇게 못 하는 자신이 형편없는 여자가 아닐까 그런 갈등도 있습니다. 그런 고뇌 속에서 경희는 다시 한 번 개성을 살려 산다는 것이 무엇인가 생각합니다. 소설을 보면 경희가 자신의 몸을 직접 만지는 묘사가 있습니다. 그리고 또 하나 단번에 창문을 열어젖히니까 태양빛이 들어와 캄캄했던 골방이 환해지는 장면이 있습니다. 자신의 몸 전체로 받아들인 태양의 빛을 통해서 경희 자신이 그동안 생각했던 생각들을 새로이 재확인하는 그런 장면입니다. 이 마지막 장면에서 경희가 보여주는, 태양의 빛을 받아들이는 방식이 아주 신비적인 것으로 느껴집니다. 이 부분을 보면 눈이나 얼굴이 변형되는, 실제로는 있을 수 없지만, 그렇게 쓰여 있습니다. 그리고 "하나님, 하나님" 하고 외칩니다. 그리고 "나는 조선의 여자이기 전에 우주의 인간이다."라고 말합니다. 경희는 우주 속의 한 사람으로서 자신을 인식하고 있습니다. 이런 우주 속의 하나의 인간이라는 인식은 바로 히라츠카 라이초의 인식과 공통되는 부분이라고 볼 수 있습니다. 이러한 인식 속에서 절대적으로 작용하는 것이 바로 태양빛입니다. 태양빛에 주목해보면 히라츠카의 「고원의 가을」을 떠올리게 됩니다. 제가 생각하기에는 나혜석은 히라츠카의 이 작품을 읽은 것 같습니다. 앞에서 세이토파 여성들이 사회로부터 많은 비판을 받았다고 말씀드렸습니다만, 히라츠카가 현모양처에 대해 대담한 반론을 하는데, 이 글은 검열에서 주의를 받습니다. 주의를 받은 에세이를 포함한 에세이집을 히라츠카가 펴냅니다. 다음 달에 주의받은 부분을 빼고 또 한 번 단행본을 출간합니다. 그 안에 「고원의 가을」이라는 에세이가 들어 있습니다. 하타노 선생님에 의하면 그 당시 발매 금지를 당한 잡지들은 유학생들이 기를 쓰고 봤다고 합니다. 그런 점에서 보면 나혜석도 히라츠카 라이초의 잡지를 보지 않았을까 생각합니다. 물론「고원의 가을」은『세이토』에도 실려 있습니다. 이「고원의 가을」의 키워드가 되는 것이 개성, 우주, 태양의 빛, 신체의 변형입니다. 예를 들면 산꼭대기에 올라가서 하늘을 향해 눕습니다. 파란 하늘의 태양빛을 받습니다. 태양의 빛을 우유처럼 흡수해서 몸이 터질 것처럼 부풀어 오릅니다. 마지막 장면을 보면 눈만이 공중에 떠서 그 눈이 변형된 자신의 모습을 바라보고 있는, 그런 구조를 하고 있습니다. 그 눈이 나중에 라이초 자신이 됩니다. 여기서 '라이초'라는 펜네임이 나옵니다.

청중 1 : '라이초'가 어떤 새입니까?

청중 2 : 선더버드(thunderbird)입니다.

에구사 : 제가 보기에는 히라츠카 라이초의「고원의 가을」 후반부에 보이는 부분들이 나혜석의「경희」에 살아 있는 것이 아닐까 생각합니다. 라이초의 문장도 그렇고「경희」도 그렇고 문학작품 속에 그 장면만이 한 장의 그림처럼 묘사되어 있는 특징이 있다고 생각합니다. 이 부분에 대해서 서정자 선생님은 달리 해석하지 않을까 생각합니다만 어떠십니까?

하타노 : 여기서 이 질문에 대한 대답과 함께「경희」가 한국에서 어떤 문학적 평가를 받고 있는가를 한꺼번에 정리해서 말씀해주십시오.

서정자 : 선생님께서 하시는 말씀을 들으면서, 어제 우리가 문학산책 때 보았던 '해바라기(ひまわり)'의 현장을 생각을 했습니다.

하타노 : 나혜석이 살았던 장소를 보았습니다. 그곳이 히마와리(해바라기)라는 도시락 가게가 되어 있었습니다.

서정자 : 염상섭의 소설 제목이「해바라기」에서 왜「신혼기」가 됐을까 잘 알 수 없었는데, 이제 조금 알 것 같습니다.

에구사 : 나혜석은 바로 그 해바라기 같은 여성이 아니었나 싶습니다.

서정자 : 「경희」라고 하는 작품에서 태양에 대한 부분이 그렇게 중요하다고 인식을 하지 못했어요. 그랬는데 선생님의 설명을 듣고 보니까 라이초의 영향이 분명한 것 같고, 염상섭은 나혜석이 라이초의 태양사상, 원시 여성은 태양이었다고 하는 그런 사상의 영향을 많이 받고 있었다는 것을 잘 알고 있었던 것 같습니다. 그래서 그 소설 제목을 『해바라기』라고 하고 그것은 여성해방사상을 좇는 것을 비유하면서도 약간의 풍자가 들어 있다고 생각합니다. 「경희」에 대해서는 가장 중요한 점은 '예술을 통해서 사람이 되겠다'라고 하는 것으로 저는 보았습니다. 입센의 노라에서 나온 사상이 '여성도 사람이다, 사람으로 살고 싶다' 이런 사상이었다고 생각하는데, 나혜석은 「경희」라고 하는 소설을 통해서 미술과 문학을 절묘하게 접합을 해서 소설을 만들고 그리고 '예술을 통해서 사람이 되겠다'라고 하는 것을 보여주고 있습니다. 처음에는 그것을 잘 몰랐습니다. 그런데 경희가 아궁이에 불을 지피는 장면에서 피아노 연주를 연상을 합니다. 그것이 후기인상파의 '색조는 음파와 같다'는 아포리즘과 통한다는 것을 알게 되었고, 그것으로부터 이 「경희」라고 하는 소설은 완전히 미술학도가 쓴 소설이라는 단서를 잡았습니다, 그렇게 보고 나니까 「경희」라고 하는 소설은 확실하게 미술학도가 쓴 소설이라는 것을 알게 됐습니다. '예술을 통해서 사람이 된다'고 하는 독특한 히라츠카 라이초의 여성해방사상을 소설로 그대로 구현해냈다고 생각합니다.

에구사 : 서정자 선생님의 최근 논문에 언어를 통해서 나혜석의 예술세계를 읽어내는 그런 독특한 논점을 보여주셨는데, 저에게는 굉장히 자극적이었습니다.

서정자 : 이것을 너무 늦게 밝힌 것에 대해서 굉장히 부끄럽게 생각을 했

습니다.

에구사 : 저는 오히려 서정자 선생님의 그런 관점을 힌트로 새로운 관점에서 나혜석의「경희」를 볼 수 있게 되었습니다, 이제 일본에서의「경희」에 대해서입니까?

하타노 : 예, 지금까지 나혜석의「경희」에 일본, 특히 히라츠카 라이초의 영향이 많이 보이는 부분을 에구사 선생님께서 설명해주시고 그것에 대해 서정자 선생님께서「경희」에 대한 생각을 말씀해주셨습니다. 이제 시간이 얼마 남지 않았기 때문에 다음 이야기를 하겠습니다. 서정자 선생님께서 에구사 선생님의 저서『나의 신체, 나의 언어(私の身体私の言語)』에서 젠더의 시점으로 보면 나혜석의「모(母)된 감상기」, 나혜석이 아이를 낳았을 때의 감상기를 다시 읽으시고 나혜석의 젠더의식의 탁월함이 매우 잘 보인다고 하셨는데, 그것에 대해서 선생님의 소감을 듣고 싶다고 하셨습니다.

에구사 : 네, 알겠습니다.「모된 감상기」를 보면 여성이 어떻게 어머니의식이 형성되는가가 잘 나타나 있습니다, 그 당시 백결생이라는 사람이 비판을 하고 있습니다. 이 사람은 지식인 남성입니까?

서정자 : 네. 그렇게 보고 있습니다.

에구사 : 이 사람이 보여주고 있는 비판이 당시의 모성애에 대한 일반적인 인식이라고 생각해도 되겠습니까?

서정자 : 그렇게 흔히 말합니다.

에구사 : 이 사람은 모성이라는 것은 여성이 태어날 때부터 가지고 있는 것이라고 말하고 있습니다, 그런 점에서 나혜석은 실제로 임신을 했을 때 혼란을 겪습니다. 낙태를 하고 싶을 정도로 굉장히 혼란을 겪습니다. 왜냐하면 일을 못 하게, 그림을 그리지 못하게 되었기 때문입니다. 서둘러 결론 부분만 말씀 드리면 실제로 여성이 임신을 했

을 때의 혼란을 솔직하게 그려내고 있다는 점, 다시 말씀드려서 모성이나 모성애는 본질적으로 태어날 때부터 가지고 있는 것이 아니다라는 것을 확실히 말하고 있습니다. 여기서도 나혜석은 여성의 신체라는 문제를 직시하고 있습니다. 그런 점에서 나혜석은 자신이 어머니가 된다고 하는 것에 대해서 새로운 인식을 보여주고 있습니다. 임신했을 때의 입덧, 출산 시의 말로 표현할 수 없는 고통 그리고 첫 수유의 경험 등 여성이 임신 과정을 통해서 겪는 여성의 신체 경험들을 아주 솔직하게 그려내고 있습니다. 여성은 수유 과정을 통해서 자신의 아이에게 귀여움을 느낀다고 말하고 있습니다. 이것은 제가 보기에도 진실이라고 생각합니다. 나혜석의 이 글을 통해서 신체를 통해 어머니라는 개념을 새롭게 보여주었다는 것입니다. 말하자면 모성애에 관한 새로운 이야기라고 할 수 있습니다. 모성이라는 것은 태어날 때부터 누구나 가지고 있는 것이 아니라 실제로 몸의 변화를 통해서 새로이 인식해 가는 과정에서 생겨나는 것이라는 모성에 대한 새로운 인식을 보여준 글이라고 생각합니다. 서정자 선생님의 생각은 어떠십니까?

서정자 : 저도 공감합니다. 선생님께서 논문 속에서 이렇게 자기 신체에 대해서 솔직하게 긍정하는 사람만이 자신의 언어를 가질 수 있다고 말씀하셨는데, 따라서 나혜석은 이렇게 솔직하게 자신의 신체에 대해서 글을 씀으로써 그야말로 자기 정체성을 뚜렷이 파악할 수 있는 그런 여성이 된 걸로 저도 이해했습니다.

에구사 : 이런 것들은 당시 일본에서 쓴 사람이 없었습니다.

서정자 : 저도 그걸 물어보고 싶었습니다.

에구사 : 요사노 아키코의 「출산에 관하여(お産のごと)」라는 글이 있습니다. 요사노 아키코는 전부 13명의 아이를 낳았습니다. 그중에 쌍둥이

를 세 번 낳았습니다. 「출산에 관하여」를 보면 매번 출산이 힘들었다고 합니다. 요사노 아키코는 피임을 안 했다고 합니다. 피임 방법은 알고 있었을 것입니다. 모리 오가이(森鷗外)는 두 번째의 젊고 예쁜 부인을 맞이했을 때, 주위 사람들에게 인사장을 보냈는데. '미술품 같은 부인을 맞이했다'는 표현을 했습니다. 따라서 모리 오가이는 아름다운 부인에게 아이를 낳게 하고 싶지 않았습니다. 그는 독일에 유학을 했었기 때문에 피임 방법을 잘 알고 있었을 것입니다. 그는 부인이 모르게 피임을 하고 있었습니다, 아침이 되어 부인에게 피임한 사실이 발각됩니다. 즉 부인 몰래 피임기구를 사용했던 것입니다. 부인은 그 사실을 알고 굉장히 화를 낸 일이 소설에 나옵니다. 피임에 대해 알고 있는 사람은 알고 있었을 것이라고 생각합니다. 그 당시에 모든 사람들이 알고 있었다고는 말할 수 없겠지만, 당시 어느 정도 지적인 사람들은 피임 방법을 알고 있지 않았을까 합니다. 요사노 아키코도 그랬을 것이라고 생각합니다. 그녀는 13명을 낳았고, 매번 죽을 고생을 하면서 아이를 낳았다고 쓰고 있습니다. 그렇지만 요사노 아키코는 모성애라고 하는 것이 어떻게 생겨나는가 하는 것에 대해서 한 번도 쓴 적이 없습니다, 그런 점에서 볼 때 나혜석이 생각하고 표현하는 방식이 더욱더 새롭고 솔직했다고 생각합니다.

하타노 : 정해진 시간이 거의 다 되었습니다, 여기서 결론을 내려야겠습니다만, 지금까지 이야기 나누신 것에서 분명해진 것은 나혜석의 예술과 인생에서 일본 유학 체험이 아주 큰 중요성을 가지고 있다는 것입니다. 서정자 선생님께서 '지금까지는 나혜석이 이런 영향을 받았다, 누구에게 영향을 받았다 이런 것들이었는데, 그럼에도 불구하고 나혜석이 역시 조선인이다, 한국인이다라고 느끼셨던 부분이 있다면 꼭 말씀해주십시오'라고 요망하고 계십니다.

에구사 : 지금 제가 생각하는 것은 밖에서 일본에 들어온 사람들은 그 시대의 특징을 누구보다도 민감하게 느낄 수 있지 않았을까 하는 점입니다. 일본 안에서 일상 속에 있으면 그런 부분들이 보통처럼 여겨지게 되는 경우가 있습니다, 그런 점에서 볼 때 나혜석은 그 시대에 외부에서 온 사람이라는 의식을 가지고 있었기 때문에 그 시대의 대표적인 문제점들을 누구보다도 민감하게 느낄 수 있지 않았을까 생각합니다. 그런 점에서 나혜석의 글은 분명한 인상을 받습니다. 그런데 전체적으로 나혜석의 글을 보면 당시 일본과 조선의 삐뚤어진 관계에 대해서는 별로 쓰고 있지 않은 것 같습니다. 국가와 국가의 차원에서 뒤틀린 관계를 극복해나가고 고쳐나가는 원점이 되는 것은 개인과 개인의 관계라고 나혜석은 생각합니다. 일본에 와서 유학을 하고 있었지만 실제로 나혜석이 겪은 것은 일본만이 아니라 세계가 아니었나 생각합니다. 그런 점에서 당시 조선이 안고 있던 민족문제를 극복할 수 있는 힘을 가질 수 있었던 것이 아닐까 싶습니다. 저는 일본문학을 일본어밖에 모르는 사람으로서 연구해왔습니다. 따라서 오래 이런 연구를 하다 보면 자가 중독에 빠져버리게 됩니다, 그런 점에서 다른 문화, 역사 속에서 자란 사람의 시점을 통해서 제 자신이 많은 자극을 받은 것이 사실입니다. 일본을 밖에서 본다고 하는 시점을 나혜석을 통해서 절실히 배웠습니다.

서정자 : 감사합니다. 시간이 다 되었지요? 저는 덧붙일 말이 없습니다.

하타노 : 여러 가지 질문이 있으리라 생각합니다만, 대담이라는 형식으로 진행했고, 지금 마칠 시간도 되었습니다. 이것으로 서정자 선생님과 에구사 선생님의 대담을 마치겠습니다. 감사드립니다.

(정리 : 윤미란)

최승구의 학적부와 나혜석의 졸업앨범

1. 나혜석 연구와 자료 발굴

도쿄 사립여자미술학교에 유학한 나혜석의 행적은 나혜석 개인만이 아니라 한국 근대의 얼굴로서 자료적 가치가 높다. 나혜석학회와 수원시는 세계에 걸쳐 있는 나혜석 관련 지역 답사의 일환으로 지난해 일본을 첫 대상지로 선정하고 답사를 다녀왔다. 나혜석에 대한 대중적 관심도에 부응하여 관광을 겸한 공개답사도 고려해보았으나, 이는 1차 답사를 거친 후 결정해야 할 것이라 판단하고, 그 준비의 의미도 겸하여 현지 대학 교수까지 아홉 명의 답사단을 꾸렸다. 2013년 8월 19일부터 24일까지 5박 6일의 일정은 일본에서의 나혜석을 만나는 일 외에 새로운 자료 발굴까지는 기대하기 어렵다고 보았지만 예상외의 소득은 있었다. 답사는 나혜석의 서한이 소장되어 있는 오사카의 모모야마학원 사료실을 찾아 나혜석의 육필을 열람하고, 교토의 YMCA회관이나 가모가와 주변, 교토대, 아라시야마와 시모가모 신사 등 나혜석의 글에 등장하는 지역을 찾아가 당시의 감성에 접해보는 것을 목표로 잡았다. 도쿄에서는 게이오대학과 조시비대(여자미술대학), 니혼여대, 세이토사지, 나혜석 하숙 터 등등을 답사할 수 있도록 미리 연락을 해두었다.

여름방학을 이용한 학술답사는 일본 역시 여름방학이라 수리 중이거나 휴관 등 많은 제약이 따랐다. 그러나 역시 현장 방문 탐사는 힘이 있어서 휴관 중이었으나 희귀자료를 공개해주는 등 많은 호의를 만날 수 있었다. 그중 대표적인 것이 여자미술대학의 '1918년 졸업앨범' 열람이고, 게이오대의 '게이오기주쿠(慶應義塾) 학적부' 열람이다. 1918년 여자미술학교를 졸업하고 귀국하기까지 나혜석은 일본에서 많은 문화적 충격을 받게 되며, 동시에 약혼자가 병으로 사망함으로써 심신에 큰 타격을 입는다. 미리 보낸 공문에 대한 학교에서의 답은 역사자료실이 공사 중이라 자료 열람이 불가능하다는 것이었으나 다행스럽게도 학교당국은 여러 역사자료와 함께 귀중본인 1918년 나혜석의 졸업앨범을 열람하게 해주었다. 도쿄의 첫 방문지 게이오대학에서 최승구의 학적부를 열람할 수 있었던 것도 기대 밖의 성과였다. 일본에서 학적부 확인은 극히 불가능하다. 최승구의 학적부 열람으로 그동안 분명하지 않았던 그의 원적, 보증인, 입학 및 퇴학 연월일과 입학 전 학력까지 밝혀져 얼마 전 발굴된 나혜석의 수필 「영원히 잊어주시오」와 연계하여 나혜석 연구 및 최승구 문학 연구에 한 걸음 나아갈 수 있는 기초자료를 확보하게 됐다.

나혜석의 서한과 나혜석의 천후궁 그림엽서를 발행하기도 한 야나기하라 기치베의 증손자 다카시씨는 우리의 방문에 맞추어 모모야마학원 사료실을 찾아주었다. 소장했던 『청하옹 야나기하라 기치베 전(青霞翁 柳原吉兵衛傳)』의 원고를 보여주었는데 원고지에 쓰인 채 묶인 3권의 야나기하라 기치베 평전에는 나혜석에 관한 기록이 실려 있었으며 나혜석의 그림 〈천후궁〉 소재에 관한 기록도 담겨 있었다. 열람해본 결과 모모야마학원 사료실의 야나기하라 기증 자료는 야나기하라 기치베에 대한 평가와는 별도로 우리에게 소중한 자료가 대량 소장되어 있어 앞으로 연구자들의 관심이 요청된다. 일부는 나혜석학회지 등에 공개된 것이나 나혜석과 최승구 관련 자료를 모아본다는 취지에서 다음 세 자료를 중심으로 나혜석 발굴 자료를 소개한다.

2. 모모야마학원 사료실

모모야마학원 사료실은(사료실 책임자 니시구치 타다시(西口忠)) 디지털 데이터 사진 약 5천 점을 보유하고 있다. 그 가운데 서한만 4천 점이 넘는다. 이들 서한의 원본은 내용별로 분류되어 각각의 봉투와 상자에 보관되어 있다. 이 중 57명의 조선 여자 유학생과 2개의 단체가 보낸 서한 1,190통이 소장되어 있으며 그 기간은 1923년부터 1944년까지 20여 년에 걸쳐 있다. 야나기하라 기치베에게 서한을 보낸 조선 유학생은 야나기하라 기치베가 세운 이왕가어경사기념회에서 표창을 받았거나 장학금 지원을 받은 사람들이다. 야나기하라는 1920년 조선의 왕세자 이은과 이방자여사의 결혼을 기념해 지역유지들을 모아 이왕가어경사기념회를 만들어 회장에 취임했다. 기념회는 조선의 여자고등보통학교와 고등여학교 우등 졸업생의 표창을 주된 사업으로 시작했으나 1923년 4월부터는 조선인 여자 일본 유학생에 대한 원조사업도 시작했다. 1945년 3월에 임종하기까지 내선융화라는 식민지 정책이 뿌리 내릴 수 있도록 노력함으로써 일본 민간인의 입장에서 식민지 통치에 공헌하고자 했다. 그는 식민지 조선과 식민지 본국 일본을 무대로 조선 여성의 고등교육을 지원하는 조직을 설립했고, 오사카 지역에 거주하는 조선인의 '보호 · 구제' 사업에도 앞장섰다. 이에 필요한 활동자금을 공장 경영에서 얻은 이윤에서 상당

나혜석의 그림 〈천후궁〉 입상 기념 그림엽서

부분 충당했다. 야나기하라와 같은 인물은 이전에는 볼 수 없었던 새로운 형의 일본제국의 일꾼이라 할 수 있다.[1] 이 장학금 지원을 나혜석의 질녀 김숙배가 거의 처음 받은 것으로 보인다. 김숙배의 서한은 1923년부터 44년까지 가장 오래 교류를 한 것으로 나타나 있기 때문이다. 그의 서한의 일부를 열람한 결과 대단한 달필로 나혜석과 관련한 내용이 기술되어 있었다. 나혜석이 야나기하라 기치베와 서신을 주고받은 정확한 계기는 확인할 수 없으나 나혜석의 그림 〈천후궁〉 소장을 기념하는 엽서에 "나혜석 씨는 안동현 부영사 김우영 씨 부인으로 나라여자고등사범 재학 김숙배녀의 숙모가 됩니다"라고 쓰여 있는 것을 보면 나혜석의 그림이 특선이 되면서 나혜석이 안동현 부영사 김우영의 부인이라는 것과 김숙배의

1 이상 야나기하라 기치베 인물 소개는 박선미, 『근대여성, 제국을 거쳐 조선으로 회유하다—식민지문화지배와 일본유학』, 창비, 2005, 118~119쪽 참조.

숙모가 되는 것까지 알려져 나혜석의 그림을 소장하게 된 것이 아닌가 생각된다. 그러므로 나혜석과 야나기하라 기치베의 교류는 1926년에 시작되었다고 보는 것이 옳을 것이다. 편지 겉봉에 누군가가 추기한 1919년은 잘못된 것이며 서한의 날짜는 1927년으로 되어 있다. 서한은 1927년 3월 29일자 1통, 1927년 6월 15일자 1통, 1931년 11월 29일자 1통, 1928년 7월 6일 영국 런던에서 보낸 그림엽서, 연하장 두 장(1933년, 1934년), 나혜석의 그림 〈천후궁〉 야나기하라 청하동 소장 기념엽서도 한 장 있다. 1927년의 붓으로 쓰인 서한은 아마도 야나기하라에게 처음 보낸 것인 듯 정성들여 쓰인 것이다. 나머지 서한은 펜으로 쓴 것인데 역시 달필이다. 1931년의 제전 입선작 〈정원〉을 사달라는 편지도 넉 장이나 되는 길이다. 사료실에는 나혜석의 자료 외에도 조선 여자 유학생의 서한과 함께 유학생의 현상 조사표 같은 자료들이 다수 보관되어 있다.

답사 중 가진 나혜석학회와 모모야마학원대학 공동 주최의 나혜석 학술대회장에 야나기하라 기쓰베의 증손자인 다카시씨(柳原高志)가 참석하여 우메다 야스유키(梅田安之)[2]가 집필한 『청하옹 야나기하라 기치베 전』(전 3권) 원고를 보여주었다. 야나기하라 기치베의 전기인 이 원고에는 나혜석을 방문한 야나기하라의 일기가 소개되어 있다.

> 4월 22일
>
> 오전 9시 30분 부산 착. 밀양에서 나라여고사 3년 표경조 양의 오빠 표문칠 씨가 승차하여 부산의 동래온천 봉래관에 도착하였다. 김우영

---

2 자유감리교회(The Free Methodist Church), 자유 그리스도 교회, 일본기독교단 미나미타나베(南田辺) 교회(덴노지교회(天王寺教会))의 목사. 『신앙영웅 이야기』(1926) 간행. 일요세계사 발행신문 등의 편집을 담당하였다. 1944년 야마토가와 염색공장의 사사 편찬을 위해 입사(1944~1948).

씨의 부인 나혜석 씨가 세 아이를 데리고 내방하여 표문칠 씨와 함께 즐거운 하루를 보냈다. 그날 밤에 연락선으로 부산을 출발했다.

다카시씨는 증조부(야나기하라 기치베)의 자식은 10명이고, 자신의 아버지 대는 30명 정도의 후손을 두었다, 현재 야나기하라라는 성씨의 후손 가운데 내가 제일 고령이다, 하지만 나는 직계 장손이 아니고 4남의 손자에 해당한다, 할아버지가 별세하기 1년 전인 1944년 4월에 태어났다, 현재 남아 있는 나혜석과 야나기하라 등의 사진은 동래에서 촬영한 것이다, 나는 아버지에게 할아버지가 조선에 갔을 때 나혜석과 김숙배를 함께 만났다는 이야기를 들은 바 있다, 할아버지가 조선 유학생을 너무 거두어 준다고 아버지가 질투하기도 했다, 나혜석의 사촌 나중석의 딸이 김석환(김영식의 아들)과 혼인했고, 그 사이의 딸이 김숙배인바, 동아일보 고재욱 사장의 부인이 된다 등을 증언하였다. 다카시가 가져와 보여준 『청하옹 야나기하라 기치베 전』 「조선 관계의 서화(朝鮮関係の書画)」라는 항목에는 기치베가 소장하고 있던 서화가 정리되어 있다. 일람표 6번째에 유화 〈천후궁(天后宮)〉 나혜석 작품이 있었다. 현재 이 작품의 소재는 확실하지 않다고 한다.

3. 최승구의 학적부

나혜석은 길 위의 선각자다. 그는 '집'에 머물지 않고 늘 떠나야 했다. 니체에 의하면 꾹 눌러앉아 있는 끈기야말로 성스러운 정신을 거스르는 죄이다. 걸으면서 얻은 생각만이 가치 있다. 유년 시절 집을 떠나 유학의 길에 오른 그는 세계를 향해 길을 내며 걸어갔다. 끊임없이 갱신과 지양

최승구

을 계속한 것이다. 앉아서 생각하는 것이 아니라 현장을 찾아 걸으면서 생성한 나혜석의 생각은 그래서 늘 새로웠을 터다. 화구를 들고 길 위에 서 있던 나혜석, 그리하여 다른 사람들에 비해 앞서 갈 수밖에 없었던 나혜석, 최승구의 일기를 보면 니체에 대한 언급이 나온다. 나혜석은 최승구와 일기를 주고받았다. 니체적 사고가 나혜석의 삶과 글에서 적지 않게 발견된다. 최승구의 일기와 작품세계는 어쩌면 1910년대 나혜석의 내면일 수 있다.

염상섭이 쓴 소설 「해바라기」는 나혜석을 모델로 하여 쓴 것이다. 유학 시절 가까이 지냈으며 이광수와 셋이 데이트를 하기도 했다. 소설에는 염상섭이 나혜석에게서 직접 들었을 것으로 보이는 언급이 많다. 그중 최승구의 묘에 비를 해 세우는 과정에서 나혜석이 그동안 간직했던 수지 뭉치를 꺼내 태우는 대목, "이 수지 속에는 수삼이(최승구)와 동경에서 마지막으로 이별한 후에 매일 서로 교환하던 일기도 함께 섞여 있었다. 그중에는 훌륭한 감상문도 있었다." 최근에 발굴된 나혜석의 수필 「영원히 잊어주시오」에 나오는 나혜석이 (최승구의) 일기를 받지 못해 '공부'를 하지 않았다는 내용과 일치된다. 나혜석 연구에서 최승구는 매우 중요한 존재이건만 그동안 최승구에 대한 연구는 거의 이루어지지 못했다. 무엇보다도 최승구의 사망 시기가 확실하지 못했으며 일본 유학 시기의 최승구에 대한 자료 역시 『학지광』 편집인 정도에 머무르고 있어서 최승구는 그야말로 작품만 덩그러니 남은 형국이었던 것이다(김학동 편 『최소월작품집』). 이번 최승구의 게이오대 학적부 발굴은 그런 점에서 최승구 연구의 튼튼한 발판이 될 것이다. 게이오대학 후쿠자와연구소를 통해 최승구와 염상섭의 학적부를 열람했다. 게이오대 졸업생인 현상윤, 전영택, 오상순, 진학문, 황석우, 이기영, 이병도 등 유학생 학적부는 사생활보호법 관계로 열람할 수 없었다.

최승구(崔承九)의 게이오기주쿠 생도학적부에 나타난 내용은 다음과 같다.

> 原籍 신분 誰 자제 혹 호주/ 朝鮮 京城 西部 南征峴 松木洞 629/ 平民/ 承七 弟
>
> 보증인 혹 代人/ 東京 本鄕區 元町 2-66/ 代 石原健甫
>
> 입학학과 及 학년/ 豫一A
>
> 생도 씨명 崔承九
>
> 입학 전 학력/ 正則英語學校 5년 수업 중
>
> 입학/ 大正 3년 4월 1일
>
> 생연월/ 明治 26년 2월 20일
>
> 퇴학연월일급 이유/ 大正 4년 11월 退(0 文二)
>
> 病氣

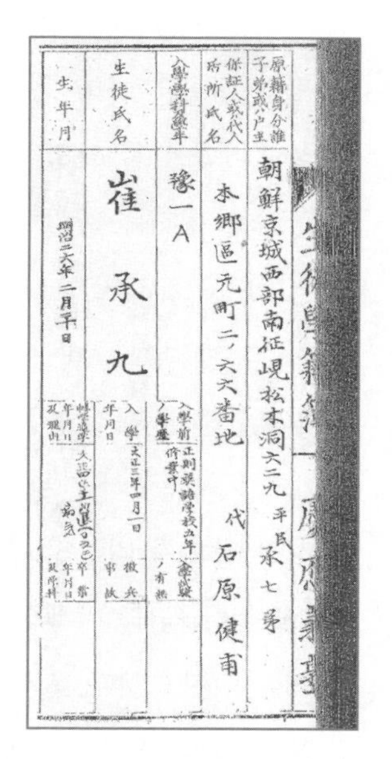
原籍身分誰子弟或ハ戸主 朝鮮京城西部南征峴松本洞六二九 平民 承七弟
保証人或ハ代人 住所氏名 本郷區元町二ノ六六番地 代 石原健甫
入學學科及學年 豫一A
生徒氏名 崔承九
生年月 明治二六年二月二十日
入學前ノ學歷 正則英語學校五年修業中
入學年月日 大正三年四月一日

최승구의 경응의숙(현 게이오대학교) 학적부

최승구의 생년월일은 메이지 26년, 서기 1893년 2월 20일이다. 나혜석보다 세 살 연상이다(지금까지 최승구의 생년은 1892년으로 알려져왔는데 학적부의 기록인 메이지 26년은 1893년이다). 최승구는 게이오기주쿠에 입학하기 전에 세이소쿠영어학교(正則英語學校)에 재학했음이 사실임을 확인하게 해주는 자료다. 최승구는 1983년 경기도 시흥에서 태어나 보성중학교를 졸업하고(최승만 자료), 1910년에 일본으로 유학한 것으로 되어 있으며 게이오기주쿠의 입학은 1914년 4월에 했으니 대략 4년간 세이소쿠영어학교에 다녔을 듯하다. 나혜석의 오빠 나경석도 1910년 일본 유학을 떠나 세이소쿠영어학교에서 2년간 영어수업을 받았다. 이때 최승구와 나경석이 만났을 가능성이 있다. 두 사람은 『학지광』에 실린 서한문에서 보듯이 지기였다. 세이소쿠영어학교의 후신인 세이소쿠고등학교는 마침 우리가 투숙했던 호텔, 즉 도쿄타워 부근에 있어 학교를 쉽게 방문할 수 있었다. 학교 안내책자에 의하면, 이 학교는 1889년 창립하여 약 3만 명의 졸업생을 배출했다. 최승구의 하숙집 주소는 麴町區 麴町中 6番町 49번지(총독부기숙사), 하지만 신흥 주택가로 변해 정확한 자리를 확인할 수 없었다.

나혜석의 수필 「영원히 잊어주시오」는 『월간매신』 1934년 3월호에 실렸다. 수원박물관에 기탁된 자료에서 한동민 학예팀장이 발굴한 것이다. 이 글의 내용은 아버지의 죽음으로(1915년 11월 4일(음력)) 고향 수원에 돌아와 머리를 풀고 있었던 나혜석이 최승구의 병이 위중하니 다녀가기를 바라는 형 최승칠의 편지를 받는다. 오빠의 반대로 못 간다는 전보만 보내고 도쿄로 갔다가 다시 전보를 받고 4일 걸려 고흥으로 간다. 열흘간 최승구의 병간호를 하여 최승구의 병세가 차도를 보이자 도쿄로 돌아갔는데 5일 만에 최승구가 사망했다는 전보를 받는 내용이다. 이 수필에는 나혜석과 최승구의 관계가 약여하게 나타나며 앞서도 언급했듯이 최승구의 사망 날짜가 비교적 분명하게 나타난다는 점(정월대보름 어간으로 볼 때 2월 18일경)과 나혜석의 최승구에 대한 지극한 태도 등을 읽을 수 있는 귀중한 자료이다. 사촌동생 최승만은 『나의 회고록』에서 나혜석의 '입장'을 고려한 듯 하루 만에 다녀간 것으로 적었다.

최승구의 문학세계는 「벨지엄의 용사」 등의 식민지 현실에 대한 저항의식과 「박사 왕인의 무덤」 등의 민족정기의 회복, 그리고 〈美〉 등 유미주의로 전개되어갔다고 본다. 또한 최남선의 「해에게서 소년에게」와 주요한의 「불놀이」에 이르는 근대시사의 중간적 위치를 차지하는 과도기의 교량적 구실은 우리의 근대시사에서 매우 중요한 것으로 평가되고 있다.
최승구의 문학세계는 나혜석의 내면세계에 통한다. 나혜석이 식민지 현실에 대한 고발 의식을 내장한 단편소설 「회생한 손녀에게」를 쓰고, 페미니즘과 더불어 니체의 사상을 엿보이는 여성비평 「이상적 부인」을 썼으며, 예술에 노력하고자 한다는 선언을 하기까지 최승구의 사상과 나혜석의 그것은 일치하는 점이 적지 않은 것이다.

4. 나혜석의 졸업앨범

나혜석의 졸업앨범은 40여 페이지로 표지는 하드커버이며 갈색이다. 표지에 졸업연도와 학교 상징이 찍혀 있다. 속표지에는 사립여자미술학교 제22회, 사립좌등고등여학교 제1회 졸업생기념첩, 대정 7년 3월이라고 인쇄되어 있다. 다음에 기쿠사카의 캠퍼스 사진이 실려 있고, 다음 페이지에는 사토 시즈(佐藤志律) 교장 부부와 부부의 금혼 축하식 사진이 있다. 축하식 사진은 다음 장에로 이어진다. 강당 사진이 나온 다음 학생들의 수업 광경과 담당교수 사진이 실려 있다. 학과는 일본화과 · 서양화과 · 자수과 · 조화과 · 재봉과가 있어 각 수업 광경이 실려 있는데 서양화과는 데생 장면이 실려 있고 학과별로 대물수업 ·

나혜석의 여자미술대학 졸업사진

양복수업 · 요리수업 · 금(琴)수업 · 생화수업 · 조화수업 · 작법수업 · 자수수업 · 염색수업 · 다도수업의 사진과 지도교수의 사진이 있다. 눈에 띄는 것은 기숙사 생도실과 기숙사 식당, 수학여행 사진이다. 나혜석은 기숙사에 그다지 기숙하지 않았다. 수학여행의 단체사진으로 주센지(中禪寺)와 닛코(日光)의 폭포에서 찍은 것이 있으나 나혜석이 수학여행을 갔는지는 알 수 없다. 나혜석이 금강산을 보지 않고 조선을 말하지 말고 닛코를 보지 않고 일본을 말하지 말라는 말은 한 바 있다. 졸업생의 사진을 보면 일본화과 21명, 서양화 고등사범과 2명, 서양화과 사범과 1명, 선과 6명 중 중국인 4명, 자수과 18명, 조화과 3명, 재봉과 62명, 총 113명이다. 나혜석이 졸업한 서양화과 고등사범과 졸업생은 단 두 사람이며 나혜석의 주소는 조선 경성 익선동 33-2로 되어 있다. 오빠 나경석의 집 주소일 것이다.

원래 여자미술전문학교 교정은 혼고 유미마치(本鄕 弓町)에 있었지만 1908년 화재로 인한 소실로 1909년 혼고 기쿠자카(本鄕 菊坂)로 이전했다. 나혜석이 재학했던 곳은 기쿠자카 캠퍼스, 여자미술대학 백년사를 보면 기쿠자카 캠퍼스 서쪽에 하이칼라의 기쿠후지 호텔이 있었는데 화려한 네온사인이 인기가 있었던 모양이다. 지역은 히구치이치요(桶口一葉) 등 문화예술인의 거주지로 유명했던 곳이어서 거리를 걷다 보면 문인들을 기리는 표지판이 즐비하다. 기쿠사카 캠퍼스는 1923년 대진재에 불타고 여자미술학교는 스기나미(杉並) 캠퍼스로 이전하는데 이때가 1934년부터 1935년 사이이며 여자미술대학으로 현재에 이른다. 스기나미 캠퍼스는 아담하고, 여자학교답게 아늑했다. 나혜석 졸업 당시의 교장인 사토 시즈흥상이 교정에 건립되어 있다. 조시비를 상징하는 것은 비너스상이나 교정에는 사모트라케 섬에서 발굴된 승리의 여신 니케상이 서 있었으며 교정의 한 벽에는 "Art is Resistance"의 종이에 쓴 글씨가 붙어 있었다.

「나혜석의 처녀작 「부부」에 대하여」, 『여성문학연구』 창간호, 여성문학학회, 1999.

「나혜석 연구」, 『문학과 의식』 제2호, 1988.

「나혜석의 문학세계와 그 위상」, 『나는 나혜석이다』 특별전 논고, 2011. (수정)

「가사노동 담론을 통해서 본 여성 이미지」, 『한국문학연구』 제19집, 동국대학교 한국문학연구소 , 1997.

「나혜석의 문학과 미술 이어 읽기」, 『현대소설연구』 제38호, 한국현대소설학회, 2008.

「선각자 나혜석의 도전과 인문정신」, 『나혜석 연구』 제3호, 나혜석학회, 2013. 12.

「나혜석과 일엽 김원주」, 『나혜석 연구』 제2호, 나혜석학회, 2013. 6.

「뿌리 뽑힌 여성과 관대한 사회」, 『숙명문학』 제3호, 숙대문인회, 2015.

「편지를 계기로 다시 본다」, 『여기』 여름호, 부산여성문인학회, 2013.

「도쿄 심포지엄 참가기」, 『문명연지』 10권 1호, 문명학회, 2009.

「에구사 미츠코(江種滿子) 교수와의 대담」, 『식민지기 조선 문학자의 일본 체험에 관한 총합적 연구』, 도서출판 청운, 2009.

「최승구의 학적부와 나혜석의 졸업앨범」, 『서정시학』 62호, 2014년 여름.

참고문헌

제1부 나혜석 단편의 문학사적 가치

나혜석의 처녀작 「부부」에 대하여

김윤식, 『한국문학사론고』, 법문사, 1973.

김재용 · 이상경 외, 『한국근대민족문학사』, 한길사, 1993.

노영희, 「나혜석 그 이상적 부인의 꿈」, 『한림일본학연구』, 1997. 11.

박화성, 『눈보라의 운하』, 여원사, 1960.

———, 『순간과 영원 사이』, 중앙출판공사, 1977.

서정자, 「나혜석연구」, 『문학과 의식』 제2호, 1988.

———, 「이광수 초기소설과 결혼모티브」, 『어문론집』 제3집, 숙명여자대학교 한국어문학연구소, 1993.

송명희, 「이광수의 「개척자」와 나혜석의 「경희」에 대한 비교연구」, 『비교문학』 제20집, 1995.

숙명여자대학교 아세아여성문제연구소 편, 『한국근대여성연구』, 숙명여자대학교 아세아여성문제연구소, 1987.

이구열 편, 『에미는 선각자였느니라』 동화출판공사, 1972.

이상경 편, 「나혜석 전집」, 태학사, 2000.

정순진, 『한국문학과 여성주의 비평』, 국학자료원, 1993.

하동호, 『한국문학산고』, 백록출판사, 1976.

한국여성소설연구회, 『페미니즘과 소설비평』, 한길사, 1995.

나혜석 연구

서정자 편, 『한국여성소설선 I』, 갑인출판사, 1991.

이동하, 『한국문학과 인간해방의 정신』, 푸른사상사, 2003.

이재선, 『한국단편소설연구』, 일조각, 1975.

제2부 나혜석의 문학세계

나혜석의 문학세계와 그 위상

김재용 · 이상경 외, 『한국근대민족문학사』, 한길사, 1993.
박 환, 「나혜석의 민족의식 형성과 민족운동」, 나혜석 학술대회 제2회 나혜석 바로알기 심포지엄 발표논문, 1999. 12.
서정자 편, 『원본 정월 라혜석 전집』, 국학자료원, 2001.
이상경, 『한국근대여성문학사론』, 소명출판, 2002.
임형택 외, 『한국현대대표소설선』 1, 창비, 1996.
에구사 미츠코, 「1910年代の日韓文學の交点－「白樺」·「青鞜」と羅蕙錫－」, 文教大學 文學部, 2007. 3.
浦川登久惠, 「羅蕙錫,の離婚後の言論活動－一九三○年代を中心に」, 『朝鮮學報』 222집, 2012. 1.

제3부 이미지비평과 여성소설

가사노동 담론을 통해서 본 여성 이미지

강금숙 외, 『한국페미니즘의 시학』, 동화서적, 1996.
김경수. 『문학의 편견』, 세계사, 1994.
도노번 조세핀, 『페미니즘 이론』, 김익두 · 이월영 역, 문예출판사, 1994.
로우버텀 실라, 『영국여성운동사』, 이효재 역, 종로서적, 1983.
로웬탈 리오, 『문학과 인간상』, 유종호 역, 이화여자대학교 출판부, 1984.
루트벤 K. K, 『페미니스트 문학비평』, 김경수 역, 1988.
맥도넬 다이안, 『담론이란 무엇인가』, 임상훈 역, 한울, 1992.
미키 헬레나, 『페미니스트 시학』, 김경수 역, 고려원, 1992.
밀레트 케이트, 『성의 정치학』, 정의숙 · 조정호 역, 현대사상사, 1983.
보봐르 시몬느 드, 『제2의 성』, 을유문화사, 1975.
벨로프 C. V. 외, 『여성, 최후의 식민지』, 강정숙 외 역, 한마당, 1987.

볼린 진 시노다, 『우리 속에 있는 여신들』, 조주현 · 조명덕 역, 또 하나의 문화, 1996.
사럽 마단 외, 『데리다와 푸코, 그리고 포스트모더니즘』, 임헌규 편역, 인간사랑, 1992.
서정자, 『일제강점기 한국여류소설연구』, 숙명여자대학교 박사학위 논문, 1987.
쏘온 배리 · 얄롬 매릴린 역, 『페미니즘 시각에서 본 가족』. 권오주 외 역, 한울 아카데미, 1994.
안드레 레이, 『가정주부』, 한국여성개발원, 1987.
이병혁 편, 『언어 사회학 서설』, 까치, 1986.
이재선, 『한국현대소설사』, 홍성사, 1979.
자레스키 엘리, 『자본주의와 가족제도』, 김정희 역, 한마당, 1989.
정금자 · 이재연 · 서정자 · 이규순, 「한국문학에 나타난 전통적 여성상」, 『아세아 여성연구』 제24집, 1985.
존슨 로버트 A., 『여자 속에 여자』, 정홍규 역, 이문출판사, 1989.
파울러 로저, 『언어학과 소설』, 김정신 역, 문학과지성사, 1995.
위든 크리스, 『포스트 구조주의와 페미니즘 비평』, 이화영미문학회 역, 한신문화사, 1994.
한국여성소설연구회, 『페미니즘과 소설비평』, 한길사, 1995.
한상진 편, 『계급이론과 계층이론』, 문학과 지성사, 1984.
험 메기, 『페미니즘 이론 사전』, 심정순 · 염경숙 역, 삼신각, 1995.
Macdonald, Sharon. Holden, Pat. & Ardner, Shirley. ed. Images of Women in Peace & War, The University of Wisconsin Press, 1988.
Holbrook, David. Images of Woman In Literature, New York University Press, 1989.

제4부 문학에 나타난 나혜석의 그림

나혜석의 문학과 미술 이어 읽기

『나혜석학술대회논문집 I』, 정월나혜석기념사업회, 2002.
김윤식, 『문학과 미술 사이』, 일지사. 1979.
서정자 편, 정월나혜석기념사업회 간행, 『(원본)정월 라혜석 전집』, 국학자료원,

2001.
심원섭, 『한일문학의 관계론적 연구』, 국학자료원, 1998.
안나원, 「나혜석의 회화연구－나혜석의 회화와 페미니즘 관계를 중심으로」, 이화여자대학교 석사학위 논문, 1998.
윤범모, 『화가 나혜석』, 현암사, 2005.
이상경, 『나혜석 전집』, 태학사, 2000.
———, 『인간으로 살고 싶다』, 한길사, 2000.
한상남 글 · 김병호 그림, 『저것이 무엇인고』, 샘터, 2008.
한일근대문학회 역, 『세이토』, 어문학사, 2007.
구노 오사무 · 쓰루미 슌스케, 『일본 근대사상사』, 심원섭 역, 문학과지성사, 1999.

제5부 나혜석의 여성비평과 인문정신

선각자 나혜석의 도전과 인문정신

『나혜석연구』 창간호, 나혜석학회, 2012. 12.
강신주, 『상처받지 않을 권리』, 프로네시스, 2009.
———, 『철학vs철학』, 그린비, 2010.
———, 『철학이 필요한 시간』, 사계절, 2011.
———, 『철학의 시대』, 사계절, 2011.
———, 『김수영을 위하여』, 천년의상상, 2012.
———, 『맨 얼굴의 철학 당당한 인문학』, 시대의창, 2013.
구인모, 「한일근대문학과 엘렌 케이」, 『여성문학연구』 12호, 여성문학학회, 2004. 12.
김은실, 「나혜석의 사람－여자에 대해 다시 생각한다」, 제11회 나혜석 바로알기 심포지엄 발표 논문, 2008. 4.
김주연, 『사라진 낭만의 아이러니』, 서강대학교 출판부, 2013.
김학동 편, 『최소월작품집』, 형설출판사, 1982.
박화성, 『나의 삶과 문학의 여적』, 한라문화, 2005.
서동욱, 『싸우는 인문학』, 반비, 2013.
서정자, 『한국근대여성소설연구』, 국학자료원, 1999.

———, 『우리문학 속 타자의 복원과 젠더』 소수, 푸른사상사, 2012.
——— 편 · 정월나혜석기념사업회 간행, 『원본 나혜석 전집』, 푸른사상사, 2013.
소현숙, 「이혼사건을 통해본 나혜석의 여성해방론」, 제5회 나혜석학술심포지엄, 정월나혜석기념사업회, 2002. 4.
염상섭, 『염상섭 중편선 만세전』, 문학과지성사, 2008.
우미영, 「서양체험을 통한 신여성의 자기구성방식」, 『여성문학연구』 12호 여성문학학회, 2004. 12.
이구열, 『에미는 선각자였느니라』, 동화출판공사, 1974.
이상경, 『인간으로 살고 싶다』, 한길사, 2000.
이승희, 「입센의 번역과 성정치학」, 『여성문학연구』 제12호, 2004. 12.
정규웅, 『나혜석 평전—내 무덤에 꽃 한 송이 꽂아주오』, 중앙M&B, 2003.

제6부 나혜석과 주변인물

나혜석과 일엽 김원주

『실화로 엮은 한국여성 30년』(주부생활 창간 10주년 기념 특별부록), 1975. 4.
김복순, 「'조선적 특수'의 제 방법과 아나카페미니즘의 신여성 계보－나혜석의 경우」, 『나혜석연구』 창간호, 나혜석학회, 2012. 12.
———, 『1910년대 한국문학과 근대성』, 소명출판, 1999.
김상배 편, 『잿빛적삼에 사랑을 묻고』, 솔뫼, 1982.
김영덕, 『한국여성사』 II, 이화여자대학교 출판부 1972.
김우영, 「김일엽 문학과 자아의 의미」, 서울대학교 석사학위 논문, 2008.
——— 편, 『김일엽선집』, 현대문학, 2012.
김일엽, 『청춘을 불사르고』, 문선각, 1962.
김태신, 『라훌라의 사모곡』, 한길사, 1991.
김현자, 「김일엽 시의 자의식과 구도의 글쓰기」, 『한국시학연구』 9호, 2003.
류진희, 「한국근대의 입센 수용양상과 그 의미－1920년대 『인형의 가』를 중심으로」, 성균관대학교 석사학위 논문, 2004.
문옥표 외, 『신여성』, 청년사, 2003.
박용옥 편, 『여성』, 국학자료원, 2001.
박유미, 「세이또의 여성담론연구」, 충남대학교 박사학위 논문, 2009.

박정애, 「1910~20년대 여자일본유학생연구」, 숙명여자대학교 석사학위 논문, 1999
방민호, 「김일엽 문학의 사상적 변모과정과 불교선택의 의미」, 『한국현대문학연구』 20호, 2006.
염희경, 「새로 찾은 방정환 자료 풀어야 할 과제들」, 『아동청소년문학연구』 10, 2012. 6.
유진월, 「김일엽의 『신여자』 출간과 그 의의」, 『비교문화연구』 5호, 2002.
이명온, 『흘러간 여인상』, 인간사, 1956.
이상경, 「『남녀연합토론집-부 여사 강연』과 김일엽의 여성론」, 『여성문학연구』 10호, 2003.
이옥수 편, 『한국근세여성사화』 상, 규문각, 1985.
이화백년사 편찬위원회 편, 『이화백년사』, 이화여자대학교 출판부, 1994.
최동호, 서정자, 함정임, 김이순, 유진월, 김주용 외, 『나혜석, 한국문화사를 거닐다』, 푸른사상사, 2015.
하야카와 노리요 외, 『동아시아 국민국가 형성과 젠더-여성표상을 중심으로』, 이은주 역, 소명출판, 2009.

뿌리 뽑힌 여성과 관대한 사회

박재현, 「이방인 삶 즐기는 '두 한국인'」, 『중앙선데이』, 2014. 10. 5.
서정자, 「축출 배제의 고리와 대항서사-디아스포라관점에서 본 김명순 문학」, 『세계한국어문학』 제4집, 2010. 10.

제7부 나혜석이 남긴 마지막 말

편지를 계기로 다시 본다

구혜영, 『상아의 꿈』, 서음출판사, 1977.
국립특수교육원, 『특수교육학용어사전』, 도서출판 하우, 2009.
김우영, 『회고』, 신생공론사, 1954.
김일엽, 『당신은 나에게 무엇이 되었삽기에』, 인물연구소, 1975.
김진 · 이연택, 『그땐 그 길이 왜 그리 좁았던고』, 해누리, 2009.
김태신, 『라홀라의 사모곡』 상 · 하, 한길사, 1991.

박선미, 『근대 여성 제국을 거쳐 조선으로 회유하다』, 창비, 2007.
서정자, 「나혜석의 처녀작 부부에 대하여」, 『여성문학연구』 창간호, 한국여성문학학회, 1999.
———, 「모모야마 학원 사료실 야나기하라 기치베 기증 자료 해제」, 『나혜석연구』 창간호, 나혜석학회, 2012. 12.
———, 『한국근대여성소설연구』, 국학자료원, 1999.
———, 『한국여성소설과 비평』, 푸른사상사, 2001.
윤범모, 『첫사랑 무덤으로 신혼여행을 가다』, 다할미디어, 2007.
이구열, 『에미는 선각자였느니라』, 동화출판공사, 1974.
이상경, 『인간으로 살고 싶다』, 한길사, 2000.
정규웅, 『내 무덤에 꽃 한 송이 꽂아주오』, 중앙M&B, 2003.

제8부 나혜석과 일본 체험

도쿄 심포지엄 참가기

김응교, 「원본 실증주의와 주변인 문학」, 숙명여대 국문과 창과 60주년 기념 및 세계한국어문학회 창립학술대회 "국제화 시대의 한국어문학" 주제발표 논문자료집, 2008. 11.
문옥표 외, 『신여성』, 청년사, 2003.
서경식, 『교양, 모든 것은 시작』, 노마드북스, 2007.
서정자, 「나혜석의 문학과 미술 이어 읽기」, 『현대소설연구』 38호, 2008. 8.
심원섭, 『한일 문학의 관계론적 연구』, 국학자료원, 1998.
윤혜원, 「한일 개화기 여성의 비교연구」, 『아시아여성연구』 14집, 1975. 12.
에구사 미츠코(江種滿子), 「1910年代の日韓文學の交点－「白樺」·「靑鞜」と羅蕙錫－」 文學部紀要20－2, 文敎大學 文學部, 2007. 3.

최승구의 학적부와 나혜석의 졸업앨범

박선미, 『근대여성, 제국을 거쳐 조선으로 회유하다－식민지문화지배와 일본유학』, 창비, 2005

「理想的 婦人」	『學之光』, 1914. 12	여성비평
「雜感」	『學之光』, 1917. 3	여성비평
「雜感 — K언니에게 與홈」	『學之光』, 1917. 7	여성비평
「夫婦」	『女子界』 1호, 1917(미발굴)	단편소설
「경희」	『女子界』 2호, 1918. 3	단편소설
「光」	『女子界』, 1918. 3	시
「回生훈 孫女에게」	『女子界』 3호, 1918. 9	단편소설
「4년전의 일기 중에서」	『신여자』, 1920. 6	수필
「대구에 갓든 일을 金瑪利亞 형에게」	『東亞日報』, 1920. 6. 12~6. 22 (8회)	감상문
「부인문제의 일단」	『曙光』, 1920. 7	여성비평(미확인)
「목하 우리조선의 결혼 급 이혼 문제에 대하여」	『曙光』, 1921. 1	설문
「人形의 家」	『每日申報』, 1921. 4. 3	시
「내물」	『廢墟』 제2호, 1921. 4	시
「砂」	『廢墟』 제2호, 1921. 4	시
「繪畵와 朝鮮 女子-新進 女流의 氣焰」	『東亞日報』, 1921. 2. 26	미술에세이
「洋畵 展覽에 對ᄒᆞ야」	『每日申報』, 1921. 3. 17	미술에세이
「婦人 衣服 改良 問題 — 金元周 兄의 意見에 對하야」	『東亞日報』, 1921. 9. 29~10. 1	여성비평
「閨怨」	『新家庭』, 1921. 7	단편소설
「노라」	『노라』(영창서관), 1922. 6	노래가사
「『부인』의 탄생을 축하하여」	『婦人』, 1923. 4.	여성비평(미확인)
「독자의 소리」	『曙光』, 1923. 3	
「母된 感想記」	『東明』, 1923. 1. 1~21	페미니스트 산문
「百結生에게 答함」	『東明』, 1923. 3. 18	여성비평

「『婦人』의 탄생을 축하하여-부인 각개의 완성문제에 급함」	『부인』, 1923. 4	논설
「女學校를 卒業한 諸妹에게」	『부인』, 1923. 6	페미니스트 산문
「康明花의 自殺에 對하여」	『東亞日報』, 1923. 7. 8	여성비평
夫妻間의 問答 상	『新女性』, 1923. 9	페미니스트 산문
夫妻間의 問答 하	『新女性』, 1923. 11	페미니스트 산문
「夫妻間의 問答」	『新女性』, 1923. 11	페미니스트 산문
「만주의 녀름」	『新女性』, 1924. 7	수필
「一年만에 본 京城의 雜感」	『開闢』, 1924. 7	수필
「나를 잇지 안는 幸福」	『新女性』, 1924. 8	페미니스트 산문
「내가 어린애 기른 경험」	『朝鮮日報』, 1926. 1. 3	수필
「생활 개량에 대한 여자의 부르지짐」	『東亞日報』, 1926. 1. 24~30	페미니스트 산문
「怨恨」	『朝鮮文壇』, 1926. 4	단편소설
「美展 出品 製作 中에」	『朝鮮日報』, 1926. 5. 20~23	미술에세이
「내 남편은 이러하외다」	『新女性』, 1926. 6	수필
「中國과 朝鮮의 國境」	『時代日報』, 1926. 6. 6	시
「京城 온 感相의 一片」	『東亞日報』, 1927. 5. 27	수필
「예술가의 생활」	『青年』, 1927. 6	(미확인)
「아오 秋溪에게」	『朝鮮日報』, 1927. 7. 28	구미여행기
「愛兒病看護」	『三千里』, 1930. 1	수필
「佛蘭西 家庭은 얼마나 다를가」	『東亞日報』, 1930. 3. 28~4. 2	구미유기
「구미(歐美)시찰기」	『東亞日報』, 1930. 4. 3~10	구미여행기
「끽연실」	『三千里』, 1930. 5	수필
「파리에서 본 것, 느낀 것 — 사람이냐 학문이냐」	『大潮』, 1930. 6, 7 합병호	수필
「名流 婦人과 産兒制限」	『三于里』, 1930. 8	설문응답
「젊은 夫婦」	『太潮』, 1930. 9	수필
「나를 잇지 안는 幸福」 (제전 입선 후 감상)	『三千里』, 1931. 11	페미니스트 산문
「아아 自由의 巴里가 그리워 — 歐米漫遊하고 온 後의 나」	『三千里』, 1932. 1	페미니스트 산문

「巴里의 모델과 畵家生活」	『三千里』, 1932. 3	미술에세이
「巴里畵家生活」	『三千里』, 1932. 4	미술에세이
「朝鮮美術展覽會 — 西洋畵總評」	『三千里』, 1932. 7. 1	미술비평
「안데팬당식이다 — 昏迷低潮의 朝鮮美術展覽會를 批判함」	『東光』, 1932. 7	설문응답
「소비엣로시아행」	『三千里』, 1932. 12	구미유기 1
「畵家로 어머니로 — 나의 十年間 生活」	『新東亞』, 1933. 1	페미니스트 산문
「伯林의 그 새벽」	『新家庭』, 1933. 1	구미여행기
「CCCP」	『三千里』, 1933.2	구미유기 2
「모델 — 女人日記」	『朝鮮日報』, 1933. 2. 28	수필
「원망스런 봄밤」	『新東亞』, 1933. 4	수필
「伯林과 巴里」	『三千里』, 1933. 3	구미유기 3
「朝鮮에 태어난 것을 행복으로 압니다」	『三于里』, 1934. 5	설문응답
「꽃의 巴里行」	『三千里』, 1933. 5	구미유기4
「美展의 印象」	『每日申報』, 1933. 5. 16~21	미술비평
「巴里의 어머니날」	『新家庭』, 1933. 5	구미여행기
「伯林에서 런던까지」	『三千里』, 1933. 9	구미유기5
「연필로 쓴 편지」	『新東亞』, 1933. 10	수필
「서양예술과 나체미」	『三千里』, 1933. 12	구미유기6
『김명애』	미간행, 1933. 12	장편소설(원고일실)
「떡 먹은 이야기」	『朝鮮中央日報』, 1934. 1. 4	콩트
「밤거리의 祝賀武(歐)」	『中央』, 1934. 2	구미여행기
「多情하고 實質的인 佛蘭西 婦人 — 歐米 婦人의 敎養잇는 家庭 生活」	『中央』, 1934. 3	구미여행기
「영원히 이저주시오」	『月刊每新』, 1934. 3	수필
「정열의 서반아행」	『三千里』, 1934. 5	구미유기7
「날러간 青鳥 — 연애와 결혼문제」	『中央』, 1934. 5	수필
「女人 獨居記」	『三千里』, 1934. 7	수필
「파리에서 뉴욕으로」	『三千里』, 1934. 7	구미유기8

「朝鮮에 태어난 것을 행복으로 압니다」	『三于里』, 1934. 5	설문응답
「내가 서울 여시장 된다면」	『三于里』, 1934. 7	설문응답
「哀話 叢石亭海邊」	『月刊每申』, 1934. 8	수필
「離婚 告白狀 — 靑邱氏에게」	『三千里』, 1934. 8~9	페미니스트 산문
「태평양 건너서 고국으로」	『三千里』, 1934. 9	구미유기9
「伊太利 美術館」	『三千里』, 1934. 11	구미여행기
「앗겨무엇하리 청춘을」	『三千里』, 1935. 3	시
「伊太利 미술기행」	『三千里』, 1935. 2	구미여행기
「新生活에 들면서」	『三千里』, 1935. 2	페미니스트 산문
「羅女史의 書翰」	『三千里』, 1935. 3	미술관계편지
「歐米 女性을 보고 半島 女性에게」	『三千里』, 1935. 6	여성비평
「異性間의 友情論 — 아름다운 男妹의 記」	『三千里』, 1935. 6	수필
「나의 여교원 시대」	『三千里』, 1935. 7	수필
「獨身女性의 貞操論」	『三千里』, 1935. 10	여성비평
「巴里의 그 女子」	『三千里』, 1935. 11	희곡
「英美 婦人 參政權 運動者 會見記」	『三千里』, 1936. 1	여성비평
「倫敦 救世軍 托兒所를 尋訪하고」	『三千里』, 1936. 4	여성비평
「블란서 가정은 얼마나 다를가」	『三千里』, 1936. 4	구미여행기
「玄淑」	『三千里』, 1936. 12	단편소설
「애정에 우노라……」	『三千里』, 1937. 4	(미발굴)
「나의 여자미술학교시대」	『三千里』, 1937. 5	수필
「靈이냐 肉이냐 靈肉이냐 靈肉이 合한 戀愛라야한다」	『三千里』, 1937. 12	여성비평
「海印寺의 風光」	『三千里』, 1938. 8	수필
「名流 婦人과 産兒制限」	『三千里』, 1930. 8	설문응답
「안데팬당식이다 — 昏迷低調의 朝鮮美術展覽會를 批判함」	『東光』, 1932. 7	설문응답
「朝鮮에 태어난 것을 행복으로 압니다」	『三千里』, 1934. 5	설문응답
「내가 서울 여시장 된다면」	『三千里』, 1934. 7	설문응답

ㄱ

「강명화의 자살에 대하여」 73, 85
강신주 175
〈개척자〉 237
「경성에 온 감상의 일편」 74
「경희」 21, 36, 50, 65, 67, 70, 79, 81, 141, 144, 161, 186, 187, 204, 314, 321
「계시」 240
고바야시 만고(小林萬吾) 146
「관념의 남루를 벗은 비애」 89
「광(光)」 69, 162, 186
구노 오사무 308
「구미여성을 보고 반도여성에게」 85, 197
구인모 201
구혜영 288
국기열 243
「규원」 72, 79, 161
『그땐 그 길이 왜 그리 좁았던고』 281
〈금강산 만상정〉 167
김경수 101
김기진 47, 177
김동인 45, 47, 65, 80, 177
김명순 19, 49, 50, 218, 244, 256, 257, 314
『김명애』 26, 79, 94
김복순 226
김상배 241
김숙배 282, 335, 337
『김연실전』 47
김영덕 224
김우영 78, 95, 188, 200, 201, 246, 282, 283, 285
김원주 19
김윤식 144
김은실 179
김응교 311
김일엽 88, 187, 217, 255, 285, 314
〈김일엽 선생의 가정생활〉 237, 238
김재용 43
김종욱 49
김진 281, 286
김주연 209
김진 281, 286
김태신 287, 294
김학동 338
김활란 225
김현자 248

ㄴ
나경석 287, 340
「나를 잊지 않는 행복」 74, 94
〈나부〉 155
나열(김나열) 280, 286
나영균 287
「나의 노래」 248
〈나의 여자〉 156
「나의 여자미술학교 시대」 153
「나의 연애관」 91
「나의 정조관」 243
나중석 337
〈낭랑묘〉 269
「냇물」 72
「노라」 182, 188, 238
『노라』 237
노영희 21
〈뉴욕교〉 156

ㄷ
〈단풍〉 154
「독신여성의 정조론」 85, 91
디아스포라 256, 259, 263, 267, 268, 271

ㄹ
류진희 237

ㅁ
〈마드리드 풍경〉 156, 165
「만주의 여름」 74
「모된 감상기」 73, 89, 92, 176, 178, 190, 192, 212, 309
모윤숙 91
『묘조』
『묘조(明星)』 141, 306, 309, 319
「무정」 39, 41
『무정』 65
문옥표 228, 305
「미전 출품 제작 중에」 269

ㅂ
박선미 307
박영혜 20
박용옥 230
박유미 229
박인경 286
박인덕 225
박재현 273
박정애 228
박충애 223
박화성 20, 23, 24, 31, 211, 279, 294, 296
박환 85
방민호 220
방정환 219, 226
백결생 89, 94
「백결생에게 답함」 67
백성욱 243, 245, 249
「부부」 23, 31, 65, 70, 79, 186, 296

「부인의복 개량문제」 73, 85, 88
「부처간의 문답」 33, 36, 73, 94, 178
『북국의 여명』 296

ㅅ

「사(砂)」 72
「4년 전의 일기 중에서」 153, 165, 189, 237, 302, 304
〈삼선암〉 156, 167
『삼천리』 75
『생명의 과실』 19
「생활개량에 대한 여자의 부르짖음」 73, 94, 191
서경식 305
서동욱 213
『서유견문기』 69
〈선죽교〉 156
『세이토(青鞜)』 66, 141, 150, 184, 225, 242, 317
소완규 285
소현숙 177
송명희 21, 162
수잔 브링크 256, 263, 271
『수잔 브링크의 아리랑』 256, 263
〈수잔 브링크의 아리랑〉 256
쓰루미 슌스케 308
『시라카바(白樺)』 75, 141, 306, 308, 317
「신생활론」 69
「신생활에 들면서」 78, 91, 203, 268
『신여자』 217, 219, 223
신정조론 220, 243, 254
신줄리아 225
〈신춘〉 154
「신혼기」 189, 326
심원섭 142, 170, 308

ㅇ

아나카페미니스트 237
「아아, 자유의 파리가 그리워」 95, 197
안나원 146
안영호 281
〈압천부근(鴨川附近)〉 153
「애화 총석정 해변」 77, 288
야나기하라 기치베 281, 282, 334, 335
양건식(양우촌, 양백화) 219, 226, 236
『어느 수도인의 회상』 221
「어머니와 딸」 79
에구사 미츠코 71, 93, 302
엘렌 케이 45
여성소설 20, 22, 23, 151
「여인 독거기」 77
〈여인초상〉 258
『여자계』 21, 22, 26, 28, 29, 45, 55, 60
「여자계를 축하야」 188
염상섭 65, 72, 80, 157, 177, 179, 189, 208, 326
염희경 231

「영미부인참정권운동자 회견기」 85, 89, 203, 204
「영원히 잊어주시오」 277, 338, 340
「영이냐 육이냐 영육이냐」 86, 91
오타 세이조 239, 243
요사노 아키코 182, 184, 305, 317, 329
「원한」 32, 38, 60, 72, 79
우미영 204
유길준 69
유동준 12
유진월 223, 228, 234
「윤돈(倫敦) 구세군탁아소를 심방하고」 86, 90, 203, 206
윤범모 160, 307
윤혜원 307
「의심의 소녀」 19, 49, 50
이광수 39, 41, 45, 69, 80, 256
이구열 178, 298
이노익 220, 228, 241
이동하 46
이명온 47, 222, 296
이병혁 102
이상경 178
「이상적 부인」 34, 53, 54, 66, 69, 70, 82, 85, 87, 181, 182, 208, 305, 321
이승희 182
이연택 281
이옥수 217
이재선 57
이토 노에 244
「이혼고백서」 78, 197, 267, 284
「이혼고백장」 78, 91, 94, 176, 197, 200, 212, 267, 284
「인형의 가」 72, 73, 182, 188, 238
『인형의 가』 227, 237, 238
『인형의 집』 88, 230
이혜경 6
「일 년 만에 본 경성의 잡감」 73
〈일본영사관〉 154
임노월 243, 250
임형택 70
입센, 헨리크 230

ㅈ

〈자화상〉 258
〈작약〉 155
「잡감-K언니에게 여(與)함」 34, 70, 85, 88, 93, 186
〈저것이 무엇인고〉 227, 237
전영택 29, 80
전유덕 19, 225
「젊은 부부」 33, 36
정규웅 283
〈정물〉 156
정순진 21
〈정원〉 155, 283
제1페미니즘 45
제2페미니즘 45
『조선문단』 19, 32

〈조조〉 237
「조혼의 악습」 69
「중국과 조선의 국경」 178
〈지나정〉 165

ㅊ

「처녀 비처녀의 관념을 양기하라」 245
〈천후궁(天后宮)〉 269, 282, 335, 336
『청춘』 26
『청춘을 불사르고』 221, 248, 249
청탑 220
청탑회 225
〈총석정〉 156
최린 78, 94, 197, 200, 202, 268, 285
최승구 186, 208, 338
최원식 70
최정희 296
최진석 255
최혜실 12
「추도」 157
「추석 전야」 20, 32

ㅋ

케이, 엘렌 187, 201, 230, 244, 254, 256, 310, 323
콜론타이 45

ㅍ

판위량 256, 259, 272
페미니즘 소설 20, 46, 151, 315
『폐허』 72

ㅎ

하동호 20
하윤실 243, 249
하야카와 노리요 221
하타노 세츠코 301
『학지광』 26, 49, 69, 86, 186, 338
한동민 340
한상남 139
「해바라기」 177, 179, 189, 208, 326
「해인사의 풍광」 78, 207, 247, 248, 279, 287
『행복과 불행의 갈피에서』 221
허영숙 224
「현숙」 61, 78, 79, 315
『화혼 판위량』 256
황옥사건 196
『회고』 283
「회생한 손녀에게」 21, 57, 70, 79, 81, 83, 186, 314
「회화와 조선 여자」 72
『흘러간 여인상』 47, 296
히라츠카 라이초 93, 182, 184, 244, 305, 317, 325

나혜석 문학 연구

서정자